KB165392

내 마음을
열어 줘

# 내 마음을 열어 줘

## THE KEY

린제이 샌즈 | 나채성 옮김

큰나무

나 채 성

이화여대 사회사업학과 졸업. 역서로 『사로잡힌 신부』,
『사랑의 텍사스』, 『너무도 아름다운 사랑』, 『베르사유의 전설』,
『페가수스의 전설』, 『내 마음을 사로잡은 기사』,
『꿈결처럼 다가온 사랑』, 『내 품안의 이방인』, 『바이올렛』,
『내가 사랑한 악당』 외 다수

# 내 마음을 열어 줘

초판 인쇄 | 2003년 8월 4일
초판 발행 | 2003년 8월 11일

지은이 | 린제이 샌즈
옮긴이 | 나채성
펴낸이 | 한익수
펴낸곳 | 도서출판 큰나무

등록 | 1993년 11월 30일(제5-396호)
주소 | 120-837 서울시 서대문구 충정로 3가 3-95 2층
전화 | 02) 365-1845 · 1846   팩스 | 02) 365-1847
e-mail | btreepub@chollian.net
홈페이지 | www.bigtreepub.co.kr

값 9,000원

ISBN 89-7891-168-4 03840

모든 면에서 아무리 훌륭한 남자라 할지라도
그에게 진심으로 사랑하는 여인이 없으면 그 남자의 인생은
참으로 쓸쓸한 것이다. 따라서 그런 남자는 어떤 술도 따라 붓지 못하는
한낱 보석으로 장식되어 있기만 한 빈 술잔과도 같은 것이다.

—프랑스 속담—

우선 독자 여러분들께 한가지 양해를 구하고자 합니다.

원래 원서에서 스코틀랜드 사람들이 말하는 문장들은 사투리가 무척 심하게 표현되어 있습니다. 단어를 줄이거나 몇 개의 단어를 뭉뚱그려서 말하는 건 예사고 스펠링이나 문법도 가끔 정확하질 않지요. 스코틀랜드 특유의 사투리이기도 하겠지만 그 당시에 잉글랜드 사람들과 달리 야만인으로 취급을 받았기 때문에 작가의 입장에서 일부러 무식한 표현을 가미하고 싶었던 듯 합니다.

하지만 그런 사투리를 우리 식으로 표현하는 게 쉬운 일이 아닌 데다가 우리나라 사투리로 바꿔줄 수도 없는 일이었습니다. 우리나라 사투리로 바꿔주기 시작하면 그네들 말 전체를 사투리로 바꿔야할 테고, 그럴 경우에 몇 페이지 정도는 재밌게 읽을 수 있겠지만 책 전체를 사투리로 도배한다는 것은 무리가 있지요.

그래서 다만 그들의 말을 '조금' 단순 무식하게 표현해 보려고 노력했는데, 결과가 어떨지는 독자 여러분들이 판단해야할 몫인 듯 합니다. 좀더 과격하게 막말을 쓰거나 문법적인 순서를 바꿔볼까 하는 생각도 있었지만, 그런 용기가 나지 않아 '조금'에서 만족하기로 했습니다.

또 무엇보다 국내에서 처음으로 소개되는 작가인 린제이 샌즈의 작품이라 독자 여러분들께 어떤 반응을 일으킬지 궁금해지네요.

이런 점을 먼저 염두에 두고, 스코틀랜드 하이랜드의 척박한 땅을 배경으로 전개되는 사랑과 모험과 용기에 대한 이 작품을 아무쪼록 독자 여러분이 즐겁게 읽을 수 있기를 바랍니다.

나 채 성

린제이 샌즈
The Key

# 프롤로그

**1395년 6월, 스코틀랜드의 던바 성.**

"결혼을 해요, 뭐 하고?"

"뭐가 아니라 '누구' 하고다! 게다가 아까도 말했지만, 네가 레이디 일리아나 와일드우드와 결혼하면 국왕이 고맙게 생각할 거야."

롤프 켄위크 경은 눈앞의 스코틀랜드 사내를 노려보며, 이런 심부름을 보낸 리차드 2세를 원망했다. 몇 달 동안 벌써 두 번째 결혼을 성사시켜야 하는 골치 아픈 일을 떠맡았기 때문이다.

처음에는 자신의 사촌 에말렌과 아마우리 드 앤포드의 결혼이었다. 그 결혼이 쉽게 끝났던 것은 그나마 감사한 일이었지만, 이 두 번째 결혼은 벌써부터 힘들 거라는 전조를 보이고 있었다.

"잉글랜드 인들, 맘에 안 들어."

던컨 던바가 불쾌하다는 듯 인상을 찡그렸다.

"희멀건 암소 하나를 내가 맡아주면 틀림없이 고마워하긴 하겠죠. 그 여자 뭐예요, 허다한 왕의 사생아들 중 하나랍니까?"

"이 놈이."

마침내 참다 못한 롤프가 검을 움켜잡았다.

"참게나."

검집에서 검을 반쯤 빼 내다 말고 롤프가 위컴 주교를 쳐다보았다. 그 은퇴한 수도원장도 리차드 왕의 억지에 못 이겨 에말렌과 아마우리를 결혼시켜야 했다.

그리고 그후에도 조용한 생활로 돌아가지 못했다. 애초에 그런 꿈은 꾸지도 말았어야 했다. 임무를 성공리에 마치고 궁으로 보고하러 가는 도중에, 시급하게 또 다른 결혼을 성사시키라는 지시가 떨어졌기 때문이다.

레이디 와일드우드를 보호하기 위한 조치라는데, 이상하게도 그 여자를 보호하려면 여자의 딸을 최대한 빨리 결혼시켜야 한다는 것이었다. 잉글랜드 남부에 있는 와일드우드에서 아주 멀리 떨어진 곳에 살고, 당장 결혼할 수 있는 그런 남자를 찾으라는 내용이었다.

지리적인 조건으로는 스코틀랜드가 제일 알맞았다. 문제는 약혼한 상태도 아니고 결혼에 뇌물이 통할 만한 귀족이어야 한다는 점인데, 그런 남자를 찾는다는 게 쉽지 않았다. 대부분의 귀족은 자식이 걸음마를 떼기도 전에 약혼자를 결정해 버리기 때문이다.

유일하게 그들의 조건에 맞는 남자가 나타났다. 그는 바로 나이든 홀아비이자 던바 부족의 족장인 앵거스 던바였다.

얼마나 찾아 헤맸을까? 그런데 그 앵거스는 아무리 돈을 많이 주더라도 재혼하지 않겠다는 뜻을 분명히 했다. 롤프는 국왕에게 혼쭐이 나더라도 더 이상은 방법이 없다고 포기하려 했다.

그런데 그때 갑자기 앵거스가 자기 아들 던컨에게 한번 권해보라고 제안을 했다. 내일 모레면 서른이 되는 나이인데도 아직 미혼이라는 것이다. 약혼녀가 있긴 했지만 일찌감치 세상을 떠나버렸고, 여기저기 중매를 대기보다 던컨이 알아서 하도록 내버려두다 보니 지금까지 오게 되었다는 것이다.

"아니라네."

이번에는 위컴 주교가 스코틀랜드 인에게 설명했다.

"그 여성은 부유한 남작의 딸이야. 그 남작은 얼마 전에 국왕의 일을 처리하다가 아일랜드에서 객사했다네."

롤프가 짜증스럽게 검을 다시 집어넣으며 덧붙였다.

"지참금도 꽤 상당하오."

"흐음."

던컨이 애매하게 입술을 오므렸다.

"얼마냐?"

롤프가 지참금의 액수를 말했지만 상대편 스코틀랜드 인은 별다른 반응을 보이지 않았다. 그는 불편하게 몸을 들썩이며 머뭇머뭇 말했다.

"그걸로 충분치 않으면 왕께서 더 추가해 주겠다고 하셨소."

던컨은 시큰둥하게 쳐다보기만 했다.

"얼마나 더 주실까요?"

앵거스가 아들에게 사람들을 안내한 후 처음으로 입을 열었다.

"아마 두 배쯤 생각하고 계실 거요."

놀랍게도 그 액수마저 충분치 않다는 듯 던바 가문은 별다른 반응을 보이지 않았다. 그런데 갑자기 젊은 던바가 욕설을 중얼거리며 검을 빼 들었다. 그러더니 으르렁 괴성을 내지르며 빙글 돌아서서는 플래이드를 펄럭이며 안마당을 가로질러 달려나갔다.

안마당에 있던 사람들이 모두 하던 일을 중단하고, 훈련장에서 연습하는 남자들을 향해 미친놈처럼 달리는 그를 지켜보았다. 제일 가까이 있는 남자를 목표로 그가 두 번째 괴성을 지르며 검을 높이 쳐들었다.

상대방이 즉시 검을 들어 방어하자 날카로운 금속성이 울려 퍼졌다. 그 소리를 신호 삼아, 동작을 멈췄던 사람들이 더 이상 미치광이 행동에 개의치 않고 다들 제 할 일로 되돌아갔다.

롤프는 천천히 앵거스 던바에게 돌아서며 설명해 달라는 듯 한쪽 눈썹을 들어올렸다.

"지금 녀석은 생각하는 중입니다."

늙은 스코틀랜드 인이 이를 씩 드러내며 웃었다.

"결론이 날 때까지 우린 들어가서 맥주나 드십시다."

롤프는 성 계단으로 올라가는 던바 족장을 쳐다보며 고개를 끄덕이고 나서 주교에게 시선을 돌렸다.

"어떻게 하죠?"

"맥주나 한잔하면서 기다리세나."

주교는 당황해하는 롤프의 등에 한 손을 올려 계단 쪽으로 밀었다.

"스코틀랜드 인들을 만나본 적이 없었나, 자네?"

"네, 없었죠."

"나는 몇 번 만나봤다네. 굳이 말하자면, 잉글랜드 인과 아주 다른 사람들이야."

"백 번 지당하신 말씀입니다."


"와! 무슨 일이야? 우리 오빠가 왜 이렇게 흥분해 있을까?"

동생의 목소리가 들리자, 던컨은 검을 잡지 않은 다른 손으로 상대방 남자의 턱을 향해 주먹을 냅다 갈기고 나서, 상대가 땅에 쓰러졌는지 확인하지도 않고 돌아서 땅 속에 칼끝을 푹 박아 넣었다. 그리곤 셰나이드를 번쩍 안아서 빙글빙글 돌렸다.

"축하해 주라. 꼬마야. 난 행복해."

"그래 보여, 오빠."

그녀가 숨가쁘게 웃으며 땅으로 내려섰다. 그녀가 뒤로 물러나서 환하게 웃었을 때에야 던컨은 알리스테어와 알프리드 두 사촌도 함께 와 있다는 것을 알았다.

"이제 이유를 말해 봐."

여동생이 다그쳤다.

"내가 열여덟 살 때부터 꿈꿔왔던 게 뭐냐? 내가 우리 부족원들에게 죽도록 일을 시켰던 이유가 뭐냐? 소원을 한가지 말하라면 내가 뭘 요구하겠냐?"

허리춤에 두 손을 올린 채 서 있던 셰나이드 던바가 고개를 갸우뚱했다.

"성을 확장하는 거하고 무너지는 성벽 다시 세우는 거?"

"맞았어."

던컨의 얼굴에 흐뭇함이 고스란히 묻어났다.

"이제 그걸 다 할 수 있어. 그 이상도 가능해. 새 우물을 파야겠어. 멋진 말도 사고, 양 떼도 늘릴 거야!"

"어떻게 그 일을 다 할 건데?"

셰나이드가 의심스레 물었다.

"잉글랜드 왕이 주는 돈으로."

"아, 그러셔."

셰나이드는 근처에 있는 사내들과 냉소적인 시선을 나눴다.

"그럼 잉글랜드 왕이 왜 그 많은 돈을 오빠한테 주는 건데?"

"나더러 잉글랜드 여자와 결혼하래."

"결혼?"

셰나이드의 표정이 멍해졌다가 차츰 우울하게 변해갔다. 던컨은 이제 기쁘다기보다 미안한 마음으로 고개를 숙였다.

하나밖에 없는 동생 셰나이드는 그의 유일한 놀이친구였다. 작은 아버지가 돌아가시고 사촌인 알리스테어와 알프리드가 이사온 후에는 넷이서 함께 놀았다. 진흙탕에서 구르며 장난을 치고, 숲 속을 뛰어다니기도 하고, 사냥을 나가기도 하고, 전쟁 놀이도 함께 했다.

남자 둘이 전사 훈련을 받을 나이가 되었을 때는, 알프리드와 셰나이드도 너무나 당연하게 그 훈련에 끼어들었고 말리는 사람 하나 없었다. 그리고 이제 두 여자는 여느 남자 못지 않은 검술의 대가가 되었다.

"왕이 그만한 돈을 쥐어줄 정도면 안 봐도 뻔하다."

알리스테어가 경멸하듯이 말하며 셰나이드 옆에 다가섰다.

"그래, 아주 한심한 기집애일 거야."

알프리드도 맞장구치며 셰나이드의 다른 쪽에 섰다.

던컨은 말없이 여동생을 바라보았다. 창백한 얼굴로 입술을 꼭 다물고 있었다. 그녀도 던바 가문의 커다란 키를 물려받아서 180센티미터에 육박하는 그의 키와 거의 맞먹었다. 다른 점이 있다면 던컨의 어깨가 떡 벌어진 것에 비해서 그녀의 어깨는 동그랬고, 던컨의 머리는 아버지를 닮아서 구불구불하고 빨간색을 띤 갈색인데 비해서 셰나이드는 어머니를 닮아서 밤 같은 까만 색으로 찰랑찰랑한 생머리가 물처럼 등까지 곧게 흘러내렸다. 강하고 아름다운 스물네 살의 여자, 그리고 아직 미혼이었다.

던컨이 툴툴거리며 휙 돌아섰다.

"어디 가?"

셰나이드가 팔을 붙잡자, 그는 동생의 손을 다정하게 쥐며 미소지었다.

"흥정할 일이 있어."

그런 다음 부드럽게 손을 풀어내고 성으로 향했다.

좋아, 잉글랜드 여자와 결혼해 주마. 돈 때문이기도 하지만, 셰나이드를 위해서이기도 하다. 대신 왕에게 한가지 조건을 내걸어야겠다.

셰나이드를 결혼시키는 것이다. 지겹도록 미적거리고 있는 셔웰 경에게 약혼 약속을 당장 이행하든지 아니면 다른 남자를 찾아볼 수 있게 약혼을 무효로 돌리든지 하라고 왕을 통해서 압력을 넣는 거다.

어떤 식으로든 사랑하는 동생이 더 이상 이도 저도 아닌 불행한 상태에서 벗어나도록 만들고야 말리라.

던컨은 이제 마음을 정했다.

린제이 샌즈
The Key

# 1

"잉글랜드 인들이 와요!"

"뭐?"

앵거스 던바가 기분 좋게 취해 있던 상태에서 화들짝 정신을 차리며 주위를 둘러보았다. 마구간지기 아들이 문밖으로 내밀었던 고개를 다시 안으로 잡아당기고 있었다.

"야! 이 놈아! 지금 뭐라고 했냐?"

"잉글랜드 여자가 도개교를 건너온다니까요!"

아이가 흥분한 얼굴로 문을 쾅 닫았다.

"이런 빌어먹을 일이 있나!"

앵거스는 휘청휘청 일어서며 옆 테이블에 고꾸라져 있는 사내를 흔들었다.

"던컨! 일어나. 그 여자가 왔대. 일어나라고, 빨리!"

앵거스는 테이블 위에 있는 맥주 술통을 하나 집어들고, 다른 한 손으로 아들의 머리채를 잡아 들어올려 그 얼굴에 맥주를 끼얹었다. 던컨이 푸푸거리며 머리를 흔들자 옷에 분비물이 튀지 않도록 얼른 뒤로 물러났다.

"정신 차려, 이 놈아! 네 신부감이 온단다."

"내, 뭐요?"

던컨이 눈을 흘겨 뜨면서 동시에 눈살을 찌푸리려고 노력했다. 하지만 그 두 가지를 한꺼번에 하려니 머리가 끔찍하게 지끈거렸다. 그래서 끙끙 신음하며 다시 테이블에 머리를 박아버렸다.

아무래도 너무 많이 마신 모양이었다. 이렇게 취하도록 마신 적이 언제부터였는지 기억나지도 않았다. 2주일 전에 잉글랜드 인들이 떠난 후부터 아버지와 같이 줄창 술독에 빠져 지냈다. 적어도 자신이 생각하기에는 2주일 전인 것 같았다.

그후로 던바 성은 축제의 연속이었다. 밤새워 마신 것도 꽤 여러 날이었던 듯했다. 당연한 일이다. 던바 가문의 후계자 던컨 던바가 드디어 결혼을 하겠다고 승낙했으니 말이다.

스물아홉의 나이에 마침내 자유를 포기하고 아내와 나아가서는 자식들까지 책임지기로 마음을 먹은 것이다.

*빌어먹을. 이제 다 끝났어.*

생각하기만 해도 게거품을 물어야 할 마당에 자진해서 감옥 속으로 걸어 들어가고 있는 꼴이었다.

*멍청한 놈.*

이젠 그 막대한 지참금도 자유를 포기하는 만큼의 정당한 대가로는 턱없이 부족한 것 같았다.

*거래를 다시 물리면 안 될까? 설마, 아직 늦진 않았겠지?*

"네 놈 동생은 어디 갔어? 올케한테 인사해야 하는데 대체 어디간 거야?"

던컨의 입에서 푹 한숨이 터져 나왔다. 도망칠 수 있으리라던 희망은 사라졌다. 지금 계약을 취소하면 왕이 세나이드를 위해 힘써주겠다고 나설 리 없지 않은가. 던컨이 지참금을 두 배로 올려 부르기 전에, 결혼하겠다고 말하기도 전에, 그게 제일 중요한 요구사항이었다.

셔웰 놈은 이제 양단간의 결단을 내려야 할 것이다. 결혼을 하든지 셰나이드를 자유롭게 풀어주든지 둘 중 하나를 택해야 한다. 던컨은 차라리 후자 쪽이 되기를 바랐다. 셔웰이 결혼하겠다고 찾아온다면 아버지가 길길이 날뛸 게 불 보듯 뻔했기 때문이다.

"빌어먹을 놈아, 사람들이 왔단 말이다! 벌떡 일어나!"

귀 바로 옆에서 들리는 고함소리 때문에 다른 생각들이 싹 사라져 버렸다. 던컨은 눈을 번쩍 뜨고 일어나 앉으려 했다.

그런데 바로 그때 위스키가 가득 든 술통이 그의 얼굴로 날아들었다. 독한 술이 눈으로 들어갔다. 맙소사, 눈알 전체가 화덕에 빠진 것처럼 활활 불탔다.

"빌어먹을! 정신 차렸다고요! 일 분만."

"일 분도 줄 시간 없어. 일어나, 임마!"

아버지가 그의 팔을 움켜잡아 일으켜 세웠다. 하지만 이내 자신이 만들어낸 풍경에 한숨을 터트렸다.

"눈이 안 떠져요! 아버지 때문이에요!"

"금방 괜찮아질 거야. 그보다 술 범벅된 꼬락서니가 더 문제야."

아버지는 자신의 플래이드 자락으로 아들의 얼굴을 북북 문질렀다.

"네, 아버지가 이렇게 버무려 놨죠, 안 그래요?"

던컨이 얼굴을 문지르고 있는 플래이드 자락을 낚아채서 매운 눈을 닦으려고 안간힘을 썼다.

앵거스는 그마저도 시간을 주지 않았다.

금세 플래이드를 빼앗아서 자기 옷차림을 정돈한 다음 문으로 돌아섰다.

"나가자."

"보이질 않는다고요!"

던컨이 계속 눈을 비벼댔다.

"그럼 나만 따라와! 어떤 여자가 내 손자들을 낳아줄 건지 봐야겠다."

"우린 아직 결혼도 안 했어요. 그건 한참 기다려야 돼요."

던컨이 아버지 손에 끌려서 홀을 가로질렀다.

"아홉 달. 그만큼만 기다려 주마. 그후에는 이 성에 어린아이의 울음소리가 메아리쳐야 돼. 그 소리를 들은 지가 너무 오래 됐어."

문을 밀어젖힌 다음 아버지가 아들을 끌고 나가서 계단 위에 멈춰섰다. 안마당으로 말을 달려오는 사람들 모습이 보였다.

"제기랄, 아이고! 하나님 맙소사."

앵거스가 한탄스레 중얼거렸다.

"왜요?"

던컨이 인상을 찡그리며 흐릿한 정면을 쳐다보았다. 말을 타고 달려오는 사람들의 형상만 뿌옇게 보일 뿐이었다.

"예쁘장해."

"예뻐요?"

"그래, 미인은 아니지만 예뻐. 꽤 오목조목하게 생겼어."

걱정스런 어조로 그가 덧붙였다.

"진짜 레이디야. 여왕처럼 말에 올라앉아 있어. 칼처럼 등을 꼿꼿하게 세우고…… 그래, 진짜 레이디 맞다."

던컨은 답답한 심정으로 점점 가까워지는 형상들을 지켜보았다.

"진짜 레이디라는 게 무슨 뜻이에요?"

"네 동생하고 완전 딴판이라는 뜻이야."

앵거스는 고개를 절레절레 흔들었다.

"내 말 명심해라. 저 여자가 이 집구석을 정상으로 만들어놓을 게다."

던컨이 눈살을 찌푸렸다. 자신이 생각하기에, 던바에 정상으로 바로잡아야 할 것은 전혀 없었다.

젊은 남자가 무겁게 한숨을 내쉬었다.

"아, 어쩔 수 없는 일이로다. 즐거운 독신남들의 생활이여, 이젠 안

녕이로구나."

"어느 쪽이 그분일까요?"

일리아나 와일드우드는 화들짝 놀라며 계단 위에 서 있는 두 남자에게 시선을 떼어 하녀를 내려다보았다. 짐수레에 앉은 하녀 에바의 얼굴이 흥분으로 반짝거렸다.

이제 벌판에서 잠자지 않아도 되니까 기쁜 거겠지 라고 일리아나는 생각했다. 하지만 하녀를 탓할 수도 없는 일이었다. 그들은 새벽부터 해질 무렵까지 말을 달렸고, 흙더미에 누워서 잠을 청해야 했다. 근 일주일 동안이나 말이다.

"아참, 아가씨도 모르시겠군요."

주인이 아무 대답도 하지 않자 하녀가 사죄하듯 중얼거렸다.

일리아나는 다시 심란한 시선을 남자들에게 되돌렸다. 두 사람 중에서 젊은 쪽이 자신의 남편일 거라고 짐작했지만, 그 생각이 틀렸을 수도 있다는 걸 이제야 깨달았다. 나이든 남자와 젊은 여자가 결혼하는 일이 어디 한두 번 있는 일이던가. 그런데 지금까지 그런 가능성을 생각조차 못했다.

오랫동안 여행하면서도 자신의 약혼자가 냉정한 폭군인지 상냥한 신사인지, 튼튼한 전사인지 허약한 약골인지, 이는 제대로 다 박혀 있는지 기타 등등 무엇하나 물어본 것이 없었다.

한숨이 절로 나왔다. 참으로 한심한 노릇이었다.

최근에 일어났던 일련의 사건들 때문에, 아버지가 돌아가시고 어머니가 어려운 상황에 처하셔서 그것을 걱정하느라 자신의 남편에 대해서는 전혀 알아보지 못했던 것이다.

혹시라도 저 나이든 쪽이 신랑감이라면 어쩐단 말인가. 그녀는 불안하게 입술을 잘근대기 시작했다.

두 남자가 아버지와 아들 사이인 것은 분명해 보였다. 나름대로 매력도 있었다. 아들은 이십대 후반쯤이고 아버지는 적어도 오십대 이상이었다. 아들의 머리는 빨간빛이 나는 갈색으로 길게 구불거렸고, 나이든 쪽의 머리는 흰색 철사 줄이 사방으로 뻗친 듯한 모양새였다.

아들의 얼굴은 그들이 지금껏 달려왔던 대지처럼 구석구석의 평면과 각들이 조화를 이루어 단단하고 강인해 보였다. 아버지도 마찬가지긴 했지만, 주름살 때문인지 조금 더 부드러운 성격을 짐작케 했다.

둘 다 입은 커다랗고 코는 곧게 뻗었으며, 눈동자는 단호하면서도 동시에 부드러울 수도 있을 듯했고, 큰 키와 단단하고 날렵한 체격도 두 사람이 거의 비슷했다.

"젊은 쪽이랍니다."

위컴 주교가 그녀의 옆으로 다가와 말을 붙이며 알려주었다. 일리아나가 감사의 미소를 지어 보였고, 계단 밑에 도착할 때까지 그 미소는 그대로 남아 있었다. 하지만 두 남자를 제대로 보게 되자, 정확히 말해서 그들의 너덜너덜한 옷과 지저분한 얼굴을 알아차리게 되자 그녀의 얼굴에는 미소 대신 놀라움과 찌푸림이 자리잡았다.

안마당에 있는 사람들까지 조심스레 둘러보자 더 기가 막혔다. 하나같이 낡고, 지저분한 얼룩 투성이의 옷차림에다 머리는 텁수룩한 쑥대머리였다. 얼굴도 너나 할 것 없이 땟국물이 줄줄 흘렀다. 안마당과 성 자체를 보더라도, 간절하게 수선이 필요한 상태였다.

"레이디 와일드우드."

그 인사말에 일리아나가 고개를 돌렸다. 여전히 표정이 일그러져 있다는 걸 의식하지도 못하고 미래의 시아버지를 마주보았다.

그 표정에 놀란 듯, 나이든 남자가 허둥지둥 뒤로 손을 뻗어 아들의 어깨를 잡았다.

"숙녀를 내려드려야지, 던컨."

그러면서 그녀의 말 옆으로 아들을 쓰러질 정도로 밀쳐보냈다.

일리아나는 자신에게 다가드는 지저분한 손을 보고 눈이 휘둥그래졌다. 거기다 던컨의 더러운 얼굴과 충혈된 채 간신히 뜨고 있는 실눈이 보였다.

그녀는 놀란 숨을 꿀꺽 삼키며, 고삐를 놓고 말에서 미끄러져 내렸다. 남자가 쉽사리 그녀를 받아서 땅에 내려주었고, 일리아나는 발이 땅에 닿자마자 허겁지겁 뒤로 물러났다.

맥주와 독주의 고약한 냄새 그리고 그에게서 풍겨 나오는 땀 냄새에 코를 찡그리지 않을 수가 없었다.

가늘게 실눈을 뜨고 있으면서도 던컨이 그 행동을 알아보았던 모양이었다. 한 팔을 들어 킁킁 자기 냄새를 맡아보더니 자기가 맡기에는 냄새가 좋은 것처럼 어깨를 으쓱했다.

물론 그녀의 냄새가 더 좋다는 건 인정해야 했지만 말이다. 그녀에게서는 들꽃 향기가 났다.

"안녕하세요."

일리아나가 무릎을 굽혀 예를 갖추고는 주교에게 도와달라는 시선을 보냈다. 깊은 수렁에 빠져버린 듯한 이 상황에서 대체 무슨 말을 해야 할지 어떤 행동을 해야 될지 알 수 없었다. 이런 남자가 신랑감이라니, 생전 처음 보는 낯선 남자……. 게다가 지독하게 악취를 풍기는 이 남자가!

"안으로 들어갈까요, 앵거스?"

주교가 점잖게 제안했다.

"뭐라도 좀 마셨으면 좋겠습니다."

"아, 그럼요, 그래야죠. 이리 올라오십시오."

앵거스 던바가 얼른 일리아나의 팔을 잡아 성 계단으로 안내했다. 다른 사람들도 그 뒤를 따랐다.

늙은 남자의 다리가 그녀보다 훨씬 길었기 때문에, 그녀는 치맛자락을 부여잡고 거의 뛰듯이 보조를 맞춰야 했다. 계단 위에 도착했을 때쯤에는 숨이 가쁠 지경이었다.

앵거스가 고개를 흔들며 혼잣말로 중얼거렸다.

"허약하군."

일리아나는 그 말에 '아니에요'라고 대꾸할 겨를도 없었다. 던바 성의 문이 열리고 자신의 집이 될 곳이 눈앞에 드러났기 때문이다. 내부가 외부보다 나으리라는 희망이 조금이라도 있었다면 천부당만부당한 착각이었다. 그야말로 형편없이 낡은 건물이었다.

오른쪽으로는 2층으로 이어지는 계단이 있었고, 거기서 좁은 통로로 이어지는 세 개의 문이 연결되어 있었다. 아마 침실일 것이다.

그녀는 다시 홀을 살펴보았다. 그 홀이 1층의 대부분을 차지했는데, 너무 높은 곳에 창문이 달려 있어서 그 틈으로 들어오는 화살모양의 빛줄기로는 어두운 동굴 같은 이곳의 음침함을 꿰뚫기에 역부족이었다. 한쪽 벽에 설치된 벽난로에 불씨가 살아 있지 않았더라면 무엇 하나 보이지도 않았을 것이다.

하지만 그 정도는 약과여서, 다른 부분을 살펴보던 그녀는 입을 다물지 못했다. 바닥에는 몸서리쳐지게 불결한 골풀이 덮여 있었고, 벽은 얼룩과 그을음의 혼합물인데다, 거기 걸린 태피스트리는 사람들의 무심함과 세월의 결과를 보여주고 있었다.

테이블과 의자들은 금방이라도 무너질 듯 보였다. 그곳에 앉기가 두려울 지경이었다. 살짝 무게를 가하더라도 부서져버릴 것처럼 보인다는 이유말고도, 음식 찌꺼기와 찌든 기름때가 없는 곳보다 있는 곳이 더 많았기 때문이다.

소름이 끼쳤다. 그녀가 살았던 집에서는 모든 것이 정갈하고 깨끗했다. 바닥에는 골풀이 아니라, 겨울에는 따뜻하고 밟기에 부드러운 러그들이 깔려 있었다.

일리아나는 지금 보이는 곳과 비슷하게 닮은 장소조차 본 적이 없었다. 울음을 터트려야 할까 아니면 돌아서서 달아나야 할까? 단 한가지 분명한 것은, 이런 곳에서 살 수 없다는 것이었다. 이렇게 불결한 환경에서는 도저히 살 수 없었다.

"맥주 하겠소?"

그녀의 생각을 아는지 모르는지, 던바의 족장이 그녀를 테이블로 안내해서 그 끔찍한 의자 중 하나에 눌러 앉혔다. 그는 술통으로 손을 뻗다가, 그녀가 발딱 일어서는 것을 보고는 다시 눌러 앉혔다.

"편히 쉬어요."

그녀는 소름끼치는 심정으로 앉아 있었다. 그는 손잡이 달린 큰잔을 집어들고 그 안에 남은 맥주 앙금을 바닥에 쏟아버린 다음 술통을 집어들었다. 하지만 금세 인상이 험악해졌다.

"비었잖아. 아, 이런."

흘깃 무슨 뜻인지 모를 눈짓을 아들에게 보내고는 그가 부엌 쪽으로 돌아서려 했다. 하지만 일리아나가 다시 서 있는 것을 알아차리고 불쑥 멈춰 섰다. 그리고 투덜대며 그녀를 다시 의자에 앉힌 다음에 부엌이 있는 곳을 향해 소리질렀다.

"지오셜! 맥주 더 가져와!"

일리아나가 또 다시 일어서려고 하자 그것을 본 그의 표정이 더 찌푸려졌다.

"토끼처럼 깡충깡충 잘도 일어나는군. 편히 앉으라니까 그러네."

그는 기분 나쁘지 않게 말하며 그녀를 의자에 끌어 앉혔다.

그리곤 그녀의 머리 너머를 쳐다보며 이상하게 몸을 비비틀기도 하고 고개를 까닥거리기도 하기 시작했다. 모르는 사람이 보면 발작이라도 일어난 줄 알았을 것이다. 하지만 그녀가 살짝 뒤를 돌아보자 거기 그의 아들이 서서 아버지가 보내는 신호를 가늘게 흘겨보고 있었다.

더 이상 짜증을 참지 못하고 앵거스 던바가 버럭 고함을 쳤다.

"이 옆에 앉으란 말이다, 이 놈아. 구애를 해야 할 거 아니냐."

"구애요?"

던컨이 멍하니 되받았다.

"어차피 결혼할 건데 그게 무슨 소용이에요?"

앵거스 던바가 눈알을 굴리고는 사죄하듯이 위컴 주교를 보았다.

"요즘 젊은애들이란, 정말 어쩔 수가 없지 않습니까?"

마침 부엌인 듯한 방향에서 백발머리의 여자가 홀로 걸어 들어왔다.

"아, 다행이다. 다과가 도착했어."

앵거스는 빈 술통과 새 술통을 교환한 다음, 일리아나의 잔이라고 스스로 결정한 술잔에 그 액체를 따라 부었다. 넘칠 정도로 가득 부은 잔을 그녀 앞에 내려놓더니 주교와 롤프 경의 술잔도 차례로 채웠다.

일리아나는 자신에게 배당된 술잔을 입으로 들어올렸다. 하지만 입에 대기 직전에 거무스름한 액체를 의심스레 들여다보았다. 액체 윗부분에 괴상한 벌레 한 마리가 떠다니고 있었다.

"왜 그래요? 맥주 싫어해요?"

약혼자의 질문에 일리아나가 흘깃 쳐다보았다. 여전히 실눈을 뜬 상태였지만, 그녀가 맥주를 마시지 않는 것을 알 정도로는 분간이 되는 모양이었다.

"아뇨, 여기에…… 그냥 목마르지 않아요."

상대방이 기분 상하지 않도록 거짓말로 얼버무렸다.

"아, 그렇다면."

그가 그 술잔을 집어서 자신의 입으로 들이댔다.

"어머나! 거기……."

일리아나가 놀라며 만류하려 했지만, 너무 늦어버렸다. 그는 한 모금에 술을 거의 다 들이부었다─벌레도 같이. 그녀는 멍하니 텅빈 잔이 테이블에 내려지는 모습을 지켜보았다.

"버리면 죄받잖아."

그가 잠깐 동안 미소를 보내고 나서 소매로 입을 닦았다.

일리아나의 눈이 커다래졌다. 아주 짧은 순간이긴 했지만, 그 남자가 미소를 짓자 에메랄드색 눈동자가 건강한 웃음기로 반짝이면서 완전히 다른 사람처럼 바뀌었다. 그 순간 숯검댕과 얼룩, 다른 정체를 알 수 없는 것들로 더러운 얼굴인데도 불구하고, 그가 잘생겨 보이기까지 했다. 물론 그는 소매로 입을 닦아서 단번에 그 모습을 망쳐버렸고, 그녀는 소맷자락이 그런 행동의 반복으로 가망 없이 지저분해져 있다는 사실도 관심을 돌려놓았다.

"아가씨?"

일리아나는 간신히 던컨에게서 하녀에게로 시선을 옮겼다.

"치마가……."

일리아나가 일어나서 고개 돌려 치맛단을 내려다보았다. 아주 잠깐 앉았을 뿐인데, 벌써 치마에 음식 부스러기와 얼룩들이 묻어 있었다. 커다랗게 젖은 자국도 나 있었다. 억지로 앉혀졌을 당시 그 의자가 완전히 마르지 않은 상태였던 게 틀림없었다. 위로 올라오는 냄새로 보아 분명히 맥주 웅덩이였다.

그녀는 짜증스럽게 치마를 털기 시작했다. 어렸을 때부터 옷을 소중히 여겨야 한다고 귀에 못이 박히도록 들어왔었다. 옷값이 비싼 데다가 도시 재단사들과도 멀리 떨어져 있었던 탓에, 다른 아이들처럼 땅바닥에서 뒹군 적도 없고 위험하게 뛰어다닌 적도 없었다. 언제나 숙녀처럼 단정하게 행동해야 한다는 것이 어머니의 가르침이었다. 지금 이 꼴을 어머니가 보신다면, 당장 까무러치고 마실 것이다.

에바가 얼룩을 없애려고 갖은 애를 써보았지만, 불가능한 일이었다. 그 치마의 운명은 여기서 끝이었다.

"그래요, 시간이 한없이 있는 게 아니지요."

앵거스 던바의 목소리를 알아차리면서 일리아나는 치마를 포기해버리고 남자들의 대화로 관심을 돌렸다.

"맞는 말이오."

롤프 경이 중얼거렸다.

"이 일을 빨리 마무리짓고 그후에 레이디 셰나이드의 문제를 해결해 보겠소."

앵거스가 날카롭게 아들을 노려보았고, 던컨은 한숨을 내쉬며 중얼거렸다.

"아버지는 셔웰에게 감정이 많아요. 오히려 셔웰이 진짜 결혼하겠다고 나설까봐 그게 걱정이시죠."

롤프가 놀라며 눈썹을 치켜들었다.

"레이디 셰나이드를 셔웰과 결혼시키고 싶은 게 아니란 말이오?"

"그 더러운 잉글랜드 새끼, 똥푸대같은 놈한테! 어림없는 소리 마시오!"

앵거스가 버럭 화를 냈다.

롤프가 힘없이 고개를 흔들어대자 주교가 그의 귀에 뭐라 속닥거렸고, 그후에 그는 다행스럽게 고개를 끄덕이며 던바 부자에게 억지 미소를 지었다.

"이 문제는 일단 미룹시다. 우선 아드님의 결혼식을 마무리짓고, 그 다음에 따님 일을 상의하도록 합시다."

한동안 긴장된 침묵이 흘렀고, 잠시 후 앵거스는 험악하게 고개를 끄덕였다.

"좋소. 셰나이드를 데려오라고 사람을 보내겠소."

"데려와요? 여기 없다는 겁니까?"

"그래요. 사냥을 나갔소. 멀리 가진 않았을 거요. 그 애 하나 찾는 건 일도 아니오. 그 애가 오는 즉시 예식을 시작합시다."

앵거스 던바가 문으로 향하는 동안, 하녀의 손을 밀어내면서 일리아나가 다급하게 롤프 경 옆으로 다가갔다.

"저기요!"

그녀가 슬쩍 남편이 될 남자를 쳐다보았다. 원래 있던 자리에 앉아 있긴 했지만 그들의 대화에 귀를 세우고 있는 게 틀림없었다. 그녀는 왕의 충복들에게 간절하게 호소했다.

"전 이 일을 감당할 수 없을 것 같아요."

롤프 경은 별다른 감흥 없이 무심하게 고개를 흔들었다.

"감당하다니?"

"이 상황이 보이지 않으시나요? 어떻게 저더러 여기서 살라는 말씀이세요? 어떻게 저 남자와 결혼하라고 하실 수 있어요?"

그녀가 테이블에 앉은 남자를 가리켰다.

"엄청 지독한 냄새가 나요. 사방에서 악취가 풍긴다고요. 이 사람들은 술고래예요. 술 냄새뿐만이 아니라 몸에서도 지저분한 냄새가 난다고요."

롤프 경이 주위를 둘러보았다. 그때서야 처음으로 던컨의 그다지 깨끗하지 않은 옷차림부터 얼룩덜룩한 태피스트리와 너덜너덜한 주변을 알아차린 듯했다. 밑을 내려다보니, 바닥의 골풀과 뒤섞인 뼈다귀와 물렁뼈들, 그리고 정체를 알고 싶지도 않은 다른 찌꺼기들이 눈에 띄었다.

"흐음, 다소 지저분하긴 하군."

그가 천천히 수긍했다.

"지저분해요? 그 정도가 아니라 여긴 돼지우리에요!"

"여자의 손길이 필요한 것뿐이라오, 레이디 일리아나."

주교가 말문을 열었지만, 일리아나는 지금 쉽사리 진정될 기분이 아니었다.

"주교님, 만 명의 여자가 손을 대더라도 여길 바로잡을 수는 없을 거예요. 이렇게 야만적인 사람들 사이에서 살 수는 없어요. 용납이 안 돼요. 의자에 잠깐 앉았을 뿐인데 제 옷이 어떻게 됐는지 보세요. 망가졌다고요! 불가능한 일이에요. 난 결혼하지 않겠어요."

롤프 경과 주교가 망연자실하게 서로를 쳐다보았다. 그리곤 젊은 남자가 한숨을 내쉬었다.

"어머니를 생각해야하지 않겠소?"

일리아나의 몸이 굳어졌다. 시퍼렇게 멍이 들어 눈물 흘리던 엄마의 모습이 생생하게 떠올랐다. 그녀의 어깨가 비참하게 늘어졌다. 어쩔 수 없는 일이었다. 선택의 여지가 없었다.

그녀에게는 와일드우드에서 멀리 떨어진 곳에 사는 힘있는 남편이 필요했다. 의붓아버지로부터 그녀를 안전하게 지켜줄 수 있는 남편이 있어야 했다. 지금 처한 곤경에서 어머니를 구할 수 있는 길이 그것뿐이었다.

"다른 사람은 없나요?"

그녀가 애처롭게 물었다.

"그렇다오. 게다가, 당신 아버지가 돌아가시기 전에 결혼을 성사시켰다는 증표가 그린웰트에게 이미 넘어갔소. 그 편지에 왕의 인장이 찍혀 있는데. 이젠 번복할 방법이 없어요."

"그래요, 물론 그러시겠죠. ……정말…… 어쩔 수 없는 건가요?"

그녀가 비참하게 중얼거렸다.

"던바 경과 국왕의 계약이 다 끝났답니다."

롤프 경이 대답했다.

# 2

"아유, 예뻐라."

하녀가 베일과 드레스를 만지작거리며 수선을 피워대고 있었다. 일리아나는 그런 하녀를 힘없이 쳐다보았다.

롤프 경과 주교님이 2층에 가서 결혼식 준비를 하라고 하셨는데, 아마 혼자 조용히 시간을 갖으면서 운명을 받아들이라는 일종의 배려인 모양이었다.

이것은 그야말로 충격이었고, 최근에 끝도 없이 이어지는 불행의 연속 가운데 하나였다.

첫 번째 불행은 사랑하는 아버지가 돌아가셨다는 소식과 함께 2개월 전에 찾아왔다. 두 번째는 그 소식이 도착한 형식이었다. 그들의 영지 근처에 있는 그린웰트 남작이 눈곱만큼의 동정심도 없이 아버지의 사망 소식을 전했다. 그리고는 어머니를 잔인하게 구타하면서 자신이 가져온 결혼 서약서에 이름을 적으라고 강요했다.

그 자의 계략은 성공했다. 비록 어머니를 매질한 것 때문이 아니라

협조하지 않을 경우에 일리아나에게까지 피해가 미칠 거라는 그린웰트의 위협 때문이긴 했지만.

그 당시 승마하러 밖에 나갔던 일리아나는 가짜 결혼식이 끝났을 때쯤 집에 돌아왔다. 손님이 와 있다는 사실을 알아차리기도 전에, 어머니가 쓰러지듯이 그녀의 품으로 달려와 안기면서 그 충격적인 소식을 쏟아놓았다. 게다가 어머니의 퉁퉁 부은 입술 사이로 나오는 말들을 제대로 파악하지도 못했는데, 그린웰트가 그들을 갈라놓고는 일리아나를 집밖으로 쫓아버렸다.

어머니의 울부짖음이 아직도 귀에 생생했다. 일리아나는 밧줄에 묶여 아무렇게나 짐수레에 던져졌고, 도둑질 한 죄인처럼 그린웰트 성으로 실려가야 했다.

그곳에 가는 두 시간 동안 내내 충격과 당혹감에 빠져 있었고, 그후로 삼 일 동안은 보초가 지키고 있는 방에 누워서 아버지의 죽음을 비통해했다.

식사도 물도 다 거부하고 그저 침대에서 흐느껴 울기만 했다. 하지만 4일째 되던 날 아침, 격렬한 분노가 치밀었다. 만신창이가 된 채 눈물이 넘쳐흐르던 엄마의 눈동자가 떠오르면서 몸서리가 쳐졌다. 그래서 그녀는 그린웰트 성에서 도망치기 위한 계획을 세웠다.

감시망을 피해서 어떻게 빠져나갈까? 와일드우드 영지에 몰래 숨어 들어가 어머니를 가까운 친척집으로 피신시킬 수 있는 방법이 무엇일까?

지금 생각해 보면 너무 순진한 생각이었다. 상대를 너무 과소평가한 것이다. 그 자는 그녀를 생면부지의 사람들밖에 없는, 도움을 청할 사람 하나 없는 그린웰트 성으로 쫓아버렸다. 그동안에 자신은 어머니를 다그치며 와일드우드에서 세력을 키우려는 속셈이었다.

일리아나는 몇 번이고 탈출을 시도했다. 하지만 그때마다 다시 붙잡혀서 매질을 당했고 결국에는 탑에 갇혀버렸다. 그런데 갑자기 남작이 찾아오더니 그녀에게 곧 결혼하게 될 거라고 선포를 했다.

그러더니 목욕물이 들어왔다. 감금당한 이후 처음으로 목욕을 할 수 있게 된 것이다. 그리고 에바를 들여보내서 새 옷까지 입히고는 롤프 경과 위컴 주교를 소개시켜 주었다. 그들은 그녀를 스코틀랜드로 데려가 결혼시킬 거라고 했다. 일리아나는 그 말을 믿지 않았다. 오로지 기회가 생기는 즉시 탈출하겠다는 결심으로 그린웰트 성을 떠났다. 그런데 그날 밤 롤프 경과 주교에게 사건의 전말을 듣게 되었다.

엄마는 돌아가신 앤 왕비의 친한 친구였는데, 왕에게 그 우정에 호소하는 편지를 써보냈다고 했다. 그린웰트가 엄마에게 결혼을 강요했으며, 일리아나를 그 미끼로 이용했던 사실, 그리고 앞으로 리차드 왕의 지배를 받지 않는 권세가 귀족과 일리아나를 결혼시키려 한다는 이야기가 그 편지에 담겨 있었다.

국왕은 즉시 롤프 경과 주교를 파견하여, 그후에는 스코틀랜드의 던바 가문과 거래를 성사시키라고 그들을 와일드우드로 보냈다.

레이디 와일드우드의 재혼 소식에 대해서는 그린웰트가 아직 보고를 하지 않은 상태이므로, 그들은 일단 놀라는 척을 하고 나서 일리아나의 아버지가 세상을 떠나기 전에 딸의 결혼 상대를 정해두었다고 그린웰트에게 알렸다.

와일드우드 경과 던바의 족장이 아일랜드에서 만나 약속했으며 왕이 그 증인이라고 설명했다. 그러면서 그들은 와일드우드 경이 계약을 수행할 수 없게 되었기 때문에 왕이 직접 나선다는 내용이 줄줄이 담긴 편지를 레이디 와일드우드에게 전달했다.

이쯤 되니 그린웰트는 일리아나를 내줄 수밖에 없었다.

그녀가 왜 하필 집에서 멀리 떨어진 스코틀랜드의 남자를 골랐느냐고 물었을 때, 롤프 경은 그녀를 안전한 곳으로 멀리 보내놓아야 국왕이 어머니를 도울 수 있을 거라고 대답했다. 일리아나가 그린웰트의 손이 미치는 곳에 남아 있으면 그 일이 어려워진다는 설명이었다.

그린웰트 남작은 일리아나를 인질로 삼아서 레이디 와일드우드의 협조를 얻어내고 결혼을 취소할 수 없도록 만들 계획이었다. 그러니 일리아나가 스코틀랜드에서 결혼해 살게 되면, 안전해지는 것은 물론이고 어머니도 운신의 폭이 넓어지기 때문에 왕의 도움을 받아서 결혼을 쉽게 취소할 수 있을 거라고 했다.

일리아나는 그 설명에 마음이 놓였다. 모든 일이 잘 풀릴 거라고 믿었다. 그녀가 안전한 스코틀랜드에 있으면, 어머니가 이 비열한 결혼 상태에서 벗어날 수 있을 테고, 그린웰트도 왕의 처벌을 받을 것이다.

하지만 지금 일리아나는 자신의 어리석음이 한탄스러웠다. 국왕이 어떤 남자를 남편감으로 골랐는지 생각해 보지도 않고 그저 최선을 다해 주었으리라 믿었으니 말이다.

던컨 던바가 그 적당한 남편감이었단 말인가? 그렇게 생각했다면 왕의 안목이 형편없다고 밖에 말할 수 없다. 그녀는 낙담한 채 침대 끝에 내려앉았다. 그때 도망쳤어야 했던 것이다. 도망칠 기회가 있었는데도 포기해 버린 것이 잘못이었다.

그녀는 왕이 모든 것을 알아서 해 주리라 생각했다. 더구나 자신의 미래와 행복, 생명까지 이 남자들의 손에 맡겨놓고는 다행스러워했다. 얼마나 멍청했던가. 그 실수 때문에 행복해질 기회를 모조리 잃어버렸다.

다만 자신의 이 희생으로 어머니가 자유를 찾게 될 수 있다면 그나마 다행한 일이 될 것이다.

아랫입술을 깨물며 그녀는 에바가 골라준 연한 크림색 드레스 자락을 잡아당겼다. 그녀가 가진 옷 중에서 제일 좋은 옷이었다. 그런데 이것마저 오늘 하루가 끝나기 전에 망가지고 말 거라는 생각이 들었다. 그러자 한숨이 나왔다.

이제 조금 있으면 아래층의 그 괴상망측한 사내와 결혼해서 잠자리까지 같이 해야 할 마당에 옷 걱정이나 하고 있을 때인가?

그녀의 시선이 침대 위의 커튼에 닿았다. 불연 듯 눈살이 찌푸려졌다. 예쁜 크림색 바탕에 검붉은색과 파란 꽃들이 수놓아진……

벌떡 일어나서 침대를 노려보았다. 그래, 그건 분명 와인색과 파란

색의 꽃만으로 이루어진 게 아니었다. 불에 그을린 탁한 색까지 섞여 있었다. 감히 추측해 보자면, 적어도 10년 동안 이 커튼을 빨지 않았을 것이다. 어쩌면 그 이상이 흘렀는지도 몰랐다. 침대의 시트 상태에 대해서는 생각조차 하고 싶지 않았다.

"꽃다발이 있어야 할 텐데……."

하녀의 중얼거림에 일리아나가 입을 떡 벌리고 돌아섰다.

"꽃다발?"

그녀가 비명을 질렀다.

"꽃다발이라고! 뭐 하러? 여기 사람들한테 예쁘게 보이려고? 도살장에 끌려가는 양에게 리본이라도 달아 주자는 거야?"

에바는 멍하니 주인을 쳐다보았다. 지금까지 주인 아가씨가 이런 식으로 성질 부리는 걸 본 적이 없었다. 게다가 그 주인 아가씨는 이제 베일을 벗어 던지고 침대로 몸을 날려 그 위에 덮인 시트까지 찢어 내고 있었다.

"이렇게 불결하고 구역질 나는 데서 잘 순 없어. 내 침대 시트 어딨어?"

에바가 눈을 깜박거렸다.

"뭐요?"

"내 침대 시트!"

일리아나가 버럭 소리쳤다.

"엄마와 내가 같이 만들었던 거 있잖아. 침대 시트 가져왔지? 그거 어딨어? 어딘가 있을 거야, 그렇지?"

"아, 네."

하녀가 얼룩을 지워보려고 들고 있던 드레스를 내려놓고 열 두개 남짓한 궤짝들을 뒤지기 시작했다. 레이디 와일드우드가 그걸 다 가져가야 한다고 고집했었다. 그린웰트 경이 반대하긴 했지만 롤프 경과 주교가 있는 앞에서 끝까지 반대하지는 못 했다.

"여기 있네요!"

하녀가 집어 올린 시트는 자장자리에 꽃과 공작새들을 손수 수놓아서 만든 깨끗하고 고운 하얀색이었다.

"이걸 깔아요?"

"그래."

그 시트를 바라보며 일리아나의 표정이 조금 부드러워졌다. 어머니와 함께 불가에 앉아서 그 수를 놓으며 보낸 시간들이 생각났다. 그 천을 뺨에 문질러 보니 깨끗한 느낌이 황홀할 지경이었다. 그런데 갑자기 문에서 나는 노크소리에 그 기분은 산산조각 나고 말았다.

"누구세요?"

에바가 떨리는 목소리로 물었다.

"날세. 시간이 됐어."

롤프 경의 목소리였다. 일리아나는 눈을 뜨고 에바의 불안해하는 표정을 쳐다본 다음, 한숨지으며 고개를 끄덕였다.

"잠깐 기다리세요!"

에바가 소리쳤다.

하녀에게 시트를 건네주고 일리아나는 베일을 집어들어 얼굴을 가렸다.

"침대보를 싹 걷어내고 이걸로 다시 깔아. 쓰레기더미에서 자진 않겠어. 그리고 하인 몇 명 불러서 트렁크를 벽으로 옮겨."

"짐을 풀까요?"

"아니. 이 돼지우리를 청소하기 전까지는 안 돼."

일리아나가 험악한 표정으로 문으로 걸어가다가 다시 뒤를 돌아보았다.

"목욕물도 준비해 놔. 남편이 목욕할 물, 목욕을 안 하면 이 침대에서 절대 재우지 않을 거야."

아래층의 야만인과 결혼하는 것에는 달리 선택의 여지가 없었지만, 결혼생활의 방식은 선택할 수 있었다.

그래. 이렇게 살진 않을 거야. 그녀가 결연하게 마음을 다졌다. 그 남자가 매질을 할지도 모르고, 목을 조를 지도, 심지어 죽이려 들지도 모른다. 하지만 이렇게 살진 않을 것이다. 이대로 살 바에는 차라리 죽는 게 낫다.

그녀는 문을 열고 그 앞에 서 있는 롤프 경의 팔짱을 꼈다. 그의 걱정스런 표정으로 보아, 하녀에게 했던 마지막 말을 들은 모양이었다.


던컨은 동생의 농담에 다른 사람들처럼 껄껄 웃으며 술잔을 입으로 가져갔다. 내용물을 반쯤 들이키고는 잔을 슬쩍 내리면서 자신의 신부를 쳐다보았다. 그녀는 중앙 테이블의 아버지 옆자리에 앉아 있었다. 롤프 경과 같이 아래층으로 내려왔을 때와 전혀 달라지지 않은 험악한 표정이었다.

결혼식이 진행되는 동안에도, 맥없는 목소리로 서약을 할 때에도 똑같이 저 표정이었다. 지금의 이 운명이 전혀 기쁘지 않다는 것을 만천하에 공표하는 것과도 같았다.

던컨은 처음에는 조금 짜증이 났을 뿐이었지만 이젠 화가 치밀었다. 애초에 이 결혼식을 올린 이유가 무엇인가. 저 여자의 의붓아버지 때문에, 저 여자를 구하기 위해서 하는 결혼이었다. 그는 저 여자의 갤러해드, 원탁의 기사였다.

그런데 고마움의 표시란 게 고작 저 표정이란 말인가. 이 장소에 있는 게 참을 수 없이 싫다는 거, 이 결혼이 창피스럽다는 걸 부족 사람들 앞에서 공공연하게 드러내지 않으면서.

빌어먹을! 그런데 그보다 더 지독한 것은, 이제 말짱해진 눈으로 결혼식장에 들어선 여자를 보는 순간……. 그 여자에게 이상하게 매력을 느꼈다는 점이었다.

던컨은 인상을 구기며 자신의 신부를 노려보았다. 대체 뭐가 매력적인 걸까? 도무지 알 수가 없었다.

그녀의 머리카락은 갈색이었다. 호두나무와 벚나무색이 섞인 사랑스런 갈색이었다. 그러나 그는 지금까지 금발머리를 훨씬 선호하는 취향이었다. 그녀의 눈은 비에 젖은 하늘과 같은 회색이었지만, 던컨은 언제나 초록색 눈동자를 더 좋아했다. 작고 오똑한 코는 그런 대로 괜찮았다. 그리고 하트 모양의 입술은 아주 오동통하면서 달콤해 보였다. 그런 입술을 전엔 본 적이 없었다. 남자를 자극하려고 만들어진 것 같은 저 입술 때문에, 지난 몇 시간 동안 에로틱한 생각들이 뇌리에서 떠나질 않고 있었다.

주위의 친구 녀석들도 전혀 도움을 주지 않았다. 첫날밤 어쩌구 하는 농담들이 이미 크게 부풀어 있는 아랫부분에 부채질을 해댔다. 맥주를 마셔봐도 소용이 없었다. 저녁 내내 줄기차게 목구멍으로 술을 들이붓고 있는데도 전혀 아랫부분의 묵지근한 느낌을 진정시켜 주지 못했다. 오히려 어서 빨리 신부를 침대로 데려가고 싶은 마음에 더 다급해졌다. 그러면서도 상대방의 기분이 똑같은 상태가 아니라는 게 너무 명백했기 때문에 화가 치밀었다.

"야, 신부 좀 그만 쳐다봐라. 너무 뜨거워서 골풀에 불붙을 지경이야. 수영이라도 하는 게 어때?"

던컨의 시선이 말한 남자에게 옮겨갔다. 자신의 사촌이자 친구인 알리스테어였다. 아니, 적어도 전에는 친구였지만 지난 몇 년간 던컨이 족장의 일을 인계하기 시작하면서 그들의 사이가 소원해졌다. 부족을 위해 할 일이 많아지는 바람에 알리스테어와 알프리드, 셰나이드가 어울려 사냥하러 나갈 시간이 줄어든 것이다. 그렇다고 세 사람까지 뿔뿔이 흩어진 것은 아니었다. 오히려 세 사람은 전보다 더 가까워진 것 같았다.

"그런 병은 수영해서 낫는 게 아냐."

알프리드가 킥킥거리면서 셰나이드를 흘깃 쳐다보았다. 셰나이드도 활짝 미소지었다.

"맞아. 오빠 병을 낫게 할 방법은 딱 하나뿐이야. '휴마간디' 바로 그거라고."

'휴마간디' 게일 어로 간음이라는 뜻의 상스런 말을 듣게 되자, 던컨의 인상이 당장에 찌푸려졌다. 셰나이드가 아무리 남자처럼 싸우고 말술을 들이킨다 해도, 여자로서 하지 말아야할 일도 있는 법이었다. 그가 지저분한 테이블에 술잔을 쾅 내려놓으며 소리쳤다.

"입 조심해, 셰나이드! 다시 그따위 말을 하면 비누로 주둥이를 막아버릴 테다."

그녀는 그 위협에 겁을 먹기는커녕 까르르 웃어댔다.

"나한테 그래봤자 소용없어. 날 오빠 신부 같은 숙녀로 만들기에는 너무 늦은 거 아냐?"

그녀가 재수 없다는 듯 일리아나 쪽을 흘깃 보았다.

"저 여자, 기운도 하나 없고 까탈스러워 보여. 저런 여자를 오빠가 어떻게 견뎌낼지 몰라."

"네가 신경 쓸 일이 아니야."

"그래, 그나마 그게 다행이지. 하지만 내 말대로, 교미할 시간이 훨씬 지난 건 분명해. 가자, 알프리드."

작은 체구의 여자가 씩 웃으며 셰나이드의 뒤를 따랐다. 두 여자가 상석을 향해 성큼성큼 걸어가기 시작했다. 던컨도 초반에는 그 테이블에서 신부의 옆에 앉아 식사했지만, 잡스러운 절차가 끝나는 즉시 자리를 박차고 일어나 다른 사내들 틈으로 옮겨 앉았다. 떠들썩한 분위기에서 실컷 술을 마시려고 말이다.

그런데 이럴 수는 없는 일이었다. 아직도 저 잉글랜드 여자만큼이나 말짱한 기분이라니! 던컨이 이런 생각을 하고 있는 사이 동생의 움직임이 보였다. 점점 멀어지는 동생을 쳐다보면서 무슨 짓을 하려는 건지 천천히 감이 잡혔다. 그래서 던컨은 동생을 잡으려고 일어섰다. 하지만 술에 취한 던컨은 동생을 붙잡으려고 일어섰을 때 의자에 걸려 바닥으로 널브러졌다.

남자들이 짓궂게 놀려대며 그를 일으켜 세웠을 때는 이미 늦어버렸다. 셰나이드와 알프리드가 그의 아내를 계단으로 끌고 가는 중이었다. 상대방이 전혀 내켜하지 않는데도, 두 여자는 극구 그녀의 양팔을 붙잡고 계단으로 끌고 올라갔다.

"나 혼자 준비할 수 있어요, 고맙지만 사양할게요."

이번이 세 번째 간청이었다. 하지만 일리아나가 아무리 사양을 해도, 세나이드는 완벽하게 무시해 버렸다.

두 여자가 잠자리에 들 시간이라며 옆에 다가섰을 때 일리아나는 공포에 사로잡혔다. 조금 더 앉아 있겠다고 주장했지만, 두 여자 모두 들은 척도 않고 그녀의 양쪽 팔을 움켜쥐더니 자리에서 일으켜 세워서 거의 우격다짐하듯이 계단으로 끌고 올라갔다.

일단 방에 들어와서는 문을 닫아버리고 작은 여자가 옷 궤짝을 샅샅이 뒤지는 동안 세나이드는 일리아나의 옷을 벗겨주겠다고 나섰다—일리아나가 그녀의 '도움'을 전혀 원하지 않는 다는 사실에는 아랑곳하지도 않고!

"어머나!"

외마디 탄성소리가 일리아나의 격앙된 몸부림을 중단시켰다. 흘깃 쳐다보니, 알프리드가 궤짝 하나에서 투명한 하얀색 튜닉을 천천히 들어올리고 있었다. 그 가운을 보자 가슴 한쪽이 뭉클해졌다. 어머니가 그녀를 위해 특별히 만들어주신 옷, 첫날밤에 입으라고 선물하신 바로 그 옷이었다. 그 당시에는 신랑과 신부의 첫날밤을 위해 완벽한 옷이라고 생각했었다. 하지만 그때는 최소한 좋아하는 남자와 결혼하게 되려니 생각했던 때였다. 이런 상황에 처하게 될 줄을 누가 상상이나 했겠는가.

그녀는 이를 앙 다물고 아까부터 귀퉁이에 쭈그리고 앉아 있는 에바를 쳐다보았다.

"저건 안 돼. 에바, 크림색 가운 좀 가져와."

하녀가 머뭇거리다가 조심조심 움직여 알프리드가 바닥에 흐트러놓은 옷가지들을 뒤졌다. 그리곤 두껍고 따뜻해 보이는 잠옷 하나를 찾아냈다. 그 뒤에 감춰져 있을 몸매를 오로지 상상에 맡겨야 하는 그런 잠옷이었다.

셰나이드는 당연히 이번에도 그녀의 소망을 무시했다.

"안 돼요. 하얀색 입어요."

그러면서 계속 일리아나의 옷을 벗겨냈다.

"그거 가져와, 알프리드."

"크림색으로 입겠다니까."

일리아나가 날카롭게 받아쳤다.

"하얀색이 더 나아요."

"난 크림색이 좋아요."

"우리 오빠는 하얀 걸 더 좋아할 거예요."

"나하곤 상관없어요, 당신 오빠가……."

일리아나의 말이 중간에서 끊겼다. 레이디 셰나이드의 몸이 굳어졌기 때문이었다. 기분이 상한 걸까? 그녀의 머리 위로 우뚝 솟아 있는 아마존의 여전사를 화나게 하는 건 일리아나로서 감히 할 수 없는 모험이었다.

일리아나는 165센티미터의 보통 키였지만, 셰나이드는 족히 13센티미터나 더 크고 몸집도 탄탄했다. 게다가 저돌적인 타입인 듯했다. 이곳의 다른 사람들처럼 야만적이기까지 하리라.

셰나이드가 계속 쳐다보고만 있자 그녀는 어색하게 물어보았다.

"왜 그래요?"

"그……."

셰나이드는 더 말을 잇지 못하고 손가락만 앞으로 내밀었다. 그 여자의 몸매 때문에 이렇게 넋이 나가버렸다는 말을 차마 할 수 없었다. 소녀 시절부터 자신이 꿈꿔왔던, 모든 곡선과 평면들이 멋들어지게 균형을 이룬 몸매였던 것이다.

"그 망할 잠옷이나 줘요."

일리아나는 불쾌하게 말하며 알프리드의 손에서 야들야들한 잠옷을 잡아챘다. 이렇게 웃풍이 심한 낡은 성에서, 이 무슨 우스꽝스런 짓거리란 말인가.

그녀가 옷을 입는 동안에도 세나이드는 계속 쳐다보았다. 그후에 천천히 문으로 몸을 돌렸다.

"오빠가 왜 이렇게 오래 걸리는지 알아볼게요."

일리아나는 입술을 물어뜯으며 여자들의 뒷모습을 지켜보고 나서, 문이 닫히자마자 에바에게 휙 돌아섰다.

"아빠가 선물했던 가죽 벨트 가져와. 이 잠옷이 있던 궤짝에 있을 거야."

에바의 눈이 기겁을 하며 커졌다.

"안 돼요, 아가씨. 설마 그 괴상한 장치를 하시겠다는 건 아니죠?"

일리아나의 표정이 험악해졌다.

"할 거야. 가져와."

하녀는 잠깐 망설이다가 어쩔 수 없이 그 물건을 찾아들었다. 그리곤 있는 대로 인상을 찡그리며 주인 아가씨에게 건네주었다.

일리아나가 슬픈 얼굴로 가죽 벨트를 받아들었다. 아버지는 언제나 여행에서 돌아올 때마다 이상하고 특이한 선물을 안겨주었다. 그 중에서도 가장 괴상망측한 것이 이 물건이었는데, 이태리를 여행하다가 얻었다며 가죽 벨트를 아내와 딸에게 하나씩 선물했었다. 자신의 친구 프란체스코 카라로가 발명한 것으로, 일명 '정조대'라는 거라고 설명해 주었다.

일리아나는 '정조대'를 응시하며 고개를 흔들었다. 대관절 무슨 생각으로 이렇게 바보 같은 물건을 만들었을까? 두꺼운 가죽으로 가운데 넓은 끈을 대고 그 뒤쪽까지 연결이 되었는데, 허벅지 사이를 통해 앞쪽으로 돌아 감으면 금속 자물통으로 잠금 장치가 되어 있었다. 지독히도 불편해 보이는 모양새였다.

자물통을 풀어내자 가운데 끈이 밑으로 툭 떨어졌다. 일리아나는 잘근잘근 입술을 깨물며 그 괴상한 물건을 살펴보다가 결의에 찬 동작으로 잠옷을 끌어올렸다. 착용하는 자세까지도 민망하기 그지없었다. 뒤로 늘어진 끈을 잡아서 다리 사이로 끌어올린 다음에 자물통을 잠갔다. 그제야 만족스럽게 고개를 끄덕이며 열쇠를 쳐다보았다. 이것을 어떻게 해야 할까?

방안을 휘 둘러보니 침대 위의 닫집이 눈에 띄었다. 그래서 그 위로 열쇠를 집어던졌다. 열쇠 무게로 인해서 천이 늘어지지 않는다는 것을 확인했을 때쯤, 복도에서 떠들썩한 남자들의 목소리가 들려왔다. 그녀는 침대로 뛰어들어갔다. 남편이 곧 도착할 것이었다.

# 3

남편이 한 무리의 남자들 손에 이끌려 방으로 운반되고 있었다. 일리아나는 이불 위로 살짝 얼굴을 내밀어 그 모습을 지켜보았다. 사내들이 알아들을 수 없는 게일 어로 커다랗게 웃으며 농담을 퍼부어 댔고, 이 순간만큼은 그 말을 이해하지 못하는 게 천만다행이었다.

앵거스 던바가 그녀에게 찡긋 윙크를 보내고는, 던컨을 바닥에 눕혀, 옷을 완전히 벗기라고 명령을 했다.

일리아나는 머리통에 커다랗고 동그란 구멍이 생긴 것처럼 눈이 커다래졌다. 남자들이 남편의 플래이드를 벗기고 그 안에 입은 길다란 셔츠까지 벗겨냈다. 엄마에게 첫날밤에 대해서나 벌거벗은 남자의 모습에 대해서 어느 정도 설명을 듣긴 했지만, 지금 그녀의 눈앞에 드러난 신체는 상상했던 것과 사뭇 달랐다.

솔직히 말하자면, 상상했던 것보다 훨씬 더 컸다. 남성의 상징이 있는 그곳을 응시하면서 그녀의 머릿속이 아득해졌다. 기절해 버릴 것 같았다.

세상에, 저런 것이 어떻게 몸 속에 들어온단 말인가. 하나님 맙소사! 내 몸이 갈기갈기 찢어지고 말 거야.

아참, 지금 당장은 그런 걱정을 할 필요가 없었다. 정조대를 차지 않았는가. 일리아나는 다행스러워하며 두려움을 진정시켰다. 열쇠는 숨겨두었고 남편이 목욕하기 전까지는 절대 내주지 않을 것이었다. 그런데 저 남자가 정말로 목욕을 하면 어쩌지?

하지만 그보다 더 급박한 문제로 관심을 돌려야 했다. 남자들이 남편을 침대로 데려와서 그녀의 옆에 눕히려고 이불을 들쳐 올린 것이다. 아주 잠깐, 입었다고 할 수도 없는 그녀의 잠옷이 드러났다. 일리아나는 얇은 옷감 사이로 가죽 벨트가 보일까봐 얼른 이불을 잡아당겼다.

에바가 걱정스레 뒤돌아보며 남자들을 따라나갔고, 문이 닫히자 남편과 그녀 단 둘만이 남게 되었다. 그녀는 이제 심각하게 남편을 마주보려고 고개를 돌렸다. 그런데 남자들이 왜 그를 운반해 와야만 했는지 그 이유를 새삼 깨달을 수 있었다. 남편은 완전히 곤죽이 되어버려서 부축하는 손이 없어지자 혼자 힘으로 앉기도 힘든 상태였다.

"침대에서 나가요"

던컨은 맥주에 절여진 뇌로 그 말뜻을 천천히 들여보내면서 눈을 깜박였다.

"나가?"

"그래요. 목욕하기 전에는 이 침대에 올라올 생각 마세요."

"목욕?"

상대방은 그 단어 하나만 알아들은 모양이었다. 그녀가 이불 밑으로 무릎을 끌어올리자 자연스럽게 그의 몸에 그녀의 발이 닿은 상태가 되었다.

"안 돼."

마침내 던컨이 대답했다.

"난 7월까지 목욕 안 해."

"그럼 7월까지 여기서 잘 생각 말아요."

남편이 계속해서 그녀의 말을 이해하려 노력하고 있을 때, 그녀는 와락 그의 엉덩이를 발로 밀어버렸다. 그렇지 않아도 몸을 주체하지 못하던 던컨은 여지없이 침대 밑으로 굴러 떨어졌다.

일리아나는 단단히 마음을 다잡았다. 그가 이제 곧 격분해서 일어날 것이고 싸움을 시작해야 할 것이다. 심호흡을 하며 그 싸움에 대비를 했다. 그런데 몇 분이 지나도록 아무런 반응이 없었다. 차츰 초조하고 불안한 마음이 밀려들었다. 몇 분이 더 지나자 더 이상 기다릴 수가 없었다. 용기를 내서 침대 끝으로 슬그머니 움직여 아래쪽을 내려다보았다.

그 남자는 조용히 바닥에 등을 대고 누워 있었다. 일리아나는 아주 잠깐 미칠 듯한 두려움에 사로잡혔다. 죽었으면 어쩌지? 하지만 그의 가슴이 오르락내리락하는 걸 확인하고는 긴장을 풀었다.

의식을 잃었을 뿐이야. 끝도 없이 들이부은 술 때문인지 머리를 부딪힌 탓인지는 알 수 없지만, 하여튼 죽지 않은 것만으로도 다행이란 생각에 어느 쪽이든 상관없었다. 적어도 오늘밤에는 이 남자가 무슨 짓을 할지 걱정할 필요가 없었다.

남편이 정신을 잃고 쓰러져 있는 걸 보니 은근히 호기심이 생겨났다. 그녀가 그의 아랫부분으로 시선을 내려 빤히 쳐다보았다. 그녀의 눈썹이 휙 위로 올라갔다. 전에 남자의 가슴이나 팔뚝이나 다리 같은 부분을 본 적은 있지만, 이건 전혀 새로운 부분이었다. 신기하기까지 했다.

그 부분을 애써서 묘사해 본다면, 사타구니 밖으로 커다랗고 성난 분홍색의 버섯이 자라 있는 듯해 보였다. 지극히 흥미롭다는 결론이 내려지자 이젠 그 느낌이 궁금해졌다.

슬쩍 그의 얼굴로 시선을 올려 아직 의식불명 상태라는 걸 확인한 후에, 살그머니 손을 뻗어 그 위로 가볍게 손가락 하나를 대보았다. 그리고는 화들짝 떼어냈다. 부드럽고 매끈한 느낌도 예상을 벗어나긴 했지만, 그녀가 뭐에 물린 것처럼 반응한 이유는 따로 있었다. 손이 살짝 닿기만 했는데도, 그 부분이 태양 빛을 받으려는 나무처럼 고개를 쳐들면서 2~3센티미터나 더 커진 듯했기 때문이었다.

잠시 넋이 나가 있던 일리아나는 나머지 부분으로도 관심을 기울였다. 남편은 멋진 몸매의 소유자였다. 팔뚝과 어깨 그리고 가슴이 모두 그녀의 두 배쯤 될 정도로 넓었고, 그 밑으로 날렵한 허리와 엉덩이가 이어져 우람한 허벅지와 종아리로 마무리를 지었다. 하지만 발가락은 좀 이상했다. 두 번째 발가락이 엄지발가락보다 더 긴 것 같았다.

던컨이 갑자기 콧김을 뿜어내며 킁킁거렸다. 놀라서 그의 얼굴을 쳐다보았지만, 금세 얌전하게 코를 골았다. 그녀는 느린 한숨을 내쉬며 원래 누웠던 침대의 자리로 돌아왔다. 촛불을 끄고 누워서 내일 아침에 남편이 어떤 반응을 보일 것인가 잠시 걱정스러워했다. 하늘같은 남편을 발로 걷어찼다고 보나마나 불같이 화를 낼 것이다. 하지만 이렇게 불결한 환경에서는 도저히 살 수 없었다. 그렇게 불결한 남자에게는 손가락 하나 건드리지 못하게 할 것이었다.

엄마가 누누이 말씀하셨듯이, 처음 시작부터 잘해야 하는 법이다. 그리고 그녀는 지금 엄마의 천금같은 충고를 따르고 있었다. 남편의 코 고는 소리를 자장가 삼아 잠으로 빠져들면서 일리아나는 잘 하는 짓이라고 자신을 다독거렸다.


던컨은 부르르 몸을 떨며 옆으로 돌아누웠다. 하지만 딱딱한 뭔가에 무릎이 부딪히면서 신음이 터져 나왔다. 눈을 떠보니 하얀 천자락이 앞에 늘어져 있었다. 이게 어찌된 일인지 잠시 고민스러웠다. 그 다음에는 등짝과 엉덩이 밑으로 시린 한기가 스며드는 것을 알아차렸고, 자신이 차가운 돌 바닥에 누워 있다는 사실, 그리고 눈앞의 하얀 천이 침대 시트라는 걸 알았다. 밤사이 침대에서 굴러 떨어진 것이다.

인상을 찌푸리며 일어나 앉았다. 지난밤 형편없는 대접을 받았던 등짝이 당장에 아우성을 쳐댔다. 역시 딱딱한 돌바닥에서 잠을 청하기에는 너무 나이가 들어버렸다. 예전에는 맨바닥에서 잠을 자도 아침에 발딱 일어나서 아무 이상 없이 하루를 보낼 수 있었는데, 그런 시절이 아주 먼 옛날이 되어버린 듯했다. 등은 아프고 머리는 지끈거리고 창문으로 스며드는 이른 아침 햇살 때문에 눈이 멀어버릴 지경이었다.

던컨은 목덜미를 주물러 통증을 달래면서 침대 쪽을 흘깃 보았다. 그곳에 잠들어 있는 여자를 보자 그의 동작이 스르르 멈췄다. 누구지? 아, 맞다. 어제 내가 결혼했었지. 그제야 기억이 났다. 그리곤 피식 미소지었다. 자신의 자그마한 신부가 완전히 곯아떨어져 있었다. 기억나진 않지만, 어젯밤에 자신이 꽤 열심히 작업했던 게 틀림없었다. 술에 취했다고 해서 그 일을 망친 적은 한번도 없었다.

침대로 다가 앉으면서 조용히 아내를 쳐다보았다. 깨어 있을 때도 매력적이긴 했지만, 못마땅하게 뽀로통해하던 표정 없이 잠들어 있는 지금이 더 매력적으로 보였다. 그는 손을 내려 자신의 아랫부분을 두들겨주었다. 아내의 얼굴이 저렇게 풀어진 걸 보면 어젯밤에 밤일을 꽤 잘해냈던 모양이다.

하지만 얼마나 안타까운 일인가. 전혀 기억이 안 나다니 말이다. 저 여자와 잠자리를 하는 생각만 해도 아래가 묵직하게 굳어지는데, 어째서 그 행동이 기억나지 않는 걸까.

뒷머리를 긁어대며 조금 짜증스럽게 여자를 바라보았다. 그녀는 틀림없이 기억하고 있을 것이다. 어제 술을 많이 마시지 않았으니까. 음식도 많이 먹질 않았다. 앞에 있는 음식을 쿡쿡 찔러대기만 했다. 사실 그 음식을 혐오스러워하는 것 같기까지 했다. 이 집에 있는 무엇 하나 그 여자의 마음에 드는 것이 없는 듯했다. 어제의 밤일도 그 중 하나였으면 어쩌지?

갑자기 심장이 쿵쿵거렸다. 자신이 술에 취해서 어젯밤의 일을 기억할 수도 없는 상태라면, 처녀인 이 여자를 충분히 배려해 주지 못했을지도 모르는 일이었다.

빌어먹을! 그의 몸이 바짝 긴장되었다. 만약 그랬다면 이 여자가 잠에서 깨어나는 즉시, 여기 도착한 이후로 내내 쏘아보냈던 그 차디찬 눈초리로 그를 사정없이 찔러댈 게 분명했다. 딱 한 사람, 그의 아버지만 예외인 듯했다. 앵거스 던바는 아직 그녀에게 경멸스런 시선을 받지 않았다. 던컨이나 이 집안의 다른 사람들과는 달리 경멸할 만한 점이 안 보였던 걸까? 그 생각을 하니 질투가 날 지경이었다.

제기랄, 이대로 물러날 수는 없다! 어젯밤에 다소 거칠게 굴었다면, 이 여자가 깨어나서 차가운 눈초리를 쏘아대기 전에 마음을 바꿔놓아야 할 것이었다. 던컨은 이제 여자의 허리까지 이불을 끌어내리고 하얀색 잠옷 차림의 상체를 살펴보았다. 옷을 걸치긴 했지만, 너무 얇고 투명한 옷감이라서 살갗 부분이 분홍색으로 드러나 보였다.

던컨은 아내의 모습을 빤히 쳐다보았다. 처음 이 여자를 보고 아버지가 '미인은 아니지만 예쁘다.'고 말했었다. 어쩌면 그 말이 맞을지도 모른다. 하지만 지금 이 순간에는 굶주린 남자에게 내밀어 놓은 고기 한 접시처럼 대단히 먹음직스러워 보였다.

일리아나는 강가의 작은 공터에 앉아서 따스하고 부드러운 햇살을 맞아들였다. 산들바람의 애무를 받으며 폭신한 풀밭에 누워 눈을 감았다. 평화롭고 한가로운 오후였다. 그런데 문득 넓은 손바닥이 그녀의 뺨을 매만지기 시작했다.

눈을 떠보니 자신의 옆에 남자 하나가 앉아 있었다. 어렴풋이 낯익은 듯한 얼굴이라서 전혀 이상할 게 없는 일인 것 같았다. 그의 손이 목덜미를 타고 흘러내려 젖가슴 사이로 미끄러졌다. 일리아나는 고양이 같은 한숨을 내쉬며 머리 위로 두 손을 쭉 뻗어 기지개를 켰다. 그 손이 한쪽 젖가슴을 주무르고 옷 위로 젖꼭지를 잡아당기자 기분 좋은 신음이 터져 나왔다. 그의 입술이 그녀의 입술로 내려와 덮었다. 웬일인지 그것도 자연스러운 일인 것 같았다. 입안으로 혀가 들어왔을 때는 그 움직임에 맞춰서 혀를 움직여보고, 몸을 내리누르는 그의 무게에 꿈틀거려 보기도 했다.

그 입술이 목덜미로 내려가기 시작하자, 그녀는 싫다는 뜻을 표시하려고 입을 벌렸다. 그와 동시에 깊이 숨을 들이쉬는 순간, 맥주와 땀냄새가 뒤섞인 고약한 냄새가 확 날아들었다. 그녀의 향기로운 꿈이 순식간에 고약한 냄새로 가득 차고 말았다.

눈살을 찌푸리며 일리아나는 코앞으로 손을 내저었다. 그 냄새를 쫓아내고 목으로 움직이는 달콤한 애무에 관심을 집중시키려 했다. 그런데도 냄새는 사라지지 않았다. 그녀가 잠을 쫓아내며 눈을 떴다.

그후에도 지금 무슨 일이 벌어지고 있는지를 깨닫기까지는 상당한 시간이 걸렸다. 그녀는 강둑에 누워 있는 것이 아니었다. 침대에 누워 있었다. 그리고 낯익은 얼굴의 남자, 지금 열심히 그녀의 몸을 핥아대고 있는 남자는, 냄새 고약한 멍청이 남편이었다. 게다가 분명히 엄마가 만들어주신 깨끗한 침대보 위에 올라와 있었다!


던컨은 흐뭇하게 아내의 살갗에 입을 맞추며 미소지었다. 아내는 새빨갛게 타오르는 불길 같았다. 그의 손길에 이리저리 뒤틀어대며 이쪽저쪽으로 날름거리는 불길이었다. 그 달콤한 향내와 맛에 감탄하며 계속해서 입술을 움직였다.

잠옷이 걸리적거리자, 얇은 천을 얼굴로 밀어대면서 젖가슴 하나를 밖으로 끌어냈다. 당장 그 장밋빛 젖꼭지를 입으로 빨아들였다. 그런데 갑자기 귀가 먹먹해질 정도로 아내가 비명을 질러댔다. 그는 동작을 멈추었다. 매우 끔찍한 위험이 닥쳤을 때나 질러댈 만한 비명소리가 아닌가. 이 방 어딘가에 위험한 게 있는 모양이었다. 던컨은 고개를 쳐들고서 주위를 둘러보았다. 별달리 위험하다고 할 만한 건 보이지 않았다.

기껏해야 아내의 옷 궤짝들과 물이 들어찬 욕조 정도가 있을 뿐이었다. 그후에 그는 아내에게 시선을 되돌렸다. 아내는 더 이상 침대에 꼼짝 않고 누워 있지 않았다. 위쪽 구석으로 옮겨가서 무릎을 꿇고, 마치 자신의 팔다리를 절단하려는 미친놈을 마주 대하는 것처럼 그를 쳐다보고 있었다.

"뭐야?"

그가 당황하며 물었다. 그런 다음 '아하' 알겠다는 듯이 고개를 끄덕거렸다.

"어젯밤에 내가 좀 과격했나? 그랬다면 미안해, 술에 취해 있었거든. 이번에는 잘해 줄게"

일리아나의 눈이 휘둥그래졌다.

"어젯밤에 뭘 했는데요? 당신은 그냥 쓰러져서 잠들었어요."

그녀가 간단하게 설명했다.

"그럴 리가!"

그가 거만한 표정으로 반박했다. 지금까지 여자와 잠자리를 못할 정도로 취한 적은 한번도 없었다. 게다가 하고많은 날 중에서 하필 어젯밤에 그런 일이 있었으리라고는 절대 믿을 수 없었다.

"맞다니까요."

던컨은 이불을 홱 잡아채서 침대보를 노려보았다. 새하얗고 깨끗한 상태였다. 아내의 말이 사실이라는 것을 알아차리는 찰나, 문에서 노크소리가 들려왔다. 그는 욕설을 터트리며 벌떡 일어나더니 바닥에 있는 검을 움켜쥐었다.

남편이 검을 들고 그녀에게 돌아서자, 한순간 일리아나의 뇌리에 '저 검으로 날 찌를 셈이구나.' 하는 두려움이 스쳐지나갔다.

하지만 다음 순간 그는 자신의 손에 칼날을 대더니 가느다랗게 베어냈다. 그녀는 놀라서 그 손에 흐르는 피를 쳐다보았고, 다시 한 번 노크소리가 들리는 사이, 그는 검을 바닥에 내려놓고 침대로 뛰어올라 아래쪽 침대보에 북북 손을 문질렀다.

세상에, 엄마가 만들어주신 이 고급 침대보에!

일리아나가 당장 분을 쏟아내려 했지만 그럴 기회조차 없었다. 순식간에 그 남자가 그녀의 잠옷을 머리 위로 벗겨서 방 한가운데로 던져버렸던 것이다. 그리곤 그녀를 자신의 옆에 덜컥 끌어 눕히며 소리쳤다.

"들어와!"

일리아나가 새된 비명을 지르며 이불 밑으로 얼굴을 숙이는 동시에 문이 열렸다.

"밤새 별고 없었냐?"

던컨의 아버지와 셰나이드, 롤프 경, 주교가 차례로 방으로 몰려들어왔다.

앵거스가 아들을 보고 환하게 웃더니, 갑자기 어울리지 않게 얼굴을 붉히며 더듬거렸다. "저, 잘…… 잔…… 거겠지?"

"그럼요. 밤이 너무 짧은 게 문제죠."

던컨이 대답했다. 일리아나는 그 뻔뻔스런 어조에 얼굴이 화끈거렸다, 혀를 꽉 깨물어 죽고 싶었다.

"침대보를 보러 왔다네."

앵거스가 머뭇거리기만 하고 조치를 취하지 않자 주교가 부드럽게 설명했다.

"침대보라뇨?"

던컨은 영문을 모르는 것처럼 어리둥절한 표정을 지었다.

"침대보를 왜 봐요?"

남자들이 어색하게 서로를 쳐다보고 셰나이드는 당혹스런 얼굴이었다. 어색한 침묵을 깨며 앵거스가 버럭 짜증을 냈다.

"그냥 우리한테 그 피…… 그러니까…… 내 말은, 그냥 그 빌어먹을 걸 달란 말이다!"

"알았어요, 알았어. 성질 부리지 말아요. 셰나이드, 고개 돌려라."

동생이 고개를 돌릴 때까지 기다린 다음 그가 일어나서 일리아나의 몸을 이불로 감싸 옆으로 옮겼다.

네 명의 방문객이 침대를 뚫어져라 쳐다보았다. 핏자국을 보는 반응들은 각기 달랐다. 우선 롤프 경은 안심하는 표정이었고, 앵거스 경은 만족스러워 했고, 레이디 셰나이드는 멍해 보였고, 주교는 기분좋게 미소지었다. 롤프 경이 복도에 있는 누군가에게 손짓을 하자 에바가 달려 들어왔다.

에바는 침대보를 거둬들이더니, 세상에 태어날 때처럼 실오라기 하나 걸치지 않고 일리아나만 들쳐 안은 던컨을 차마 쳐다보지 못하면서, 서둘러 그것을 갖고 밖으로 달려나갔다.

던바 족장이 발갛게 상기된 얼굴로 고개를 끄덕이고는, 셰나이드를 끌고 문으로 걸어갔다.

"잘 했다. 우린 저…… 아침 먹으러 내려올 거냐?"

아들이 고개를 흔들며 씨익 웃어 보이자 그 나이든 얼굴에 붉은 색이 더 두드러졌다.

"음, 그럼. 우린…… 저…… 알아서 해라. 그래야겠죠? 여러분?"

그가 롤프 경과 주교에게 동의를 구했다.

"잘 자라, 아니…… 내 말은…… 그게……."

문 앞에 이르자 참으로 다행스럽다는 듯한 표정을 지으며 딸을 밖으로 밀어내고 얼른 나가서 문을 닫았다.

자신을 안은 팔이 갑자기 흔들리는 걸 알아차리고는 일리아나가 던컨을 쳐다보았다. 뭐가 그렇게 재미있는지 그 남자는 웃음을 참지 못하며 부들거리고 있었다. 그러더니 잠시 어이없어 하다가 그녀가 발버둥을 쳤다.

"내려줘요."

땅으로 내려서자마자 이불을 꼭 감싸고 비난의 시선으로 남편을 노려보았다.

"엄마가 만들어 주신 이불이 못 쓰게 됐잖아요."

무슨 이유에선지, 그 말에 남편이 크게 웃어대기 시작했다. 일리아나는 더 화가 나서 발을 쿵쿵 굴렀다.

"웃을 일이 아니에요. 그 이불에 엄마와 내 정성이 얼마나 들어갔

는지 알아요? 나한테는 아주 특별한 물건이라고요. 대체 왜 이런 짓을
한 거예요?"

그 말을 듣더니 던컨이 웃음을 진정시키며 조금 미안한 표정을 지
었다.

"아, 미안해. 아버지 때문이었어. 아버지가 그렇게 허둥대는 건 처
음 봤거든. 볼만했어, 정말 볼만했어."

그가 이제 웃음을 그치고 아내의 근엄한 표정을 쳐다보았다. 아내
는 전혀 재미가 없는 모양이었다. 고개를 갸우뚱하며 물어보았다.

"어머니가 첫날밤에 대해 설명 안 해 줬어?"

"물론 해 주셨어요"

일리아나는 그 말이 다른 뜻일 수도 있을 것 같아 매섭게 그를 노
려보았다.

"아니, 무슨 흠을 잡으려는 게 아니고, 당신이 그 피의 의미를 모르
는 것 같아서 말야."

그녀의 몸이 굳어지는 듯 하자 그가 서둘러 덧붙였다.

"부끄러워할 건 없어. 내 동생도 전혀 모르던 걸. 그 어벙한 표정
봤지?"

"네, 봤어요"

그녀가 조심스레 대답했다.

"사실 우린 그 애한테 그런 설명을 안 해 줬어. 약혼자가 데리러 오
지도 않는 판에 굳이 말할 필요 없을 것 같아서."

그가 아내의 표정을 빤히 쳐다보다가 한숨을 푹 내쉬었다. 첫날밤
에 대한 얘기를 몇 가지 들었다고는 해도 완전히 교육받지는 못한 모
양이었다.

그가 어정쩡하게 중얼거렸다.

"처녀성을 막은 베일에서 피가 나게 돼 있어."

일리아나의 눈이 가늘어졌다. 처녀성을 막은 베일? 그런 말은 들어
본 적이 없었다. 신부의 얼굴에 가리는 베일이라는 뜻일까? 하지만 남

편이 재빨리 그녀의 틀린 짐작을 수정해 주었다.

"그게 말야, 여자한테는 작은…… 살…… 살 같은 게 있어. 날 때 부터…… 거기에…… 막 같은 게 있거든."

애매하게 그녀의 허벅지 위쪽을 손짓했다.

"남자와 처음…… 그럴 때…… 그 막이 찢어지면서 피가 나. 그 피가 나와야 처녀로 시집왔다는 증거가 돼."

그녀의 얼굴에 기함 하는 표정이 드러나자, 그는 '이제야 이해를 했구나'하는 것처럼 흡족하게 미소지었다.

"알겠지? 당신이 남자를 거치지 않았다는 거, 그 증거 때문에 이불을 봐야했던 거야."

일리아나가 생각하기에, 피라는 것은 상처가 났을 때 볼 수 있는 거였고, 상처라는 것은 아프다는 뜻이었다. 엄마가 처음에 조금 불편할 거라고 말하긴 했지만, 아프다거나 피가 날 거라고 말하진 않았다. 그녀의 눈이 또다시 커지며 남편을 쳐다보았다.

"봤으면 그만이지 가져가긴 왜 가져가요?"

던컨이 머뭇거렸다. 그 대답을 듣고 아내가 기분 좋아할 리 없었기 때문이다.

"계단 난간에 걸어놓으려는 거야. 당신이 처녀였고 이제 진짜 결혼했다는 걸 사람들한테 알리려고."

예상했던 대로 그녀는 전혀 즐거워하는 표정이 아니었다. 그저 한숨을 내쉬며 침대를 돌아서 옷 궤짝이 있는 곳으로 걸어갈 뿐이었다. 가운을 찾아 입으려는데 갑자기 뒤에서 강한 팔이 덥석 그녀를 껴안아서 들어올렸다. 무슨 짓이냐고 비명을 지르려는데 이번에는 곧장 침대 위로 집어던져졌다.

그녀의 몸이 침대에서 한번 튕겨 오르기도 전에 던컨이 그 위로 덮쳤다. 그녀의 놀라는 비명소리를 입으로 막아버리고 굶주린 짐승처럼 두 손을 움직여댔다. 단번에 그녀의 몸 전체를 만지려는 것처럼 더듬거렸다.

일리아나는 얼굴을 돌리며 그의 가슴을 밀어냈다. 하지만 꼼짝도 하질 않았다. 그녀가 가슴을 밀어대든 말든, 남편은 침대 시트를 잡아 내려서 그녀의 몸을 보려 들었다. 일리아나는 즉시 남자를 밀어내는 것보다 몸을 가리는 게 더 급하다는 생각에 안간힘을 썼다.

하지만 이 싸움에서도 지고 말았다. 그녀의 꽉 쥔 손아귀에서 이불이 빠져나가더니 젖가슴이 고스란히 드러났다.

그 순간 던컨은 시트 잡아당기는 걸 잊어버리고 그녀의 허리와 엉덩이 주위에 이불자락을 툭 떨어뜨렸다. 그리곤 크리스마스 선물을 본 아이처럼, 아니 금화에 눈먼 노랑이처럼, 눈에 불을 켜고는 탄성을 지르며 동그랗게 드러난 두 개의 젖가슴에 덤벼들었다. 두 손으로 젖가슴의 무게를 가늠해 보고 그 부드러움을 만져보기도 하고, 그후에는 하나를 입에 물고 굶어죽기 직전의 아이처럼 빨아댔다.

한순간 일리아나는 너무 기가 막혀서 싸워야 한다는 생각도 잊어버렸다. 그 한순간이 배신적인 열기가 그녀의 몸 전체에 흘러내릴 정도로 충분히 길었다. 에로틱한 꿈을 꿀 때와 똑같은 열기가 엄습했다. 하지만 그때와 똑같이 고약한 냄새의 습격이 뒤를 이어오자 코를 찡그리며 다시 몸부림치기 시작했다.

던컨은 신부의 향긋한 맛과 느낌에 완전히 사로잡혀서, 상대가 도망치려 한다는 걸 금방 알아차리지 못했다. 알아차린 후에도 무시해버렸다. 처음 남자와 이런 걸 할 때 피가 날 거라고 해서 겁이 나는 것뿐일 테니까 문제될 게 없었다. 조금 두렵기야 하겠지만 이런 문제는 되도록 빨리 처리하는 편이 나은 법이다. 그래, 빨리 해치우는 게 자신에게도 좋았다.

밑에서 꿈틀거리는 그 뭉클한 느낌이 미치도록 근사했다. 오랫동안 부드럽게 해 줄 자신이 있었다. 빌어먹을! 이 여자는 불길이고 그는 마른 장작이었다. 그런데 여자가 또다시 몸을 뒤틀어대자 사타구니 부분에 뭔가 단단한 게 느껴졌다.

그는 눈살을 찌푸리는 동시에 분홍색의 젖가슴에 얼굴을 들이대면서 온몸으로 다시 그녀를 눌렀다. 또 이상하게 단단한 무언가가 아래쪽에서 느껴졌다. 게다가 그녀의 동작과 함께 그것이 움직였다. 그는 기겁을 하며 여자에게서 떨어졌다. 그의 뇌리에 공포스런 생각이 스쳐지나갔다. 여자처럼 입고 다니는 괴상한 남자들이 있다던데!

"이 아래 뭐가 있는 거야?"

일리아나는 정신 없이 몸부림을 치느라 더 이상 싸우지 않아도 된다는 걸 곧바로 알아차리지 못했다. 그리고 그 사실을 알게 되었을 때는 남편의 이상한 표정이 눈에 띄었다. 어이없기도 하고 두려워하는 것 같기도 한 표정이었다. 그녀가 당황하며 인상을 찡그렸다.

"뭐가요?"

던컨은 그녀의 허리에 엉켜 있는 이불로 손을 뻗으려다가 멈칫했다. 파랗게 질린 얼굴로 그녀의 젖가슴을 쳐다보았다. 그래, 저건 분명히 여자 가슴이다. 이불을 걷어내는 것보다는 차라리……. 그가 와락 손을 내려서 그녀의 가랑이를 더듬었다. 그녀가 얼른 몸을 피해 침대 밖으로 달아났지만 그 전에 틀림없이 단단한 게 만져졌다. 던컨도 기겁을 하며 침대에서 뛰어내렸다.

"대관절 넌 뭐냐?"

침대 맞은편의 상대를 마주 보면서 그가 거칠게 물었다. 상대방은 아직도 다리 사이에 있는 그것을 드러내지 않으려고 이불을 열심히 부여잡고 있었다.

그의 시선이 거의 절망적으로 그녀의 젖가슴을 노려보았다. 그의 얼굴에 나타났던 불길도, 그리고 색채도 모조리 사라졌다. 일리아나는 이 갑작스런 변화에 어리둥절했다.

"당신은 날 뭐라고 생각하는데요?"

"모르겠어. 당신은 여자의 얼굴과 가슴을 가졌어, 그렇지만."

비참하게 눈썹을 오르락내리락하면서 그녀의 허리 아래로 시선을 떨어뜨렸다.

"여자라면 단단한 게 없어야 할 자리에 단단한 게 있단 말이야."

일리아나의 눈이 커졌다가, 이내 정조대 앞부분에 걸린 자물통을 말하는 것이며 남편이 그 이상한 느낌에 당황스러워 한다는 걸 알아차렸다. 하지만 이 남자가 무슨 결론에 이르고 있는 건지는 도저히 짐작할 수 없었다. 하여튼 찬성하는 쪽이 아니라는 것만큼은 확실했다. 대체 그녀의 다리 사이에 뭐가 있다고 생각한 걸까, 이 남자는?

그 생각에 골똘히 빠져 그녀는 상대가 다시 움직이기 시작한 것을 뒤늦게야 알아차렸다. 그는 그녀를 향해서 침대를 돌아오고 있었다. 그녀가 다급하게 침대 위로 건너가려 했지만 그가 잽싸게 달려들었다.

손아귀의 이불이 뒤로 잡아당겨지고 그녀는 필사적으로 그걸 움켜잡았다. 하지만 이불자락이 홱 빠져나가면서 그 반동으로 그녀의 몸이 침대 밖으로 굴러 떨어졌다. 이제 남은 방법이 없었다. 그래서 일리아나는 가슴을 두 손으로 가리며 조심스레 남편에게 돌아섰다.

## 4

던컨의 입이 떡 벌어졌다. 하지만 앞에 자물통이 달린 가죽 벨트를 언뜻 보았을 뿐인데 여자가 옷 궤짝으로 달아나려고 홱 돌아섰다. 세상의 그 무엇도 침대에서 뛰어내려 그녀의 옆으로 달리는 그를 막을 수는 없었다.

그녀의 허리를 움켜잡아서 뒤로 잡아당겼다. 강제로 침대까지 끌어당기고, 그 다음에는 여자의 다리 사이에 다리 하나를 비집어 넣어 위로 들어올렸다. 그리고 다시 한 번 그 부분을 확인했다.

"빌어먹을."

던컨이 허공에 대고 씩씩거렸다. 그녀가 몸부림을 치자 두 손을 쉽사리 한 손에 옮겨 잡고는 머리 위로 홱 잡아들었다. 그러면서 뚫어져라 그 이상한 장치를 노려보았다.

"이게 뭐야?"

어이가 없었다.

"정조대에요."

일리아나가 아랫입술을 깨물어대면서도 꽤나 용감하게 대답했다.

"이런 건 난생 처음 봐."

"프란체스코라는 사람이…… 만든 거예요."

"이런 게 어디서 났어?"

"아버지가 여행 갔다 오실 때 선물로 주셨어요. 엄마 하나, 나 하나."

"아하, 여기 도착할 때까지 뭔 일이 생길까봐 한 거겠지."

그는 자기 좋은 쪽으로 짐작을 했다. 그리곤 시험 삼아 앞쪽 끈을 잡아당겼다.

일리아나는 숨을 헉 들이키며 고개를 옆으로 돌렸다. 그의 겨드랑이에서 참을 수 없는 악취가 풍겼다.

오, 하나님 아버지, 이 남자 냄새는 너무 끔찍해요.

갑자기 그녀의 뱃가죽이 침대에 닿았다. 남편이 그녀를 엎드려 눕힌 것이다. 남편은 가죽 벨트의 뒤쪽 모양도 꼼꼼히 살펴보았다. 가운데 끈이 튼튼하게 허리 벨트에 고정되어 있었다.

"무슨 짓이에요!"

일리아나가 빨개진 얼굴로 고개를 돌려 소리쳤다.

던컨은 그녀의 항의를 들은 척도 않고 가죽 양쪽으로 통통하게 드러난 엉덩이를 쳐다보았다. 환상적이었다. 동그랗고 보드라운 분홍색의 언덕이 짙은 갈색 가죽 양쪽으로 펼쳐져 있었다. 손을 뻗어서 한쪽 엉덩이를 가볍게 어루만졌다.

이젠 헤죽헤죽 웃음이 나왔다. 얼마나 다행인가. 이렇게 깜찍한 여자를 아내로 맞아들였으니 말이다. 아까 잠시나마 심장을 철렁 내려앉게 만든 대가로, 완벽한 엉덩이 하나를 확 꼬집어주었다. 아내의 놀란 비명소리에 씩 웃으면서 여자를 다시 똑바로 눕혔다. 그런 다음 그 장치를 잠그고 있는 자물통에 관심을 기울였다.

"이거, 어떻게 푸는 거야?"

가운데 끈 밑으로 손가락을 넣어서 그곳의 살갗을 살살 매만지며 여성적인 곳까지 움직여갔다. 그 지점에서 가죽을 부드럽게 잡아당겼다.

"열쇠로."

일리아나가 부들거리며 대답했다.

"열쇠는 어딨어?"

그의 손가락이 벨트를 따라 다시 올라온 다음에 멈췄다. 더 이상 움직이지 않는 게 너무나 다행스러웠다. 조금만 더 했더라면 가만히 누워 있지 못했을 것이다.

목기침을 하며 그녀가 남편을 쳐다보았다.

"그건⋯⋯."

침을 꿀꺽 삼키고 나서 말을 이었다.

"당신이 목욕한 다음에 드릴게요."

던컨의 유일한 반응은 어리둥절해하는 표정이었다.

"목욕? 아직 7월도 안 됐는데 왜 목욕을 해?"

"7월? 그게 무슨 상관이에요?"

이번에는 일리아나가 어리둥절해졌다.

"난 일 년에 두 번 목욕해."

그는 자랑스럽게 말했다.

"1월과 7월 마지막 날에. 근데 왜 6월 중순에 목욕하라는 거야?"

"왜냐하면 당신 냄새가 좀⋯⋯."

그녀는 되도록 조심스럽게 설명하려 애썼다.

"뭐?"

"내 말은⋯⋯."

"귀머거리가 아니니까 무슨 말인지는 들었어! 근데 그게 무슨 뜻이야?"

두 팔은 머리 위로 잡아당겨지고 몸은 밑으로 눌리는 이 상황이 희생 제물로 바쳐지는 처녀가 된 기분이었다. 갑자기 발끈 성질이 나서 그녀가 쏘아붙였다.

"당신한테 오물통 냄새가 난다고요! 그래서 옆에 있기 싫어요. 목욕하지 않으면 열쇠도 안 줄 거예요!"

던컨은 화들짝 고개를 뒤로 잡아 뺐다. 이 여자의 오만 방자함에 기가 탁 막혔다.

"법적인 남편의 권리를 거부하는 거야?"

"아니에요! 그런 게 아니라,"

일리아나는 이성적인 목소리를 내려고 애썼다.

"당신이 날 배려해 주는 마음으로 목욕을 하면 그 다음에."

"날 거부하는 거잖아!"

그의 이마에 험악한 먹구름이 모여들었다.

"아니에요, 난……."

그가 갑자기 그녀를 풀어놓고 침대에서 뛰어내렸다.

"좋아! 그걸 알아봐야겠어!"

씩씩거리며 옷을 주워 입기 시작했다.

일리아나는 천천히 일어나 앉아서 불안하게 그 모습을 지켜보았다.

"뭘 알아봐요?"

남편이 성난 표정으로 쏘아보았다. 그녀는 바짝 긴장해서 입술을 깨물고는 조심조심 물었다.

"결혼을 취소할 건가요?"

순간적으로 몸이 부르르 떨렸다. 그 결과를 생각하는 것만으로도 끔찍했다. 그녀는 수치스럽게 집에 돌아가야 할 테고, 어머니는 그린 웰트에게 벗어날 희망이 모두 사라지게 될 것이었다. 그래서는 안 돼! 그녀의 시선이 무의식적으로 열쇠가 있는 침대의 닫집으로 향했다.

"취소?"

던컨이 그녀에게 돌아섰다.

"이제 와서 어떻게 그래? 이불이 벌써 난간에 걸렸을 텐데. 그거 잊었어? 거기 내 피가 묻어 있잖아?"

일리아나는 천천히 안도하며 고개를 끄덕였다. 그렇다, 지금 결혼을 취소한다는 건 말이 안 된다. 모두들 첫날밤을 치렀다고 생각할 테니까.

"그럼 어떻게 할 거예요?"

그 질문에는 대답을 듣지 못했다. 던컨은 옷을 마저 입고 회오리바람처럼 밖으로 나가버렸다.

그는 울분을 담아서 쾅 소리나게 문을 닫아버렸다. 그리고 문 앞에 서서 팔 하나를 들어 킁킁 냄새를 맡아보았다. 쳇, 6월에 날 만한 냄새가 날 뿐이었다. 하지만 저 여자한테는 이 냄새가 싫게 느껴지는 모양이었다.

나한테 목욕을 하라고? 그후엔 잉글랜드의 골 빈 사내놈들처럼 머리에 가루분까지 바르라고 할 건가? 그럴 순 없는 일이다. 여기서 포기한다면 종국에는 바지와 스타킹까지 입게 될 지도 모르는 일이었다. 몸에 착 달라붙는 그 상스러운 옷을 입는다고? 남자의 중요 부분까지 불룩하게 두드러지는 그런 옷을?

안 될 말이었다. 그는 1월과 7월에만 목욕을 했다. 오래 전부터 늘 그래왔고, 앞으로도 계속 그럴 것이다. 조그만 여자 하나 때문에 습관을 바꾸진 않을 것이다. 씨알도 안 먹히는 소리다. 그 여자가 계속 남편으로서의 권리를 거부한다면……. 흥, 거부하지 못하게 조치를 취하면 된다. 사타구니에 가죽 조각과 자물통만 걸치고 있던 아내의 모습이 떠오르자 그의 결심이 더욱 굳어졌다.

그 물건의 이름이 무엇이든, 흥분되는 장치라는 것만은 확실했다. 게다가 아내는 정말 끝내주는 몸매의 소유자였다. 다시 그 조각 하나만 달랑 걸친 아내의 모습을 보는 것도 싫진 않았다. 제기랄, 그게 없으면 당연히 더 화끈하겠지만.

결혼 첫날 이게 뭐야! 그는 우울한 기분으로 복도를 걸어가기 시작했다. 사실이 어떻든 간에 결혼을 취소할 수는 없는 일이었다. 게다가 그렇게 매력적인 여자를 손도 못 대고 놔주다니 천부당만부당한 일이었다. 그 여자는 크리스마스날 아침에 포장지에 쌓여서 침대에 올려져 있는 선물 같았다. 던컨은 그 선물의 포장을 꼭 풀어보고 싶었다.

어쩌면 가능할 수도 있어. 홀로 내려가는 계단 위에 불쑥 멈춰 서서 그가 쾌재를 올렸다. 그래, 가능성이 있어. 대장장이와 얘길 해 봐야겠다.

일리아나는 침울한 기분으로 일어나 옷을 걸쳐 입으려 했다. 하지만 그보다 더 급한 문제 하나가 발생했다. 정조대가 원치 않는 관계를 물리쳐줄 수 있는 건 좋지만, 생리 현상에 관한 한은 꽤 불편하다는 걸 인정해야 했다. 열쇠로 매번 풀어내야 하니 말이다.

가죽 벨트만 걸친 상태로, 침대 발치에 올라가 끝 부분의 기둥을 한 손으로 붙잡고 다른 손을 한껏 뻗어 닫집을 더듬었다. 그곳이 열쇠를 숨기기에 적당한 장소가 아니라는 걸 금세 깨달아야 했다. 생각보다 멀리 열쇠를 던져버린 모양이다. 손에 잡히질 않았다.

문에서 노크소리가 나자 화들짝 돌아보았다.

"누구세요?"

에바의 목소리에 다행스런 한숨을 내쉬며 들어오라고 소리친 다음, 다시 침대 닫집으로 돌아섰다. 이번에는 밑을 툭툭 찔러서 열쇠가 튕겨 오르게 해 보려고 노력했다.

"아가씨, 아니 마님!"

에바가 황당하게 소리치며 서둘러 문을 닫고 달려들었다.

"뭐 하시는 거예요?"

"빌어먹을 열쇠를 찾아야 돼. 긴 막대기 같은 것 좀 가져와 봐. 볼 일이 급하단 말야."

하녀는 눈을 커다랗게 뜨고 방안을 둘러보고는 불가에 있는 부지깽이를 집어들었다.

"이거면 될까요?"

"해 봐야지."

일리아나가 부지깽이로 다시 닫집을 찔러댔다.

"설마, 밤새도록 그걸 차고 계신 건 아니죠?"

"왜 아니야."

짧은 침묵이 흐른 후에 하녀가 물었다.

"나리께서 많이 화내시던가요?"

"술 취해서 그냥 기절했어. 아침까지 그대로 잤어."

"하지만 침대보에ㅡ."

"자기 손에 피를 내서 묻힌 거야. 엄마가 만들어 주신 그 최고급 이불에."

그녀의 인상이 험악해졌다.

"그럼 이 벨트에 대해서는 모르시나요?"

에바는 주인마님이 유일하게 걸친 옷가지를 불쾌하게 쳐다보며, 희망을 담아 물었다.

"알아. 사람들이 다 나간 뒤에 알았어."

"반응이 어떠셨어요?"

"어땠을 것 같아?"

그녀가 시큰둥하게 되묻고는 열쇠가 마침내 밑으로 떨어지자 다행스러워하는 소리를 질렀다. 부지깽이를 내려놓고 바닥에 떨어진 열쇠를 주워들었다.

"어떻게 하실 거예요?"

"당연히 이걸 벗어야지."

그리곤 얼른 덧붙였다.

"적어도 몇 분 정도는 풀어도 괜찮을 거야."

조금 긴장이 풀어지려던 하녀의 얼굴이 다시 일그러졌다.

"설마 그걸 다시 차실 생각은 아니시겠죠?"

"당연한 걸 왜 물어."

하녀가 심하게 못마땅해하는 표정을 짓자, 조근조근하게 실명해 주었다.

"어제 얘기했잖아, 에바. 지금 이대로는 살 수가 없어. 깨끗한 집, 깨끗한 침대, 깨끗한 남자가 있어야 돼."

가죽 벨트를 풀어내며 그녀가 작게 중얼거렸다.

"그러다 죽는 한이 있더라도"


"길리."

던컨이 성으로 걸어오는 대장장이의 팔을 붙잡아서 한쪽 구석으로 끌어당겼다. 아침에 방을 나서면서부터 이 대장장이와 얘길 할 작정이었는데, 이런저런 일들을 처리하느라 지금까지 붙잡혀 있었다. 정오가 훨씬 지나서야 간신히 빠져나온 참이었다.

"얘기 좀 하자."

길리가 고개를 끄덕였다.

"그럽죠, 먼저 나리 아버님부터 만나뵙구요. 새 신부에게 열쇠꾸러미를 만들어줘야 한다고, 저더러 들어 오라셨어요."

던컨이 눈썹 하나를 들어올렸다.

"그 여자한테 왜 그걸 줘?"

"이제 이 성의 안주인이시잖아요."

대장장이가 오히려 놀라는 표정을 지었다.

던컨은 투덜거리다가 일단 제일 중요한 용건부터 처리하기로 했다.

"내 말부터 듣고 가. 나한테 풀어야할 자물통이 하나 있는데, 열쇠가 없어. 열쇠 없이도 풀 방법이 있을까?"

대장장이가 눈을 깜박였다.

"글쎄요, 저에게 가져오시면 당연히 따드릴 수 있죠."

던컨의 눈앞에 몇 가지 장면이 파노라마처럼 펼쳐졌다.

'우선 일리아나를 수레에 싣고 대장간으로 데려간다. 그 다음에는 아내를 작업대에 올려놓고 치마를 들어올려 자물통을 대장장이에게 보여준다.'

그는 얼른 고개를 흔들었다. 안 된다. 그렇게 했다가는 점심시간이 끝나기도 전에 그 얘기가 성 전체에 퍼져버릴 것이었다. 게다가 다른 남자가 아내의 정조대를 보게 된다는 것도 전혀 마음에 들지 않았다.

그걸 풀어내면, 그 안에 숨어 있는 것까지 보게 되는 셈 아닌가?

"안 돼, 가져갈 순 없어. 절대 안 돼."

그가 단호하게 못박았다.

"그냥 여는 방법만 말해."

"자물통을 보지 않고는 알 수가 없죠. 대장간으로 가져오실 수 없으면, 제가 가서 열어드릴까요?"

"안 돼, 그것도 안 돼."

던컨이 짜증스럽게 인상을 썼다.

"여는 방법만 말하라고."

"그렇게 쉬운 일이면 다들 대장장이가 되게요? 제 눈으로 보지 않고는 몰라요."

"빌어먹을!"

던컨은 허리춤의 검을 빼 들었다. 그리곤 앞쪽 땅바닥에 그 칼끝으로 자물통 모양을 대충 그려 보였다.

"이렇게 생겼어."

자신의 그림 솜씨를 만족스러워하며 그가 말했다.

"이 정도면 알겠지?"

대장장이가 멍하니 쳐다보았다.

"그게 뭔데요?"

"뭐긴 뭐야, 빌어먹을 멍청아! 자물통이지."

길리는 전혀 기분 나빠하지 않고 어깨를 으쓱했다.

"제가 보기엔 쥐새끼 같은데요."

"내가 보기에도 쥐새끼 같다."

왼쪽 옆에서 앵거스의 목소리가 들려왔다.

던컨이 어깨를 축 늘어뜨리고 아버지를 돌아보았다.

"무슨 일이세요?"

"길리가 하도 안 오길래 찾으러 나왔어."

"그럼 얘기들 하세요."

던컨이 시무룩하게 돌아섰다.

"아니, 너하고도 얘기 좀 하자."

흘깃 돌아보자 앵거스는 마당에 있는 사내들을 손가락을 가리키며 물었다.

"오늘 오후에 남는 애들 있냐?"

"한두 명 정도는 여유 있어요."

19세 생일이 지나면서부터 아버지는 던바 성에 대한 책임을 그에게 넘겨주었다. 처음에는 자잘한 부분만 인계하더니 해가 갈수록 부담이 늘어났다. 그래서 지금은 거의 모든 일을 던컨이 맡아 하고 있는 상황이었다. 물론 공식적으로는 아버지가 족장으로 던컨의 결정에 반대할 경우에 언제든지 거부권을 행사할 수 있었다. 던컨의 혈기와 열성이 앵거스의 지혜와 결부되는 셈이었다.

"좋아, 좋아. 그럼 시간 될 때 성으로 두 명만 보내 줘."

그가 쾌활하게 미소짓고는 길리에게 돌아섰다.

"그 열쇠 말인데……."

"무슨 일에 애들을 쓰실 건데요?"

던컨이 불쑥 끼여들며 물었다. 아버지가 뭐 때문에 이렇게 명랑해지셨을까?

던컨이 알기로, 앵거스 던바는 거의 항상 침울한 분위기였다. 적어도 아내인 레이디 뮤리엘이 죽은 후로는 쭉 그랬다. 어머니가 주변 사람들을 행복하게 만드는 햇살 같은 분이셨으니, 성질 고약한 남편도 그 영향력에 감화를 받았을 거라는 게 사람들의 설명이었다.

"일리아나가 홀 청소를 시작했어. 여자들한테 낡은 골풀을 내다버리고 돌바닥을 닦으라고 지시했단다. 새 골풀이 필요할 테니."

"골풀을 왜 바꿔요?"

아들의 성마른 반응에 앵거스 던바가 놀라며 눈썹을 올렸다.

"아들아, 그걸 깐 지가 일 년도 넘었단다."

"일 년 더 놔둬도 괜찮잖아요. 전에도 이 년쯤 쓰다가 버렸는데요."

"그래, 우리가 좀 오래 쓰는 게 사실이긴 하다만."

"그냥 놔두라고 하세요!"

던컨은 그렇지 않아도 기분이 좋지 않은 판에 더 불쾌해졌다. 새로 들어온 여자가 실제로 불평할 만한 거리를 찾아냈다는 게 믿어지지 않았다.

앵거스가 한숨을 쉬었다.

"아들아, 솔직히 말하자면 네 엄마도 이런 상태로 놔두진 않았을 거다. 뮤리엘이 죽은 후에 내가 좀 심하게 방치해 두긴 했어. 내가 내 슬픔만 생각하느라고 우리 부족원과 던바성을 나 몰라라."

"아녜요, 족장님."

길리가 끼여들려 했지만, 앵거스가 손을 흔들어 가로막았다.

"자네가 무슨 말을 하든…… 길리, 내 말이 맞다네. 물론 우리 부족의 안전까지 나 몰라라 했던 건 아니야. 오히려 맘속의 분노를 쏟아낼 수 있는 길이었으니, 더 열심히 적들과 맞서 싸웠어. 하지만 더 세세한 면에는 전혀 신경을 못 썼어. 아니, 신경을 안 썼어. 내 자식들한테도."

두 남자가 반박을 하려 했지만 그는 계속 말을 이었다.

"그런데 이제 일리아나가 왔어, 여길 바로잡고 싶어해……. 네 엄마가 전에 그랬던 것처럼 말이다. 그래서 내 마음이 아주 편하다. 그 애가 와 준 게 우리에게는 행운이야."

던컨은 그 말에 동의하기가 상당히 어려웠지만, 그런 의견을 마음에 묻어두고 돌아섰다.

"두 명만 보낼게요. 그 이상은 안 돼요."


"지오셜."

"네, 마님."

그 여자는 바닥에 엎드려 걸레질하는 여자들을 감독하는 것말고 다른 행동을 할 뜻이 전혀 없는 듯했다. 지금까지 허리춤에 두 손을 올리고 눈썹을 치켜올린 것밖에 한 일이 없었다. 하인이라는 지위에도 불구하고, 자신을 던바 성의 여왕벌로 생각하는 모양이었다.

애써 인내심을 발휘하며 일리아나는 에바를 위해 붙잡아주고 있던 태피스트리 끝을 내려놓고 그 여자 옆으로 옮겨갔다. 멀리 떨어진 곳에서 소리치고 싶지는 않았다. 어머니가 누누이 강조하셨듯이, 소리를 크게 지르는 것은 생선장수 부인이 물건을 팔 때나 하는 짓이지 위엄 있는 숙녀가 할 행동이 아니었다.

그 하인의 옆에 서서 그녀가 차갑게 미소지었다.

"바닥에 깔 골풀은 앵거스 경이 준비해 주기로 하셨어. 하지만 거기 향긋한 냄새를 더할 수 있다면 더 좋을 거야. 다른 사람 두 명 데려가서."

"철쭉이요."

일리아나가 하인의 무엄한 말 가로채기에 눈을 깜박였다.

"철쭉?"

그 여자가 당연하다는 듯이 고개를 끄덕였다.

"네. 예전 마님께서는 그걸 골풀 사이에 끼우셨어요"

이를 갈지 않으려 애쓰며, 일리아나는 아까보다 더 싸늘하게 미소지었다.

"그것도 괜찮겠지만, 나는 라벤더 향이 더 나을 것 같아."

지오셜이 당장 고개를 가로 저었다.

"레이디 뮤리엘은 항상 철쭉을……"

"난 레이디 뮤리엘이 아니야. 라벤더가 더 좋아."

일리아나가 매섭게 쏘아붙였다.

"이런 북쪽 지방에는 라벤더가 없어요"

그 하인이 되받았다.

일리아나는 패배의 한숨을 내쉬어야 했다. 하녀의 얼굴에 만족감이 서리는 걸 굳이 볼 필요도 없었다.

"그럼 할 수 없겠네."

"히스는 많이 있는데요."

"그렇겠지."

그녀가 시큰둥하게 대꾸했다.

"여자들을 시켜서 따오라고 할게요."

게일 어로 한마디를 던지자 즉시 다른 여자들이 옆으로 달려왔다. 그 하녀는 그녀에게 허락을 구하지도 않고 제 맘대로 지시를 내렸다.

일리아나는 낙담한 채 긴 테이블로 걸어가 의자에 털썩 내려앉았다. 일진이 좋은 날이 아닌 건 분명했다.

커다란 홀은 이미 그녀가 아침부터 시작했던 작업의 결과로 텅 비어 있었다. 아침식사까지 거르고, 우선 던바 성을 바로잡겠다는 일념으로 에바에게 하인들을 찾아오라고 했다. 그랬더니 하인처럼 굴지도 않는 지오셜과 지금은 돌아가신 그녀의 할머니보다도 더 나이가 많아 보이는 여자 세 명을 데리고 돌아왔다.

그들은 나름대로 열심히 일하긴 했다. 하지만 일리아나는 던바 성을 집답게 만들려다가 죽을지도 모르겠다는 불안감이 슬슬 밀려들었다. 일이 많아서가 아니었다.

힘든 일에 익숙해 있다고까지 말할 수는 없지만 전에도 집안 일들을 해 본 적이 있었다. 진짜 문제는 하인들, 더 정확히 말해서 그 하인들의 태도였다.

한번만 더 레이디 뮤리엘의 이름이 들먹거려지거나 레이디 뮤리엘이 성을 관리했던 방식을 들어야 한다면, 자살하고 싶은 마음이 들지도 몰랐다. 게다가 그 전대의 레이디 아그네스 얘기도 수없이 들어야 했다. 레이디 뮤리엘은 앵거스 경의 부인이었고 레이디 아그네스는 앵거스 경의 어머니였다.

여기 사람들에게는 그 두 여자가 완벽의 표상인 듯, 이럴 때는 레이디 뮤리엘이, 저럴 때는 레이디 아그네스 혹은 블랙 아그레스가 어떻게 했다는 말들을 줄기차게 늘어놓았다.

*레이디 뮤리엘은 골풀을 정기적으로 바꾸셨어요 레이디 뮤리엘은*

매년 봄에 벽에 회칠을 하셨어요. 레이디 뮤리엘은 화살이 남편에게 날아왔을 때 그 앞으로 몸을 던져서 족장님의 생명을 구하셨어요.

블랙 아그네스는 이 성을 훌륭하게 관리하셨고 자녀도 일곱 명이나 너끈히 길러내셨고, 6개월 간 족장님이 떠나 계셨을 때 잉글랜드 적들을 막아내기까지 하셨어요.

여기 사람들은 일리아나가 이전의 완벽했던 두 여성처럼 잘 해낼 수 없을 거라고 철썩 같이 믿고 있는 듯했다. 그렇다고 그녀의 명령을 거부한 것은 아니었다. 최소한 공공연하게 퇴짜를 놓지는 않았다. 다만 그녀가 하는 말을 다 듣고 나서 예전의 마님들은 그 일을 어떻게 하셨는지, 어떤 식으로 처리하셨는지를 말했을 뿐이었다.

일리아나는 그렇게 장원 살림하는 방법을 잘 알고 있었으면 왜 이렇게 폐허가 되도록 내버려두었느냐고 쏘아붙이고 싶었던 적이 한 두 번이 아니었다. 하지만 지금까지는 간신히 그 말을 참아냈다.

"서서히 자리가 잡혀가네요, 마님."

에바가 그녀의 기운을 북돋아주려고 말을 붙여왔다. 일리아나는 흘깃 주위를 둘러보았다. 낡은 골풀을 다 걷어냈고 바닥도 청소를 했다. 몇 년씩이나 들러붙어 있었던 땟자국들을 돌바닥에서 닦아내기 시작했다. 그 사이에 그녀는 에바와 같이 벽에 걸려 있는 물건들과 태피스트리를 치웠다. 벽도 다 닦아야 할 테니까 말이다.

하지만 이제 와서는 그것마저 후회가 될 지경이었다. 벽에 완전히 회칠을 다시 발라야 하는 건 물론이고, 벽에 걸 물건들도 하나하나 모조리 닦아야 하는 일이 남아 있었다.

테이블과 의자에도 일손이 필요한 건 두말할 나위가 없었다. 의자에서 일어나려다가 그녀의 얼굴이 또다시 일그러졌다. 치마가 들러붙는 느낌이 들었던 것이다. 이번에도 무슨 웅덩이 같은 것에 앉아버렸던 모양이었다.

한숨이 터져 나왔지만, 그나마 평범하고 낡은 옷을 입었던 게 다행이라고 마음을 달랬다. 그리고 바닥 닦는 일이 오늘 안에 끝나지 않더라도, 의자만큼은 꼭 닦아야겠다고 결심했다. 더 이상 자신의 옷이 망가지는 걸 보고 싶지 않았다.

그녀는 무거운 기분으로 방안을 둘러보았다. 골풀 밑의 돌바닥은 레이디 뮤리엘이 죽은 후로 닦은 적이 없는 듯했다. 그때가 거의 20년도 넘은 옛날이라는데 말이다. 골풀을 다 걷어내고 나자 가지각색의 부스러기들이 모습을 드러냈다. 그 부스러기들이 원래 어떤 물건에서 떨어져 나왔는지는 짐작하고 싶지도 않았지만, 거의 돌처럼 단단한 것만큼은 분명해 보였다. 그러니 여자들이 긁어내는데도 한참이 걸렸고 잘 긁어지지도 않았다.

세 명의 여자들이 오전 내내 바닥을 닦아댔는데도 아직 할 일이 태산이었다. 지오셜이 동참해 준다면야 네 명이 되겠지만, 그 여자는 여기서 명령하는 것만이 자신의 할 일이라고 믿는 듯했다. 던바 성에서 보내는 첫날이니 만큼 일리아나는 소란을 피우고 싶지 않아서 그 여자의 비협조적인 태도를 그대로 두고 보기만 했다.

하지만 앵거스 경에게 얘길 해서 그 여자의 위치를 정확히 알려주어야겠다고 생각했다. 일할 사람을 더 구할 수 있는지에 대해서도 물어봐야 할 것이다. 아직 홀바닥의 4분의 1도 닦지 못했는데 벌써 점심시간이 다 되어갔다.

그녀가 다시 한숨을 쉬자, 에바가 중얼거렸다.

"좋게 생각하세요, 마님. 이제 쓰레기 냄새는 안 나잖아요."

그 말은 사실이었다. 하지만 오로지 골풀을 치운 덕분이었다. 아직도 할 일이 엄청나게 많았다. 바닥 청소를 마무리하고, 벽에 회칠을 하고, 벽에 걸 물건들을 닦아야 했다.

이 홀을 정리하는 데만도 족히 삼 일은 걸릴 것이다. 우선 홀을 깨끗이 만들어놓아야만 방으로 관심을 돌릴 수 있을 것 같았다. 하지만 그 생각을 해도 기분은 전혀 나아지질 않았다. 방의 상태도 이 홀보다 나을 것이 전혀 없었기 때문이었다.

그녀는 양동이 옆으로 걸어가서 바닥에 무릎을 꿇고 걸레를 집어

들었다. 양동이에 걸레를 담가서 비틀어 짜낸 다음 바닥을 닦기 시작했다.

"관두세요, 마님!"

에바가 놀라서 달려왔다.

"제가 할 테니까, 마님은 산책이라도 다녀오세요."

일리아나는 고개를 흔들었다.

"할 일이 너무 많아. 여기나 같이 닦자."

린제이 샌즈
The Key

# 5

"어!"

일리아나는 요리사가 점심이라고 내온 딱딱한 치즈와 곰팡내 나는 빵을 하염없이 쳐다만 보고 있다가, 그 소리에 놀라 고개를 들었다.

시누이인 세나이드가 문 바로 안쪽에 놀란 얼굴로 서 있었다. 늘 같이 다니는 알리스테어와 알프리드도 세나이드와 똑같이 놀란 얼굴이었다. 홀의 상태가 바뀌었다는 걸 알아차린 모양이었다.

그들이 점심을 먹으려고 들어온 마지막 사람들이었지만, 이상하게도, 일리아나와 다른 여자들이 지난 삼 일 간 노력한 결과를 알아차린 첫 번째 사람들이었다. 앵거스를 제외하고 그들이 처음으로 홀의 변화에 반응을 보여준 것이었다.

결혼식 다음 날 아침에 잠깐 침실에서 본 후로는 시누이를 보지 못했다. 세나이드와 두 명의 사촌들은 그날 성을 떠나서 삼 일 동안 돌아오지 않았다. 사냥 갔을 거라는 게 앵거스 족장의 추측이었다.

"여기가 어떻게 된 거야?"

친구들과 같이 의자에 앉으면서 셰나이드가 중얼거렸다.

"보면 모르냐? 청소했잖아."

남편이 빈정거리는 것처럼 대꾸하자 일리아나의 몸이 굳어졌다.

"청소?"

셰나이드는 생전 처음 들어보는 단어인 것처럼 되물었다.

"그래, '청소.' 너의 올케와 다른 여자들이 삼 일 동안 뼈 빠지게 일했어. 네가 숲속에서 어슬렁거리는 동안 말이다."

앵거스가 자신의 말을 강조하기 위해 잠깐 멈췄다가 덧붙였다.

"네가 여기서 집안 일을 좀 배웠더라도 나쁘진 않았을 거야. 너처럼 아무 것도 할 줄 모르는 아내를 어느 남자가 좋아하겠어!"

"아내!"

셰나이드가 코웃음치며 맥주 잔을 집어들었다.

"내가 무슨 그런 게 돼요? 안 될 줄 뻔히 알잖아요, 아빠."

"전혀 몰랐다."

테이블 주위가 갑자기 조용해지면서 앞으로 일어날 사태를 주시하려고 모두들 고개를 돌렸다.

"그게 무슨 뜻이에요?"

그녀가 의심스레 물었다.

앵거스 족장은 딱딱한 치즈를 잘근잘근 씹어 삼키며 대답했다.

"롤프 경하고 얘기 다 끝냈어. 그 사람이 지금 너의 신랑을 데리러 갔다."

"뭐요? 하지만 난⋯⋯."

셰나이드는 뺨이라도 얻어맞은 듯한 표정으로 더 말을 잇지 못했다. 분명히 롤프 경과 아버지가 정반대의 결론을 내렸을 거라고 예상했던 모양이었다.

이상하게 던컨도 똑같이 놀라는 표정이었다. 롤프 경과 주교가 결혼식 다음 날 떠나는 걸 분명히 봤을 텐데, 그들의 대화에 대해서 아버지에게 물어보지 않았던 것일까? 그래, 그 일을 던컨 던바가 어떻게 알 수 있었겠는가? 일리아나는 흥 코웃음을 치며 생각했다.

던컨은 아버지나 다른 누구와 대화를 나눌 정도로 이 성 안에 붙어 있질 않았다. 아침에 제일 먼저 성을 나가서 식사시간에만 잠깐잠깐 돌아왔을 뿐이었다. 밤에도 대부분의 사람들이 잠들었을 만큼 늦은 시간에 기어 들어왔다.

자식들의 놀란 표정에도 불구하고, 앵거스 던바는 초연한 얼굴로 말했다.

"더 이상 널 내버려둘 수 없잖니. 이젠 결혼할 때가 됐어. 너도 아이를 낳아야 할 거 아니냐, 나도 손자 안아볼 나이가 훨씬 지났고."

"나를 그…… 그…… 잉글랜드 놈이랑 결혼시킬 작정이세요?"

그녀는 큰 모욕이라도 받은 듯 말했다.

"그래, 그럴 작정이다."

긴장된 침묵이 흐르는 동안, 일리아나는 불안하게 숨을 죽였다. 갑자기 셰나이드가 벌떡 일어나면서 일부러 테이블에 다리를 걸어 백랍 술잔과 술통들을 와르르 바닥으로 떨어뜨렸다.

"난 그놈하고 결혼 안 해요!"

그 시끄러운 소리 너머로 분하게 고함을 치며 셰나이드가 홱 돌아서 달려나갔다.

다시 홀에 침묵이 내려앉았다. 그 다음에는 던컨이 천천히 일어나면서 '이 일이 바로 당신 잘못'이라는 것처럼 일리아나에게 비난의 시선을 쏘아보냈다. 그리고는 동생이 달려나간 곳으로 뒤따라갔다. 일리아나는 어이없이 그 뒷모습을 쳐다보았다.

알프리드와 알리스테어까지 사촌들을 따라 나가자, 앵거스가 긴 한숨을 내쉬며 떨어진 잔들을 테이블에 올려놓았다. 그리고는 원래 앉았던 일리아나의 옆자리에 털썩 내려앉아 지오셜이 새 맥주를 가져올 때까지 기다렸다.

"미안하다, 얘야."

며느리의 잔에 먼저 술을 채워주고 자신의 잔에도 술을 따르며 앵거스 던바가 말했다.

"저 녀석은 자기가 영원히 처녀로 남을 줄 알았나보다. 그만한 이유도 있었고."

일리아나는 별달리 할 말이 없어서 고개만 끄덕거렸다.

"내가 너무 내버려둔 탓이야. 결혼시키려고 왔다갔다하는 게 좀 귀찮았거든. 내가 너무 오랫동안 게을렀어. 그래서 지금 저 녀석이 결혼할 마음의 준비가 안 돼 있는 거야. 네가 저 녀석한테 숙녀다운 행동거지를 가르쳐준다면 큰 도움이 될 게다."

일리아나의 몸이 단박에 굳어졌다. 시누이한테 숙녀다운 행동을 가르치라고? 그런 모습은 생각만 해도 끔찍했다. 아니, 무시무시했다. 셰나이드는 그런 방면의 지식이 조금 부족한 정도가 아니라 아예 없었다.

"결혼식이 언젠데요?"

그녀가 걱정스레 물었다.

"신랑이 여기 도착하는 대로 즉시 치러야지. 아마 한 달쯤 걸리지 않을까?"

"한 달이요?"

그 말이 비명처럼 새어나갔다. 일리아나는 허둥지둥 술잔을 들어올렸고, 한 모금만 마시려했던 게 한번에 반을 다 들이키고 말았다. 술잔을 내리자, 앵거스 던바가 한쪽 눈썹을 들어올리며 쳐다보았다.

"목이 많이 말랐던가 보구나. 우리집 맥주 맛이 스코틀랜드에서 둘째가라면 서럽긴 한데, 너도 그렇게 생각하냐?"

"네, 아주 맛있어요."

그녀가 애써 미소지어 보이고는 바닥으로 시선을 떨구며 나즈막이 덧붙였다.

"음식 맛에도 그런 정평이 나 있으면 좋을 텐데요."

앵거스가 피식 웃으며 고개를 끄덕였다.

"우리 요리사가 요리에 신경 안 쓰는 건 맞아. 레이디 뮤리엘이 살아 있었을 때는 그 아버지가 요리사였는데, 그때는 아주 잘 먹었지. 하지만 아내가 죽은 뒤로는 집안 일이 죄다…….”

그는 말을 그쳤다. 생각이 멀리에 가 있는 듯 했다. 아마 죽은 아내에게 가 있는 것이리라. 그후에 그가 화들짝 깨어나며 며느리를 쳐다보았다.

“네가 음식을 잘 만들어 보라고 격려해 보면 어떻겠냐?”

“네, 해 볼게요.”

일리아나가 결의에 차서 일어섰다.

“사실, 실례를 허락하신다면, 지금 당장 요리사와 얘길 해 봐야겠어요.”

그리고는 씩씩하게 부엌으로 향했다.


“전에는 불평하는 사람 없었다고요. 족장님도 만족하시는 것 같고요.”

“당신과 얘길 해 보라고 하신 분이 족장님이에요.”

요리사가 덥수룩한 눈썹 밑으로 그녀를 노려보고 나서 그녀의 발치 근처에다 침을 퉤 뱉었다. 거의 치맛자락에 스칠 정도로.

일리아나는 마음속으로 열까지 세면서 끓어오르는 화를 참았다. 이 남자를 어떻게든 다뤄야 했다. 지난 삼 일 동안 맛없는 빵과 멀건 죽을 견딘 것만 해도 스스로 대견한 일이었다. 홀을 청소하고 벽에 회칠을 하면서도 요리사의 문제를 내내 생각하고 있었다.

벽에 걸 물건들이 몇 개 남기는 했지만 밤마다 조금씩 닦으면 될 것이었고, 이제 홀에서 할 일들은 대충 끝이 났다. 바닥은 깨끗하고 테이블과 의자도 깔끔했다. 벽난로 주위의 벽에 묻은 검댕이들까지 닦아냈으니 요리사를 처리할 시간이 이미 지난 셈이었다.

그는 숯처럼 까만 머리에 술통 비슷하게 생긴 체격의 키가 작은 남자였다. 보이는 데가 모두 둥글둥글했다. 뺨까지도 통통하고 불그스레했다. 다른 사람들에게 음식이랍시고 내주는 것보다 이 자가 먹는

양이 더 많은 게 아닐까 의심스러울 정도였다. 그의 미각이 어느 정도 발달되었을지도 의심스러웠다.

더구나 주인에 대한 존경심과 예의범절도 부족했다. 새로 온 안주인인 일리아나가 부엌에 들어온 그 순간부터 형편없이 대접을 했다. 우선은 하던 일을 멈추고 주인의 얘기를 들으려는 예의조차 보이지 않았다. 또한 말하는 도중에 주인의 치마 근처에다 계속해서 침을 뱉었다. 일리아나는 무엇보다 그 습관이 가장 참기 힘들었다. 음식을 만드는 부엌에서 어쩜 이렇게 더러운 짓을 한단 말인가. 그녀는 바닥에 뭉쳐 있는 거품 덩어리들을 쳐다보며 더욱 투지를 불태웠다.

그녀가 시선을 들어올렸다.

"좋아요. 당신이 할 일을 제대로 하기가 힘들다면, 다른 사람을 찾아보겠어요."

그녀는 요리사의 얼굴에 놀라움이 나타나는 것을 확인하고 문 쪽으로 돌아섰다.

"잠깐요! 그게 무슨 말이에요? 난 평생 여기서 일했다고요. 아버지도 여기 요리사였어요. 그런데 당신이 날 쫓아내겠다는 거예요?"

드디어 요리사의 관심을 끄는 데 성공한 듯했다. 일리아나는 문 앞에서 놀라는 척하며 다시 돌아섰다.

"내가 못할 것 같은가요, 던바 씨?"

"쿠민스, 엘긴 쿠민스에요. 내 엄마가 던바였어요. 아버지가 요리사로 일하면서 던바와 결혼한 거라고요."

그가 분개하며 말했다.

"좋아요, 엘긴 쿠민스. 당신의 족장님이 나에게 집안 살림을 맡아하라고 권한을 넘기셨어요."

시아버지가 정확히 그런 식으로 말한 것은 아니었지만, 지금은 애매하게 얼버무릴 여유가 없었다. 그녀가 매서운 시선으로 부엌의 심부름꾼과 하인들, 지오셜에게 경고의 메시지를 전달했다. 다들 그녀의 눈길에 꼼짝하지 못했다.

"그러니 내가 마음만 먹으면 누구든 쫓아낼 수 있어요."

그녀의 시선이 요리사에게 되돌아갔다.

"당신도 마찬가지예요. 여기 들어올 때는 이럴 생각이 아니었지만, 당신이 나와 얘기도 하지 않으려고 하니 해고하는 수밖에 도리가 없겠어요."

"얘기하면 되잖아요. 그래요, 얘기하자고요."

이제 남자의 얼굴에 필사적인 표정이 나타났다. 일리아나는 쌀쌀맞게 요리사를 쳐다보았다. 수석 요리사가 될 정도면 이 전에 미리 요리사로서의 훈련을 거쳤다는 뜻일 텐데, 문제는 어느 정도 정확하고 강도 있는 훈련을 받았을까 하는 점이었다.

"요리할 줄 알아요?"

불쑥 핵심적인 질문을 던졌다. 그러자 요리사가 심하게 자존심 상해하며 씩씩거렸다.

"당연하죠. 아빠가 스코틀랜드 최고의 요리사였어요. 레이디 뮤리엘이 그렇게 말했다고요. 난 아빠가 아는 걸 다 배웠어요."

"족장님에게 맛없는 빵과 딱딱한 치즈를 드려야 한다고 배웠나요?"

요리사가 등을 푹 굽히며 머쓱하게 머리를 긁었다.

"아뇨."

일리아나가 단호하게 말을 이었다.

"그럼 다시는 지금 같은 음식이 올라오지 않길 바래요. 오늘 저녁은 어떤 요리인가요?"

불 위에서 끓고 있는 솥단지를 흘깃 쳐다보니, 처음 여기 왔을 때부터 매일 밤 식탁에 올라왔던 그 죽이 분명해 보였다. 아주 멀겋고 맛없는 돼지죽이라고 하는 게 더 맞을 것이다.

요리사가 그녀의 시선을 따라서 솥을 보더니 걱정스럽게 인상을 구겼다. 그리곤 하소연하듯이 그녀를 쳐다보았다.

"향신료가 없어요."

그녀의 눈썹이 홱 올라갔다.

"하나도?"

"네. 하나도 없어요. 족장님은 이런 집안 일에 신경을 안 쓰시거든요."

돌아가는 상황으로 일리아나도 그런 결론에 이르기는 했었다.

"허브 정원 같은 것도 없나요?"

"레이디 뮤리엘이 계실 때는 하나 있었는데, 그분이 돌아가시고 나서 그냥 내버려뒀죠. 지금은 정원이라고 할 수도 없어요."

"그렇군요."

일리아나는 이 시급한 문제의 해결책을 찾기 위해 머리를 굴렸다. 당장 정원부터 살펴봐야 할 것 같았다. 지금이 6월이니까, 무엇이든 당장 심어야 할 것이었다. 계속 사서 쓰기에는 너무 비싸기 때문에 직접 기르는 것이 최선이었다. 하지만 우선은 향신료를 구입해서 쓰는 수밖에 없으리라.

"향신료 장사가 이 근처에 언제 들르죠?"

"안 와요. 몇 년 전부터 코빼기도 안 보여요. 족장님이 하나도 안 사시니까요."

그때 지오셜이 앞으로 나섰다.

"오늘 아침에 여길 지나갔어요. 이네스로 가려면 우리 영지를 지나가야 하거든요."

"이네스?"

"맥이네스 영지 말이에요. 우리 바로 옆에 사는 부족이에요."

요리사가 걱정스럽게 중얼거렸다.

"그럼 몇 달 후에나 다시 올 텐데요. 다니는 데가 많아서 일 년에 네 번만 이 근처에 오거든요. 향신료가 없으면 맛있는 요리를 만들 수도 없어요."

일리아나가 슬쩍 그 남자를 쳐다보았다. 그녀의 위협을 진짜로 받아들였는지, 이제 맛있는 요리를 못 만들면 해고당할까봐 겁이 나는 모양이었다. 하지만 향신료도 없이 맛있는 요리를 내놓으라고 요구할 수는 없는 일이었다. 그렇다고 김이 다 빠져서 먹다 남은 찌꺼기 같은 음식을 받아들일 마음도 없었다.

쫓아내지 않을 테니까 걱정 말라고 말하려다가 그녀는 다시 생각을 바꿨다. 어느 정도 엄한 주인으로 남아 있는 것도 나쁘지는 않을 것이다. 그래야 열심히 분발하지 않겠는가. 일단 이 요리사의 능력을 알아본 다음에 안심을 시켜주어도 늦지는 않았겠지.

그녀가 몸을 돌려서 문으로 향했다.

"족장님께 그 장사치를 불러달라고 부탁해야겠어요. 물건을 사겠다고 하면 가까운 거리니까 싫다고 하진 않을 거예요."

하지만 하필이면 이럴 때 앵거스 족장의 모습이 눈에 띄질 않았다. 안마당에서도 찾을 수가 없었다. 그녀의 시선이 마지못해 남편에게로 옮겨갔다. 그들은 지난 삼 일 간 서로를 무시하는 식으로 의지력 싸움을 벌이고 있는 중이었다. 그런 상황에서 남편에게 말을 건다는 게 내키지 않았지만, 어쩔 수 없었다. 향신료를 구하는 일이 더 급했다.

그녀가 무거운 발걸음으로 남편에게 다가갔다.

"던컨?"

남편의 몸이 딱 굳어지더니 천천히 그녀에게 돌아섰다. 아무 표정도 없는 그 얼굴을 쳐다보며 일리아나가 억지로 말을 이었다.

"아버님이…… 이 근처에 계신가요?"


던컨은 아내가 마당으로 나오는 걸 보았다. 그리고 자신에게 다가올까봐 겁이 났다.

제기랄, 이 여자를 어떻게 다뤄야 할지 전혀 모른다는 게 문제였다. 남편으로서의 권리를 거부해 버리고, 남편에게 감히 악취가 난다고 말하는 여자, 게다가 자기 마음대로 집안의 모든 걸 닦아대고 바꿔대는 여자. 이런 여자를 어떻게 다룬단 말인가?

이것이 보통 문제 같았다면, 아버지에게 자문을 구했을 것이다. 하지만 이 경우에는 그럴 수도 없었다. 아무리 아버지한테라도, 아직 아내와 첫날밤도 치르지 못한 채 쩔쩔매고 있다는 이 수치스런 사실을 어떻게 말할 수 있겠는가? 입 밖으로 단 한마디도 뻥끗할 수 없는 일이었다.

게다가 저 여자가 걸치고 있는 괴상한 장치를 어떻게 설명하겠는가? 생각하기조차 싫은 끔찍한 악몽이었다. 아버지는 그의 아내로 들어온 여자한테 꽤나 빠져버린 듯했다. 이 성 안의 살림을 좌지우지하는 것도 전혀 개의치 않는 듯 했다. 그래서 던컨은 당황스러웠다.

던컨이 겨우 다섯 살 때 어머니가 돌아가셨으니 그 전에 던바 성이 어떤 모습이었는지는 기억이 나질 않았다. 자신이 아는 한도 내에서는, 아내가 도착했던 날 보았던 던바 성의 모습이 예전부터 쭉 지속되었던 모습이었고 그게 정상이었다. 다른 사람들도 지낼 만하다고 생각하는 것 같았다. 그런데 아내에게는 대단히 참을 수 없는 상태인 듯했고, 갑자기 아버지까지도 참을 수 없는 상태라고 결론 내린 듯했다.

아내가 앵거스 던바를 홀려버린 것처럼 말이다. 아버지는 그 여자를 보면서 전에 없이 미소지었다. 그 여자가 오자마자 셰나이드를 잉글랜드 놈과 결혼시키겠다고 결심하기까지 했다. 늘 기생충 같은 잉글랜드 놈이라고 헐뜯었으면서 말이다.

"서방님?"

던컨이 인상을 찌푸렸다.

이 여자가 무슨 권리로 '서방님'이라는 호칭을 쓴단 말인가, 아직 결혼생활을 시작도 못했는데. 하지만 마구간지기 앞에서 그런 티를 낼 수는 없는 일이었다.

"아버진 소작농 집에 갔어. 무슨 일이야?"

일리아나의 한숨 소리가 들렸다. 이 여자가 한숨 쉴 이유가 무엇이란 말인가? 남편으로서의 권리를 거부당한 사람은 던컨 바로 자신인데 말이다.

"시간이 남아도는 줄 알아? 빨리 얘기해."

그가 시큰둥하게 쏘아붙이고는 마구간지기의 시선을 의식해서 애써 미소지어 보였다.

"필요한 게 있으시오?"

"향신료 장사가 오늘 아침에 여길 지나갔다던 데요?"

"맞아."

"부엌에 가 보니 향신료가 없다 길래, 사람을 보내서 그 장사치를 다시 불러올 수 있나 여쭤보고 싶어서요."

던컨은 고개를 흔들었다. 이 여자가 부엌에까지 변화를 일으키려는 것이다. 게다가 그건 돈이 많이 드는 변화가 될 것이다. 던컨이 기억하기로, 지금까지 향신료 장사가 던바 성에 들른 적은 한 번도 없었다. 그 점을 이 여자에게 분명히 말해 주어야 하리라. 더 이상 참을 이유가 없었다.

"향신료 따윈 필요 없어. 그리고 그런 쓸데없는 일에 보낼 만큼 한가한 사람도 없어."

일리아나가 대꾸하려고 입을 열었지만, 그 전에 던컨이 돌아서서 걸어가 버렸다.

한 시간 후에 던컨은 성의 안마당을 걸어가고 있었다. 그런데 마구간지기가 다급하게 그를 부르면서 달려왔다.

"서방님! 아이고 다행입니다요! 한 시간 내내 찾아다녔어요."

"무슨 일이야, 랍비?"

던컨이 남자의 호들갑에 눈살을 찌푸렸다.

"마님께서 말을 타고 나가셨어요."

"말을 타고 나가? 그게 무슨 뜻이야, 말을 타고 나가다니? 어디로?"

"향신료 장사를 만나시겠다고요. 그것도 혼자서요."

욕설을 내뱉으며 던컨이 마구간으로 돌아섰다.

"멍청하긴. 근처에 어떤 놈들이 득실거리는지도 모르면서. 맥이네스 땅이 어딘지도 모르면서 가긴 어딜 가."

"방향은 제가 알려드렸어요."

랍비가 조그맣게 중얼거렸다. 주인이 성난 표정으로 돌아보자 호소하듯이 어깨를 으쓱했다.

"마님이 말해 달라고 하셨어요. 제가 주인 마님의 명령을 어떻게 어기겠어요. 가시면 안 된다고 아무리 설득을 해도 들으셔야 말이죠."

던컨은 험악한 얼굴로 마구간에 들어갔다. 몇 분 후, 던컨을 태운 말이 빠르게 달려나왔다.

스코틀랜드의 대지는 야성적이면서도 아름다웠지만, 방향을 도무지 종잡을 수 없다는 것이 단 하나 문제점이었다. 향신료를 구해야겠다는 결심으로 일리아나는 아주 자신 있게 던바 성을 출발했다. 마구간지기에게 맥이네스 영지가 있는 방향을 들었기 때문에 문제없이 찾을 수 있을 줄 알았다. 하지만 그건 잘못된 생각이었다. 성을 떠난 지 한 시간 가까이 지났는데도 변함 없는 풍경이 이어질 뿐이었다. 이젠 어디가 옳은 방향인지, 또 집으로 돌아가려면 어느 방향으로 가야 하는 건지 확신이 서질 않았다.

말을 멈춰 세우고 주위를 둘러보았다. 보이는 것이라고는 구불구불한 초록의 언덕들과 나무, 험준한 벼랑뿐이었다. 모두 똑같아 보였다. 낯익게 느껴지는 것이 하나도 없었다. 왜 아니겠는가? 그녀는 여기 처음 온 외지 사람인 것을.

여기 서 있어봤자 아무 소용없다고 생각하며 그녀는 다시 말을 앞쪽으로 몰았다. 그렇게 한 시간 정도를 더 달리자 그녀는 멈춰 서서 지형을 살피는 것이 최선일 것이라는 생각이 들었다.

그녀가 말의 속도를 늦추려는 순간, 갑자기 나무 뒤에서 남자들이 튀어나오기 시작했다. 너무 놀라 목구멍에서 비명이 새어나왔지만, 일단 앞발을 들고 버둥거리는 말부터 안정을 시켜야 했다. 일리아나가 그 짐승을 달래기도 전에 남자 하나가 말고삐를 잡아 대신 진정시켰다.

일리아나는 두려움에 아랫입술을 깨물며 주위 남자들을 쳐다보았다. 모두 합해서 여섯 명이었다. 크고 거칠어 보이는 남자들이었고,

그녀를 바라보는 태도도 그리 상냥하지 않았다. 맥이네스에 사는 사람들일까? 제발 그랬으면 좋으련만.

말고삐를 쥔 남자가 게일 어로 이해할 수 없는 말을 중얼거렸다. 그녀는 애써 정중한 미소를 지으며 대꾸했다.

"죄송하지만 난 아직 당신네 말을 배우지 못했어요."

잠시 침묵이 흐르더니 그 남자가 물었다.

"잉글랜드 인이오?"

"네. 난 일리아나 와이들우드에요. 던컨 던바의 신부예요. 당신은 맥이네스 부족 사람인가요?"

그들은 잠깐 동안 놀란 시선을 교환하더니, 아까 말한 사람이 천천히 고개를 끄덕였다.

"던컨의 신부가 혼자 이런 데서 뭐 하는 거요? 왜 맥이네스 땅에 들어와 있는 거요?"

그래, 그들은 맥이네스 부족 사람들이 맞았다. 어찌됐든 간에 그녀는 제대로 찾아 왔던 것이다.

"이렇게 불쑥 찾아와서 죄송해요. 중요한 일이라서 어쩔 수가 없었어요. 내가 던바에 온 지는 며칠 안 됐는데, 우리 부엌에 향신료가 없다고 해서 향신료 장사를 찾으려고요. 거기 하인이 오늘 아침에 그 장사치가 맥이네스 땅으로 갔다고 하길래 찾아 왔어요. 앵거스 경이 향신료를 구입한 적이 없어서 우리 성에 들르진 않은 모양이에요."

일리아나는 자신이 횡설수설하고 있다는 걸 깨달으며 잠깐 정신을 가다듬고 나서 다시 미소지었다.

"여하튼, 나는 그 장사치가 앞으로 수개월 내에는 이 근처에 들르지 않는다고 해서, 향신료가 꼭 필요했기 때문에, 다른 데 가기 전에 던바 성에 들려달라고 설득할 수 있는지 알아보러 나왔어요. 물론 당신네와 일이 다 끝난 다음에요."

애교있는 미소를 지으며 그 말을 덧붙였다.

"던바 족장이 그러라고 하던가요?"

그 남자가 의심스러운 표정을 짓자, 일리아나는 조심스럽게 대답을 했다.

"지금…… 나의 시아버지께는 성을 떠나 계세요. 소작농에게 가셨다나 봐요. 남편은 너무 바빠서 시간을 낼 수가 없다고 했고…… 무슨 뜻인지 아시겠죠?"

남자의 입술이 위쪽으로 살짝 올라갔다.

"나오면서 허락을 받지 않았다는 뜻이로군요."

일리아나의 얼굴이 살짝 붉어졌지만, 어깨만 한번 으쓱해 보였다. 그 남자는 무슨 이유에선지 갑자기 기분이 즐거워진 듯했다. 게일어로 무슨 말인가 중얼거리고는 그녀의 말을 앞으로 이끌었다. 다른 남자들도 즉시 뒤를 따랐다.

"우리가 성으로 데려다 줄게요."

"감사합니다."

일리아나가 예의바르게 대답했다. 그들은 곧 여섯 마리 말이 기다리고 있는 공터에 도착했고, 그 남자가 그녀의 고삐를 쥔 채로 말에 올라서 앞쪽 방향으로 출발했다.

일리아나는 말의 갈기를 붙잡고 달리며 입술을 깨물었다. 조용하고 엄숙해 보이는 주위 남자들을 흘깃 쳐다보았다. 그들이 맥이네스 사람이라고 직접 인정한 것은 아니었다. 사실은, 좋은 사람일 수도 있지만 나쁜 사람들일 가능성도 있었다. 게다가 던바와 맥이네스 가문의 사이가 어떤 상태인지 미처 알아보질 못했다.

혹시 원수지간이면 어쩌지? 왜 이제야 그런 생각이 드는 거야? 그녀는 자신을 책망할 수밖에 없었다. 하지만 이제 곧 알게 될 것이다. 이 남자들이 정말 맥이네스 사람이라면 그녀를 맥이네스 성으로 데려갈 것이고, 그렇지 않다면 다른 곳으로 데려갈 것이다.

그리고 던바와 사이가 나쁜 상태라면 아마 그녀에게 족쇄를 채워서 남편에게 몸값을 내라고 요구할지도 모른다. 그 사람이 몸값을 지불할지는 의문이지만 말이다.

오래지 않아 성 하나가 눈앞에 나타났다. 일리아나의 긴장이 조금 풀어졌다. 맥이네스 성이 아닌 다른 곳일 리가 없었기 때문이다. 다른 부족의 성에 닿을 정도로 오랫동안 말을 달리지는 않았다, 그렇다고 믿고 싶었다. 그때 남자 하나가 남들보다 먼저 앞으로 말을 달렸다.

아마 다른 부족 사람이 왔다는 걸 알리러 가는 모양이었다. 그녀는 다시 초조해지기 시작했다. 던바와 맥이네스 가문이 지금 전쟁 중이라면 어떡하지? 그녀에게 그런 불안감이 들 무렵, 그들은 성벽에 도착했다. 안마당으로 들어가자 성주와 부인인 듯한 남녀가 계단 위에 나와 있었다.

그들의 얼굴에 환대하는 미소가 어린 것을 알아보았다. 던바 가문과 사이가 나쁘지는 않은 듯했다. 일리아나는 긴장을 풀고 자신도 그들의 미소에 화답해서 미소지었다.

맥이네스 부부는 50대 정도의 나이로 보였다. 남자의 머리는 흑백이 뒤섞여 있었지만 전에 틀림없이 까만색이었을 것이다. 키는 보통이었고 옷차림도 잘 갖춰 입은 것이 꽤 매력적이었다.

일리아나는 잠시 그에게 미소를 보인 다음 옆에 있는 여자에게 시선을 돌렸다. 여자의 머리카락은 회색이 여기저기 섞여 있는 갈색과 금발의 중간색이었다. 그녀도 매우 사랑스럽다고 할 만했다. 일리아나는 다시 한 번 미소를 보낸 다음, 남자 한 명의 도움을 받아 말에서 내려섰다.

"만나서 반갑습니다!"

그 솔직하고 허스키한 목소리 쪽으로 일리아나가 돌아섰다.

"맥이네스 경, 안녕하십니까?"

그녀가 사뿐히 예를 갖췄다.

"레이디 맥이네스, 처음 뵙겠습니다."

"언제 결혼하셨습니까?"

맥이네스 경이 몹시도 궁금해하며 물었다.

"삼 일 전에요."

"우릴 초대하지도 않다니 정말 섭섭해요."

레이디 맥이네스가 다소 화난 듯이 중얼거리자 일리아나는 얼른 사과의 말을 전했다.

"제 탓이에요. 우리가 예상보다 일찍 도착했거든요. 그리고 우리가 도착한지 한 시간만에 결혼식을 올렸어요."

"하지만 우리는 던컨이 결혼할 예정이었는지도 몰랐어요."

일리아나가 어색하게 고개를 흔들었다.

"그것도 제 탓이에요. 그 사람은 저의 의붓아버지 손에서 절 구해 주려고 결혼한 거예요. 제 어머니를 위해서기도 하고요. 그래서 다급하게 결정이 됐답니다."

레이디 맥이네스가 두 눈을 초롱초롱 반짝이며 호기심을 드러냈다.

"어머나, 이 일을 정확히 알아봐야겠군요. 안으로 들어오세요, 어서. 제가 다과를 준비할게요."

# 6

"시간이 그렇게 없었나? 갓 결혼한 신부를 직접 보낼 정도로?"

던컨이 말을 세우고 주변의 나무들을 둘러보았다. 왼쪽의 낮은 나뭇가지에 이안 맥이네스가 앉아 있었다.

"그 여자 봤어?"

"물론."

이안이 나무 밑으로 내려오며 대답했다. 던컨은 이제야 긴장이 풀리는 듯 안장에 느긋하게 몸을 기댔다.

"신부를 잘 지켜야잖아."

이안이 부드럽게 나무라며 친구가 앉아 있는 말 위를 올려보았다.

"꽤 예쁘던 걸. 무슨 일이라도 생기면 어쩔 뻔했어."

"그 여자가 혼자 나간 줄도 몰랐어, 나중에 랍비가 허둥지둥 찾아왔더라고."

"그럴 줄 알았어."

이안이 한 손을 내밀자, 던컨은 친구의 손을 잡아당겨 자기 뒤쪽에

타도록 올려주었다.

"자네 말은 어딨어?"

"저 앞에."

던컨이 고개를 끄덕이며 말을 몰았다. 이안의 말은 금세 찾을 수 있었고, 그후에는 각자 자신의 말에 올라탔다.

"그 여자 괜찮아?"

"멀쩡해. 지금 성에서 엄마 아빠와 얘기하는 중이야."

이안이 고삐를 앞으로 모아 쥐며 그를 쳐다보았다.

"결혼할 거라는 말 없었잖아."

던컨이 어깨를 으쓱했다.

"결혼식 직전까지는 계획 없었어."

"흐음."

나란히 말을 달리면서 이안이 다시 입을 열었다.

"그 여자가 이런저런 얘길 하던데, 어떻게 된 일이야?"

"잉글랜드 왕이 나더러 그 여자와 결혼해 달라고 해서, 셰나이드 상황을 정리해 준다는 조건이면 하겠다고 했어."

"그 정도 조건에 넘어갔다고, 자네가?"

이안이 놀라며 쳐다보았다.

"왕의 몸값에 좀 모자라는 지참금도 있었어."

"그럴 줄 알았다니까."

이안이 씩 웃었다.

"얼마야?"

"충분히 많다고 볼 순 없어."

"설마! 결혼한 지 며칠밖에 안 됐는데, 벌써 불평하는 거야?"

"그렇다고 봐야지."

"왜? 그 여자가 뭐 잘못했어?"

던컨은 정면을 잠시 노려보고 나서 투덜거렸다.

"그 여자가 성을 청소했어."

푸하하, 이안이 웃음을 터트렸다.

"나더러 목욕까지 하래."

친구가 더 재미있어 하자 던컨은 짜증스럽게 노려보았다.

"미안, 미안. 하지만 자네한테 꽤 요상한 냄새가 나는 건 사실이잖나. 자네가 사냥 나가면, 그 냄새로 벌써 짐승들이 알아차리고 도망칠걸세."

"지금은 6月이야. 6월에는 원래 이런 냄새가 나는 거야."

"그래, 나도 알지. 하지만 새 신부한테는 충격이었을 걸."

그리곤 흘깃 궁금해하는 시선을 던졌다.

"얘기 들어보니까, 그 여자 의붓아버지한테서 구해 주려고 결혼한 거라며?"

"맞아. 그래서 왕이 이렇게 먼 북쪽에서 신랑감을 찾아서 그렇게 관대하게 돈까지 내줬던 거야. 그 여자를 멀리 보내야 안전할 테니까."

"흐음."

이안이 생각에 잠겨서 중얼거렸다.

"꽤 용감한 여자 같더군."

"뭣도 모르는 타지에서 혼자 뛰쳐나가는 건 용감한 게 아니야. 멍청한 거지."

"그건 그렇지만, 우리를 처음 봤을 때 무서운 표정을 안 짓더라고. 간단하게 자기 소개만 했어."

"그러니까 둔하다는 거야."

던컨이 빈정거렸다. 하지만 속으로는 사실 놀라는 마음이었다. 까다롭고 차갑기만 할 것 같은 여자가 향신료를 구하겠다고 낯선 땅으로 직접 말을 타고 달려나가다니, 전혀 뜻밖이었다. 그 여자는 한두 가지 놀랄 만한 모습을 지니고 있는 듯했다―정조대를 찬 것까지 포함해서 말이다.

"뭐가 잘못되었나요, 레이디 던바?"

일리아나가 방에서 일하는 하인들을 계속 쳐다보고만 있자, 아디나 맥이네스가 어리둥절하게 남편을 쳐다보고는 다시 젊은 여자에게 시선을 돌렸다.

"레이디 던바? 레이디 던바!"

마침내 그 목소리를 알아차린 일리아나가 여전히 찌푸린 얼굴로 상대방을 쳐다보다가 퍼뜩 상황을 이해하면서 눈이 휘둥그레졌다.

"어머나, 저 말씀인가요? 그렇겠군요! 죄송해요. 레이디 던바라는 호칭에 아직 익숙칠 않아서요."

그녀는 얼굴을 붉히고 어깨를 으쓱했다.

"사실은 그렇게 불린 게 처음이에요."

레이디 맥이네스가 긴장을 풀며 가볍게 웃었다.

"그래요, 평생 들었던 이름이 갑자기 바뀌니까 당연히 낯설겠지요."

"네."

"그럼 처녀 시절 이름으로 불러드릴까요?"

"아, 네. 일리아나라고 불러주세요."

"난 아디나에요, 남편은 로버트고요."

레이디 맥이네스가 각자의 이름을 말하고 나서 눈썹 하나를 치켜 올렸다.

"우리 하인들을 빤히 쳐다보시던데……. 뭐 잘못된 거라도 있나요?"

"아니요. 그냥…… 솔직히 말씀드리면 저 사람들이 입은 옷을 보고 있었어요."

그녀가 다시 옆으로 시선을 돌려서, 흠잡을 데 없이 깨끗한 하인들의 플래이드를 훑어보았다.

"아하."

충분히 이해할 수 있다는 반응이었다.

"그런데 당신 하인들은 왜 저렇게 입지 않았을까 생각하는 거겠죠?"

일리아나가 머뭇머뭇 고개를 끄덕였다.

"돈이 부족해서는 아니랍니다. 그 점은 확실해요."

로버트 맥이네스가 대화에 끼여들었다.

"이건 비밀인데, 당신 남편은 양 떼도 많고 그 털로 플래이드를 만들어서 돈을 아주 많이 벌어요."

"던컨이 플래이드를 만들어요?"

"직접 만드는 건 아니고, 던바의 부족원들이 만들죠. 그걸로 꽤 이익을 남기고 있어요. 던바 부족의 플래이드가 스코틀랜드에서 최고로 손꼽히거든요."

"그런데 왜 자기들은 좋은 플래이드를 입지 않나요?"

잠깐 침묵이 흐르고 나서, 아디나 맥이네스가 한숨을 내쉬었다.

"여기 오기 전에 스코틀랜드에 대한 소문 못 들으셨어요?"

한두 가지 들은 얘기는 있었지만 그 대부분이 여기서 입밖에 낼 정도로 듣기 좋은 말이 아니었기 때문에 일리아나는 살짝 고개만 끄덕였다.

"우리 스코틀랜드 인들이…… 좀……. 노랑이라는 말이 있어요."

흠흠 목을 가다듬으며 그녀가 말을 이었다.

"하지만 그건 사실과 달라요."

"던컨만 예외죠."

맥이네스 경이 불쑥 한마디를 던지자, 아디나가 화들짝 남편을 돌아보며 비난하는 눈짓을 보냈다.

"아니에요. 남보다 조금 더 검소할 뿐이에요."

"하! 조금 정도가 아니잖소, 부인. 내가 던컨을 싫어해서 하는 말이 아니니 오해하지는 마십시오, 일리아나. 하지만 던컨 던바는 틀림없는 노랑이랍니다."

그가 단호하게 부연 설명을 했다.

"그래서 어마어마한 재산을 모았어요. 던컨이 어딘가 돈무더기 산을 숨겨두었다고 해도 놀랍지 않을 겁니다. 던바족의 플래이드는 추운 겨울 동안에 불티나게 팔리니까요. 우리도 던바족에게 사는 걸요."

"그것말고 보호해 주는 일도 하죠."

아디나의 중얼거림이 들리자, 일리아나가 눈을 깜박였다.

"보호요?"

로버트가 열심히 고개를 끄덕였다.

"던바족은 이 부근에서 최고로 싸움 잘하는 전사들을 보유하고 있어요. 다른 데서 전사들이 필요해질 때마다 던컨이 그 일을 맡아서 빌려준답니다. 그걸로도 큰돈을 벌고 있어요."

일리아나는 조용히 새롭게 알게 된 정보를 생각해 보았다. 그리고 싸움 잘하는 남자들을 빌려준다는 것보다 던바 부족이 직접 플래이드를 만들어서 판다는 것을 더 깊이 새겨 넣었다.

"하지만 그렇게 고급 플래이드를 만들면서 왜 모두들······."

맥이네스 경이 손사래를 쳐서 일리아나의 말을 막았다.

"죄다 팔아버리기 때문이죠. 부족원들에게는 일 년에 하나씩만 줘요. 새해가 시작될 때. 나머지는 다 팔아요."

"그렇군요."

아디나가 분위기를 바꿔보려는 듯 쾌활하게 말했다.

"여기까지 찾아와 주셨으니 우리 나름대로 환영의 표시를 하고 싶어요. 던컨과 같이 저녁식사하고 가실 수 있을까요?"

일리아나의 눈썹이 올라갔다.

"남편과 같이 온 게 아니랍니다."

아디나가 씽긋 미소지었다.

"그래도 곧 오시겠지요, 당연히. 새 신부를 혼자 다니게 놔두는 신랑이 어디 있어요."

"그렇긴 하지만, 저······ 남편은 제가 여기 온 걸 모르고 있어요."

그녀 입장에서는 한숨을 실어 어렵게 한 고백이었지만, 맥이네스 부인은 태연하게 앞으로 몸을 기울여서 속삭였다.

"내가 하나 말해 줄까요? 여기 스코틀랜드에서는 족장이—그 아들도 마찬가지고—모르는 게 전혀 없답니다."

그녀가 다시 등을 뒤로 기댔을 때 현관문이 활짝 열렸다.

일리아나는 문 쪽을 흘깃 돌아보다가 가슴이 철렁 내려앉았다. 문으로 들어서는 사람은 다름 아닌 던컨이었다. 더구나 몹시 화가 난 표정이었다. 당장 그녀와 단 둘만의 시간을 갖고 싶다고 명령하는 듯했다. 그리고 일리아나는 그런 상황을 되도록 피해야겠다는 생각이 들었다.

그녀가 레이디 맥이네스에게 얼른 고개를 돌려서 미소지어 보였다.

"아직 마음이 변하신 게 아니라면, 기꺼이 남편과 같이 저녁식사를 하고 갈게요."

그 말이 입을 빠져나간 순간 크게 실수했다는 걸 알았다. 어느새 그녀의 뒤로 다가온 남편에게서 분노가 생생하게 느껴졌던 것이다.

던컨은 꼭 후회하게 될 거라고 약속하는 표정으로 이안과 함께 테이블에 합류했다. 속으로 한숨을 삼키면서 일리아나는 이안이 그들의 결혼에 대해서 설명하는 내용을 들었다. 와일드우드 여자 두 명을 보호하기 위해 결혼이 성사되었다는 건 이미 그녀 자신이 말한 내용이었다. 하지만 일리아나가 하지 않았던 말도 그 중에 포함되어 있었다. 그녀 자신도 지금 처음 듣는 내용, 왕이 던바 족장에게 지참금을 얼마나 내주었는가 하는 바로 그 점이었다.

그 액수를 듣고 나서 방안에 한참 동안이나 정적이 흘렀다. 맥이네스 부부는 그 어마어마한 액수에 기겁한 듯했고, 일리아나도 충격을 받았다. 왕이 자신과 엄마를 위해 그 정도까지 신경 써 주었다는 사실에 우쭐해야 할지, 던컨이 그렇게 많은 돈을 받고서야 결혼에 동의했다는 사실에 모욕을 느껴야 할지 알 수 없었다.

하지만 더 생각할 시간도 없었다. 맥이네스 족장이 더 궁금한 질문을 했기 때문이다.

"그 돈으로 무얼 할건가, 던컨?"

일리아나는 대답을 들으려고 남편에게 눈을 돌렸다. 그리곤 갑작스러운 남편의 변화에 놀라워했다. 깨진 바가지로 물이 새어나가듯이 딱딱하고 화나 있던 표정이 어디론가 사라져버리고, 눈동자와 얼굴, 사람 그 자체까지 갑자기 흥분으로 빛을 뿜어내는 듯했다.

"던바를 위해서 써야죠. 내가 저축한 돈까지 합치면 여러 가지를 할 수 있어요. 우선 성벽을 보강할 생각입니다. 지금 건 모양도 조잡하고 언제 무너질지 모르는 상태거든요. 해자도 더 깊이 넓게 파야 합니다. 던바 성도 확장 공사를 해야 하고, 양 떼도 더 늘려야겠고…… 써야 할 곳이 많죠."

일리아나는 남편의 생기 넘치는 얼굴을 물끄러미 바라보았다. 완전히 다른 사람이 된 것 같았다. 지금까지의 험악하고 뚱하던 남자와는 전혀 다른 모습이었다. 그녀는 이 모습이 더 마음에 들었다. 야망과 열정을 지니고, 흥분해서 자신의 계획을 설명하는 동안 옆에 앉은 그녀에게까지 뜨거운 기운이 전해질 정도로 에너지가 철철 넘쳤다. 그녀도 같이 활력이 솟아나는 듯한 게, 과히 나쁘지 않은 느낌이었다.

던컨이 맥이네스 족장의 어떤 말에 갑자기 미소를 짓자, 목구멍의 숨이 턱 막히는 기분이었다. 전에도 한 번 그런 미소를 보았다. 던바에 도착했던 날. 그때 그 느낌 그대로 또다시 가슴이 떨려왔다. 그녀는 저 더러운 몰골 속에 매력적인 남자가 숨어 있다는 것을 알아차렸다. 대단히 매력적인 남자가 말이다.

"맥이네스 땅은 여기까지야. 이젠 던바 땅이야."

일리아나는 남편의 험악한 표정을 피해서 주위 풍경을 둘러보았다.

날이 어두워질 때까지 그들은 맥이네스 성에서 던바의 음식보다 훨씬 맛 좋은 식사를 하고 잠시 여자는 여자들끼리 남자는 남자들끼리 각자의 취향에 맞게 대화를 나누었다. 그렇게 대화하면서 일리아나는 남편에 대해 한두 가지를 더 알게 되었다.

첫째는 저 지저분하고 퉁명스런 행동 내면에 매우 지적인 남자가 들어 있다는 것이었다. 남편이 세워 놓은 계획들을 들어보니 아주 똑똑하고 생각을 깊게 하는 사람이라는 게 분명해졌다. 단순한 노랭이가 아니라는 것도 명백해졌다. 적어도 던바 성을 개보수하고 성벽을 강화하는 부분에 있어서 만큼은 짠돌이가 아니었다.

부족원들을 제대로 입히지도 먹이지도 않았던 것은 단지 그들의 미래를 안정되게 만들기 위해서 돈을 모으려는 수단이었다. 그녀는 그 점이 감탄스러웠다. 남편은 자신보다 더 엄격하게 스스로를 절제할 줄 아는 사람이었다.

그 외에도 일리아나는 그날 저녁시간을 보내면서 남편이 야심을 크게 지닌 인물이라고 결론지었다. 던바를 위해서 거창하게 세운 계획에 경외감마저 느껴졌다. 남편이 이미 시작한 일이나 진행중인 일에 대해 들으면서, 수년 동안 조금씩 그런 일들을 추진해 왔다는 걸 알았다.

또한 한꺼번에 들어온 거금의 지참금으로 그 일들을 진행하는데 크게 도움이 될 수 있다는 것도 알게 되었다. 그녀가 홀을 청소하며 분주하게 지내는 사이에, 남편은 다른 남자들과 같이 해자와 성벽에서 보강 작업을 하고 있었던 모양이었다.

그걸 알고 나니, 마음 한구석으로 일말의 안도감이 밀려들었다. 지난 삼 일 동안 피곤해하면서도 꽤나 만족스러워하는 듯하던 남편의 기분도 이해가 됐고, 왜 남편으로서의 권리를 강하게 주장하지 않았는지도 알 수 있었다. 밤마다 그 문제로 싸워야 할 거라고 예상했는데 그렇질 않아서 조금 놀랐던 게 사실이었다. 더구나 남편이 너무 관심이 없는 것 같아서 약간 모욕당한 기분마저 들었었다.

던컨은 결혼 첫날밤 이후로 그녀가 있는 방으로 들어오지도 않았다. 그래서 마을의 다른 여자에게 돌아다니는 것이나 아닌지 불안해하기도 했다.

던컨이 애인을 만들든 말든 왜 신경을 쓰는 것일까? 아내 이외에

애인을 두는 남자들이 세상에 허다하지 않은가. 게다가 그녀는 냄새 나는 거구의 얼간이를 자신의 침대에 들여놓고 싶지 않았다. 하지만 어쨌든 남편이 다른 여자와 잠잘 수도 있다는 가능성이 결코 유쾌하지 않았다.

결혼 이틀째 되는 날 침실에 들어오지 않았을 때는 화가 치밀었었다. 하지만 셰나이드 방에서 잤다는 사실을 에바가 알려주었다. 다른 사람 없이 혼자서. 그 다음 날도, 또 다음 날도 남편은 매일 여동생의 방에서 밤을 보냈다. 그건 그녀에게 다행스런 일이었다.

"내 말 들었어?"

일리아나가 퍼뜩 상념에서 빠져나오며 남편을 마주보았다. 저녁식사를 하는 동안, 그리고 이 지점에 도착할 때까지는 간신히 성질을 참고 있었던 듯했다. 이제야말로 그는 그녀의 말고삐를 잡아서 정지시키고 훈계를 늘어놓을 태세였다.

"네, 서방님."

일리아나가 중얼거렸다.

"여기부터 던바 땅이라고 하셨잖아요."

그는 무뚝뚝하게 고개를 끄덕였다.

"앞으로 그 점을 명심하시오, 부인. 내 허락 없이 또 던바 땅을 떠나는 날에는, 매맞을 각오하는 게 좋을 거요."

그녀의 몸이 당장 굳어졌다.

"그런 일이 있을 시에는, 나도 한동안 당신을 방에 들이고 싶지 않을 거예요."

던컨의 표정이 전보다 더 험악해졌다.

"내 말 엉터리로 듣지 마. 오늘 당신이 한 행동은 아주 어리석었어. 죽을 수도 있는 일이었어. 누가 당신을 노리고 있는지도 모르잖아. 게다가 여긴 당신이 잘 아는 와일드우드도 아니고 전혀 낯선 곳이야. 오늘 당신을 노리는 놈이 뒤쫓아갔으면 얼마든지 당신을 처리할 수 있었어. 강간하든, 죽이든, 두가지 다 하든 얼마든지 할 수 있었다고. 그럼 난 복수해 주는 것밖에 남는 일이 없었겠지."

일리아나의 얼굴이 창백해졌다.

그 모습을 응시하며 던컨이 엄격하게 고개를 끄덕였다.

"이제야 당신 행동이 얼마나 경솔하고 어리석었는지 알아차렸나? 좋아, 그렇다면 더 이상 길게 말하지 않겠어. 하지만 한 마디만 더 해 두지. 오늘 당신은 시간만 낭비했어. 난 향신료 따위에 돈 쓸 생각이 전혀 없어. 이미 그 돈으로 뭘 할건지 다 정해놨단 말이야. 그러니까 내 돈을 향신료나 옷 나부랭이에 낭비할 생각은 버려."

"네, 서방님."

그녀는 오로지 그의 화를 달래려고 얌전하게 대답했다.

그후에 집까지 돌아오는 동안 일리아나는 조용히 말을 달렸다. 피곤이 엄습해 와서 집이 보이는 순간 쓰러질 것만 같았다. 던컨을 더 화나게 하고 싶지 않아서—그럼 또 분풀이를 당해야 할 테니까—그녀는 그의 도움을 받아 땅으로 내려서면서 움츠러들지 않으려고 최선을 다했다. 하지만 그의 손이 떨어져 나가자마자 남편을 기다리지도 않고 안으로 종종걸음 쳤다.

늦은 시간인데도 앵거스 족장은 아직 깨어 있었다. 그는 벽난로 앞 의자에 앉아서 슬프게 불길을 들여다보고 있었다. 하지만 그녀가 들어가자 반갑게 쳐다보며 인사를 했다.

일리아나는 대답 대신 간신히 미소만 지어 보이고 터벅터벅 지친 발걸음으로 계단을 올라갔다. 이제 자신만의 공간이라고 생각하게 된 침실 문을 열고 안에 들어가서 문을 닫으려 했다. 왠지 문이 닫히질 않아서 돌아보니 던컨이 어느새 뒤따라와 버티고 있었다. 그녀가 놀란 눈으로 쳐다보는 사이에 남편이 방으로 들어왔다.

남편이 오늘밤 여기서 잠자게 될 수도 있다는 걸 미처 생각하지 못했다. 어리석은 실수였다. 세나이드가 사냥에서 돌아왔으니 남편이 이 방으로 돌아올 거라는 걸 예상했어야 했다. 하지만 그 생각을 미처 하지 못했던 일리아나는 방안에 들어선 그를 조심스럽게 바라볼 뿐이었다.

덩컨은 문을 닫고 침대로 걸어갔다. 철저하게 아내의 시선을 무시한 채 움직였다. 하지만 검집을 풀어내면서 그녀의 놀란 얼굴을 흘깃 보았을 때 왠지 잡상인이 되어버린 기분이었다.

빌어먹을, 여긴 분명히 자신의 방이었다. 그리고 이 여자는 그의 아내였다. 그런데도 이 여자는 아내로서 해야 할 행동을 전혀 알지 못했다. 아내는 의당 남편의 소유였다. 이 성, 자신의 소 떼 그리고 자신이 허리에 차는 검과 마찬가지로 확실히 그의 소유였다.

그러니까 당연히 남편의 뜻에 순종해야 했다. 정조대 같은 요상한 걸 걸치고 도망쳐서도 안 되고, 남편한테 냄새가 난다며 목욕하라고 요구해서도 안 되는 일이었다.

그 빌어먹을 벨트를 생각하니, 그것 하나만 달랑 걸치고 서 있던 아내의 모습이 떠올랐다. 아내가 그렇게나 아까워했던 이불만큼이나 하얀 피부였다. 그리고 그는 그곳에 입술을 들이댔다.

머리와는 상관없이 자신의 몸이 그 기억으로 점점 흥분을 하자, 덩컨은 한숨을 쉬며 그녀에게 등을 돌렸다. 이건 완전히 고문이었다. 몇 날 며칠 이런 고문에 시달린 것만으로도 충분했다.

결혼식 다음 날 아침, 아내가 자신의 품에서 떨던 그 느낌이 잊혀지질 않았다. 사실은 그 이외의 것들에 대해서는 생각하기도 힘들었다. 물론 정조대라는 빌어먹을 벨트를 풀어내는 방법만큼은 줄기차게 생각을 했다. 그래야 그날 아침에 시작했던 일을 끝까지 할 수 있을 테니까 말이다.

어떻게 해야 이 문제를 해결할 수 있을까? 그냥 칼로 잘라버릴까? 금속 자물통만 빼고는 가죽으로 된 물건이었다.

하지만 너무 아내의 몸에 찰싹 달라붙어 있어서 잘못 했다가는 상처를 입히게 될 수도 있었다.

또 하나의 방법은 열쇠를 찾아내는 것이었으므로, 그녀가 아래층에서 바쁘게 돌아다니는 틈을 타서 방안을 다 뒤져보기도 했다. 하지만 열쇠를 찾을 수가 없었다. 열쇠를 내놓을 때까지 매를 때려 볼까도 생각했다. 하지만 약한 사람에게 폭력 쓰는 인간을 늘 경멸해 왔던 터라, 그런 행동을 정당화시킬 수가 없었다. 아까 매를 때려주겠다고 위협한 건, 아내가 위험에 처할까봐 일부러 두려움을 심어주기 위해서였다. 앞으로는 오늘처럼 어리석은 짓을 하지 않도록 단단히 못박아두는 차원의 위협이었던 것이다.

던컨은 자신의 이런 감정이 바보 같다고 느껴지기도 했지만 어쩔 도리가 없었다. 일단 아내에게 거부당했다는 최악의 분노가 진정되고 나자, 던컨은 그녀의 용기에 감탄해마지 않았다. 남편에게 감히 싫다고 말할 수 있는 여자는 별로 없었다. 법적으로 모든 권리는 남편에게 있었다. 아내는 남편의 권리에 반항할 수가 없는 것이다.

하지만 일리아나는 대단히 두려워하면서도—자신의 결심을 말할 때 그 표정에서 그는 두려움을 분명히 보았다—자신의 주장을 끝까지 관철시켰다.

그래, 일리아나는 용기 있는 여자였다. 오늘 한 행동도 그 용기의 증거였다. 하지만 그 여자가 얼마나 아내의 도리에 대해서 무식한지를 보여주는 증거이기도 했다. 그 여자는 배워야 할 게 너무나 많았다. 부디, 그걸 제대로 가르칠 만한 인내심이 그에게 있기를 바랄 뿐이었다.

결혼 첫날밤을 제대로 치르지 못한 후로 던컨은 자기 성질을 조절하기가 쉽지 않았다. 그래서 다른 사내들에게 고약한 성질을 부려대면서 일을 시켰고, 자신도 지칠 때까지 성벽에서 일했다. 그렇게 녹초가 되어 침대에 쓰러지는데도 깊이 잠들 수조차 없었다.

아내와 어서 빨리 잠자리를 치러야만 이 불면 증세가 사라질 거라는 건 의심의 여지가 없었다. 한두 번은 벨트를 풀고 얻어낼 그 즐거움을 위해서 다소 이르게 목욕을 해 볼까 고려해 본 적도 있었다.

하지만 지금 한발 물러서게 되면 다음에도 이런 식의 바람직하지 못한 사건들이 반복되어 습관이 되어버릴 수도 있는 일이었다. 그래서는 안 된다. 그러니 목욕을 하지 않고도 벨트를 풀어낼 방법을 찾아내지 않는 한, 아내와의 잠자리에 성공하기까지 오래 기다려야 할 것만 같은 불길한 예감을 떨칠 수 없었다.

뭐든지 자신의 뜻대로 해 왔던 남자에게 이런 상황은 그리 유쾌하지 않았다.

남편의 검이 소리를 내며 바닥으로 떨어지자 일리아나의 몸이 움찔했다. 그의 등짝을 빤히 노려보고 있다가, 그의 플래이드가 툭 바닥으로 떨어지자 눈을 깜박거렸다. 그의 셔츠만 눈앞에 남아 있었다. 일리아나는 자신도 모르게 그 조각 같은 윤곽을 살펴보았다. 엉덩이 선을 따라 근육질의 길고 단단한 다리가 이어진 걸 보니 이상하게도 숨쉬기가 힘들어졌다.

자신의 반응에 당황하면서 얼른 몸을 돌리려 했다. 하지만 남편이 셔츠를 머리 위로 끌어올렸을 때, 거의 본능처럼 넓고 강인한 등과 팔뚝을 획 둘러보았다. 매끈한 근육의 움직임에 넋이 나갔다. 참을 수 없는 냄새와 짜증스런 태도에도 불구하고 남편은 매우 멋진 몸매의 소유자였다.

그가 구겨진 침대 리넨을 잡아당기려 몸을 굽혔을 때는 온몸의 근육이 물결을 일으키는 것 같았다. 잠시 후 남편이 이불 사이로 기어들어갔다.

그제야 일리아나는 거의 황홀경과도 같은 상태에서 화들짝 깨어났다. 당장 앞으로 달려가서 이불을 낚아챘다. 하지만 던컨은 그녀의 예상보다 더 빨랐다. 이불자락을 붙잡고 다시 잡아당겼다. 그녀는 거의 쓰러질 뻔하면서도 간신히 균형을 잡고 그를 노려보았다.

"말했잖아요, 목욕하기 전까지는 여기서 재워주지 않을 거라고요. 지저분한 냄새가 배면 없어지질 않는다고요."

던컨은 미동도 없이 가만히 있다가 갑자기 이불을 놓아버렸다. 일리아나는 또 한 번 바닥으로 쓰러질 뻔하다가 균형을 잡고는 놀라서 쳐다보았다. 남편이 벌거벗은 몸으로 벌떡 일어섰다. 손을 내려서 에바가 다른 걸로 바꿔놓았던 침대보를 침대에서 걷어냈다. 그걸 휙 그녀에게 던지고는 바닥에 떨어져 있는 플래이드를 집어서 자신의 몸에 덮었다.

가슴에 이불을 움켜쥐고 일리아나가 멍하니 쳐다보았다. 어떻게 해야 할지 알 수가 없었다. 원래 남편의 침대이니 나가라고 할 수도 없고, 그렇다고 저 냄새나는 얼간이와 나란히 누울 수도 없었다. 잠깐 서서 망설인 후에 그녀는 홱 돌아서서 한쪽 구석으로 걸어갔다. 험악하게 일그러진 표정으로 바닥에 자신의 잠자리를 만들었다. 그리고 그 안으로 기어 들어가 눈을 감았다.

# 7

"아, 이제 오냐!"

앵거스 족장이 계단으로 내려오는 며느리를 보자마자 커다란 홀을 가로질러오며 환하게 미소지었다.

"너에게 줄 게 있다. 어제 길리가 만들어 갖고 왔더구나. 어젯밤에 주려고 했는데 시간도 너무 늦었고 네가 피곤해 하는 것 같아서 오늘까지 기다렸어."

일리아나는 계단 밑에 멈춰서 시아버지가 주는 열쇠뭉치를 받으며 애써 미소지었다.

"감사합니다."

"감사하기는. 당연히 네가 갖고 있어야지."

그는 어깨를 한번 토닥이고 나서 문으로 돌아섰다.

"난 이만 나가봐야겠다. 근처에 있을 테니까 필요하면 불러라."

열쇠를 손에 쥐고 일리아나는 테이블 쪽으로 시선을 돌렸다. 그곳을 확인하면서 티 나지 않을 정도로 안도의 한숨을 쉬었다. 홀 전체가 텅 비어 있었다. 하지만 그녀가 긴장을 풀 수 있었던 이유는 홀에 사람이 없어서가 아니라 남편이 없기 때문이었다. 그건 어젯밤 남편의 사려 깊은 행동에 대해서 감사 인사를 조금 연기할 수 있다는 뜻이기도 했다.

그녀는 어제 차갑고 단단한 잠자리에서 잠을 청해야 했다. 돌로 만들어진 성이 원래 그렇듯이 웃풍이 센 데다가 바닥도 골풀 이외에는 딱딱하기만 했으니, 몇 시간이고 몸을 뒤척여봐도 잠을 이루기가 힘들었다. 자정이 지나서야 깜박 잠이 든 모양이었다. 그런데 아침에 깨어나 보니 자신이 침대에 몸을 말고 누워 있었다. 남편이 침대에 올려놓았으리라는 건 굳이 천재가 아니라도 짐작할 수 있었다. 그리고 그때 이미 남편은 방에 없었다.

던컨이 이렇게 친절을 베풀어주다니 전혀 예상치 못한 일이었지만, 고맙기는 했다. 그가 침대로 옮겨주지 않았더라면, 오늘 아침에 뻣뻣하고 욱신거리는 몸 상태를 피하지 못했을 것이다. 그런 행동에는 고마움을 표시하는 게 예의바른 일이었기 때문에 마음의 준비를 하면서 아래층으로 내려왔다. 하지만 지금 당장 인사하지 않아도 된다는 걸 알게 되자 다행이라는 생각이 들었다. 감정을 정리할 수 있는 시간의 여유가 생겼기 때문이다.

지금 그녀의 감정은 다소 혼란스러웠다. 남편의 배려에 감사하는 마음이 생기는 한편, 남편의 권리를 거부한 것에 대해 죄책감이 생겨났기 때문이다.

한숨지으며 테이블로 움직이다가 딱 멈춰 섰다. 벽에 회칠이 되어 있었기 때문이다. 그녀가 하라고 명령했던 일이었지만, 그녀가 없는 사이에 하인들이 칠해 놓은 모양이었다. 그런데 그 결과가 형편없었다. 오히려 전보다 더 얼룩덜룩하고 지저분해 보였다. 이런 일이 생길 줄은 생각지도 못했다.

"에바!"

그녀가 텅빈 홀을 둘러보며 에바를 불렀다. 모두가 아침식사를 끝내고 나가버린 듯했다. 이게 다 늦잠을 자버린 탓이다—그 하녀 에바 때문에—항상 아침에 일리아나의 방에 와서 옷 입는 걸 도와주었던 에바가 오늘 아침에는 나타나질 않았다.

대체 어디 간 거야? 평소대로 나타났으면 늦잠 자는 일도 없었을 텐데. 할 일이 얼마나 많은데, 이를 어쩐다. 벌써 반나절이나 지나버리지 않았는가.

"에바!"

드디어 하녀가 문안으로 종종걸음 쳐서 들어오더니 그녀에게 달려왔다.

"어디 갔었어?"

"서방님께서 마님을 깨우지 말라고 하셨어요. 어젯밤에 잠을 잘 못 주무셨다고요."

하녀가 이유가 뭐냐는 듯 쳐다보았지만, 일리아나는 지금 바닥에서 잠들었기 때문이라고 설명할 기분이 아니었다.

"이게 뭐야?"

벽으로 손가락을 가리키자 에바가 땅이 꺼져라 한숨지었다.

"눈뜨고 봐줄 수가 없어요, 그죠? 제가 이렇게 하는 게 아니라고 수십 번도 더 얘기했는데, 지오셜이 레이디 뮤리엘이 이렇게 했다면서 이 꼴을 만들어버렸어요."

또, 레이디 뮤리엘. 일리아나는 이제 그 이름을 듣는 게 지겨워서 미칠 지경이었다.

"레이디 뮤리엘이 덕지덕지 줄쳐진 벽을 좋아했을 것 같진 않아."

하녀가 옳은 말씀이라며 고개를 끄덕였다.

"지오셜을 불러올까요?"

"그래. 레이디 일리아나는 이런 식으로 일하는 것을 싫어하니까 다시 해야 한다고 말해. 그리고 이번에도 안 되면 또 다시 해야 한다고 말해. 그 지시를 따르지 않으면 나한테 데려와, 내가 처리하겠어."

"어디 계실 건데요?"

"아랫마을에. 향신료 장사가 오면 날 불러."

"네, 마님."

일리아나는 성밖으로 향했다. 남편이 무슨 말을 하든 간에 그녀는 향신료를 살 작정이었다. 남편 명령에 불복하는 건 아니었다. 그 사람은 자기 돈을 쓰지 말라고 했을 뿐이니까 일리아나 자신의 돈을 쓰면 될 것이었다.

여기 도착해서 궤짝들을 열어보았을 때 가방 하나에 돈이 들어 있었다. 결혼 선물이라고 설명하는 엄마와 아버지의 편지와 함께.

아마 오래 전, 엄마와 함께 혼수품을 처음 정리했던 때부터 거기 들어 있었던 것 같았다. 그걸 보면서 그녀의 눈에는 눈물이 맺혔었다. 아버지와 엄마가 이 편지를 넣으면서 얼마나 즐거워하셨을까? 그때는 아버지가 아직 살아 계셨다. 그 생각을 하니 견딜 수 없이 슬퍼졌다. 하지만 이제 돈 꾸러미를 볼 때는 좀더 현실적인 생각이 앞섰다. 남편이 향신료 값을 내지 않겠다면 그녀가 직접 낼 수 있다는 고마움이었다.

게다가 이 돈이 있기 때문에 정원을 꾸미는데 필요한 일손도 고용할 수가 있었다. 마을에서 여자 몇 명을 데려올 생각이었다. 성에서 청소하는 여자들을 정원으로 이동시키면 작업이 너무 느려질 테니까, 몇 명을 더 고용하는 것이 최상의 선택이었다. 일단 그 두 가지 일을 처리한 후에 부족원들의 옷차림으로 관심을 돌릴 계획이었다. 그 사람들도 조만간 가난뱅이 부족의 가난뱅이 부족원처럼 입고 다닐 필요가 없을 것이다. 하지만 지금은 향신료와 정원 문제가 더 중요했다.

30분 후에 일리아나는 네 명의 여자를 이끌고 성으로 돌아왔다. 모두들 튼튼하고 돈을 벌겠다는 의욕이 대단한 여자들이었다. 성으로 들어서면서 회칠하는 여자들을 보고는 그녀가 간단히 고개를 끄덕여 잘한다는 표시를 보내주었다. 이번에는 그들이 에바의 지시에 귀를 기울이는 것 같았다. 하지만 에바의 험악한 표정으로 보아, 이 상태에 이르기까지 힘깨나 들었던 듯했다.

일리아나는 네 명의 여자를 데리고 부엌으로 들어갔다.

"엘긴?"

"아! 안녕하세요, 마님."

요리사가 얼른 이마의 땀을 닦으며 고개 숙여 인사했다.

"식사하시겠습니까?"

처음과는 사뭇 달라진 그의 태도에 일리아나가 환한 미소로 답해주었다.

"아니에요. 그건 됐고, 레이디 뮤리엘이 정원으로 쓰던 곳을 좀 보여줘요."

"정원요?"

"어제 말했잖아요, 정원으로 쓰던 곳이 있었다고."

"아, 네."

그는 솥단지의 상태를 흘깃 확인하고 나서 고개를 끄덕였다.

"제가 안내해 드릴게요. 이쪽으로 오세요, 마님."

행주를 밑으로 내려놓고 그가 걸음을 옮겼다. 그리곤 걱정스런 시선으로 흘끔 뒤돌아보았다.

"에바가 그러는데, 오늘 향신료 장사가 온다면서요."

"그래요."

"무얼 구입하실 건지 여쭤봐도 될까요?"

일리아나가 안심하라는 듯 미소지었다.

"정원을 살펴본 다음에 당신과 상의할 생각이었어요. 어떤 게 필요한지 당신이 가장 잘 알고 있겠죠? 그걸 사서 심는 게 나을 거예요."

"그럼요, 그럼요."

요리사의 얼굴에서 걱정이 사라지고 대신 미소가 자리잡았다. 요리사는 서둘러서 부엌 밖으로 그들을 안내했다.

일리아나는 정원을 꾸미는 일이 그리 큰 작업은 아닐 거라고 예상했었다. 하루쯤 공을 들이면 마무리지을 수 있을 거라고 말이다. 하지만 예전에 정원이라고 불렸던 곳을 한번 둘러보는 것만으로도 자신의 예상이 얼마나 틀렸는지 알 수 있었다. 20년의 세월은 정원이 자연으로 회귀하기에 충분한 시간이었다.

"엉망이군요."

"정말 그렇네요."

네 명의 여자들이 '정원'을 의심스럽게 쳐다보고 있었다. 일리아나는 그들의 표정을 알아보고는 한숨을 내쉬었다.

"힘든 일을 맡아줄 남자가 한두 명 있어야겠어요."

열네 살쯤의 제일 어린 여자가 얼른 입을 열었다.

"저한테 남동생이 하나 있는데요, 마님. 아주 브라우해요."

일리아나가 어리둥절하게 쳐다보았다.

"브라우?"

"튼튼하다고요, 마님"

다른 여자들한테 들리지 않게 요리사가 뒤쪽에서 조그맣게 설명해 주었다.

그녀의 체면을 살려주려는 배려에 감동하며 일리아나가 살짝 미소를 보냈다. 그리곤 다시 여자들을 바라보았다.

"여기서 일할 만한 남자 또 아는 사람 있어요?"

이번에는 제일 나이 많은 여자가 앞으로 나섰다.

"제 아들놈이 있어요. 나이는 열여섯이고 힘도 세요, 마님."

일리아나가 고개를 끄덕였다.

"그럼 두 사람을 가서 데려와요."

어린 소녀가 서둘러 출발하자 나이든 여자에게 시선을 돌렸다.

"나는 향신료 일을 처리해야 하니까, 그동안 당신한테 여기 책임을 맡길게요. 저쪽 나무 있는 데서부터."

그녀가 정원 한쪽에 뒤틀려 있는 고목을 손가락으로 가리키고 반대쪽에 있는 나무 하나를 지적했다.

"이쪽 나무까지 정원을 만들어요. 먼저 지저분한 걸 치우고 흙을 솎아내야 할 거예요. 아참, 도구가 필요하겠군요. 가래 같은 거."

일리아나가 눈살을 찌푸리자, 검은머리의 여자가 대꾸했다.

"제가 가져올게요. 족장님한테 그런 물건들이 있을 거예요."

"그럼 앵거스 족장님에게 여쭤봐요. 내 남편은 사소한데 신경 쓰고 싶어하지 않을 테니까."

그 여자가 알겠다며 냉큼 출발했다.

"좋아요. 할 일들은 알았겠죠? 난 요리사와 같이 부엌에 있을 거니까 물어볼 게 있으면 그리 찾아와요."

일리아나는 그들의 대답을 듣고 나서 요리사를 데리고 다시 안으로 들어갔다.

상의할 게 없다는 건 금세 판명이 났다. 엘긴이 그 문제를 열심히 생각해 봤던 모양인지 무엇 무엇이 필요한가를 정확히 알고 있었다. 일리아나는 다만 그 품목을 고려한 다음에 허락을 내려주기만 하면 되었다. 너무 희귀한 향신료를 사달라거나 너무 많이 구해달라고 요구하지도 않았으므로, 다음에 향신료 장사가 올 때까지 부족하지 않도록 요리사가 말한 것보다 조금 더 많은 양을 구입하기로 했다. 그다음 일은 엘긴에게 맡기고 그녀는 다시 정원으로 돌아갔다.

이미 가래와 남자 두 명까지 다 갖춰진 상태로 다들 열심히 일하고 있었다. 그녀도 손수 가래 하나를 들어 잡초와 오래된 허브를 파내며 흙을 고르기 시작했다. 다른 여자들이 놀라서 쳐다보았지만, 신경 쓰지 않았다.

어머니가 옷을 소중히 여겨야 한다고 가르치시긴 했지만, 노동의 소중함에 대해서도 강조하셨다. 자신이 나서서 하지도 못할 일을 어떻게 하인들에게 잘 하라고 요구할 수 있겠는가? 그녀가 정원 일을 한다고 해서 다른 사람에게 피해가 가는 것도 아니었다.


"아들아!"

아버지의 목소리에 던컨이 몸을 돌렸다. 아들의 얼굴이 푸석푸석하게 찌푸려져 있는 걸 보더니 노인이 놀라며 눈썹을 들어올렸다.

"얼굴이 왜 그러냐? 무슨 문제라도 생겼냐, 애야?"

'애야'라는 한 마디에 던컨의 표정이 더 찌푸려졌다. 평소에는 사람들 앞에서 이런 식으로 부르지 않으시는 분인데, 오늘은 예외인 모양이었다. 아침에 깨어났을 때 던컨은 아내가 성벽 담쟁이덩굴처럼 자신에게 휘감겨 있는 걸 알아차렸다.

전날 밤에는 침대에서 눈만 꼭 감고 누워 있었을 뿐 잠이 오질 않았고, 그래서 일리아나가 잠들었을 때도 깨어 있었다. 그는 그녀를 조심조심 안아들고 침대로 옮겨 눕혔다. 그 여자가 침대에서 잘 자격이 있는 것은 아니었다. 하지만 오래된 성의 돌바닥이 얼마나 차갑고 딱딱한지 모르는 바가 아니었고 감기라도 걸리면 더 골치가 아플 것이었다.

그래서 침대에 눕혀주었을 뿐이라고 그는 스스로를 납득시켰다. 지금도 그 이유에는 변함이 없었다. 하지만 어찌됐건 간에 눈을 떴을 때 자신에게 찰싹 붙어 있는 아내를 본 것은 꽤 멋진 경험이었다. 그녀의 꿈틀거림에 그 빌어먹을 장치가 닿았을 때까지는 말이다. 이렇게 가까이 있으면서도 아내를 안을 수 없다니 정말 빌어먹을 노릇이었다. 그래서 그것과 똑같이 생긴 자물통을 찾아서 길리에게 열쇠를 만들어내게 해야겠다고 결심했다.

하지만 성 안에서나 마을 어디에서도 비슷한 모양의 자물통은 없었다. 그 장치를 고안해낸 망할 놈의 자식이 자기 나라 식으로 만들어버린 게 틀림없었다. 그놈이 어디 인물인지 알아내서 그리로 여자를 데려간 다음에 부숴 버릴까? 아니면 목욕을 할까? 머릿속 한구석에서 그런 속삭임이 일어나자 그는 머리를 흔들었다. 어림없는 일이다! 아내라는 족속은 처음 시작부터 꽉 잡아야 하는 법인데. 앞으로 그 여자의 장단에 놀아나지는 않을 것이다.

"별 일 없어요."

던컨이 아버지에게 중얼거렸다.

"어제 잠을 못 잔 것뿐이에요."

앵거스가 씩 웃었다.

"쯧쯧, 허약한 녀석. 좀더 정력을 키워야겠구나."

던컨은 속으로 투덜거렸다. 아버지가 잠을 못 잔 이유를 어떻게 생각하는지 뻔했지만 '그게 아니라 이러저러해서 그렇다'고 어떻게 설명할 수 있겠는가. 그 이유가 정말이라면 얼마나 좋겠느냔 말이다.

"무슨 일이세요?"

"아, 그게."

실실거리던 아버지의 표정이 즉시 차분해졌다.

"사실은 네 동생을 찾는 중이었다. 결혼하기 전에 아내의 도리를 가르쳐야 할 것 아니냐. 예쁘고 조그만 나의 며느리가 그 일을 맡아주기로 했다. 그런데 도무지 찾을 수가 없구나. 혹시 그 녀석 못 봤냐?"

던컨은 자기를 잠도 못 자게 고문한 그 잔소리 심한 여자가 예쁘고 조그만 며느리라고 불리다니 기가 막혔다. 하지만 그저 시큰둥하게 어깨만 으쓱했다.

"못 봤어요."

다른 데로 걸어가려다가 문득 전날 들은 얘기가 떠오르자 던컨이 다시 돌아섰다.

"언제 그런 결심을 하셨어요? 그 녀석 결혼시키는 것 말입니다."

그가 비난하듯이 물었다. 혹시 아내 때문에 아버지의 마음이 바뀐 것일까? 틀림없이 그럴 것이다.

일리아나가 여기 온 후로 모든 게 변하고 있었다. 일례로, 지난 며칠 동안 아버지의 얼굴에서 보았던 미소가 던컨이 평생 보아왔던 횟수보다 더 많은 것 같았다. 그게 좋은 일인지는 모르겠지만 하여튼 그는 혼란스러웠다. 아버지가 전처럼 말이 없고 무뚝뚝하다면 당황할 일이 없을 텐데. 그런데 이젠 아버지가 미소를 지을지 아니면 잠자코 있을지 도대체 판단할 수가 없었다. 한번은 낮게 콧노래 부르는 것까지 보았다.

"그게 뭐가 중요하냐? 하여튼 난 셰나이드를 결혼시킬 거다. 죽기 전에 손자 녀석까지 안아볼 거야. 계약도 다 끝났어."

"그래도 아직 확실한 게 아니잖아요. 셔웰이 파혼하겠다고 하면 세나이드에게 다른 녀석을 찾아줄 수 있어요."

앵거스 던바가 고개를 흔들었다.

"아니야. 셔웰이 제 아버지를 닮았으면 파혼하지 않을 거다. 가문의 명예를 위해서 꼭 결혼할 거야."

아버지는 멍하니 쳐다보는 던컨을 놔두고 성큼성큼 멀어져갔다. 평생토록 사기꾼, 거짓말쟁이, 음흉한 셔웰 놈이라고 욕하더니, 이제 와서 정반대의 말을 하는 건 대체 무슨 조화인가? 확실한 건, 일리아나가 온 후로 던컨 던바의 삶이 완전히 뒤엎어졌다는 점이었다.

"여기 계셨군요."

대장장이 길리가 던컨의 옆으로 다가왔다.

"그래, 무슨 일이야?"

던컨의 짜증스런 반응에 길리가 살짝 눈썹을 들어올렸지만, 이내 마구간 쪽으로 손가락을 뻗었다.

"제 문제가 아니긴 합니다만,"

그의 손가락을 따라가 보니, 젊은 전사 게빈과 마구간지기의 딸이 보였다. 남자가 꽤 예쁘게 생긴 여자를 자신의 두 팔과 마구간 벽 사이에 끼워놓고 속삭이는 중이었다.

"저 애 애비가 들이닥치기 전에 나리가 좀 말려주세요."

그 즈음 그 여자애는 게빈이 키스를 하려고 하자 킥킥대며 고개를 돌리고 있었다. 던컨이 한숨을 내쉬었다.

"저 녀석, 치마 속에 기어 들어가려고 안달이 났구만."

"얘기만 하는 것도 아니잖아요. 여자애 애비가 이걸 봤다가는 저 놈 모가지를 분질러 놓을 거예요."

"흐음."

게빈이 다시 다정하게 무슨 말인가 속삭이며 키스하려고 고개를 숙이자, 이번에는 여자애도 순순히 키스를 받아들였다. 조만간 게빈의 목적이 이루어질 가능성도 다분해 보였다. 그 모습을 보면서 던컨은 젊은 녀석에게 따끔하게 훈계해야겠다고 생각했다.

여자를 아내로 맞아들여서 자식까지 책임질 마음이 아니면 여자를 유혹하지 말아야 한다는 걸 분명히 주입시켜야 하리라. 하지만 그와 동시에 자신의 아내에 대해서도 생각했다. 그렇다, 물고기를 낚는 데는 한가지 방법만 있는 것이 아니었다.

일리아나가 스스로 벨트를 벗어내게끔 유혹하는 방법도 있었다. 결혼식 다음 날 아침에 뜨거운 반응이 있었던 걸 보면 틀림없이 그 방법에 희망이 있었다. 던컨의 얼굴에 빙그레 웃음이 번지는 순간, 갑자기 길리가 옆에서 허둥거렸다.

"아이고, 이젠 늦었어요."

퍼뜩 시선을 들어올리자, 마구간 옆으로 돌아 나오는 랍비가 보였다. 두 남녀의 행태를 보는 순간 냅다 그들 쪽으로 달리기 시작했다. 던컨은 일단 자신의 계획을 접어두기로 하고 마구간으로 향했다. 지금은 처리해야 할 일이 있었다. 아내를 어떤 식으로 유혹할 지에 대해서는 그후에 생각할 것이었다.

일리아나는 눈앞의 음식을 몽롱하게 내려다보며 감기는 눈을 억지로 부릅떴다. 눈이 머리의 지시대로 따라주질 않았다. 이대로 꼭 감아버리고 싶을 뿐이었다. 하지만 식사를 해야만 했다. 오늘은 아침도 점심도 거른 채 하루 종일 일에 매달렸었다. 어떻게든 시간을 내서 점심을 먹었어야 했는데, 그렇게 하지 않은 것이 후회스러웠다. 온 몸의 기운이 쭉 빠져버렸다.

원래는 점심을 거를 생각이 아니었다. 다른 사람들과 함께 테이블에 앉기까지 했다. 하지만 그때 마침 요리사가 다가와서 향신료 장사가 왔다고 속삭이는 바람에 그럴 수가 없었다. 남편이 이상하게 쳐다보았지만 모르는 체하고 얼른 부엌으로 향했다. 향신료 장사는 쇠꼬챙이 같은 체구에 쾌활하고도 유쾌한 성격을 가진 사람이었다. 그 사람과 홍정을 하는 시간은 꽤 즐겁기까지 했다.

비록 20분의 짧은 시간이었지만, 그는 그 시간에 가능할 것 같지 않을 만큼의 많은 소문들을 떠들어댔다. 스코틀랜드의 거의 모든 가문이 싸움을 벌이는 중인데, 던바 가문과 불화가 있는 가문은 린제이, 캄벨, 맥그레거, 콜퀴혼 등등이었다. 하지만 그 외의 가문에 대해서는 너무 많아서 기억하기가 힘들었다. 게다가 그 이유가 그녀에게는 바보 같은 소리로만 들렸다.

다른 성에서 식사를 하다가 두 번째로 제공한 음식을 거절했던 것도 한심한 이유 중의 하나에 속해 있었다. 그 얘기를 들으면서, 일리아나는 맥이네스 성에서 식사했던 때를 떠올렸다. 혹시나 그쪽에서 모욕으로 받아들일 만한 행동이나 말을 하지는 않았을까? 지금 생각하기에는 없는 것 같지만, 그 부족이 던바 땅으로 공격을 해 온다면 알게 될 것이다.

일리아나는 또 옷감 장사가 이 근처를 지나가는 시기에 대해서도 알게 되었다. 그래서 그 장사치를 만나거든 던바에도 꼭 들르라고 전하겠다는 약속을 향신료 장사에게 받아냈다.

거래가 끝났을 무렵, 던바의 요리사는 진흙탕에서 목욕하는 돼지처럼 행복해했다. 이제 맛있는 요리를 만들 수 있다는 희망에 흥분이 되는 모양이었다. 그녀가 부엌을 떠날 때쯤 그 장사치에게 먹을 걸 대접하며 열심히 수다를 떨어대고 있었다. 하지만 그녀가 너무 오래 자리를 비웠던지 테이블에 도착하자 모두들 자리에서 일어서는 중이었다. 일리아나는 혼자서라도 식사를 할까 망설이다가 그냥 포기하고 정원으로 돌아갔다. 어쨌든 그리 배고프지도 않았다.

그녀는 오후 내내 정원에서 일했다. 오전에 이미 다른 여자들이 일하는 걸 보면서 솜씨 좋은 일꾼이라는 것은 알게 되었고 정원 일이 끝난 후에도 성에서 해야 하는 이런 저런 일에 두세 명을 써야겠다고 마음먹었다. 그리고 오후에는 어떤 사람을 계속 고용할까 생각하며 등이 휘어지도록 정원을 청소했다. 게다가 이제야 맛있는 음식을 먹게 되었다는 기대감까지 합해져서 시간은 빠르게 지나갔다.

일리아나는 저녁식사 시간을 학수고대했다. 향신료를 구입했으니 꽤 먹을 만할 음식이 나올 것이었다. 점심 때 아주 조금 맛을 보았는데 이미 눈에 띄게 개선되어 있었다. 평소처럼 빵과 치즈가 나오긴 했지만, 치즈에는 곰팡내가 배지 않았고 빵은 갓 구워낸 말랑말랑한 상태였다. 몇 가지 과일도 곁들여 나왔다.

눈꺼풀이 다시 내려앉으려 하자, 일리아나는 굴복하지 않으려고 안간힘을 썼다. 음식에 대한 기대감이 크긴 했지만 피곤함도 그에 못지않았다. 그녀는 요리사가 다가와서 저녁식사가 준비되었다고 알렸을 때에야 오후 시간이 훌쩍 지나버렸다는 걸 깨달았다. 천천히 몸을 펴려는데 갑자기 어지럼증이 일어났다. 견디기 힘든 고통과 통증도 뒤를 이었다. 거기다 심술궂은 피로감까지 찾아들었다. 아무래도 너무 무리를 한 모양이었다.

양고기를 앞에 두고 앉은 지금, 그녀는 너무나 피곤해서 음식을 입으로 들어올릴 힘조차 없었다. 전혀 예상치 못했던 당황스런 상황이었다. 요리사는 혹시나 마음에 안 들어할까, 칭찬의 말이라도 해 줄까 초조해 하며 그녀를 주시하고 있었다.

그녀는 다시 눈을 똑바로 뜨려 노력하면서 작은 칼을 들어 고기 한 조각을 잘랐다. 당장에 팔이 아픔을 호소해왔다. 팔만이 아니라 온몸의 근육들이 피곤해서 죽을 지경이라고 아우성치는 듯했다. 입술을 꼭 깨물고 입으로 음식을 들어올렸다. 맛이 좋으리라는 건 이미 알고 있었다. 기막힌 냄새도 냄새려니와 다른 사람들이 음식 맛에 대해서 한마디씩 논평을 해댔기 때문이다.

앵거스가 한 입 베어 물고는 눈을 감으며 한숨을 내쉬고 나서 엘긴에게 소리쳤다.

"망할 녀석! 이 좋은 솜씨를 내내 감추고 있었더냐! 천사 같은 요리사 놈아! 지난달에 네 놈이 발가벗고 호수에서 헤엄치는 걸 보지 않았더라면 네 놈 플래이드 밑에 날개가 있다고 생각했을 게다."

모두가 그 칭찬을 뒷받침했다. 던컨도 툴툴거리며 마지못해 맛있다고 인정했다. 하지만 엘긴은 주인마님의 평가가 나오기를 가슴 졸이며 기다리고 있었다.

일리아나는 간신히 칼을 올려 음식을 입에 넣은 다음, '음~음' 하며 맛있게 음미하는 소리를 내자 엘긴의 긴장된 어깨에서 힘이 빠지는 것 같았다.

그녀가 힘없이 미소지으며 입을 열었다.

"내가 친정에서 먹었던 요리보다 더 맛있어요. 작은 칭찬으로 생각지 말아요. 거기 요리사는 나의 엄마가 프랑스까지 건너가서 까다롭게 골랐던 사람이거든요."

요리사가 환하게 웃으며 그제야 자신의 자리에 앉아서 식사를 하기 시작했다. 일리아나는 자신의 접시를 쳐다보았다. 정말 맛있었다. 먹을 수 있다면 얼마나 좋을까, 하지만 걱정스러웠다.


"마님!"

놀란 외침 소리에 던컨이 아내를 돌아보았다. 그녀가 의자 뒤로 천천히 떨어지고 있었다. 깨끗한 바닥의 골풀을 향해서.

# 8

"네 놈이 내 며느리를 죽였어!"

앵거스 던바가 고함쳤다.

던컨은 기절한 아내를 살펴보다가 시선을 들었다. 아버지가 자리에서 벌떡 일어나 요리사에게 삿대질을 해대고 있었다.

"아니에요, 아버지. 살아 있어요. 우리도 다 똑같이 먹었잖아요."

그가 조용히 말했다.

늙은 남자의 시선이 걱정스럽게 일리아나에게로 움직였다.

"그럼 대체 무슨 일이야? 병이라도 난 거야?"

에바가 허리춤 가방에서 허브를 조금 집어 꺼냈다. 마님의 코밑으로 그 허브를 살랑살랑 흔들자, 일리아나가 고약한 냄새를 피하려는 듯 꿈틀대며 고개를 돌렸다.

"기절하신 거예요."

에바가 일단 안심을 시킨 다음에 손을 뻗어서 주인의 뜨거운 이마를 만져보았다.

"왜? 그 가엾은 아이가 왜 기절을 해?"

앵거스가 하녀의 뒤에 서서 어깨 너머로 며느리의 얼굴을 살폈다.

"일 때문이죠."

나이든 남자의 얼굴이 굳어졌다.

"일?"

"네. 너무 많이 일하셨어요. 그것도 뙤약볕 밑에서요."

하녀가 비난하듯이 던바의 족장을 노려보았다.

"마님께서는 여기 오신 후로 하인처럼 손수 일하셨어요. 처음엔 걸레질을 하고 오늘은 하루 종일 정원 일을 하셨어요. 돌을 골라내고 잡초를 캐내셨어요. 전에 살던 곳보다 햇살도 더 뜨거웠죠. 지금까지 해보신 것보다 더 많은 일을 하셨고요. 돌아가신 아버지 때문에 상심하신 데다 어머니 일도 걱정하셔야 하고, 여기까지 오는 동안에도 힘들었어요. 그런데……."

그녀가 휴 한숨을 토해냈다.

"제가 억지로라도 쉬시게 할 걸 그랬어요."

"그래, 처음 왔을 때 얼굴이 창백한 것 같긴 했어. 너무 마른 것 같기도 하고."

"근 한달 동안 창문도 없는 탑에 갇혀서 먹을 것도 제대로 못 먹고 해 보세요. 그러니 건강할 리가 있겠어?"

"갇혀 있어?"

던컨이 깜짝 놀라며 되물었다.

"그렇다니까요. 마님이 어머니를 구하시겠다고 하도 도망을 치니까, 그린웰트가 아예 가둬버렸답니다."

"그린웰트가 누군데?"

이 결혼의 배경을 모르는 셰나이드가 불쑥 물어보았다. 그녀가 아는 건 잉글랜드 왕이 이 결혼을 바란다는 것뿐이었다. 아무 이유도 없이 말이다.

"일리아나의 의붓아버지야."

던컨이 설명했다.

"아뇨."

에바가 흥 코웃음쳤다.

"레이디 와일드우드는 그놈의 협박에 못 이겨서 강제로 결혼한 거예요. 하지만 곧 폐하가 취소시키실 걸요. 일리아나 아가씨가 이제 안전하게 여기 있으니까, 그놈도 레이디 와일드우드를 협박하지 못할 거예요. 벌써 결혼 취소가 진행 중일 걸요."

에바가 일리아나의 얼굴을 다시 만져보며 눈살을 찌푸렸다.

"너무 햇빛을 많이 쬐셨어요. 어렸을 때부터 햇빛에 약하셨거든요. 마님도 그걸 아실 텐데 왜 이렇게 무리하셨을까요."

"아마 햇빛이 강하다는 걸 모르셨을 거예요. 날씨가 조금 쌀쌀했으니까요."

요리사가 더 이상 앵거스의 비난을 받지 않게 되자 가까이 다가오며 한마디했다.

앵거스의 얼굴이 일그러졌다.

"그래. 여기 날씨에 익숙치도 않을 텐데 그걸 우리가 생각이 짧았어. 앞으로는 일리아나를 제대로 돌봐야겠다. 햇빛을 덜 받게 해야겠어. 다른 것도 줄여야 돼."

그 마지막 말을 할 때는 의미심장하게 아들을 쳐다보았다.

아직 첫날밤도 치르지 않은 걸 들키지 않았다는 건 다행스러웠지만, 자기가 뭘 어쨌다고, 한 번 안아보지도 못했는데 이런 의심을 받아야 한단 말인가. 게다가 오늘도 안아볼 가능성이 사라져버렸다. 유혹할 계획을 잘 짜두었는데 이게 무슨 날벼락인가?

"도망치려다 탑에 갇혔다는 게 정말이에요?"

엘긴이 물어보자, 모두가 조용하게 하녀의 대답을 기다렸다.

"그린웰트, 그놈은 악마예요. 큰마님과 억지로 결혼을 하고 나서 일리아나 아가씨를 자기 성으로 보내버렸어요. 그리고 아가씨를 협박 수단으로 써먹었어요. 아가씨는 당장 도망치려고 했죠. 몰래 방을 빠져나가서 마구간에 있는 말을 잡아타려고 했어요. 하지만 말이 울어대는 바람에 붙잡혔어요."

"그후에는 어떻게 됐어?"

앵거스가 물었다.

"그놈의 부하가 그린웰트에게 전갈을 보냈는데, 다시 도망치면 매를 때리라는 연락이 왔어요."

"그래도 또 도망치려 했어?"

셰나이드가 감탄하는 목소리로 물었다.

"세 번이나요."

에바가 자랑스럽게 대답했다.

"전보다 계획을 더 잘 세웠어요. 세 번째는 와일드우드에 거의 갈 수 있을 뻔했죠. 그래서 그린웰트가 가둬버린 거예요."

"몹쓸 짓은 안 당했어?"

던컨과 앵거스가 동시에 다그쳤다. 에바는 말없이 그들을 쳐다보고 나서 자신의 주인을 내려다보았다. 이 자존심 강한 마님이 매질 당한 것까지 알리고 싶어하진 않을 것이다.

"이젠 침대에 눕혀야겠어요."

에바가 대답 대신 다른 말을 했다.

던컨은 하인을 팔을 붙잡아 세우고는 그 얼굴에서 대답을 읽어냈다. 그리곤 험악하게 굳은 표정으로 직접 아내를 안아들고 계단으로 향했다. 앵거스가 푹 재워야 한다는 둥, 다시는 일하지 못하게 해야 한다는 둥 망령난 노파처럼 안절부절하며 뒤를 따랐다.

눈을 떠보니 머리 위 닫집이 보였다. 일리아나는 옆을 쳐다보았다. 놀랍게도 남편이 거기 잠들어 있었다.

자신의 몸을 쳐다보니 옷이 벗겨져 있었다. 그녀의 눈이 휘둥그래지면서 당장 이불을 들춰서 아래쪽까지 확인했다. 다행히도 정조대는 그대로였다. 어떻게 침대까지 오게 되었는지 기억나질 않았다. 사실

어제의 일들이 상당 부분 기억나지 않았다.

이불을 다시 내려놓고 기억을 더듬어보았다. 머리를 만지려고 손을 들어올리자 팔의 뻣뻣함이 느껴졌다.

아, 맞다! 어제 하루 종일 정원에서 일을 했었지. 그리고 저녁을 먹으려고 테이블에 앉았는데 몸이 너무 아파서 거의 한 입도 먹지 못했다. 아마 기절을 해 버린 모양이었다. 그후에 잠깐 깨어나긴 했는데 에바가 옷을 벗겨주면서 더 자라고 했고 그녀는 금세 잠이 들었다.

남편이 침대로 들어오는 기척에 또 한 번 깨어났었다. 그녀는 불평하는 말을 몇 마디 중얼거리다가 다시 잠으로 골아 떨어졌다.

하지만 새벽녘 언제쯤인가 남편의 욕설에 또 깨어나야 했다. 잠이 오질 않았는지 그는 방을 나가려 했고, 문 쪽으로 걸어가다가 궤짝에 걸린 듯했다. 문이 있는 쪽을 착각한 모양이었다. 쿵 소리가 나더니 남편의 욕하는 소리가 들렸다. 그러다 방문 닫히는 소리를 들으면서 그녀는 다시 잠이 들었다. 나중에 남편이 옷을 벗으며 침대로 들어오는 동안 내내 중얼거리는 소리에 또 깨어났다.

남편이 몸을 뒤척이자 맥주 냄새가 풍겼다. 이젠 별로 놀랍지 않았다. 던컨은 언제나 그 냄새를 달고 다녔으니까. 그의 플래이드에서도 비를 품은 구름처럼 그 냄새가 항상 배어 있었다. 잠이 오질 않아서 아래층에 내려가 한두 잔 마시고 올라온 듯했다. 그가 옆에서 돌아누울 때도 그녀는 아무 것도 모르는 듯 잠든 척했다.

다시 잠이 들려는데 그가 갑자기 침대에서 빠져나갔다. 그렇게 그는 밤새도록 1층과 2층으로 오르락내리락하며 침대를 들락날락 거렸다. 그녀에게는 그런 것처럼 느껴졌다. 아무래도 그는 오랫동안 잠드는 타입이 아닌 모양이었다.

그 생각을 하면서, 일리아나는 그를 깨우지 않으려고 조심하면서 침대를 빠져나왔다. 욱신거리는 통증에 인상을 찡그리며 이른 아침의 한기에 맞서서 가능한 한 빨리 씻었다.

우선 생리 현상부터 해결해야 했다. 던컨이 잠들어 있다는 걸 분명히 확인하고 나서 정조대의 열쇠를 찾았다. 첫날 닫집 위에 올려놓았다가 찾을 때 힘들었기 때문에, 이제는 양털 매트리스와 아래쪽 매트리스 사이에 숨겨두었다. 열쇠를 찾아서 벨트를 풀어내니 시원하게 와 닿는 공기가 상쾌하기까지 했다.

금방 또 답답한 그것을 차야 한다는 게 유감스러웠지만, 어쨌든 잠시 후에 정조대를 착용하고 열쇠를 숨겨놓았다. 열쇠를 숨기고 침대 발치에서 몸을 펴려는데 갑자기 불안한 생각이 들었다. 여기다 숨겨놓는 게 안전할 것 같지 않았다. 무언가를 숨기기에 제일 좋은 창소는 가장 평범한 곳이다. 얼른 남편을 살펴보고 나서 빠르고 조용하게 앵거스 족장이 어제 주었던 열쇠꾸러미에 그 열쇠를 끼워 넣었다.

그녀는 만족스럽게 미소지으며 문을 열었다. 끼익 소리가 나자 흘깃 남편을 쳐다보았다. 남편이 꿈틀거리며 옆으로 돌아눕고 있었다. 일리아나는 급하게 복도로 나와서 문을 꼭 닫았다. 옆자리가 비어 있다는 걸 알아차린 듯이 남편의 절규와도 같은 목소리가 새어나왔다.

그녀는 어깨를 으쓱하고 복도로 걸어갔다. 그녀로서는 남편을 깨우지 않으려고 최선을 다했으니까 어쩔 수 없는 일이라고 생각했다. 앞쪽에서 앵거스 족장이 방을 나서고 있었다.

그녀의 얼굴에 미소가 번졌다.

"안녕히 주무셨어요?"

앵거스가 돌아서더니 눈이 휘둥그래졌다.

"일어났냐!"

"네."

"더 쉬어라. 병이라도 나면 큰일이야."

일리아나는 살짝 미소지으며 시아버지의 팔에 팔짱을 끼고 나란히 계단을 내려갔다.

"이젠 괜찮아요. 어제보다 훨씬 나아졌어요."

"잠은 잘 잤냐?"

시아버지의 걱정스런 표정에 그녀가 고개를 끄덕였다.

"네…… 웬만큼은요."

문득 던컨이 들락날락했던 걸 떠올리며 한마디를 덧붙였다.

"너무 활기찬 남편을 둔 게 조금 힘들었지만요."

단박에 그의 눈이 가늘어졌다.

"그 녀석이 너를 깨우더냐?"

"네."

하지만 앵거스의 얼굴에 분노가 서리는 걸 보고 그녀는 얼른 말을 이었다.

"일부러 그런 건 아니에요. 그럼요, 그럴 리가 있나요. 제가 워낙 피곤해서 깨지 않을 수도 있었는데, 너무 어두워서 그랬는지 입구를 못 찾더라고요."

"못 찾아?"

"네. 하지만 그후에는 별 무리 없이 들락날락했어요, 나갔다 들어왔다……."

그때쯤 그들이 계단 밑에 도착했다.

"그래서 좀 어지러웠어요. 그것뿐이에요. 어머나! 엘긴이 저기 있네요. 어제 저녁 일로 사과해야겠어요, 그렇게 맛있는 음식을 준비해 줬는데. 아버님, 전 이만 실례할게요."

앵거스는 입을 떡 벌린 채 며느리의 뒷모습을 쳐다보았다. 뒤쪽에서 발자국 소리가 다가왔다.

"잘 주무셨어요, 아버지?"

아들의 얼굴에 드러나 있는 피곤함을 확인하면서 그가 불쾌하게 고개를 끄덕였다.

"너는 좀 피곤해 보이는구나, 응?"

왠지 비꼬는 듯한 어조에 던컨의 눈썹이 올라갔지만 개의치 않기로 했다.

"거의 밤새 잠을 못 잤어요."

"그래, 일리아나가 그러더구나, 이 짐승 같은 놈. 그렇게 피곤한 아이틀, 하룻밤 그냥 놔두면 어디가 덧나냐?"

아버지가 휙 몸을 돌려 테이블 쪽으로 쿵쿵대며 걸어갔다. 던컨은 멍하니 뒷모습을 바라볼 뿐이었다.


"마님!"

일리아나가 다가가자, 엘긴이 걱정스레 쳐다보았다.

"몸은 괜찮으세요? 벌써 일어나시면 안 돼요."

"걱정해 줘서 고마워요, 하지만 이젠 괜찮아요. 내 몸보다는 당신이 더 걱정이에요."

"제가 왜요?"

"혹시 기분 상했을까봐요. 맛있는 식사를 준비해 줬는데 제대로 칭찬도 못했으니 말이에요."

"아, 네."

그가 기쁘게 얼굴을 붉히며 손사래를 쳤다.

"걱정 마세요, 마님. 다 이해해요."

"아니에요. 당신은 칭찬 받을 자격이 충분해요. 어제 요리는 아주 맛있었어요. 오늘 저녁식사도 기대하고 있어요."

"감사합니다, 마님. 친절하게 그런 말씀까지 해 주시다니."

그가 잠깐 머뭇거리는 듯하더니 중얼거렸다.

"마님, 혹시……."

"뭐요?"

"저……."

요리사는 자신의 플래이드를 흘깃 보고 그 위의 얼룩을 무의식적으로 긁어대면서 한숨을 내쉬었다.

"에바한테 들었는데요, 마님의 친정에 있는 요리사는 그…… 멋진 모자와 앞치마를 한다고 하더라고요. 옷에 얼룩이 묻지 않게 하려고. 그래서 저는 혹시—."

"더 말 안 해도 알겠어요."

엘긴의 플래이드를 보니, 음식 얼룩이 구석구석 튀어 있어서 원래 무슨 색이었는지 알아내기도 힘들었다.

"천 장사가 오면 앞치마 만들 옷감을 사야겠어요 그때까지는 적당한 걸로 만들어야 할 텐데."

그녀가 주위를 둘러보다가 아직까지 계단 난간에 걸려 있는 피묻은 침대보를 보았다. 눈살이 찌푸려졌다. 며칠 동안이나 저기 걸려 있었으니, 이런 핑계가 생겨서 떼어낼 수 있다면 더없이 기쁠 것이다. 얼룩진 부분을 잘라내고 그 나머지로 앞치마를 만들겠다고 한다면 누구도 반대하지 않을 훌륭한 핑계거리였다.

"그래요. 오늘 당장 적당한 걸 찾아볼게요."

"감사합니다, 마님."

엘긴이 활짝 웃으면서 부엌 쪽으로 뒷걸음쳤다.

"마님은 어서 자리잡고 앉으세요. 제가 맛있는 파이를 갖다 드릴게요. 많이 드시고 기운 차리셔야죠."

일리아나는 미소지으며 테이블로 걸어갔다. 그녀의 머릿속에 새로운 생각들이 가득 찼다. 엘긴의 플래이드를 보고 나니 새 플래이드를 나눠주어야겠다는 결심이 다시 떠올랐다. 부모님이 주신 돈이 아직 많이 남아 있으니까, 던바의 모든 부족원들에게 깨끗한 플래이드를 입힐 수 있을 것이다.

이런 저런 궁리를 하느라고 일리아나는 시아버지가 던컨에게 눈을 부라리는 걸 알아차리지 못했다. 마치 '저게 다 당신 때문이야'라고 말하는 것처럼, 비난과 의심이 뒤섞인 눈초리로 남편이 자신을 쳐다보는 것도 알지 못했다.

사실 너무 생각에 몰두해 있어서 식사를 마치고 일어 섰을 때 남편이 할 말 있다고 말했는데도 무심하게 고개만 끄덕이고 자리를 벗어났다. 던컨이 뒤에서 분하게 노려보는 것도 당연히 알 수 없었다.


"그건 왜 물어요?"

일리아나는 파이프로 쉴새없이 불쾌한 연기를 뿜어대는 카이린 쿠민스에게 인내심을 발휘하려고 최선의 노력을 다하는 중이었다. 플래이드를 어디서 만드는지 알아내느라 족히 30분이 걸렸고, 그곳의 책임자를 파악하느라 15분이 더 걸렸다. 그 남자를 만났을 때도 전혀 반갑지가 않았다.

카이린 쿠민스라는 이 사람은 엘긴의 사촌이었다. 성미가 급하고 아주 고약해서 여자와 거래하는 걸 좋아하지 않는 듯했다. 그녀의 질문에 대답할 때마다 그 점을 분명하게 알려주었다. 지금도 일부러 그녀의 얼굴에 파이프 연기를 뿜어대고 있었다. 간단히 끝날 수 있는 대화를 이 남자가 대단히 고통스런 시련으로 만들고 있었다. 그녀의 입장에서도 이제 참을 만큼 참았다.

"대답만 하면 되잖아요, 카이린 쿠민스. 얼마나 되는지 모르면 모른다고 말해요."

"모르진 않아요."

그가 파이프를 입에서 빠져나올 정도로 분해하며 받아쳤다.

일리아나가 밖으로 나가려는 것처럼 돌아서다가 만족감을 숨기며 다시 돌아섰다.

"그래요? 그럼 던바 부족원이 몇 명이나 되죠?"

"4백 명 정도."

"좋아요. 그럼 4백 개 정도 플래이드를 맞춰야겠군요."

갑자기 남자의 눈알이 튀어나올 듯 커지고 입이 떡 벌어지면서 입에서 파이프가 떨어졌다. 얼른 다시 집으려다가 뜨거운 부분에 손이 닿자 욕설을 내뱉었다. 그리곤 던바의 안주인이 앞에 있다는 걸 깨닫고는 어울리지 않게 얼굴을 붉혔다.

"지금 뭐라고 하셨어요?"

"4백 개 정도의 플래이드를 맞춰야겠다고요. 물론 그 값은 내겠어요."

"난 이게……."

남자가 계속 더듬거리기만 하자 일리아나가 한숨을 내쉬었다.

"당신이 그 만큼의 플래이드를 만들 수 있는지 없는지만 말하면 돼요. 안 되면 다른 곳을 알아볼 거예요."

남자의 표정이 이제 놀라움에서 불쾌함으로 바뀌었다. 그가 벌떡 일어서서―그래도 일리아나보다 작은 키로―그녀를 올려다보았다.

"던바 사람들을 위해 플래이드를 사겠다고요? 그런 뜻이 맞아요?"

"맞아요. 새 플래이드를 입을 때가 한참 지난 것 같더군요."

"아뇨, 주인나리는 해마다 1월에 플래이드를 나눠줘요. 지금은 겨우 6월이니까 앞으로 7개월은 더 입어야 돼요."

"두 개로 번갈아 입으면 더 오래 입을 수 있어요. 게다가 하나밖에 없으면 빨래할 때 입을 게 없잖아요."

"플래이드는 빨아 입는 게 아니에요!"

그 남자는 어이가 없다는 표정이었다.

"한 번 빨고 나면 따뜻하질 않단 말이에요."

일리아나가 기막혀 하며 눈을 굴렸다.

"플래이드를 만들 수 있어요, 없어요? 그것만 말해요."

"만들 수야 있지만, 족장님께서……."

"족장님이 나한테 부족원들을 잘 보살피라고 위임하셨어요."

지금까지 이 거짓말이 잘 먹혀들었다. 그러니 또 한 번 써먹지 못할 이유가 없었다.

"당신이 못 만들겠다면 다른 곳에서 알아보겠어요."

이 남자가 자기 부족원들에게 다른 데서 만든 플래이드를 입히고 싶을 리 없었다.

"걱정 마세요, 해 드릴 수 있어요."

문쪽에서 여자 목소리가 들리자 일리아나가 흘깃 쳐다보았다. 키 크고 건장한 빨간머리 여자였는데, 아마 쿠민스의 아내인 듯했다. 남편보다 15센티미터 이상 더 컸다.

"할 수 있다고 대답해요, 카이린."

남자가 인상을 찌푸렸지만 마지못해 고개를 끄덕였다.

"다른 주문이 있긴 하지만, 못할 것도 없죠."

"언제쯤 넘길 수 있어요?"

"점심시간 전까지요."

그의 아내가 대신 대답했다.

"점심 전에! 에다, 벌써 정오가 다 됐잖아."

"많이 만들어뒀잖아요. 개수만 세면 돼요."

"그래도……."

"잘 됐군요."

일리아나가 기뻐하며 더 이상의 말을 막았다.

"그럼 점심시간에 기다릴게요."

"네, 마님."

남자가 체념한 목소리로 대답하고는 아내를 노려보았다.

일리아나가 오두막을 빠져나오는 동안, 쿠민스는 아내의 간섭에 호통을 쳐댔고 여자는 플래이드를 두 개 갖게 되면 얼마나 좋겠느냐고 남편을 다독이고 있었다. 일리아나는 미소지으며 성으로 출발했다. 하지만 금세 그 미소가 사그라들었다. 말다툼소리가 갑자기 끊기더니 쿠민스가 '나리'하며 외쳤던 것이다. 고개를 들었을 때 그녀를 향해 성큼성큼 걸어오는 남편의 모습이 보였다.

"나리."

쿠민스는 어서 이 문제를 재잘거리고 싶어서 던컨에게 뛰어갔다. 일리아나의 심장이 쿵쾅거렸다. 부족원들에게 새 플래이드를 사주려는 생각을 남편이 좋아하지 않을까봐, 심지어 안 된다고 못박을까봐 걱정스러웠다. 하지만 던컨은 지금 쿠민스에게 내줄 시간이 없었다.

남자의 애절한 눈빛을 무시하고 아내에게 곧장 걸어왔다. 그녀의 팔을 붙잡아서 자신이 왔던 길로 확 돌려세웠다.

"얘기 좀 합시다, 부인."

"얘기요?"

일리아나가 당황해하는 쿠민스와 호기심이 동해 있는 여자의 얼굴을 흘깃 돌아보면서 걱정스레 물었다.

"무슨 얘기요?"

성큼성큼 걸어가는 그의 발걸음을 따라가느라 그녀는 숨차게 종종거려야 했다.

"아까 아침에 할 얘기가 있다고 했잖아?"

"……그랬었나요? 죄송해요. 깜박 잊어버렸어요."

"흥, 나만 안 잊어버렸군."

"죄송해요. 다른 일 때문에 정신이 없어서."

"던컨!"

성 앞에 도착했을 무렵, 그들 둘 다 앵거스 던바의 고함소리에 멈춰섰다. 앵거스가 그들을 향해서 마당을 뛰어오고 있었다.

"대체 무슨 짓이냐? 아픈 아이를 데리고 달리기 경주라도 하는 것처럼."

"맞는 말씀입니다, 아버지."

던컨이 가로챘다.

"여자를 뛰게 하면 안 되죠."

일리아나를 번쩍 안아들고는 그가 한쪽 눈썹을 치켜들었다.

"이젠 됐나요?"

대답을 기다리지도 않고 그가 계단을 뛰어 올라갔다. 껑충껑충 뛸 때마다 그의 손에 안긴 일리아나도 펄쩍펄쩍 튕겨 올랐다.

# 9

던컨이 성 앞의 계단을 뛰어올라서 잠깐 멈추며 발로 문을 걸어찼다. 일리아나는 숨을 죽이며 움찔했다. 2층으로 난 계단을 올라갈 때흘깃 뒤돌아보니, 시아버지가 열심히 좇아 달려오고 있었다. 단호하게 그들을 좇아올 결심인 것 같았는데 때마침 셰나이드가 부엌에서나타나 아버지를 불렀다. 앵거스 던바가 우물쭈물 망설이다가 마지못해 딸에게로 돌아섰다.

"문 열어."

어느새 침실 앞에 서 있는 것을 알아차리고 일리아나가 손을 뻗어서 남편 명령에 따랐다. 남편의 의도를 의심스러워하며 침대 쪽을 불안하게 쳐다보았다. 하지만 던컨은 안으로 들어가서 발로 문을 닫은다음 정반대쪽으로 걸어갔다. 그리고 그녀를 벽난로 앞에 내려놓았다. 그녀는 얼른 한 걸음 물러나며 흠흠 목을 가다듬었다.

"얘기할 게 있으시다고요, 서방님?"

던컨이 고개를 끄덕였다. 이제부터 그는 아주 부드러운 방법으로 저 괴상한 벨트 안에 들어가는 길을 찾을 것이다. 하지만 교묘하고 영악하게 착수해야만 했다. 이건 원수에게서 암소 떼를 훔쳐오는 것과 같았다. 그녀가 무의식적으로 따라오도록, 말하자면 자신도 모르게 벨트를 풀어내도록 만들어야 했다. 그래서 곧장 침대로 데려가지 않았던 거였다. 자신이 하려는 일을 짐작하게 되면 이 여자가 방어막을 세울 게 틀림없었다.

"상처 좀 봐줘."

그가 불쑥 말했다. 아내의 표정에 근심이 서리는 걸 보고는 속으로 한없이 기뻐했다.

"다친 사람처럼 보이진 않는데요."

그녀가 중얼거렸다.

"작은 상처야. 조금 베인 정도. 그런데 얼마 전부터 곪기 시작했어."

던컨이 플래이드 위쪽을 어깨에서 미끄러뜨려 허리에 걸쳐놓고 빠르게 셔츠를 벗어냈다.

일리아나는 바로 눈앞에서 상반신을 벗는 그를 커다란 눈으로 쳐다보았다. 남편의 벗은 가슴을 보는 게 처음은 아니었지만, 여전히 인상적인 풍경이었다. 그의 팔뚝과 가슴의 근육들이 꿈틀거리는 듯하더니 다음 순간에 셔츠가 바닥으로 떨어졌다.

"사…… 상처가 안 보이는데요."

그는 팔을 뻗어서 상처가 나 있는 곳을 가리켜 보였다.

어머나! 그녀가 입을 벌렸다. 남편이 말한 것과 같은 작은 상처가 아니었다. 위쪽 팔뚝에 5센티미터 정도 베인 상처가 나 있었고 정말로 곪아 가는 중이었다.

그녀가 재빨리 침대 옆에 놓아둔 트렁크로 다가가서 약간의 허브와 깨끗한 리넨 붕대를 꺼내 들었다. 그런 다음 대야가 있는 곳으로 움직였다.

"침대에 앉으세요."

던컨이 침대 끝에 앉아서 끈기 있게 기다리는 동안, 그녀는 허브와 물을 섞은 다음 그 안에 리넨을 담갔다.

"팔 내미세요."

그녀가 그를 돌아보며 지시했다.

던컨은 팔을 올린 채로 아내가 상처를 소독하는 동안 흥미롭게 지켜보았다. 언제 어디서 이런 상처를 얻게 됐는지는 확실치 않았다. 아마 결혼식날 셰나이드의 행동을 막으려고 일어나다가 의자에 걸려 넘어졌을 때 생긴 모양이었다. 여하튼 다음 날 아침에 그 상처를 발견했다. 하지만 군이 신경 쓸 필요가 없을 것 같아서 내버려두었고, 오늘 아침에야 곪아간다는 걸 알아차렸다.

사실은 저녁 먹고 나서 뜨거운 부지깽이로 곪은 부분을 지져버릴까 생각했었다. 곪게 내버려두었다가는 팔을 잘라야 한다든지, 더 심하면 목숨까지 위험할 수도 있기 때문이다. 하지만 아내가 일하는 모습을 지켜보면서, 하루나 이틀쯤 아내가 하는 대로 두고봤다가 그 다음에 효과가 없을 때 직접 나서기로 했다.

일리아나의 얼굴을 찬찬히 살펴보던 던컨은 슬며시 미소지었다. 아내는 쉴새없이 아랫입술을 깨물어대면서 이맛살을 찌푸리고 있었다. 저 찌푸림을 손으로 매만져서 없애주고 저 입술을 직접 깨물어줄 수 있으면 얼마나 좋으랴. 물론 때가 되면 그렇게 할 것이다. 아내의 긴장감이 이제 어느 정도 풀린 상태였다.

"됐어요."

일리아나가 몸을 쭉 펴며 더러운 리넨을 버리고 깨끗한 것을 집어들었다.

"붕대 감을게요. 하지만 잠자기 전에 다시 소독해야 돼요."

그렇게 말하면서 그의 팔뚝에 천 조각을 감기 시작했다.

"알았어."

그는 은근슬쩍 침대로 몸을 기댔다.

"더 일찍 보여주셨어야죠. 이렇게 곪게 내버려두면 위험해요."

그녀가 붕대를 묶고 나서 만족스럽게 고개를 끄덕였다. 그리고는 허브를 치우고 아래층에 내려가려고 돌아섰다. 하지만 그녀가 허브 주머니를 집어들기 전에, 던컨이 그녀의 손을 붙잡았다. 돌아보니 놀랍게도 그가 일어나 있었다.

"애써줘서 고마워." .

그가 한 손가락으로 그녀의 턱을 들어올려 그녀에게 입술을 내려 뜨렸다. 일리아나는 시체처럼 미동도 하지 않았다. 심장조차 놀라서 멈춰버린 듯했다. 그냥 그대로 서서 눈만 크게 뜨고 있는데 그가 그녀의 입술에 자신의 입술을 비볐다.

너무 놀라서 숨조차 쉬지 못했다. 적어도 그것은 다행이었다. 키스를 하는 동안은 그의 냄새를 맡을 수 없었기 때문이다. 그래서 그녀는 키스를 즐길 만한 기회를 얻었다. 이상하게도 그의 부드러운 애무가 그녀의 안에 있는 이상한 감각을 살아나게 하고 있었다.

그 묘한 감각에 놀라며 일리아나가 그의 가슴을 밀어내려고 두 손을 올렸다. 안 된다는 말을 하려고 입도 벌렸다. 하지만 당장 입안으로 그의 혀가 밀고 들어왔다. 놀란 숨을 들이키며 엉겁결에 그의 어깨를 부여잡았다. 그후에는 갑자기 두 다리가 흐물흐물 약해지는 느낌이었다.

그녀의 반응을 감지하자 던컨은 슬며시 미소지었다. 열쇠를 얻어낼 수 있는 길이 열렸다고 확신하며 긴장을 풀었다. 조금만 있으면 자신의 여성적인 비밀을 풀어달라고 애원하게 될 것이다. 그는 그녀의 허리를 살짝 감아쥐면서 한 손을 젖가슴으로 올렸다. 그녀가 부르르 떨면서 신음을 하자, 부드럽게 젖가슴을 감아쥐고 어루만졌다. 다른 한 손으로는 그녀의 엉덩이를 쥐고 바짝 잡아당겼다. 이번에는 단단한 느낌이 닿아도 놀라지 않았다. 오히려 이 일시적인 장애물을 이제 곧 없애버릴 수 있으리라는 기대감으로 즐거웠다.

그는 그녀의 옷을 벗기기 시작했다. 물론 뜨거운 키스와 애무로 그 사실을 그녀가 알아채지 못하도록 조심하면서.

그녀의 어깨에서 옷을 밀어내자 엉덩이에 옷자락이 말렸다. 그러다 바스락 소리를 내며 바닥으로 떨어졌다. 그는 재빨리 침대 쪽으로 한 걸음 물러났다. 일리아나를 품에 안은 채로 침대에 앉아서, 계속 키스하면서 그녀를 무릎에 올려놓았다.

이제 그녀의 속옷을 벗기는 작업에 착수했다. 속옷을 어깨에서 허리로 끌어내리고 부드럽게 드러난 살갗으로 두 손을 움직였다. 손바닥으로 젖가슴을 들어 잠깐 그 무게를 음미한 다음, 엄지손가락으로 단단하게 굳어 있는 젖꼭지를 찾아서 만지작거렸다. 거기에 만족할 수가 없어서 일단 그녀의 입술에서 입술을 떼어냈다.

입술이 떨어져나가는 순간, 일리아나는 어리둥절하게 눈을 깜박거렸다. 그리고 곧 자신이 속옷을 허리에 말아놓은 상태로 그의 무릎에 앉아 있다는 사실을 놀랍게 깨달았다. 그 즉시 경고의 종소리가 딸랑딸랑 머릿속에 울려 퍼지기 시작했다.

다음 순간 남편이 젖꼭지 하나에 입술을 들이대자 놀라움과 욕망의 신음이 뒤섞여 나왔다. 새로운 감각이었다. 전에는 느껴보지 못했던 강한 감각들이 밀려들면서 반항해야 한다는 생각을 완전히 잊어버렸다.

그가 젖가슴을 강하게 빨아대자, 일리아나는 숨을 헐떡이고 몸을 부들거리며 그의 머리를 더 가까이 내리눌렀다. 그의 손이 속옷 밑으로 들어와 벨트의 두꺼운 가죽에 닿았을 때 그녀는 온몸으로 전율을 느꼈다. 하지만 그 손가락이 안으로 쏙 들어오자 고개를 바짝 쳐들면서 몸이 굳어졌다.

던컨은 즉시 그녀의 입술에 키스하는 것으로 그녀가 반항할 수도 있는 가능성을 없애버렸다. 촉촉한 열기가 느껴지자 더 정열적으로 키스를 퍼부으며 그녀의 흥분을 가속화시키기 위해 열심히 손을 움직였다. 그러자 일리아나의 몸 전체가 죄어들었다. 그녀의 다리가 그의 손을 양쪽에서 꽉 죄었다. 젖꼭지까지 욕망으로 조여드는 것 같았다. 그녀가 그의 머리를 움켜잡았다. 마음 한편에서는 그의 손길이 이만 멈춰주기를 바랐다. 하지만 다른 한편에서는 여기서 끝나면 죽어버릴 것 같다고 생각했다. 신음하며 그의 목덜미에 얼굴을 들이대려다가 얼른 다른 곳으로 돌렸다. 그의 냄새가 이 흥분된 경험으로 침입하기 시작했다.

던컨은 자신의 손을 꽉 조이는 느낌, 그리고 꿈틀거리는 엉덩이의 감각에 거친 신음을 흘렸다. 그녀의 귀를 살짝 깨물면서 사랑의 속삭임을 중얼거렸다.

"귀여워."

"네?"

그녀가 숨을 몰아쉬었다.

"더 즐겁게 해 주고 싶어."

그가 고통스러운 듯 헐떡이며 말했다.

"즐겁게?"

그녀는 한마디만 알아들었다.

"그래, 제대로 즐겁게."

"제대로?"

"으응, 그래, 열쇠가 있어야 돼. 어서."

그녀의 귀에 대고 그가 속삭였다. 그 다음에 살짝 고개를 들어 그녀의 표정을 살펴보았다. 태양의 열기에 쫓겨가는 안개처럼, 황홀해하는 정열이 차츰 식어 가는 걸 알아차렸다.

"그건……."

그녀가 반대하기 전에, 얼른 그녀의 입술을 내리덮어 필사적으로 키스했다. 너무 서둘렀던 모양이다. 조금 더 참았어야 했다. 그는 자신을 질책하며 그녀의 눈에서 시들어가던 불길을 다시 지피려고 최선을 다했다. 그녀는 그의 품안에서 미동도 하지 않고 있었다. 반응을 보이지도, 밀어내지도 않았다. 그는 위험스런 경계선에서 줄타기하고 있는 중이라는 걸 알았다.

다소 모험일 수도 있었지만, 아주 잠깐 입술을 떼어내서 얼른 그녀를 침대에 눕혔다. 그리고 재빨리 그 위로 몸을 내려서 다시 입술을 눌렀다. 다리 하나로 그녀의 다리 사이를 누르면서 열어달라는 간절한 신호를 보냈다.

일리아나는 생각을 정리하려 안간힘을 썼다. 하지만 정열적인 키스와 계속해서 부딪히는 맨살의 느낌을 무시하기가 힘들었다. 그의 가슴을 덮고 있는 작은 털들이 그녀의 살갗을 자극적으로 건드리고 있었다. 그가 입술을 떼어내더니 그녀의 목덜미를 따라 키스해가며 젖가슴 하나를 찾아서 빨아댔다. 그녀의 입에서 신음이 새어나왔다. 하지만 그 정도는 아무 것도 아니었다. 그의 입술이 갈비뼈를 지나 배까지 미끄러져 내려갔다.

속옷이 방해가 되자, 그가 고집스럽게 속옷을 들춰 올려서 매끈한 배를 찾아냈다. 그곳에서부터 시작해서 벨트 바로 윗 부분에 있는 민감한 살갗까지 혀로 핥았다. 한 손으로는 그녀의 엉덩이를 감싸쥐었다.

"어머…… 안 돼요"

일리아나가 몸을 비틀어대며 소리쳤다. 곧 그의 입술이 떨어져나가자 자신이 안 된다고 했으면서도 그 사실이 못내 실망스러워 짧게 신음했다. 하지만 이내 더 커다란 신음을 터트리며 머리를 흔들어댔다. 그가 허벅지 안쪽을 애무하기 시작했던 것이다. 심장이 너무 빠르게 쿵쿵거려서 가슴이 터질 것만 같았다. 그가 한 손을 다시 가죽 밑으로 들이밀어 애무했을 때는 진짜로 숨이 넘어가려 했다.

그의 머리 양쪽으로 다리를 벌린 채, 일리아나는 침대에 발꿈치를 밀어대면서 본능적으로 엉덩이를 들썩거렸다. 무얼 찾는지 확실치 않았지만 그렇게 움직이면 원하는 걸 얻을 수 있을 것 같았다. 그 부분의 애무에 온 신경이 집중되어 있어서 그의 키스가 멈추었다는 것도 거의 알아차리지 못했다. 물론 그가 다시 입술을 위로 올리며 키스했을 때는 알아차리지 못할 리가 없었다.

이번에는 그녀도 그의 손길에 계속 몸을 들썩거리면서 자신의 혀로 그의 혀를 맞아들였다. 그가 키스를 멈추고 그녀의 귀를 잘근거리며 속삭였다.

"마음에 들어?"

그녀가 약간 광적으로 고개를 끄덕였다.

"나도 그래."

그가 한숨과 함께 말을 이었다.

"더 만족스럽게 해 줄까?"

"만족?"

일리아나가 몽롱하게 중얼거렸다.

"당신 몸이 그걸 원하고 있어. 뭔가 더 있었으면 좋겠지?"

"네."

그가 가죽 밑으로 손가락을 밀어 넣어서 그녀의 여성스런 부분을 더 자극적으로 매만졌다. 그녀의 몸이 당장 휘어지며 반응을 보였다.

"아, 미칠 것 같아."

"나도 그래. 그런데 더 할 수가 없어."

"더 할 수 없어요?"

분명히 실망한 목소리였다.

"그래, 열쇠가 없이는 안 돼."

"하지만……."

"미안해, 나도 어쩔 수가 없어. 열쇠가 있어야 돼."

"열쇠?"

이제 그녀는 결과를 생각할 수 없을 정도로 정신이 혼미했다. 그녀의 몸 속에서 일어난 불길이 폭발하려는 수준까지 커지고 있었다.

"어디 있어?"

"뭐가요?"

"열쇠."

"그건…… 아아."

그녀의 온 몸이 정열로 부들거렸다. 지금 이 느낌 이외에는 정신이 집중되지 않았다. 던컨이 계속 무언가를 졸라대고 있었는데. 그게 뭐였지? 알 수가 없었다. 몸 속의 신경조직들이 저마다 윙윙거리며 살아 움직이는 것 같았다.

"열쇠 어디 있어?"

"아, 열쇠. 그건……."

"마님?"

갑자기 노크소리와 함께 에바의 목소리가 들려왔다. 일리아나의 움직임이 순식간에 정지했다. 찬물 세례를 받았다 해도 이보다 충격적이지는 않았을 것이었다.

"꺼져!"

던컨이 고함쳤다. 동시에 일리아나가 물었다.

"무슨 일이야?"

에바가 잠시 망설이는 듯하더니 일리아나의 질문에 대답했다.

"쿠민스씨가 마님을 뵙겠다고 찾아왔어요. 드릴 물건이 있다던데요."

"꺼지라고 했잖아!"

던컨이 다시 고함쳤다. 하지만 일리아나는 그의 몸 밑에서 빠져나가 속옷을 바로잡았다. 중간에 얇은 가운을 걸치면서 서둘러 문으로 걸어갔다. 반면에 던컨은 나체 상태이든 말든, 있는 대로 욕설을 중얼거리며 절망스럽게 침대에 드러누웠다.

"저."

일리아나가 문을 열어주자 에바의 눈이 휘둥그래졌다.

겉옷까지 마저 걸치지 않은 게 후회스러웠다. 겉옷을 챙기려고 돌아서려는데 앵거스 경이 다가오는 것이 보였다. 일리아나의 흐트러진 상태를 보면서 하녀가 놀라워했던 반면에 앵거스 경의 표정은 무척이나 험악했다. 그녀가 얼른 침대로 되돌아와 바닥에 떨어진 옷을 주워 들었지만, 던컨이 냉큼 그녀의 허리를 잡아서 무릎으로 끌어당겼다.

"당장 꺼져! 손가락 분질러주기 전에!"

그가 문 쪽으로 소리치고는, 아내가 움켜쥐고 있는 옷을 빼앗으려 애썼다. 방금 전의 상태까지 아내를 되돌려놓기가 결코 쉽지 않을 것이다. 성공 직전까지 갔었는데, 여기서 포기하다니 있을 수 없는 일이었다. 그녀가 막 열쇠 있는 곳을 말해 주려던 참이었다. 그럼 곧바로 그녀의 뜨거운 육체 속으로 들어갈 수 있었을 텐데.

아, 그 느낌이 거의 실제처럼 짜릿하게 느껴졌다.

"잠도 못 자게 하면서 먹는 것까지 못하게 할 참이냐?"

그 목소리가 들리는 순간, 던컨은 패배의 한숨을 토해내며 아내를 풀어주었다. 일리아나가 즉시 그의 무릎에서 빠져나가 옷을 끌어올리는 동안, 앵거스가 방으로 들어와서 아들을 노려보았다.

"단 하루만이라도 네 놈 손모가지를 애한테 떼낼 수가 없다는 거냐? 이 가엾은 애는 어제 피로에 지쳐서 기절까지 했어. 그것도 잊어버렸냐? 밤낮으로 괴롭혀서 이 애를 죽게 만들 셈이야? 망할 자식, 너 같은 놈이 아들이라는 게 창피해서 죽을 지경이다."

그리고는 일리아나에게 시선을 돌렸다. 그녀가 옷을 다 입고 나서 불안하게 그를 쳐다보았다.

"괜찮다, 애야. 내 아들놈한테 널 맡겨놓으면 큰일나겠구나. 이대로 놔두면 네가 명대로 살지 못할 거야. 샤프론을 붙여주마. 몸이 나아질 때까지 이 녀석 근처에 얼씬도 하지 말아라."

그 말을 끝으로, 일리아나의 팔을 붙잡아 문으로 끌어당겼다. 그녀는 걱정스럽게 남편을 돌아보았다. 던컨이 침대에 앉아서 떠나가는 두 사람을 비참하게 바라보고 있었다.


일리아나는 초조하게 자신에게 맞춰진 시선들을 둘러보며 꿀꺽 침을 삼켰다. 아까 홀로 내려오면서 자신이 결정한 바를 앵거스 경에게 털어놓았고, 시아버지께서는 그 일에 찬성을 표시하면서 지금 점심식사 하러 모인 사람들에게 발표할 게 있다고 말할 참이었다.

던컨만 빼고 모두들 자리에 앉아 있었다. 던컨은 아직 나타나지 않았다. 사실은 아예 아래층으로 내려오지도 않았다. 아직까지도 시무룩하게 방에 앉아 있는 모양이었다.

이제 생각해 보니, 던컨이 의도적으로 그녀를 유혹했던 것 같았다. 그 계획이 성공하지 못한 게 천만 다행이었다. 그렇지 않았다면 결코 그를 목욕 시킬 수 없을 테니까. 무슨 수를 써서라도 기필코 목욕하게 만들고야 말리라.

어젯밤에 자꾸만 잠에서 깨어났던 게 남편이 침대로 들락날락하면서 소란을 피웠기 때문이기도 하지만, 냄새도 한몫을 차지했던 것 같다. 그 냄새 때문에 깊이 잠들 수가 없었던 것이다. 그렇게 악취 나는 남자와 한 침대를 쓴다는 건 도저히 참을 수 없었다.

그녀가 한숨을 내쉬며 사람들의 얼굴을 둘러보았다. 어쨌든 이 자리에 남편이 없다는 게 다행스러웠다.

일리아나는 깊이 심호흡을 하고 나서 말문을 열었다.

"나에게 보여주신 여러분의 친절에 보답하고 싶어서, 작은 선물을 준비했어요. 매년 1월에 받는 플래이드 말고 하나가 더 있으면 좋을 것 같았어요. 그래서 쿠민스 씨에게 여러분의 플래이드를 주문했어요. 하지만……."

사람들의 놀라는 웅성거림을 막으면서 그녀가 덧붙였다.

"한 가지…… 조건이 있어요. 그 조건이 맞아야 플래이드를 드릴 수 있어요."

불안하게 입술을 축인 다음에 계속 말을 이었다.

"내가 예전에 살았던 집에서는 모두가 한 달에 한 번씩 목욕했어요. 어떤 사람은 일주일에 한 번씩도 했어요."

사람들이 믿어지지 않는다는 듯이 탄성을 올렸다. 한숨이 터져 나왔지만 계속 밀고 나갔다.

"그렇게 자주 목욕하라는 건 아니지만, 플래이드를 받기 전에 목욕해야 한다는 게 내 조건이에요. 지저분한 몸에 깨끗한 플래이드를 걸쳐봤자 무슨 소용이겠어요. 원하시는 분에게는 내 욕조를 얼마든지 빌려드릴게요."

일리아나는 불안한 듯 미소지으며 자리에 앉았다. 여기저기서 터지던 웅성거림이 잦아들었다. 별로 좋은 신호일 것 같지는 않았다. 이러다가 7월에 그들이 목욕을 할 때까지 4백 벌의 플래이드를 창고에 처박아두어야 하는 것은 아닐지 걱정스러웠다.

일리아나는 치즈와 빵을 내려다보며 한숨지었다. 여기서는 무엇 하나 쉽게 되는 일이 없는 것 같았다. 정원 일도 그렇고, 청소도, 심지어 허브를 모으는 일조차 쉽지 않았다.

"마님?"

화들짝 놀란 일리아나가 시선을 들어올리자, 정원 일을 도왔던 잰나라는 여자가 쳐다보고 있었다.

그 여자가 머뭇머뭇 미소지으면서 말했다.

"저는 플래이드를 받고 싶어요. 그래서 욕조를 사용하고 싶은데, 괜찮을까요?"

"정말이에요?"

일리아나가 얼굴 가득 환한 미소를 지으며 부엌 쪽을 흘깃 바라보았다.

"그럼 당신이 제일 먼저예요. 뜨거운 물이 있는지 알아봐야겠어요."

그녀가 얼른 일어나서 부엌으로 종종걸음쳤다. 엘긴이 서둘러 그녀의 뒤를 따라 달려왔다. 그 요리사는 제대로 요리를 만들기 시작한 후부터 부엌에 관련된 일이면 무슨 일에도 빠지는 법이 없었다.

부엌에 도착하기 전에, 도합 여섯 명의 여자들이 일리아나에게 욕조를 쓰게 해 달라고 부탁을 했다. 세 명은 정원에서 일하던 여자였고, 두 명은 성에서 일하는 하인들이었고, 마지막 여자는 플래이드를 가져온 남자의 부인인 에다였다.

일리아나는 차례차례 욕조를 다 빌려주겠다고 약속하며 부엌으로 뛰어들었다. 다행히도 화로 위에 더운물이 끓고 있었다. 부엌으로 좇아온 엘긴도 욕조를 빌려달라고 했다.

일리아나는 너무나 기분 좋은 얼굴로 홀에 돌아왔다. 그때 그녀의 얼굴에 미소가 사라지면서 입이 벌어졌다. 욕조에 대해서 얘기하려고 줄이 길게 늘어서 있었던 것이다.

남자는 거의 없이 대부분이 여자들뿐이었지만, 차라리 그게 다행이라는 생각이 들었다. 남자들까지 모두 욕조를 사용하려면 이삼 일 이상 걸릴 것이었다.

"어떤 것 같아?"

일리아나가 쓰고 있는 모자를 들어올려 주위의 여자들을 쳐다보았다. 친정에서 프랑스인 요리사가 쓰던 것과 비슷하게 모자를 만들려고 했는데, 제대로 세워지질 않고 자꾸만 이마 밑으로 내려앉았다.

"풀을 먹여야겠어요."

에바가 조금 떨어진 의자에 앉아서 앞치마를 만들며 의견을 제시했다.

"그래, 그래야겠어."

일리아나도 당장 동의를 했다. 그때 잰나가 촉촉하게 젖은 머리를 늘어뜨리고, 예쁜 새 플래이드를 걸치고서 나타났다.

잰나는 목욕하고 새 플래이드를 입고 나서 다시 정원 일을 하는 것보다 차라리 하루 일을 다 끝내고 목욕하는 것이 낫다고 생각했다. 그래서 욕조에 들어가는 순서를 뒤쪽으로 조정해 놓았다.

일리아나도 늦게 목욕을 하는 대신 잰나가 사용할 때는 꼭 새 목욕물을 준비해 주겠다고 약속했다. 원래는 세 번에 한번씩 물을 갈아주는 것이 규칙이었다.

한 사람 한 사람 목욕을 하고 새 플래이드를 갈아입는 동안, 다른 사람들은 끈기 있게 줄을 서서 기다려주었다. 모두가 목욕하려면 며칠 걸릴 거라고 생각했는데 벌써 웬만큼 정리가 되어가고 있었다.

엘긴이 부엌 구석에 욕조를 놓고, 리넨 하나를 커튼으로 사용해서 공간을 분리시키자고 제안했던 게 도움이 됐다. 그래서 물도 빨리 갈 수 있었고 전체 과정도 빠르게 진행되었다.

마당에는 뽀얀 얼굴과 윤기 나는 머리를 되찾은 수십 명의 아이들이 새 플래이드 차림으로 이리저리 뛰어다녔고, 엄마들은 불가에서 태피스트리를 같이 나눠 닦으며, 수다를 떨면서 젖은 머리를 말리고 있었다.

오늘 일리아나의 아침시간은 남편의 상처를 봐 주고 플래이드를 분배하는 일로 바쁘게 지나갔다. 오후에는 정원 일을 할 생각이었다. 그래서 점심을 먹은 후에 엘긴과 같이 목욕하는 상황이 잘 진행되는지 확인하고 나서 정원으로 나가려 했다.

그런데 엘긴이 그녀보다 먼저 뛰어가더니 동그랗고 작은 몸뚱이를 문 앞에 날리며 두 팔과 다리로 앞을 가로막았다. 그리곤 단호하게 고개를 흔들었다. 또 어제같이 무리하면 안 되니까 좀더 쉬어야 한다는 것이었다.

일리아나는 그럴 필요 없다고 반대하려 했지만, 그 즉시 에바가 요리사의 행동을 지지하고 나섰고, 정원일 하는 여자들과 심지어 지오셜과 다른 하인들까지 맞장구를 쳤다.

만장일치로 정원에 나가면 안 된다고들 하니, 일리아나는 어쩔 수 없이 포기하고 홀로 되돌아와야 했다. 그녀가 무엇을 해야 할까 고민하고 있는데 에바가 불가에 앉아서 엘긴에게 만들어주기로 약속한 앞치마를 만들자고 했다.

일리아나는 힘없는 노인처럼 앉아서 바느질이나 해야 한다는 게 그다지 내키지 않았다. 게다가 빨리 홀 청소를 끝내고 침실도 청소를 해야 할 터이기 때문에 태피스트리 닦는 일부터 하는 게 낫겠다고 결심했다.

하지만 그녀가 태피스트리를 집어드는 순간, 몇 명의 여자들이 단숨에 달려와서 서로 그 일을 자기가 하겠다고 아우성쳤다. 목욕 순서가 될 때까지 넋 놓고 기다릴 수만은 없으니, 그 시간에 도움될 만한 일을 하고 싶다는 것이다. 그리고 일리아나에게는 엘긴의 앞치마를 만드는 것이 더 좋겠다는 의견까지 내놓았다.

일리아나로서는 이 상황이 별로 즐겁지 않았지만, 달리 방법이 없는 듯했다. 그녀가 바느질을 싫어하는 건 아니었다. 그리고 사실 엘긴이 새 플래이드를 버리지 않게 앞치마를 하루 빨리 만들어주고 싶기도 했다.

하지만 이상하게 마음이 안정되질 않아서 좀더 육체적으로 움직이는 일을 하고 싶었다. 어제 피곤해서 쓰러진데다 아침까지 그 피곤기가 남아 있었는데도, 이상하게 활력이 솟아나는 느낌이었다. 침실에서의 사건과 모종의 관련이 있는 것 같긴 했지만 너무 깊이 그 일을 생각하고 싶지는 않았다.

"다 했어?"

그녀가 잰나에게 물어보았다.

"네, 엘긴이 그러는데 목욕하고 나서 바로 저녁식사를 준비하겠대요."

"오래 걸리지는 않을 걸요. 잰나가 나오기도 전에 욕조로 뛰어들어 갔으니까요."

지오셜이 시큰둥하게 한마디했다.

잰나가 깔깔대며 웃었다.

"맞아요. 그렇게 목욕하고 싶어 안달인 남자는 처음 봤어요."

"목욕하는 것보다 딴 데 꿍꿍이가 있어."

지오셜의 말에 여자 하나가 맞장구를 쳤다.

"맞아. 오후 내내 새 앞치마와 모자 얘기를 하던 걸."

일리아나는 불안하게 에바를 쳐다보았다. 에바가 다른 여자들과 같이 벽에 회칠을 다 하고 나서 앞치마 만드는 일을 돕겠다고 나서길래, 거의 다된 앞치마를 건네주었다.

테두리만 마감질하면 되는 일이었기 때문에 자신은 그 시간에 모자를 만들기로 했다. 그런데 에바의 수다 때문에 일의 속도가 많이 늦어졌다.

"얼마나 더 있어야 돼, 에바? 내가 도와줄까?"

"괜찮아요, 마님. 이게 바로…… 마지막…… 땀이에요. 자, 다 됐어요."

실을 끊어내고는 그녀가 벌떡 일어나서 앞치마를 들어올렸다.

"어때요?"

여자들이 마음에 드는 듯 속닥거렸다.

"근사하다!"

"엘긴은 너무 좋아서 죽을지도 몰라."

"입이 찢어지게 헤죽댈 걸."

일리아나도 잘 했다는 표시로 고개를 끄덕였다.

"우와!"

흥분된 탄성소리가 들리자 모두들 부엌 쪽으로 돌아섰다. 엘긴이 목욕을 끝내고 나온 참이었다. 역사에 기록될 만큼 빠른 속도였다. 새 플래이드까지 걸치고 부엌 문 앞에 서서 에바가 들고 있는 앞치마를 뚫어져라 쳐다보고 있었다.

"굉장해요!"

단숨에 홀을 가로질러와 에바의 손에서 앞치마를 낚아채고는 마치 귀한 황금메달이라도 되는 것처럼 들어올렸다.

"걸쳐봐요."

요리사가 계속 쳐다보기만 하자 잰나가 재촉을 했다.

엘긴의 미소가 불안하게 흔들렸다.

"지저분해지면 어떡해."

일리아나가 웃음을 터트렸다.

"그래서 입는 거예요, 엘긴. 플래이드에 얼룩이 튀지 않게 하려고."

"아, 네."

그가 앞치마를 걸치고 재빨리 허리에 끈을 묶었다. 다 차려입고 나자 일리아나가 다가가서 그의 머리에 모자를 씌워주고는 제대로 모양이 나올 때까지 이리저리 만져주었다.

그러자 여자들이 우르르 몰려들어 그의 얼굴이 빨개질 때까지 구석구석 뜯어보며 칭찬을 했다.

"뭐 하는 짓들이야!"

던컨의 고함소리에 모두가 놀라며 돌아섰다. 일리아나만 차분하게 남아 있었다. 그녀는 우선 마음을 진정시킨 다음에 침착한 표정으로 남편에게 돌아섰다. 하지만 금세 침착함이 달아나 버렸다.

어느새 남편의 손에 팔을 붙잡혀 계단 쪽으로 끌려가고 있었던 것이다. 또 시작이었다.

# 10

"무슨 말이야, 그걸 사다니?"

일리아나는 피곤해하며 고개를 흔들었다. 자신의 짐 속에 들어 있던 돈에 대해서, 그리고 그 돈으로 플래이드를 구입한 내용에 대해서 벌써 두 번이나 설명을 했다. 그런데 던컨은 또 다시 설명을 하라는 것이다. 이젠 다시 말해봤자 무슨 소용이 있을지 의심스러워졌다.

"향신료도 산 거지?"

그가 비난하는 어조로 공격을 시작했다.

"음식 맛이 좋아진 건 알았어도 난 정원에서 몇 개 찾아낸 줄 알았어. 그런데 그게 아니었어, 그렇지? 내 명령을 어기고 향신료까지 산 거지, 그렇지?"

"향신료를 산 건 맞는데, 당신 명령을 어기지는 않았어요."

"내가 사지 말라고 말했다."

"당신 돈으로 사지 말라고 했잖아요."

그녀가 자신만만하게 대꾸했다.

"나는 부모님이 주신 돈으로 샀어요."

그녀의 말에 던컨이 더 화를 낼 줄 알았는데, 그 사람은 오히려 갑자기 차분해졌다. 그래서 더 긴장이 되었다.

"법을 모르는 무식한 여자이니 이번만은 용서해 주겠소, 부인."

"난 무식하지 않아요."

"아니, 확실히 무식해. 그렇지 않다면 결혼한 그 순간부터 당신 소유가 모두 내 소유로 바뀐다는 걸 알았을 거야. 하나도 빠짐없이 다."

"난⋯⋯."

일리아나가 얼굴을 붉히며 다른 데로 시선을 피해버렸다. 사실은 그 이치에 맞지 않는 법규가 조금 마음에 걸리긴 했다.

"당신도 음식 맛이 좋아졌다고 인정했잖아요."

애써 핑계거리를 찾아보았다.

"그래. 맛은 좋아졌어."

"부족원들이 창피하게 누더기를 걸치고 있는 것도 아시겠죠?"

"누가 창피하대? 그런 말은 들어본 적도 없어."

"말로 한 적은 없어도, 새 플래이드를 입으려고 열심히 목욕하는 것만 봐도 알잖아요."

"그 '선물'을 주기 전에 당신이 목욕하라고 시켰잖아?"

그가 빈정거렸고, 일리아나의 얼굴이 다시 붉어졌다. 하지만 곧 턱을 치켜들었다. 그녀는 이치에 맞는 행동을 했을 뿐이었다. 어떻게 지저분한 몸에다 깨끗한 플래이드를 걸치겠는가.

"플래이드 때문에 목욕한 건 다 여자들이었어."

그가 혼잣말처럼 조용히 말했다.

"여자들이란 원래 예뻐 보이고 싶어하니까."

"그게 뭐 잘못인가요?"

"그래도 제일 중요한 건 그 안에 들어 있는 거야. 나는 깨끗한 겁쟁이가 되느니, 차라리 불결한 사내들 편에 서겠어."

일리아나의 눈이 가늘어졌다. 분명 그녀를 지칭하는 듯한 인상을 받았던 것이다. 그녀는 겁쟁이가 아니었다. 세 번씩이나 그린웰트 성에서 도망치지 않았던가? 엄마를 구하기 위해서 잔인한 매질과 심지어 목숨까지 걸고 모험하지 않았던가? 하지만 그 말을 살짝 흘렸어도 남편은 그다지 감탄하는 것 같지 않았다.

"당신은 진짜 모험이 뭔지 몰라."

그 말이 전부였다.

"그게 무슨 뜻이에요?"

"당신이 그렇게 한 건 어머니를 위해서가 아니라 당신 자신을 위해서였어. 변화에 잘 적응할 수가 없었을 테니까."

"내가 들은 말 중에서 가장 쇠똥구리 같은 말이에요."

일리아나가 분해서 소리쳤다.

"그래? 그럼 어디 한번 짚어볼까? 당신은 여기서 뭘 하려고 할 때마다 와일드우드 핑계를 댔어. 와일드우드처럼 깨끗한 성, 거기 사람들처럼 깨끗한 사람들, 와일드우드에서 쓰던 향신료와 허브를 갖고싶어했어. 심지어는 거기 요리사랑 똑같은 꼴로 엘긴을 만들어 놨어."

일리아나는 눈살을 찌푸리며 말했다.

"당신한테는 아무 것도……."

"와일드우드에서 침대에 다른 남자 들여봤어? 그런 적 없잖아? 당신은 나한테 왔을 때와 똑같이 처녀야."

그가 성큼성큼 문으로 걸어가면서 흘깃 돌아보았다.

"좀더 성숙해져서 변화를 받아들일 준비가 되면, 그때 나한테 와서 물어봐. 왜 깨끗한 플레이드가 건강에 안 좋은지, 왜 우리가 그렇게 목욕을 안 하는지, 우리 음식에 왜 향신료가 들어가지 않는지. 모두다 이유가 있어. 당신이 결혼했으면서도 나랑 같이 자지 않으려는 이유처럼 말야. 언제나 이유가 있는 거야. 가끔은 그 이유가 분명칠 않다는 게 탈이긴 하지만."

일리아나는 남편 뒤로 닫히는 문을 쳐다보다가, 땅이 꺼져라 한숨을 내쉬며 침대에 주저앉았다.

일리아나는 들고 있는 바느질감을 물끄러미 쳐다보았다. 바느질을 하면 마음이 안정되곤 했는데 오늘밤은 아니었다. 오늘밤에는 무슨 짓을 해도 편안해지지 않을 것 같았다.

머릿속에서 계속 던컨의 말이 맴돌았다. 그 말이 정말 맞는 걸까? 내가 변화를 무서워하는 걸까? 이 성과 사람들을 좀더 와일드우드와 비슷하게 만들고 싶어했던 건 사실이었다. 하지만 그 이유는…… 글쎄, 깨끗한 게 더 낫기 때문이었다. 더러운 옷을 입는 것보다는 깨끗한 옷을 입는 게 더 나았다. 그렇지 않을까? 맛있는 음식을 만들어 먹는 게 잘못일 리도 없었다.

그녀는 맞은편 의자에 앉아 있는 시누이를 흘깃 보았다. 앵거스가 저녁식사 때 셰나이드에게 선언을 했다. 일리아나에게 아내가 해야 할 역할이나 그 외의 일들을 배우라고 말이다.

그래서 지난 한 시간 동안 이 여자한테 간단한 바느질법을 가르치고 있는 중이었다. 하지만 셰나이드는 꿰맨다는 의미 자체를 모르는 듯했다. 아무리 여러 번 시범을 보여주어도 전혀 나아지질 않았다. 어쩌면 일부러 둔한 척하는 것일지도 모른다.

그녀의 시선이 시누이의 낡아빠진 플래이드로 옮겨갔다. 벌써 스무 번째 한숨이 터져 나왔다. 목욕을 하고 새 플래이드를 입으라고 권해보았지만, 셰나이드는 지금의 플래이드도 끄덕 없이 아주 오랫동안 입을 수 있다면서 거절했다. 여기서 또다시 남편의 말을 떠올리지 않을 수 없었다.

"왜 깨끗한 플래이드가 건강에 나빠요?"

셰나이드가 멍하니 바느질감에서 시선을 들었다.

"네?"

"던컨이 그랬어요, 깨끗한 플래이드가 건강에 나쁘다고. 이유가 뭐예요?"

"오빠한테 물어보지 그래요?"

일리아나의 입술이 굳어졌다.

"아가씨한테 묻고 있잖아요."

세나이드는 흘깃 바느질감을 보았다. 이 귀찮은 일감에 매달려 있는 것보다 차라리 입으로 떠들어대는 게 낫다고 판단한 것처럼 어깨를 으쓱하고는 일리아나에게 관심을 돌렸다.

"건강에 나쁜 건 아니고요, 더러운 플래이드가 더 낫다는 거예요. 플래이드가 따뜻하긴 한데 방수는 잘 안 되잖아요. 그게 더러움을 타면 좀 나아져요."

일리아나의 눈이 깜박거렸다.

"더러워서 방수가 된다고요?"

"가끔은요. 무슨 때가 묻었나, 얼마나 묻었나에 따라 달라지죠. 플래이드를 입자마자 일부러 기름때를 묻히는 사람도 있어요, 방수되게 하려고요."

"그렇군요."

일리아나는 고개를 끄덕였다가 다시 빠르게 고개를 흔들었다.

"하지만 왜 그럴 필요가 있어요? 비가 올 때는 집에 있으면 되잖아요?"

세나이드가 웃어댔다.

"할 일이 없으면 그래도 되겠죠. 하지만 양 떼를 지키거나 경비를 서거나, 전쟁에 나가거나, 사냥하러 갈 때…… 하여튼 이럴 땐 항상 피할 데가 있는 게 아니잖아요. 가끔은 플래이드밖에 달리 막아줄 게 없어요. 그걸 덮고 자야 할 때도 있고요."

일리아나는 자신이 이불을 빼앗았을 때 던컨이 플래이드를 이불 삼았던 게 떠올랐다.

"물론 남자들만 그렇다는 거예요. 여자들은 밖에서 바람과 비를 피해야 할 일이 거의 없죠. 집안에 있을 때가 더 많으니까."

일리아나가 곰곰이 생각하고 나서 말했다.

"하지만 맥이네스 남자들은 깨끗한 플래이드를 입었던데요?"

"맥이네스는 전사가 아니에요. 남자들이 싸움터에 나서질 않는다고요. 필요할 때는 우리 던바 전사를 고용해요."

일리아나가 그 부분은 인정을 하고 나서 다시 물었다.

"그런데 남자들은 왜 목욕하기를 싫어하죠?"

"추우니까요."

너무 간단한 대답에 일리아나의 인상이 찡그려졌다.

"호수에서 목욕하려면 춥기야 하겠지만, 집안에서 따뜻한 물로 목욕하면."

"그래봤자 바로 더러운 플래이드를 입어야 하는 걸요."

"그럼 향신료 넣은 음식에 반대하는 이유는 뭔가요? 맛있는 음식을 먹는 게 왜 싫다는 거죠?"

"그럼 귀리 케이크가 더 맛없어지거든요."

일리아나의 어리둥절한 표정을 보고는 셰나이드가 한숨지었다.

"오빠는 성을 확장하고 성벽을 보강하는 게 최고 목표예요. 그 만한 돈을 마련하려면 악착같이 저축하는 수밖에 없죠. 그래서 우리가 만드는 플래이드도 몽땅 다 팔고, 다른 부족 전쟁이나 가축까지 챙겨 주면서 돈을 벌었어요. 말이 그렇지, 그게 쉬운 일이 아니에요.

밤에는 춥고, 날씨가 언제 변덕을 부릴지 모르고, 벌레들도 득실거려요. 먹을 거라고는 귀리 케이크밖에 없어요. 어차피 성에 있어봤자 바람이 쌩쌩 불어대는 데서 맛없는 음식만 먹어야 하는 거라면 그것도 나쁘지는 않겠죠. 하지만 깨끗하고 따뜻한 성에서 맛있는 음식을 먹을 수 있는데 밖에서 고생하려면 견디기 힘들어질지도 몰라요."

일리아나가 차츰 이해를 하며 수긍했다.

"남자들이 약해질까봐 걱정하는 거로군요."

셰나이드가 고개를 끄덕였다.

"하지만 이젠 내가 가져온 지참금이 있잖아요. 바라는 일을 다 할 수 있어요. 그러니까 남자들을 딴 데로 보낼 필요도 없고."

"그 돈으로 오빠가 바라는 일을 다 할 수는 있어요. 하지만 던바 부족을 먹여 살리려면 계속 벌어야 돼요. 오빠 틀림없이 다른 부족 일을

맡는 거나 플래이드 파는 걸 계속할 거예요. 전처럼 자주 돌아다니지
는 않겠지만요."

그리고는 할 말 다했다는 듯이 험악한 표정으로 바느질감을 내려
다보았다.

일리아나는 멀리 벽 쪽을 쳐다보면서 셰나이드에게 방금 들은 말
들을 생각해 보았다. 남편이 왜 자신이 벌이는 일에 짜증을 냈는지 알
것 같았다. 하지만 이젠 어떻게 해야 할까? 엘긴에게 다시 예전처럼
맛없는 요리를 만들라고 말할 수는 없는 일이었다. 그랬다가는 아마
거품 물고 기절해 버릴지도 모른다. 이미 맛있는 걸 먹어본 다른 사람
들도 마찬가지일 것이다. 플래이드 건에 대해서는, 남자들에게 목욕
하지 않더라도 플래이드를 나눠주는 게 낫지 않을까?

갑자기 시누이의 짜증스런 중얼거림이 들려왔다. 실이 사정없이 엉
켜 있었다. 그녀가 도와주려고 나서기도 전에, 셰나이드는 바느질하
던 걸 툭 무릎 위로 던져버렸다.

"난 이런 일엔 꽝이라고요."

"아니에요, 해 본 적이 없어서 그럴 뿐이에요."

일리아나가 당장 반박했다.

시누이는 눈알을 굴리며 한숨을 터트렸다.

"아내가 되면 꼭 이런 걸 해야 되요?"

일리아나는 대답하기 전에 잠시 망설였다.

"글쎄요, 사람들이 그렇게 생각하긴 하지만……."

셰나이드가 땅이 꺼져라 한숨을 쉬었다.

"난 다른 사람들이 생각하는 대로 할 자신이 없어요. 오늘 아침에
당신이 허브에 대해서 얘기해 준 것도 벌써 다 까먹었고, 집안 살림을
어떻게 하는 건지도 전혀 몰라요. 틀림없이 형편없는 아내가 될 거예
요. 그래서 셔웰이 날 데리러 오지 않은 것도 다들 당연하다고 생각할
거예요."

상처 입은 듯한 그 말에 일리아나의 가슴이 죄어들었다. 그래서 얼

른 시누이의 기분을 북돋아주려고 방법을 찾아보았다.

"아니에요. 아가씨는 훌륭한 아내가 될 거예요. 얼마나 감탄할 점이 많은데요. 아가씨는…… 검도 아주 잘 다루잖아요."

"이보세요! 세상에 어느 남자가 칼싸움 잘하는 아내한테 감탄하겠어요?"

시누이가 생뚱맞은 표정을 짓자, 일리아나는 다시 머리를 굴렸다.

"그것말고도 아가씨는…… 그…… 사냥도 잘하잖아요. 그래요, 사냥하는 기술이 얼마나 중요한데요. 절대 굶을 일은 없을 거예요."

그 말을 강조하기 위해 열심히 고개를 끄덕였다.

"아가씨처럼 말을 잘 타는 여자를 본 적이 없어요. 한 번도요. 그것도 아주 훌륭한 기술이죠."

"다른 건 몰라도, 거짓말 솜씨만큼은 형편없으시네요."

일리아나가 시무룩하게 고개를 숙이자, 셰나이드가 살짝 미소지으며 말했다.

"하지만 그런 말 해 줘서 참 고마워요, 올케 언니."

올케 언니? 처음 듣는 그 말에 일리아나는 놀라움을 금치 못했지만 기분은 무척 좋았다.

"그래요! 정말 우리는 자매나 다름없어요, 그렇죠? 항상 여동생이 있으면 좋겠다고 생각했는데, 그럼 같이 놀 수도 있고."

자신의 목소리가 왠지 회상에 젖은 듯하게 들리자 피식 미소지으며 고개를 흔들었다.

"언니는 누구하고 놀았어요?"

셰나이드가 궁금해했다.

"글쎄요, 난…… 뭐랄까, 사실은 별로 놀아본 적이 없어요. 항상 바빴거든요, 공부도 해야 하고."

시누이의 얼굴에 동정심이 드러나자 일리아나가 고개를 흔들었다.

"그래도 남부러울 거 없었어요. 언제나 예쁜 옷만 입었고, 최고의 선생님들께 배웠고…… 뭐든지 없는 게 없었는 걸요."

"친구만 없었군요, 그럼. 얼마나 외로웠을까?"

"아니에요. 부모님이 계셨는 걸요. 날 많이 사랑하고 아껴주셨어요."

"그랬을지 모르죠, 하지만 부모는 부모잖아요. 두 분 사이에 끼어 있으면 가끔 동떨어진 기분이 들 거예요."

"그렇지 않아요."

"기분 상했다면 미안해요. 그냥 생각나는 대로 말한 것뿐이에요. 하지만 이젠 언니에 대해서 이해할 수 있을 것 같아요."

"뭘요?"

"언니는 참 조용해요. 꼭 필요할 때가 아니면, 별로 말이 없어요. 그래서 겉으로 보기엔 새침해 보여요. 하지만 지금 생각해 보니까 수줍음이 많아서 그런 것 같아요. 부모님말고는 사람들하고 어울려본 적이 없어서."

일리아나는 그 말이 맞다는 걸 깨달으며 눈이 커다래졌고, 셰나이드는 더 용기를 내서 말을 이었다.

"그리고 모든 걸 혼자서 해결하려는 경향이 있어요."

"혼자서?"

"그래요. 결혼한 다음 날부터 던바 성의 운영을 떠맡았잖아요. 그게 나쁘다는 건 아니에요. 여기가 좀 엉망이었던 건 나도 인정해요. 하지만 언니는 다른 사람들한테 물어보지도 않고 언니가 생각하는 대로 그냥 시작했어요. 어떻게 보면, 장난감을 혼자서 갖고 노는 어린애 같다고도 할 수 있죠."

일리아나는 반박할 말이 생각나지 않았다.

"난 아무래도 이거 못하겠어요."

갑자기 셰나이드가 바느질감을 옆으로 던지며 일어섰다.

"솜씨 없는 시누이 가르치느라 고생하셨어요, 언니. 하지만 더 이상은 못하겠어요. 잠이나 잘래요."

일리아나는 말없이 시누이의 뒷모습을 쳐다보고 나서, 의자에 멍하니 앉아서 방금 들었던 말들을 되새겨 보았다.

차츰 시간이 흐르면서 눈이 스르르 감기는 것도 의식하지 못했다.

오늘 아침 깨어났을 때도, 그녀는 침대에 뉘어져 있었다. 던컨이 침대에 눕혀주고 옷까지 벗겨준 모양이었다. 그녀는 조금 당황스러워하면서 서둘러 옷을 갖춰 입고 아래층으로 내려갔다.

"엘긴, 대체 무슨 문제가 있는 거예요?"

다음 날, 부엌으로 들어선 일리아나가 다그쳤다.

엘긴이 패스트리 반죽을 하다 말고 화들짝 쳐다보았다. 자기가 뭘 잘못했나 싶어서 기겁을 한 표정이었다. 일리아나는 웃음이 터질 뻔했다. 요리사의 앞치마와 모자가 얼룩 하나 없이 깨끗했다. 어젯밤에 입을 때와 똑같은 상태였다. 하지만 그에 비해서 그의 얼굴에는 적어도 세 가지 다른 요리 재료들로 덕지덕지 얼룩이 묻어 있었다.

그녀가 살짝 미소지으며 작업대 옆의 의자에 앉았다.

다행히도 식사시간에 늦지 않게 다른 사람들과 같이 테이블에 앉을 수 있었는데, 왠지 분위기가 긴장돼 있는 듯했다. 앵거스가 그녀를 반갑게 맞아주긴 했지만, 세나이드와 던컨에게 화가 나 있는 듯했다. 세나이드와 던컨 또한 누구에게랄 것도 없이 모두에게 심술이 나 있는 분위기였다. 일리아나도 그 속에 포함되어 있었다. 그녀는 한숨을 내쉬는 도리밖에 없었다. 그러나 그 세 사람이 뾰로통해 있는 이유를 이해하기는 어렵지 않았다.

앵거스가 아마 세나이드에게 아내로서의 역할을 배워야 한다고 다시 한 번 고집했을 것이다. 그래서 하루 종일 일리나아를 따라다니라고 명령했을 것이고, 세나이드는 그 점이 마음에 들지 않았을 것이다. 던컨은 별 이유도 없이 그냥 심술이 났을 것이다.

일리아나는 이제 그의 그 심술 맞은 태도에 이력이 날 지경이었다. 하지만 그 중에서도 그녀가 가장 얼떨떨했던 점은, 다른 사람들까지 왜 모두 표정이 굳어져 있는가 하는 점이었다. 오늘 아침에는 던바 족장과 그 자식들만 기분이 나쁜 게 아니었다. 성의 하인들과 정원 일을 돕는 여자들까지 모두들 화가 나 있는 듯했다.

그렇게 묘한 분위기에서 아침을 먹은 후에, 일리아나는 원래 계획했던 대로 정원 일을 도우려 했다. 하지만 당장에 셰나이드가 안 된다고 말렸다. 앵거스가 며느리의 건강을 돌봐야 한다며 이미 훈계를 했던 모양이었다. 할 수 없이 일리아나는 정원 일을 감독하면서 셰나이드에게 허브 이용하는 방법을 가르쳐 주며 오전 시간을 보냈다. 그 일도 그리 만족스럽지는 않았다. 보여줄 샘플이 거의 없었기 때문에, 허브의 이름을 읊어대면서 어떤 용도로 쓸 수 있는지를 말하는 것으로 그쳐야 했다.

그런데 정원 일을 하는 여자들이 땅을 파헤치면서도 자주 짜증을 부렸다. 그걸로 보아 무언가 아주 화나는 일이 있었던 게 분명한 것 같았다. 일리아나는 그 이유를 도무지 짐작할 수가 없었으므로, 셰나이드가 잠시 자리를 비운 사이에 엘긴에게 물어보기로 결심했다.

"왜 그러세요, 마님?"

일리아나는 작업대 위에 남은 밀가루에다 자신의 이름 첫 글자를 무심하게 끄적거렸다.

"모두들 기분이 나쁜 것 같아요. 계속 짜증만 부리고……."

"아아. 그거요, 아마 플래이드 때문에 그럴 거예요."

그녀가 놀라며 고개를 들어올렸다.

"플래이드 때문에?"

"그렇다니까요, 플래이드가 원래 1월에 나오잖아요. 그날 남자고 여자고 할 것 없이 한꺼번에 목욕을 한 다음에 새 플래이드를 입어요. 그런데 이번에는 여자들만 입게 됐죠. 아참, 나도 했지. 나하고 여자들만 목욕을 했잖아요."

일리아나가 어리둥절하게 쳐다보자 엘긴이 어깨를 으쓱했다.

"남자들한테 냄새가 나요."

"남자들은……."

"고약한 냄새가 나죠. 목욕을 안 했으니까요. 어젯밤에 자려고 누웠을 때 남자들은 아마 자기 아내가 갑자기 예뻐 보이고 냄새도 좋다는 걸 알았겠죠. 그래서…… 재미 좀 보려고 했을 거예요."

그가 의미심장하게 말을 이었다.

"하지만 여자들은 남편이 갑자기 더러워 보이고 냄새도 고약하다는 걸 알게 됐겠죠. 그래서…… 남편에게…… 목욕하지 않으면 싫다고 했을 거예요."

"그렇군요."

일리아나는 어안이 벙벙했다. 다른 여자들이 은연중에 자신의 주장을 후원해 주는 거야 고마운 일이었지만, 예상치도 못했던 문제가 발생하고 만 것이다.

"그렇게 돼서, 어제 부부싸움이 말도 못하게 일어난 거예요."

"난 전혀 못 들었어요."

"그랬겠죠, 마님한테 얘기하기는 좀 곤란한 내용이잖아요."

"그럼 남자들에게도 플래이드를 주어야 할까요?"

일리아나가 시무룩하게 중얼거렸다.

"문제는 플래이드가 아니에요, 마님. 입을 필요가 없잖아요, 그거…… 할 때는……."

요리사가 얼굴을 붉히며 얼버무렸다.

"아, 그렇군요."

그녀는 밀가루에 써 놓은 자신의 이름에 밑줄을 긋고 일어섰다. 엘긴이 흘깃 쳐다보더니 그녀가 '와'라고 쓴 걸 지우고 '던'이라고 바꿔 적었다.

"이젠 던바시잖아요, 마님."

일리아나가 놀라며 작업대 위의 글씨를 쳐다보았다. 이 남자가 글씨를 읽을 줄 안다는 사실도 뜻밖이었다.

"그렇잖아도 내 아내가 그걸 자꾸 잊어버리더군. 지적해 줘서 고마워, 엘긴."

속으로 신음하며 일리아나가 천천히 고개를 돌렸다. 던컨의 성난 눈동자가 보였다.

"얘기 좀 합시다, 부인."

부인이라는 말에 차가운 빈정거림이 섞여 있었다.

일리아나가 엘긴의 시선을 피하면서 마지못해 일어나 던컨의 앞으로 걸어갔다. 그는 당장 그녀의 팔을 잡아 부엌에서 끌고 나갔다.

마침 세나이드가 홀을 가로질러 오는 중이었다. 그녀는 던컨의 성난 얼굴을 알아보고 일리아나에게 무슨 일이냐는 듯이 눈썹을 들어올렸다.

"던컨이 얘길 하고 싶대요. 조금만 기다려요."

던컨에게 끌려가면서 일리아나가 설명했다.

"오래 걸릴 거야. 그러니까 넌 네 볼일이나 봐."

던컨이 그녀의 말을 바꿨다.

세나이드는 잠시 망설이다가 그들을 따라오려 했다.

"아빠가 하루 종일 언니 옆에서 배우라고 했어. 얼마나 오래 붙잡아둘 건데?"

"이 여자한테 아내 된 도리를 가르칠 때까지."

험악한 대답이 들려왔다.

"안 돼요, 오빠! 아빠가 피곤하게 하면 안 된다고."

세나이드가 놀라서 소리쳤지만 소용없었다.

"아버지 부인이나 신경 쓰라고 해, 앞으로 생기면."

던컨이 으르렁대고는 일리아나를 잡아끌면서 계단으로 돌진했다. 일리아나가 간신히 시누이에게 걱정 말라는 미소를 지어 보이는 동안, 그들은 어느새 홀에서 벗어나 방문 앞에 도착해 있었다.

"들어가."

우스꽝스러운 명령이었다. 벌써 방안으로 그녀를 들이밀고 있었으니까. 그리고 그녀를 침대 쪽으로 밀었다. 일리아나는 침대에 앉아서 쾅 하고 닫히는 문소리에 화들짝 놀랐다.

"당신은 끈질지게 말썽만 일으켜!"

그녀의 앞으로 걸어오며 그가 소리쳤다.

"내가 명령하는 족족 명령을 어겼어. 남편의 권리도 거부하고, 없는 게 훨씬 나은 물건에 돈을 낭비했어."

그가 그녀를 노려보며 덧붙였다.

"그걸로도 충분치가 않았던 모양이지? 이젠 성 전체에 부부싸움을 일으켰어. 입이 있으면 말해 보라고."

일리아나는 어떤 반응을 보여야 할까 궁리하며 두 손을 내려다보다가 조그맣게 중얼거렸다.

"미안해요."

던컨이 입을 벌리고 쳐다보았다.

"미안해?"

"남자들에게도 플레이드를 줄게요. 목욕하라고 하지 않을게요."

"그게 당신 대답이야? 그 정도 갖고는 여자들을 설득할 수 없잖아."

"그럼……"

그녀는 잠시 죄스럽게 쳐다보다가 불쑥 화가났다. 대체 왜 미안해 해야 한단 말인가?

"그렇겠죠, 맞아요. 세상의 어느 여자가 고약하고 불결한 냄새나는 남자랑 자고 싶어하겠어요? 자기한테 똑같은 냄새가 나서 그 악취를 느끼지도 못한다면야 다른 문제겠지만요. 충분히 이해할 수 있는 행동이에요. 나도 그 여자들과 동감이에요."

"당신도? 그래, 말 한번 잘했어. 당신이 오기 전까지는 이런 문제가 생기지도 않았다는 걸 아셔야지."

"그때는 여자들한테도 냄새가 났으니까 그렇죠."

던컨이 노려보았다.

"남자들이 나한테 해답을 찾아 달래. 나한테도 그런 문제가 있는지, 그 일을 어떻게 처리하느냐고 물어본단 말이야."

일리아나가 어깨를 으쓱했다.

"그래서 뭐라고 하셨어요?"

"당신이 일으킨 문제니까 당신이 해결할 거라고 했어. 이제……."

그가 두 손을 허리에 대고 눈썹을 올렸다.

"이 일을 어떻게 처리할 셈이오, 부인?"

일리아나는 당황스레 고개를 흔들었다.

"정말 이해가 안 돼요. 그냥 목욕하면 되잖아요. 너무나 간단한 일인데."

"지금은 6월 중순이야."

"그건 알아요, 하지만."

"여기엔 우리만의 규칙이 있어. 양털 깎을 때, 추수해야 할 때, 목욕할 때가 다 따로 있어."

"목욕은 계절에 맞춰서 해야 하는 행사가 아니잖아요. 추수 같은 건 그때 꼭 해야 하는 일이지만 목욕은 언제 해도 상관없어요. 목욕한다고 피해가 생기는 것도 아니에요. 두 가지는 전혀 다른 문제예요."

"내 말을 못 알아듣는 모양인데."

"알아듣고 있어요! 셰나이드한테 다 들었어요. 플래이드에 기름때가 묻으면 비를 막아줄 수 있다더군요. 귀리 케이크 얘기도 들었어요. 그래서 당신이 뭘 걱정하는지도 알아요. 남자들이 약해질까봐 그러는 거겠죠. 하지만 그럼 여자들은 뭐예요?"

그가 눈을 깜박였다.

"여자들이 뭐?"

"당신은 던바 부족 사람들을 다 책임져야 하는 사람이에요, 아닌가요?"

"족장은 아버지야."

일리아나가 짜증스럽게 말을 잘랐다.

"쓸데없는 말 마세요. 공식적으로야 당신 아버님이 족장이시죠. 하지만 실제로 일 처리하는 건 다 당신이 하잖아요. 그럼 당신이 다스리는 사람은 남자뿐인가요, 여자들은 당신 책임이 아닌가요?"

"여자들도 맞아."

"그럼 왜 여자들한테는 신경을 안 써 주나요? 남자들이 비바람을 견디면서 귀리 케이크를 먹는 건 다 좋다고요. 하지만 여자들은 어떡해요?"

그가 인상을 찌푸리고만 있자, 일리아나는 한숨을 내쉬었다.

"남자들이 플래이드를 두 개 갖고 있으면 더 좋잖아요. 하나는 성에서 지낼 때 아내한테 깨끗해 보일 수 있는 걸로, 다른 하나는 외지에 나갈 때 보호막이 될 수 있는 더러운 걸로, 그러면 안 되나요?"

"몇 년 동안 지금처럼 지냈어도 아무 문제없었어. 그러니 굳이 그럴 필요가 없지."

"어머나, 변화를 두려워하는 겁쟁이가 누구죠?"

일리아나가 가볍게 쏘아붙이고는 침대에서 일어나 문으로 향했다. 하지만 금세 던컨에게 팔을 붙잡혔다.

"아직 안 끝났어."

"난 끝났어요!"

차갑게 대꾸하고는 남편이 놀란 틈을 타서 재빨리 팔을 잡아 빼고 방에서 나와버렸다.

"이봐, 일리아나!"

뒤에서 남편의 고함소리가 들렸다.

일리아나는 치맛자락을 걷어들고 허겁지겁 계단을 뛰어내려갔다. 그러다가 시아버지와 거의 부딪힐 뻔했다. 일리아나는 잠깐만 멈춰서 긴장된 미소를 지어 보인 다음 얼른 부엌으로 달려갔다.

"던컨!"

"지금은 안 돼요, 아버지!"

던컨이 아버지의 옆을 지나치며 여동생에게 매서운 비난의 시선을 쏘아보내고는 아내 뒤를 쫓아갔다.

일리아나는 정원으로 피신할 생각으로 부엌을 가로질렀다. 부엌문을 나설 때까지 걸음을 멈추지 않았다. 여자들이 일하면서 수다를 떨고 있었다. 일리아나가 없어지자 입이 가벼워졌는지, 아침 내내 조용하고 험악하기만 하던 여자들이 지금은 까치처럼 재잘거렸다.

"그 냄새나는 멍청이가 홀딱 벗고 병든 소처럼 고함을 치더라고."

"그래서 어떻게 했어요?"

잰나가 나이든 여자의 이야기에 푹 빠져서 얼른 물었다.

"나도 똑같이 소리쳐줬지. '내 옆에 얼씬도 하지 마, 윌리 던바! 목욕하기 전에는 안 돼!' 라고 말이야."

"그러니까 형부가 뭐래요?"

"'넌 내 아내야, 마비스 던바. 남편 요구를 무시하는 건 배신이야.' 이러더라."

"세상에!"

잰나가 웃긴다는 투로 맞장구쳤다.

"씬도 똑같았어요! 그 골통을 패 주고 싶더라니까."

"난 진짜로 윌리를 패 줬어."

"설마! 정말요? 그래서 어떻게 됐어요?"

"찍 소리 않고 자더라."

잰나의 입이 벌어졌다.

"오늘 아침에도 아무 말 안 해요?"

"별 일 없었어. 내가 어젯밤 곤드레가 돼서 바닥에 퍼져 잤다고 했거든."

"어머나, 대단해요. 난 그런 일 꿈도 못 꾸는데."

"너랑 나랑은 상황이 다르잖아. 씬이 너한테 주먹을 휘두른 적 있어?"

"아니요, 없었죠."

잰나의 표정이 동정으로 변했다.

"던컨 나리한테 윌리 얘기를 하는 게 어때요, 마비스? 그럼 조치를 취해주실 텐데."

"잰나, 던컨 나리는 여자들한테 전혀 관심이 없어. 남자들만 아무 불평 없이 싸움터에 잘 따라다니면 그걸로 끝이야."

잰나가 대꾸를 하려다가 언뜻 일리아나의 모습을 알아보고는 얼어붙었다. 잰나의 얼굴이 창백해지는 걸 보며 일리아나가 괜찮다고 안심을 시켜주려 했다. 하지만 그러기도 전에 뒤에서 저벅저벅 발소리가 들리더니 던컨이 나타났다. 그 얼굴에 드러난 충격으로 보아 이미 상당부분 그녀들의 대화를 들어버린 것 같았다. 그의 얼굴이 무표정해지더니 온몸에서 분노를 철철 뿜어내며 홱 돌아서서 왔던 길로 걸어나갔다.

"어머나, 어쩌면 좋아."

일리아나는 마비스의 얼굴이 일그러진 걸 보고 애써 미소지으며 달래주었다.

"당신한테 화난 게 아니에요. 걱정 말아요."

잰나도 옆에서 거들었다.

"그래요. 이제 윌리 던바만 큰일났어요."

이번에는 일리아나의 눈이 커다래졌다. 얼른 핑계를 대면서 남편을 뒤쫓아갔다. 여자들도 가래를 내팽개치고 따라나섰다.

# 11

던컨은 이미 부엌문을 나서고 있었다. 일리아나는 놀란 엘긴을 지나치며 아직도 남편의 뒤로 흔들거리는 문을 서둘러 열었다. 남편의 뒷모습을 찾았다 싶었는데, 그는 요란한 소리를 내며 성밖으로 나가버렸다.

"무슨 일이야?"

앵거스가 아들을 쳐다보고 나서 세나이드를 보았지만 여태 홀에 있었던 세나이드로서는 알 턱이 없었다.

던컨은 격분한 표정이었다. 곧바로 일리아나가 남편을 뒤좇아 부엌에서 달려나왔다.

"얘야! 무슨……."

하지만 물어볼 겨를도 없이 며느리마저 성밖으로 뛰쳐나갔다.

"대체 무슨 일이라니?"

앵거스가 두 사람 뒤로 좇아가려다 멈춰섰다.

서너 명의 여자들이 부엌문을 통과해서 홀을 내달렸고 그 뒤로 엘긴도 따라붙었기 때문이었다. 앵거스가 땅딸막한 엘긴을 붙잡아 세우며 다그쳤다.

"이게 다 무슨 일이야?"

엘긴은 서둘러 고개를 흔들었다.

"저도 몰라요. 처음엔 이쪽으로 달리더니 이번엔 저쪽으로 뛰어가던 걸요. 하지만 여자들 표정으로 봐서, 화끈한 구경거리가 생길 것 같아요."

그 말을 끝으로 요리사도 냅다 뛰었다.

앵거스도 세나이드에게 따라오라고 손짓하면서 그 괴상한 행렬의 꼬리에 따라 붙었다.


일리아나가 치맛자락을 붙잡고 남편을 뒤좇는 동안, 그는 성벽에서 일하는 남자들을 향해 성큼성큼 걸어갔다. 순간 그녀의 걸음이 느려지면서 놀란 나머지 입이 다물어지지 않았다. 던컨이 키 크고 우람한 사내의 멱살을 잡아 땅으로 내동댕이친 것이다.

당황한 남자가 바로 일어나서 방어 자세를 취했다. 하지만 상대가 던컨이라는 걸 알아차리고는 슬쩍 주먹을 내렸다.

"나리?"

그 말만 겨우 했는데, 던컨이 그의 면상에 주먹을 내질렀다.

일리아나는 치맛자락을 더 꼭 붙잡고 다시 앞으로 달렸다. 그녀가 훈련장에 다다랐을 때쯤, 남자들은 호기심과 흥분이 섞인 표정으로 두 남자를 둥글게 둘러싸고 있었다. 그 사이에서 던컨이 윌리 던바에게 고함을 쳤다.

일리아나는 덩치 큰 남자들을 뚫고 안으로 들어갔다. 윌리가 비틀비틀 일어섰다가 또 한 대를 맞고 쓰러지는 중이었다.

뒤에서 비명소리가 들려 돌아보니 잰나, 마비스 그리고 다른 여자들이 어느새 도착해 있었다. 곧바로 엘긴과 앵거스 경, 세나이드도 무리에 합류했다.

"일어나! 일어나서 남자답게 싸워, 이 겁쟁이야!"

던컨의 고함소리에 일리아나의 시선이 다시 돌아갔다.

"왜 이러세요, 나리?"

윌리가 휘청휘청 일어서며 물었다.

"전 도무지……."

던컨이 그의 멱살을 잡아 바짝 끌어당기며 그 말을 끊었다.

"마비스한테 주먹질했어? 네놈의 반도 안 되는 여자한테, 네 놈보다 훨씬 약한 여자한테 주먹을 썼단 말이야?"

윌리가 아내 쪽을 무섭게 노려보자 던컨은 멱살을 잡아 흔들었다.

"마비스가 고자질한 거 아니야. 내가 우연히 들었어."

그 말에도 윌리의 악독한 시선이 바뀌지 않자, 던컨이 다시 그 자를 흔들어댔다.

"이 일로 여자한테 해코지 했다간 죽을 줄 알아. 네 놈이 한 대 주먹질할 때마다 내가 열 배 더 패 줄 거야."

그가 남자의 멱살을 풀어놓고 다시 면상에 주먹을 날렸다. 하지만 이번에는 윌리도 준비를 하고 있었기 때문에 몇 걸음 물러났을 뿐 쓰러지지 않았다. 더구나 주먹을 들어 막기까지 했다. 그러자 던컨이 주먹으로 그의 배를 갈겼다.

윌리가 비명을 지르며 비틀거리는 사이, 던컨이 그의 턱을 후려갈겨서 완전히 기절시켰다. 던컨은 한동안 서서 숨을 몰아쉰 다음 주위에 몰려든 사람들을 휙 노려보았다.

"여자한테 주먹 쓰는 놈 있으면 똑같이 당할 줄 알아. 힘없는 상대를 때리는 건 겁쟁이나 하는 짓이야. 각오해!"

일리아나를 보고는 잠깐 입술이 굳어지는 듯하더니, 그가 발끈 돌아서서 사람들을 밀치며 마구간으로 향했다.

일리아나는 그 뒤로 좇아가려 했다. 하지만 앵거스가 팔을 붙잡아 말렸다.

"그냥 놔둬라. 진정이 좀 돼야 돼."

그리고는 기절한 윌리 던바를 쳐다보며 절레절레 고개를 저었다.

"던컨이 원래 이래. 약한 사람 괴롭히는 놈은 절대 그냥 두질 않아."

"저, 남편한테 가봐도 될까요, 마님?"

마비스의 질문이 놀랍기는 했지만 일리아나가 허락했다.

"그래요, 가보고 싶으면."

"이러나 저러나, 남편인 걸요. 아마 앞으로는 주먹질 안 할 거예요."

그 여자가 가엾어하는 표정으로 남편한테 걸어갔다.

일리아나는 불안한 마음에 던컨이 사라진 마구간 쪽을 흘끔거렸다. 하지만 앵거스가 그녀를 성 쪽으로 몰아갔다.

"랍비한테 거름이 많이 있다던데, 정원에 필요하면 가져다 쓰라더구나."

"랍비요?"

"마구간지기예요."

잰나가 그녀의 옆으로 따라 걸으며 알려주었다.

"그래. 이틀에 한 번 정도 마구간 청소를 하는데 퇴비를 많이 모아 놨대. 나한테 필요한지 물어봐 달라고 했어."

"아, 네. 퇴비가 있으면 더 좋겠지요."

그녀가 중얼거렸다.

"그럼 이따 정원에 갖다 놓으라고 하마."

"감사합니다."

앵거스가 고개를 끄덕인 다음, 마구간 쪽으로 슬금슬금 걸어가는 셰나이드에게 눈짓을 보냈다.

"이 녀석!"

그녀의 동작이 딱 멈추고 마지못해 아버지를 향해 돌아섰다.

"정원은 이쪽이다."

셰나이드가 어깨를 축 늘어뜨리고 그들을 뒤따랐다.

"너무 무리하지 말아요."

시누이의 말소리가 들리자, 일리아나는 한숨을 쉬며 몸을 세웠다. 흩어진 머리를 쓸어 넘기면서 머리 위 태양을 바라보았다. 던컨이 말을 타고 나간 지 벌써 하루가 지났다. 그런데도 아직 그 남자가 어디 갔는지 알 수 없었다. 성을 떠나서 혼자 숲으로 들어갔다는 것 정도만 알뿐이었다.

점심시간에 나타나지 않았을 때도 그러려니 생각했다. 하지만 저녁 식사 때도 들어오질 않자 슬슬 걱정이 되기 시작했다. 앵거스와 세나이드는 괜찮을 거라고 위로해 주었지만, 그래도 불안이 가시질 않았다. 물론 남편이 자기 한 몸쯤 간수하지 못할 리는 없었다. 하지만 정원에서 보았던 그 모습이 이상하게도 연약해 보였다. 엉겁결에 듣게 된 내용이 큰 충격이었던 모양이었다.

바로 직전에 여자들에게는 신경을 안 쓴다고 아내한테 비난받았는데, 부족 여자들한테도 비슷한 말을 들었으니 오죽했을까.

이상한 일이지만, 다른 여자들이 자기 생각을 지지해 주는 게 기쁘질 않았다. 무의식적으로 자기가 한 말이 사실이 아니길 바랐던 것 같다. 던컨이 부족 여자들에게 신경 쓰지 않는다고 진짜로 믿었던 것도 아니었다. 다만 다섯 살 때부터 여자의 손길 없이 자라왔기 때문에, 집의 편안함이나 따뜻함 같은 걸 제대로 모를 테고, 그래서 자기한테 뭐가 부족한지도 모르는 거라고 생각했다.

어젯밤에도 내내 걱정하다가 잠을 이루지 못했고, 다음 날 아침식사 때까지도 돌아오지 않은 걸 알았을 때는 실망과 근심이 더해졌다. 그리고 다시 점심시간, 드디어 던컨이 나타났다. 우선은 건강하고 말짱해 보여서 안심이 되었지만, 한편으로는 너무 말이 없고 시무룩한 분위기라서 걱정이 되었다. 아직 어제의 충격에서 벗어나지 못한 듯했다.

무슨 말을 해야 그의 화가 가라앉을 수 있을까? 아니, 어쩌면 그녀가 무슨 말을 하더라도 소용없을지 모른다.

"그늘에서 좀 쉬세요."

정원에 씨 뿌리는 일을 돕겠다고 나섰을 때부터 벌써 열 번째 듣는 말이었다.

일리아나가 시누이에게 시선을 돌렸다.

"별로 안 힘들어요."

세나이드가 찡그리며 쳐다보았다. 잰나도 옆에서 걱정스런 표정을 지었다.

"마님, 계속 쭈그리고만 있으면 등이 아프실 거예요. 조금 쉬는 게……."

일리아나가 짜증스럽게 고개를 흔들어 말을 막았다.

"내가 깃털로 만들어진 사람인가요? 바람에 날아가기라도 할 것처럼 다들 왜 이래요? 난 젊고 건강하고 튼튼해요. 괜찮아요."

"그래도 기절하셨잖아요."

잰나의 말에 세나이드도 거들었다.

"맞아요, 언니는 자신의 생각만큼 건강한 상태가 아니에요."

"그렇다고 병든 것도 아니잖아요."

"아이가 생겼는지도 모르죠."

마비스가 무심하게 한마디를 던졌다. 그 여자는 오늘도 정원 일을 하겠다며 나왔다. 원래는 하루 정도 남편을 간호해 줄 생각이었는데 남편이 하도 성질을 부려서 그럴 수가 없었다고 했다. 새벽부터 일어나서 머리가 쪼개질 것 같다며 내내 불평을 해댔다는 것이다. 하지만 그것말고는 어제 사건에 대해서 한 마디도 하지 않았다고 했다.

"그것도 아니에요."

일리아나가 신경질적으로 대꾸하고는 바로 옆에 작은 언덕처럼 쌓여 있는 퇴비더미를 흘깃 쳐다보았다. 그 냄새에 절로 인상이 찡그려졌다.

앵거스가 남자 두 명을 시켜서 어제 마구간 거름을 여기 옮겨주었는데 그들이 필요할 때 쉽게 가져다 쓰라고 정원 바닥에 쏟아놓았다.

그런데 일리아나는 자꾸만 그게 있다는 걸 잊어버려서 정원 끝쪽에 갈 때마다 밟곤 했다. 이번에도 역시 또 밟고 말았다.

한숨을 내쉬며 퇴비더미를 돌아 나오려는데 귀 근처에서 윙윙 소리가 맴돌았다. 벌 한 마리가 그녀의 주위를 날아다니고 있었다.

그녀는 무의식적으로 손을 흔들어댔고, 갑자기 벌이 덤벼들자 얼른 뒤로 몸을 피했다.

"마님!"

잰나의 놀란 얼굴을 보면서 자신의 실수를 깨달았다. 하지만 때는 이미 늦었다. 뒤쪽에 있던 미끄럽고 축축한 거름더미에 신발이 푹 박혔다. 발을 빼 내려고 이리저리 버둥거리다가 오히려 냄새나는 거름더미 속에 미끄러지고 말았다.

잰나와 마비스, 셰나이드가 한달음에 달려와서 그녀의 두 손을 붙잡고 잡아당겼다. 하지만 그 빌어먹을 거름 때문에 발이 심하게 미끌거렸다. 잰나와 마비스가 그녀를 다시 일으키려고 끌어당겼을 때 그들의 발이 그녀의 등 밑으로 쭉 미끄러졌다. 그러더니 그녀가 쓰러질 때 두 여자도 함께 비명을 지르며 거름 속에 나동그라졌다. 셰나이드가 잽싸게 달려들었지만 목표를 이루기도 전에 잰나의 버둥대는 다리에 걸려 모두 다 한꺼번에 쓰러졌다.

냄새 때문에 뱃속이 토할 것처럼 울렁거렸고 미끄덩거리는 느낌도 끔찍했다. 끈적한 거름더미에서 일어나려 안간힘을 쓰면서 일리아나는 울고만 싶었다. 거름더미 끝쪽으로 간신히 기어 나와서 제대로 굳은 땅에 도착하고 나서야 일어서서 뒤돌아 섰다. 잰나와 마비스도 버둥버둥 일어나 쭉쭉 미끄러지며 빠져나왔다. 하지만 셰나이드는 넘어진 자리에 그대로 누워서 숨차게 웃어댔다. 웃느라 정신이 없어서 일어날 생각도 안 했다.

일리아나는 고개를 흔들어대면서도 슬그머니 미소짓지 않을 수 없었다. 잰나의 빨간머리는 이제 빨간색이 아니었다. 거무튀튀한 갈색의 말똥 덩어리가 매달려 있었다. 예쁜 새 플래이드도 비슷한 상황이었다. 마비스도 얼굴 한쪽에 그 물건이 덕지덕지 묻어 있었다.

두 여자가 일어나서 손을 허리춤에 올리고 진저리를 치며 자기 모습을 내려다보았다. 쉽게 잊어버릴 수 있는 풍경은 분명 아닐 것이다. 일리아나가 거름더미 속에서 계속 웃고 있는 셰나이드를 쳐다보았다.

굳게 마음을 다잡고 거름더미 끝부분에 서서 시누이에게 손을 뻗었다. 조금 진정이 되었는지 셰나이드는 그 손을 붙잡았다. 다른 사람들도 같이 도와서 셰나이드를 일으켜 세우고 두 사람을 몇 걸음 뒤로 빼 내주었다.

"어휴!"

잰나가 팔을 흔들어대자 똥덩이가 사방으로 튀었다.

"냄새 때문에 토할 것 같아!"

"화장실 냄새죠?"

일리아나의 말을 듣고 흘깃 쳐다보았다가 그녀가 갑자기 웃음을 터트렸다.

"어머나, 마님!"

웃음을 미안한 표정으로 바꾸려 노력하는 듯했지만, 맘대로 되지 않는 모양이었다.

"죄송해요. 하지만 마님 머리가, 그 예쁜 머리가."

"다른 사람들하고 똑같겠지?"

피식 미소지으며 일리아나가 대꾸했다.

"두말하면 입 아프죠."

잰나가 자신의 냄새를 킁킁 맡았다.

"이젠 썬보다 더 고약한 냄새가 나요."

"나도 윌리보다 더."

마비스가 중얼거렸다.

그들이 슬쩍 눈짓을 주고받는 것 같더니 갑자기 잰나의 얼굴에 장난기가 떠올랐다.

"썬을 찾아서 입에다 뽀뽀해 줘야겠어. 그 인간이 내빼지만 않는

다."

"꽉 붙잡고 놔주지 말아요. 그럼 일찌감치 목욕할지도 몰라요."

일리아나가 동의했다.

"정말 그렇겠네요. 저 잠깐 갔다와도 될까요?"

"저는요?"

"둘 다 걱정말고 다녀와요."

일리아나는 두 여자를 보내주고 나서 셰나이드를 쳐다보았다. 시누이가 다리와 발에 묻은 똥을 검으로 긁어대는 중이었다.

"먼저 목욕할래요?"

"아뇨, 난 호수에서 하면 돼요."

"그래요, 그럼."

일리아나가 성으로 돌아섰다. 하지만 금세 발길이 멈췄다. 이런 꼴로 부엌에 들어갈 수는 없다. 안 될 일이었다. 푹 한숨을 내쉬고 건물을 돌아서 가기로 했다. 전혀 이해할 수 없는 노릇이었지만, 그녀가 성문을 열고 안에 들어갔을 때 누구 하나 그녀의 몰골을 눈치채는 것 같지 않았다. 아무런 반응도 없이 위층까지 잘 올라가서 에바와 마주쳤다.

"마님! 이게 웬일이세요."

그 하녀만큼은 기겁하는 표정을 지어 보였다.

"에바. 목욕 준비 좀 해 줘."

"아이고, 세상에! 당장 준비할게요."

방으로 들어서면서 문득 자신이 아까 했던 말이 뇌리에 스쳤다.

'꽉 붙잡으면 일찍 목욕할지도 모른다?'

"어쩌면 던컨도 일찌감치 목욕하고 싶어질지 몰라."

그녀는 침대 옆에 서서 생각에 잠겨 입술을 깨물기 시작했다. 매일 밤 남편의 옷 벗는 모습을 지켜보면서, 뭔지 모를 것이 몸 속에서 꿈틀대는 걸 느꼈다. 남편이 일부러 유혹한 그날부터 그런 걸 느꼈던 것 같았다.

그후로는 그날 끝까지 가지 않았던 게 후회되기도 하고 다행스럽기도 한 기분이 번갈아 왔다갔다했다. 때마침 에바가 방해를 해 준 게 고맙기도 하고, 한편으로는 만족이라는 것이 어떤 느낌일지 궁금하기도 했다.

지금은 적어도 그 남자와 비슷하게 고약한 냄새가 났다. 상대방의 냄새를 알아차리지 못할 것이다. 반대로 그녀의 고약한 냄새가 남편에게 풍길 것이다. 그렇다면 같이 목욕하자고 남편을 설득할 수 있지 않을까?

문이 열리면서 에바를 선두로 욕조와 물 양동이를 든 하인들이 차례차례 따라 들어왔다. 일리아나는 초조하게 욕조에 물이 다 찰 때까지 기다렸다가 에바만 남고 모두 나간 후에 급하게 명령을 내렸다.

"가서 나리를 모셔와, 에바."

"모셔와요?"

"그래, 당장."

"네, 마님."

문으로 돌아선 하녀를 일리아나가 다시 불러 세웠다.

"내 옷. 옷부터 벗겨 줘."

하녀가 코를 잔뜩 찡그린 채 그 일을 거들어주고 나서 정조대만 남겨두고 방을 나섰다.

일리아나는 즉시 벗은 옷더미로 달려가서 들춰보았다. 뭉쳐진 옷더미에서 열쇠꾸러미를 찾는 게 예상보다 오래 걸리긴 했지만, 일단 열쇠를 찾아내자 자물통을 푸는 일은 간단히 끝났다.

정조대를 어떻게 할까 고민하고 있을 때 복도에서 남편의 발소리가 들렸다. 그녀가 작은 비명을 지르며 얼른 침대 이불 밑으로 기어들어갔다. 그 순간에는 이불을 빨아야 한다는 것까지 미처 생각하지 못했다. 옷과 함께 똥 덩어리가 많이 떨어져 나갔지만 머리와 팔과 다리에는 아직도 묻어 있었는데 말이다.

그녀가 나름대로 유혹적인 포즈일 거라고 생각되는 자세로 눕는 순간, 문이 발칵 열리면서 남편이 신경질적으로 들어섰다.

"대체 무슨 일이야? 에바가 급하다고 하던데. 당신……."

침대 옆에 떨어진 옷가지를 쳐다보며 그의 말이 뚝 끊겼다. 저 이불 밑으로 아내가 나체인 것이 틀림없었다. 그의 눈이 믿을 수 없다는 듯 커졌지만 욕조를 바라보고는 다시 화를 내며 인상을 썼다.

"한 번 해 줄 테니 목욕하라 이거야? 흥, 그래봤자 아무 소용없어."

그녀가 여지껏 손에 쥐고 있던 정조대를 위로 들어서 보여주었다.

"히야!"

던컨이 세 걸음만에 방을 가로질러왔다. 첫 걸음을 떼면서 허리에 찬 검을 풀어냈고, 두 번째 걸음에서 플래이드를 휙 잡아 바닥으로 떨어뜨렸고, 세 번째 걸음에서 셔츠를 벗어 던졌다.

그런 다음 키스하려고 입술부터 들이대며 완벽하게 그녀의 몸을 덮쳤다. 왼손으로는 그녀의 머리를 감아쥐고 오른손으로는 이불을 잡아서 허벅지 밑으로 쑥 끌어내렸다. 그 번개같은 동작에 그녀의 입이 멍하니 벌어졌다. 그 틈을 놓치지 않고 던컨이 그 입 속으로 혀를 밀어 넣었다.

이것이 그녀가 예상했던 반응은 아니었지만, 물론 의도했던 바이기는 했다. 그녀 쪽에서도 얌전히 받아들이기만 했던 건 아니었다. 그가 모처럼 자유를 얻어서 그녀의 여성적인 몸을 구석구석 매만지는 동안, 그녀는 입안에 들어온 혀를 빨아대면서 더 만져달라는 표시로 그의 손에 몸을 밀어댔다. 상상도 못했던 짜릿한 애무에 그녀의 몸이 쉴 새없이 꿈틀거렸다.

그의 입술이 목으로 흘러 내려가고 있었다. 그녀는 그 느낌에 신음을 흘리느라 하마터면 그가 쿵쿵 냄새를 맡으며 '헉' 하고 숨 들이키는 소리를 못들을 뻔했다.

"이게 뭐야!"

그가 화들짝 떨어져나가며 코를 찡그렸다.

"뭐야, 이게!"

"거름더미에서 넘어졌어요."

일리아나가 얼른 설명하고, 뒤로 물러나려는 남편의 손을 꼭 붙잡았다.

"하지만 괜찮아요. 이제 당신 냄새를 못 맡으니까요."

그녀가 그의 머리를 끌어당겨 다시 키스하려 했다. 하지만 그는 절대 허락하지 않았다.

"냄새나!"

"당신보다 심하진 않아요!"

일리아나가 변명하면서 남편에게 몸을 비볐다.

"키스해 줘요."

잠깐 동안, 던컨은 어이없이 아내를 쳐다보았다. 차츰 시선을 내려서 젖꼭지가 오똑 솟아 있는 젖가슴을 쳐다보고, 오랫동안 비밀리에 숨겨져 있었던 그 부분으로 시선을 옮겨갔다. 마음 한켠에서는 이 여자한테 최대한 멀리 떨어지라고 소리가 들렸다. 하지만 다른 한켠에서는—몸의 훨씬 아래쪽 커다란 부분에서는 이 기회를 꼭 잡아야 한다면서 요동을 쳐댔다. 손이 제멋대로 그녀의 가슴으로 움직였다. 짧은 신음을 흘리며 그가 다시 그녀에게 키스했다. 그런데 아무리 숨을 참아봐도 콧속으로 살금살금 기어 들어오는 냄새가 정열적인 분위기를 자꾸만 망쳐놓았다.

그는 욕설을 내뱉으며 입술을 떼어내고 아내를 번쩍 안아서 욕조로 데려가 풍덩 떨어뜨렸다. 물이 사방으로 튀면서 아내의 몸이 물 속에 잠겼다. 하지만 그녀는 몰에 빠지면서 그를 놓아주지 않았다. 나무에 달라붙은 이끼처럼 필사적으로 매달렸다. 그 바람에 던컨도 거의 욕조로 빠질 뻔했지만, 마지막 순간에 욕조 가장자리를 잡아서 간신히 모면했다.

그녀가 배신당한 듯이 샐쭉한 표정으로 노려보았다. 그는 개의치 않고 허리를 편 다음 간단하게 명령했다.

"빨리 씻어."

일리아나는 그를 흘긋 쩨려보고 나서 욕조에 몸을 기대고 팔짱을 낀 채 똑바로 앞을 쳐다보았다. 협조할 의사가 없다는 뜻을 분명히 전달했다.

그는 맑은 물에 잠겨 있는 몸뚱이를 험악하게 노려본 다음 흘긋 그녀의 얼굴과 머리를 쳐다보았다. 그 머리채 사이에도 커다란 거름 덩어리가 붙어 있었다. 그가 버럭 소리쳤다.

"빨리 씻어, 안 그러면 내가 씻겨줄 거야."

그녀는 상관없다는 식으로 어깨를 으쓱했다.

다시 욕설을 중얼거리며 던컨이 욕조 옆에 무릎을 꿇었다. 그리고 그녀의 머리 위에 손바닥을 올리고 밑으로 힘껏 밀었다.

놀란 일리아나가 술 취한 뱃사람처럼 물에 빠져 허우적댔다. 입이며 코며 할 것 없이 사방에서 물이 들어왔다. 몇 초 후에 그녀가 푸푸거리며 물 밖으로 고개를 내밀었다. 젖은 머리카락을 눈에서 걷어내기도 전에, 던컨이 머리에 비누를 풀고 박박 문질렀다. 그녀가 소리를 지르든 욕을 퍼붓든 그녀의 눈에 비눗물이 들어가든 상관없이, 그는 제 할 일을 하고 나서 다시 그녀를 물 속으로 들이밀었고 비눗기를 헹구려는 것처럼 머리통을 쥐고 이리저리 흔들었다. 그런 다음에 머리를 풀어주면서 일어섰다.

"됐어. 내 방식이 싫으면 나머지는 당신이 해."

"눈을 못 뜨겠어요."

일리아나가 따가운 눈을 문질러댔다.

던컨이 한숨을 쉬며 다시 욕조 옆에 앉아 비누를 집었다. 팔 하나를 붙잡아 들고 비누를 칠하기 시작했다. 그의 손놀림은 꽤나 빠르고 경제적이었다. 다른 팔까지 마저 문지르고 가슴 쪽으로 비누를 옮겼다. 그런데 어떻게 된 일인지, 그의 동작이 차츰 느려지는가 싶더니 어느새 비누가 없어지고 비눗기 묻은 그의 손만이 그녀의 가슴 위에서 애무를 하는 것인지 주물럭거리는 것인지 모르게 움직이고 있었다.

일리아나는 따가운 눈을 계속 뜨지 못하고 있었던 터라 그의 손길에 정신이 집중될 수밖에 없었다. 호흡이 빨라지면서 몸 안의 신경들이 하나하나 깨어나는 것 같았다. 그의 손 하나가 다리 사이로 미끄러지자 부르르 몸이 떨렸다. 그녀가 남편의 어깨를 부여잡고 곧바로 그의 목을 감싸쥐며 애원했다.

"키스해 줘요, 던컨. 얼른."

그의 입술이 즉시 다가왔다. 거칠어진 숨소리를 내며 그녀의 입 속으로 혀를 넣었다. 그가 고개를 떼어내고 다급하게 말했다.

"침대로."

일리아나의 몸이 살짝 굳어졌다가 빠르게 풀렸다.

"당신이 도와줘요."

그의 입술에 대고 그녀가 미풍처럼 말했다.

던컨은 반쯤 일어서서 그녀를 안으려고 몸을 숙였다. 일리아나가 처음에는 쉽게 딸려오는 듯 하더니, 10센티미터 정도 올라갔다 싶었을 때 갑자기 욕조 옆을 꽉 붙잡아 저항했다. 두 손이 자유로웠을 때는 욕조에 빠지지 않을 수 있었지만, 이번에는 달랐다. 던컨이 일리아나를 손에 안고 있는 상태로 미처 균형을 잡지 못하고 앞으로 확 쏠려갔다.

남편의 반이 자신의 위에, 반은 자신의 옆으로 내려앉자, 일리아나는 승리의 탄성을 올렸다. 그리고 이미 준비가 되어 있었기 때문에 얼른 남편의 몸 위로 올라타서 아래쪽 물 속으로 집어넣었다.

의기양양하게 미소지으며 억지로 눈을 조금 뜨고 비누를 찾았다. 그것을 간신히 움켜잡았는데 남편이 어느 정도 정신을 차리고 욕조 밖으로 뛰쳐나가려 했다. 일리아나는 너무 다급한 마음에, 그리고 이대로 놓쳐버리면 끝장이라는 생각에 거의 본능적으로 손을 밑으로 쑥 내려서 그의 남성을 움켜잡았다. 그의 움직임이 즉시 멎었고 얼굴에는 충격이 나타났다. 그녀도 화들짝 놀라서 손을 놓아버렸고 그 대신에 그의 상체를 두 팔로 끌어안았다.

던컨이 그 포옹에서 빠져나가려고 몸을 비틀었다. 하지만 아직 비눗기가 남아 있는 그녀의 미끈미끈한 가슴이 자신의 가슴을 비벼대자 뜨근하게 치밀어 오르는 감각을 거부 할 수가 없었다.

젠장할, 일이긴 하지만 대단히 에로틱했다. 그가 아내의 포옹을 받아들였을 때, 그녀가 자신을 마주보고 무릎에 앉아 있다는 걸 알게 되었다. 그녀의 아랫부분이 자신의 아랫부분을 지긋이 누르고 있었다. 그 느낌도 '환상'이었다.

남편이 더 이상 벗어나려 하지 않자, 일리아나가 불안하게 뒤로 고개를 젖혔다.

"그러고 있으면 침대로 데려갈 거야."

남편의 조용한 경고에, 그녀가 급하게 한 손으로 비누를 찾았고, 다른 손으로는 자기 몸에 묻은 비눗기로 그의 가슴을 문질렀다. 비누를 찾아낸 후에도 계속해서 애무처럼 그의 몸을 씻어주었다.

던컨은 꽤 한참동안 가만히 앉아 있었다. 어깨와 겨드랑이로 가슴으로 움직이는 손길은 그런 대로 참을 만했다. 그런데 무릎에서 살짝살짝 움직이는 여자의 엉덩이 느낌은 참기 힘들 만큼 자극적이었다. 여자의 보드라운 엉덩이가 리듬을 타면서 그의 몸을 비벼댔다.

처음에는 순진한 아내가 그 접촉을 알아차리지 못하는 줄 알았다. 하지만 머리를 감겨주려고 그녀가 얼굴을 가까이 했을 때, 숨결이 가빠진 것을 알 수 있었다.

그녀가 머리에 비누칠을 해 주려고 상체를 조금 올리자 젖가슴이 눈앞에 고스란히 드러나 보였다. 그의 두 손이 자신도 모르게 그 젖가슴을 찾아가서 주물럭거렸다.

그러자 일리아나의 움직임이 느려지면서 신음이 새어나왔다. 그녀가 그의 아랫부분으로 스르르 손을 내려 그를 부여잡았고 그는 행복한 신음을 흘리며 거칠게 키스하기 시작했다. 그녀의 머리를 움켜쥐고 더 바짝 몸을 밀어붙였다. 그녀의 아래쪽 움직임이 솟구치는 욕망으로 인해 더 불안정해졌다. 그가 갑자기 옆으로 손을 뻗어 물 양동이를 들어올리더니 그들의 몸으로 기울였다.

갑자기 차가운 물세례를 받게 되자 그녀가 놀란 나머지 비명을 지르며 몸서리쳤다. 그러면서 남편의 어깨를 움켜쥐는 사이, 던컨이 그녀를 안은 채로 벌떡 일어났다.

방안에 물을 뚝뚝 흘리면서 그는 그녀를 침대에 눕혔다. 그리고 다시 키스를 시작했다. 그녀의 손을 잡아서 자신의 남성으로 끌어내렸다. 일리아나는 주춤하다가 조심스럽게 손가락을 감아서 쥐어보았다. 그의 키스가 거칠게 변하는 것으로 보아, 올바른 동작이었던 것 같았다. 그래서 그녀는 검집에서 검을 빼 내는 것처럼 길다랗게 손을 움직였다.

던컨이 그녀의 입안에서 헉 숨을 들이키고는 와락 그녀의 손을 잡아 머리 위로 잡아당겼다. 그녀의 두 손을 한 손으로 붙잡고, 다른 손은 밑으로 내려 그녀를 애무하기 시작했다. 그의 손가락이 절묘하게 움직였다. 그녀가 뜨거운 열기에 휩싸여 미친 듯이 몸을 비틀어댈 때까지 그 애무가 계속되었다. 그리곤 갑자기 그의 몸이 들썩이더니 그녀의 몸 속으로 돌진했다.

날카롭고 급작스런 고통에 일리아나가 눈을 번쩍 뜨고 비명을 질렀다. 혼란과 충격과 고통이 섞인 표정으로 남편을 쳐다보았다.

"당신의 순결한 영혼이 찢어지는 거야. 빨리 끝내는 게 좋아."

그가 미안하다는 듯이 속삭였고, 일리아나는 불안하게 고개를 끄덕였다. 그가 이마를 그녀에게 들이댔다.

"아프지 않으면 그때 말해."

"이젠…… 괜찮아요."

그녀가 약간 당황스레 중얼거리자 그가 고개를 들었다.

"정말이야?"

고개가 끄덕여지는 걸 보면서도 그는 계속 망설였다. 그런 다음 손을 내려서 다시 그녀를 만졌다. 벨벳 같은 피부로 부드럽게 손가락을 움직였다.

일리아나는 키스를 받고 싶었다. 하지만 그는 키스 대신 조금 전의 불길이 다시 지펴지는지 확인하려고 그녀의 눈을 열심히 들여다보았다. 그녀의 얼굴에 정열이 다시 일어나면서 하체가 꿈틀거리기 시작했다. 그의 움직임이 더 빨라지자 그녀가 입술을 깨물고 쉴새없이 신음했다. 그가 엉덩이를 움직이기 시작했을 때는 그 감각이 더 강해졌다. 잠시 후 두 사람 모두 절정의 신음을 내지르면서 일리아나는 처음으로 던컨이 말했던 그 만족이란 것을 경험했다.

# 12

"마님!"

"으음?"

일리아나가 눈을 뜨고 문 쪽을 바라보았다. 남편의 몸에 가려서 문
이 보이지 않자 어리둥절하게 눈살을 찌푸렸다. 갑자기 남편이 여기
있게 된 과정이 기억나자 살포시 미소지으며 팔꿈치로 몸을 들어올려
문 앞에 서 있는 여자를 쳐다보았다.

주인 부부가 침대에 함께 누워 있는 모양새야 일단 그렇다 치더라
도, 에바는 방 안의 상태 때문에 더 충격을 받은 듯했다. 턱이 빠질
정도로 입을 벌리고 방 안을 둘러보았다.

그제야 일리아나도 욕조에 들어 있는 물보다 바닥에 흘린 물이 더
많다는 것을 알아차렸다. 그야말로 아수라장이 따로 없었다. 하지만
일리아나는 개의치 않았다. 그저 지금은 모든게 너무 재미있다고 느
껴질 뿐이었다.

눈가의 머리를 쓸어 넘기며 그녀가 환하게 미소지었다.

"무슨 일이야, 에바?"

"네? 아, 네! 마님, 어머니께서, 지금 이리 오고 계세요."

"엄마가?"

침대에서 발딱 일어나 옷 궤짝이 있는 곳으로 달려갔다. 물웅덩이를 지나다가 쭉 미끄러져서 무릎이 나무 궤짝에 부딪혔지만, 아파할 겨를도 없이 궤짝을 열고 제일 먼저 눈에 띄는 속옷을 집어들었다. 갑자기 그녀가 휙 돌아보았다.

"그 말 정말이야?"

"그럼요, 마님. 조니가 지금 성에 와 있어요. 마님을 큰마님에게 모셔가려고 기다리고 있어요."

조니는 엄마 하녀의 아들이었다.

"엄마한테?"

일리아나는 속옷을 머리 위로 뒤집어쓰며 중얼거렸다.

"그냥 성으로 오시면 될 걸, 왜 그래?"

에바는 어깨를 으쓱했고 일리아나는 궤짝에서 드레스 한 벌을 꺼내 입었다.

"하여튼 조니가 몇 마디 하고 나서 앵거스 경이 마님을 모셔오라고 하셨어요. 그 뒤는 제가 못 들었어요."

"준비 끝나는 대로 내려간다고 말씀드려."

에바가 고개를 끄덕여 방에서 물러나갔고 일리아나는 스타킹을 찾아 궤짝을 뒤졌다. 초록색 스타킹을 찾아내자 침대 끝에 걸터앉아서 신기 시작했다.

남편이 갑자기 일어나 앉으며 흘끔 뒤를 돌아보았다. 처음에는 남편이 악몽을 꾼 모양이라고 생각했지만, 그는 대뜸 그녀를 끌어안고 다시 침대에 눕히려 했다. 에바가 왔을 때 이미 깨어 있었는데 나갈 때까지 기다렸던 듯했다.

그녀가 침대 기둥을 붙잡고 딸려가지 않으려고 버텼다. 하지만 상대가 더 빨랐다. 그녀가 침대에 납작하게 누워 버렸고 남편이 그녀의 위로 올라탔다. 일리아나가 뿌리치려고 버둥거리는데도 던컨은 신경 쓰지 않았다. 키스로 입술을 내리덮으며 두 손을 사방으로 움직이며 애무했다.

"서방님!"

키스가 중단되었을 때 간신히 입을 열었지만, 그가 아직 묶지 않은 머리카락을 옆으로 밀치며 정열적으로 젖가슴을 빨아들이자 그녀는 입술을 깨물며 닫아야 했다.

그녀는 다시 한 번 벗어나려 시도했다가 이내 포기하고 눈을 감아 버렸다. 그가 치마를 걷어올려 한 손을 다리 사이로 움직이며 불길을 지피기 시작했다.

"아."

놀람과 쾌감의 신음이 새어나오면서, 그녀의 몸에 불이 붙어 활활 타오르기 시작했다.

"어머나, 어머…… 엄마야."

신음이 이어지다가 갑자기 그녀의 눈이 번쩍 뜨였다. 지금이 어떤 상황인지 기억났던 것이다.

"엄마!"

그녀가 소리쳤다.

"안 돼요! 엄마가 여기 오신대요. 얼른……."

"걱정하지마."

그가 몸을 조금 일으켜서 그녀의 다리 사이로 자리를 잡았다.

"빨리 끝내고 가면 돼."

"빨리?"

일리아나가 물었지만, 대답을 듣기도 전에 금세 숨이 넘어갔다. 그 가 그녀의 엉덩이를 들어올리며 그녀의 몸 속으로 들어왔다.

그가 걱정스러운 듯 동작을 멈추고 물었다.

"괜찮아?"

그녀가 고개를 흔들었다.

"아파?"

"네, 하지만……."

그가 그녀의 발목을 쥐더니 자신의 양쪽 어깨로 들어올렸다. 그리고 다시 파고 들어왔다.

"미치겠어."

그가 신음하며 그녀를 꽉 끌어안고 나서 뒤로 물러났다가 다시 돌진했다.

"젠장할, 너무 빡빡해."

"그게 나쁜 거예요?"

"아니, 아니. 좋아. 미치게 좋아. 내가 얼마나 오래 기다렸는데. 발목 걸어 봐."

"발목을?"

"그래, 내 머리에 걸어."

그의 얼굴이 고통스럽게 일그러졌다.

일리아나가 시키는 대로했다. 그가 엉덩이를 부여잡고 있던 손을 풀어내서 그녀의 몸을 애무했다.

"그거야."

그녀의 엉덩이를 한 손으로 잡아 움직이라고 다그쳤다.

"그래, 바로 그거. 그거…… 빌어먹을!"

그리곤 자신의 액을 그녀의 몸 속에 쏟아 부었다. 그녀도 망망대해에서 몰아치는 파도와 같은 감각에 빠져 그 순간의 환희에 굴복했다. 그가 다리를 어깨에서 내리고 그녀의 몸 위로 쓰러졌을 때도 여전히 그 감각에 취해 떨고 있었다.

"미안해, 일리아나."

호흡이 진정되자마자 그가 죄스럽게 중얼거렸다.

"아니에요. 좋았어요. 다시 꼭 해 봐요."

문에서 나는 노크소리에 둘 다 그쪽으로 시선을 돌렸다. 던컨이 한숨을 내쉬며 으르렁댔다.

"왜?"

문이 열리고 앵거스 경의 모습이 나타났다. 눈앞의 풍경을 쳐다보면서 그의 얼굴이 당황스럽게 붉어졌다. 그리고 갑자기 분노의 표정으로 바뀌었다. 설마설마 했는데, 그의 짐작이 맞았던 것이다.

"우라질 놈의 자식! 그 불쌍한 아이를 죽일 셈이냐! 그렇게도 못 참겠어? 밤에 괴롭히는 것만으로 부족해서 하루 종일 괴롭히겠다 이거냐?"

"9개월 후에 손자 보시고 싶다면서요."

던컨이 능글맞게 대꾸했다.

"그 녀석 씨는 벌써 한참 전에 들어갔을 거다! 밭 가는 건 이걸로 그만이야. 당장 가엾은 그 애를 놔 줘, 이러다간 애 낳을 힘도 안 남겠다."

일리아나가 남편의 몸을 밀어내고 침대에서 뛰어내려 옷차림을 정리했다.

"스타킹만 신으면 돼요. 금방 내려갈게요."

기어 들어가는 목소리로 중얼거리면서 부랴부랴 스타킹을 신기 시작했다.

그녀에게 시선을 돌리자 앵거스의 표정이 한결 부드러워졌다.

"애야, 서둘지 말거라. 몇 분쯤 늦는 게 무슨 대수겠냐, 다만 이렇게 밤낮 못 가리는 신랑을 만났으니 네가 고생이 많겠구나."

나른하게 누워 있는 던컨을 바라보면서 다시 그의 인상이 험악해졌다.

"빌어먹을 엉덩이 당장 일으켜 세워. 이 놈아, 빨리 옷 입어. 네 아내를 도와줘야 할 거 아니냐."

일리아나는 놀란 표정으로, 던컨은 찌푸린 표정으로 그를 쳐다보았다. 던컨은 장모가 도착한다는 소식에 그리 놀라지 않았다.

말 달리는 것보다 더 소문이 빠른 스코틀랜드 인지라, 이미 며칠 전에 레이디 와일드우드가 던바로 오는 중이라는 걸 알고 있었다. 그분이 건강한 상태가 아니라는 것도 알았다. 그런데 도움이 필요할 정도란 말인가?

"도와주다뇨?"

일리아나가 물었다.

"엄마가 아프신가요?"

앵거스가 머뭇거리다가 한숨을 내쉬었다.

"조니라는 하인이 그러는데, 꽤 안 좋으신 것 같더라."

"안 좋아요? 무슨 일인데요?"

"새 남편이 성질을 부린 모양이다."

일리아나는 놀란 비명을 지르며 허겁지겁 문으로 향했다. 불쑥 멈춰서 다시 돌아와 궤짝 있는 곳으로 걸어가서는 옷가지를 반쯤 바닥으로 내던진 후에 자신의 허브 가방을 찾아들었다.

그리고 그 이상 지체하지 않고 한쪽만 신은 스타킹을 질질 끌면서 밖으로 뛰어나갔다.

그 모습을 보면서 던컨이 중얼거렸다.

"어디서 저런 힘이 날까?"

"네 놈이 그런 거 생각할 머리나 있겠냐. 어서 일어서지 못해!"

앵거스가 쩌렁쩌렁 고함쳤다.


"아이구, 어서 오세요, 아가씨!"

조니 보이가 이제 안심이라는 표정으로 계단 밑에 내려서는 일리아나에게 달려왔다. 조니 보이라는 이름과 어울리지 않게 그는 180센티미터의 큰 키에 술통처럼 뚱뚱한 체격이었다. 일리아나보다 나이도 열 살이나 많았지만, 어렸을 때부터 조니 보이라고 불렸기 때문에 지금껏 그렇게 불렸다.

"이제야 한시름 놨어요."

그 얼굴의 걱정을 알아채고는 일리아나의 마음이 열 배는 더 무거워졌다.

"얼마나 심한 거야? 설마 그 작자가 엄마한테 채찍질까지 한 건 아니겠지?"

"아니에요, 아가씨. 그랬으면 더 나았을 뻔했지만요."

일리아나의 찌푸린 얼굴을 보고 조니 보이가 머리를 흔들었다.

"갈비뼈가 부러지셨어요. 다리도 그런 것 같아요. 하여튼 상태가 안 좋으세요. 아주 약하세요. 열도 나고. 모셔올 만한 게 있어야지, 안 그러면 여기 못 오실 거예요. 하여튼 말을 타실 수가 없어요. 던바 땅에 들어오자마자 쓰러지셨어요."

일리아나의 다리에 힘이 풀렸다. 던컨이 마침 옆으로 다가와서 팔을 붙잡아준 것이 다행이었다.

"마차 준비시키셨어요?"

던컨이 앵거스에게 물으면서 아내의 스타킹을 마저 신겨주려 했다.

"그래."

앵거스가 일리아나의 팔을 붙잡아 부축해 주고 던컨은 그녀의 맨발을 들어서 스타킹을 신겨 주었다.

던컨이 일어나서 일리아나를 문으로 데려가며 아내의 창백한 얼굴을 걱정스럽게 살펴보았다.

앵거스는 스무 명의 장정들과 마차, 세 마리의 말을 준비시켰다. 에바는 이미 허브 가방을 챙겨서 마차 뒤에 올라탄 상태였다.

던컨이 훌쩍 말에 올라서 일리아나를 자기 앞에 태우고, 앵거스와 조니 보이가 말을 타자마자 밖으로 달리기 시작했다. 정문을 통과한 후에 속도를 늦춰서 조니 보이를 앞장세웠다.

조니가 사람들을 이끌고 간 공터는 던바의 경계선 거의 끝 부분으로, 성에서 한 시간이나 말을 달려가야 했다.

던컨이 말을 완전히 세우기도 전에 일리아나가 땅으로 내려섰다. 그리고 던컨이 말에서 내리기도 전에 엄마의 하녀인 할멈 옆으로 뛰어갔다.

그녀의 경악하는 비명소리가 무엇보다도 장모의 상태가 극심하다는 것을 알려주었다. 아버지와 심각한 시선을 교환하고 나서 던컨이 아내의 뒤로 걸어갔다. 바닥에 누운 장모의 상태를 보고는 얼굴이 창백해졌다.

장모가 쇠약해졌고 열이 올라 있다는 것은 이미 들어서 알고 있었다. 하지만 가장 충격적인 것은 얼굴의 상태였다. 그린웰트는 그녀의 몸을 부러뜨리는 것으로 모자라서, 얼굴에 주먹질까지 한 모양이었다. 입술이 찢어지고 코도 부러진 것처럼 부풀었고, 눈자위는 까맣게 변색되어 있었다.

며칠이 지났는데도 이 정도인데 와일드우드에서 출발할 때는 어떤 모양이었을지 상상하기조차 끔찍했다.

"나쁜 자식."

앵거스가 던컨의 옆에서 씩씩거렸다.

"아, 엄마."

일리아나가 짓이겨진 얼굴로 손을 뻗으려다가 혹시라도 아프실까 봐 차마 손대지 못한 채 울먹였다.

딸의 목소리를 듣고, 레이디 와일드우드가 눈을 뜨려고 안간힘을 썼다. 하지만 너무 퉁퉁 부어 있어서 눈을 뜰 수 없었다. 말하려고 입을 벌렸을 때도 마른 신음소리만 새어나왔다.

"가만 계세요."

일리아나가 엄마의 손을 붙잡았다. 멍들고 찢어지고 부어오르지 않은 곳이 그 손밖에 없는 듯했다.

"저예요, 일리아나에요. 제가 왔어요, 엄마. 이제 던바로 모셔갈게요. 안전한 곳으로 모셔갈게요."

일단 어머니를 안심시키고 할멈에게 시선을 돌렸다. 일리아나의 할머니 대부터 와일드우드 안주인의 하녀로 있었던 거티는 환자의 치료에 대해서 일가견이 있었다. 어머니의 상처도 치료해 줄 수 있을 거라고 믿었다.

일리아나가 간절하게 바라보자 그 할멈은 그녀의 어깨를 토닥여주었다.

"웬만한 조치는 다 취해놨어요. 이제 쉬시기만 하면 돼요."

고개를 끄덕이며 일리아나는 공터로 굴러 들어오는 마차를 쳐다보았다.

조니 보이가 마님을 옮기려고 달려오자, 던컨이 그를 막아 세우고 자신이 직접 조심스럽게 장모의 몸을 안아서 들어올렸다. 그런데도 레이디 와일드우드는 마차로 옮겨지는 동안 걷잡을 수 없이 고통스런 신음을 흘렸다.

에바가 담요를 깔고 가방을 올려서 최대한 편안하게 누울 자리를 만들었다. 레이디 와일드우드를 마차에 눕히고 일리아나가 그 옆에 타려고 했다. 하지만 던컨이 그녀를 제지하며 할멈에게 오르라고 손짓했다. 일리아나는 걱정스럽게 마차를 쳐다보다가 마지못해 어머니의 곁을 떠나야 했다. 마차에는 세 사람이 탈 여유가 없었다.

일리아나는 던컨의 손에 이끌려 말이 있는 곳으로 가서 남편이 올라탈 때까지 기다렸다가 그의 앞으로 자리를 잡았다. 그가 곧바로 마차 옆에 말을 붙이자 감사한 마음으로 그의 팔을 한번 쥐어서 고마움을 알렸다.

레이디 와일드우드에게 충격이 가지 않도록 느리게 움직이느라 한 시간 정도 걸리는 거리를 돌아오는 길에는 두 시간이나 걸렸다.

마침내 성에 도착하자, 던컨은 다시 직접 장모님을 안아들었다. 그리고 자신의 침실로 모시고 가서, 일리아나와 다른 여자들이 침대보를 벗겨내고 깨끗한 것으로 갈 때까지 조용히 기다렸다. 그 일이 끝나자 레이디 와일드우드를 살그머니 내려놓은 다음 얼른 침대에서 물러나 필요한 명령을 내리기 위해 밖으로 나왔다.

홀을 향해 계단을 내려서는 도중에 아버지가 말을 걸었다.

"손님용 객실을 만들어야겠지?"

던컨이 흘깃 쳐다보았다.

"아직 성벽 작업이 안 끝났어요. 한꺼번에 성 전체를 뒤집어놓을 순 없잖아요."

"흐음. 글쎄다. 조만간 그 마음이 바뀌지 않을까 싶구나."

"왜요?"

아버지가 일부러 시간을 끌다가 대답했다.

"사돈어른이 저렇게 아프시니, 일리아나가 계속 그 방에 있겠다고 고집할 게 뻔해. 엄마 옆에 계속 붙어 있으려면 어쩔 수 없이 바닥에서 자야 할 테고. 남들이 아무리 말려도 말을 듣지 않을 거다."

던컨이 멈춰 섰다. 생각해 보니 아버지 말이 맞았다. 레이디 와일드우드가 한동안 지금 그 방에서 움직일 수 없다는 건 확실했다. 그럼 자신이 사용할 침대가 없어진다. 홀 바닥에 잠자리를 마련해야 할 것이다. 전에도 그런 적이 있었으니까 그거야 크게 문제될 게 없었다. 하지만 일리아나가 걱정이었다.

아버지 말대로 그녀는 차가운 돌바닥에서 잘 수밖에 없다. 당연히 자신이 그 옆에서 자는 것도 허락해 주지 않을 것이다. 그녀가 어머니 옆을 잠시 떠나 홀에서 잠을 청한다 해도, 그렇게 되면 자신에게 엄청난 고문이 가해질 것이다.

침실이 세 개밖에 없는 상태라서 하인들도 대부분이 홀에서 잠을 자고 있었다. 하인들이 그렇게 가까이 있는데 아내가 손끝 하나 건드리게 해 주겠는가.

하나님 맙소사, 이제 겨우 진짜 결혼생활을 시작했는데 또 손만 빨고 있어야 하다니. 있을 수도 없는 일이다!

앵거스가 호인처럼 그의 등을 툭 쳤다.

"하늘도 무심하질 않구나. 나의 며느리 일리아나에게 휴식이 절실하게 필요하다는 걸 알아주셨어."

"방을 하나 만들어야겠어요."

던컨이 곧바로 마음을 결정했다.

"내일 당장."

"두세 개 만드는 게 나을 걸."

앵거스가 슬며시 미소지으며 중얼거렸다.

"두세 개요?"

"앞으로의 일을 생각해 봐라. 롤프 경과 주교가 곧 셔웰 자식을 데리고 돌아오실 것 아니니. 주교님을 바닥에서 주무시게 할 수 없지. 지난번에는 너희 결혼 첫날밤이라 내 침대를 내드렸어. 이번에도 그렇게 한다면 상관은 없다만, 애들이 또 문제란 말이야."

"애들요?"

"그래. 네가 그렇게 열심히 노력하는데, 조만간 어린애 한 둘쯤 안 생기겠느냐. 네 엄마랑 살던 때를 떠올려 보니까 네가 태어났을 때는 방이 한 개밖에 없었어. 그래서 너를 우리 방에 같이 재웠는데, 그게 아주 성가신 일이었어. 네 놈이 깰까봐 안 된다면서 네 엄마가 날 거들떠보지도 않았거든."

앵거스는 마치 그 잃어버린 밤 생활을 원망하는 것처럼 뾰로통한 얼굴로 던컨을 쳐다보았다.

"그러니까 미리 그런 경우에 대비하는 게 나아. 그러니 얘야, 방을 두세 개 더 만들어라. 내 말대로 해, 후회하지 않을 거다."


시끄러운 고함소리와 쿵쿵 소리가 일리아나의 잠을 깨웠다. 뒤늦게 겨우 잠이 들었던 일리아나는 힘겹게 눈을 뜨며 방으로 들어오는 햇살에 인상을 찡그렸다.

훤한 대낮이었다.

그러나 그리 놀랄 일은 아니었다. 에바, 커티와 함께 새벽까지 어머니 옆을 지키다 잠이 들었기 때문이다. 앉은 채로 졸고 있던 일리아나를 두 여자가 깨워 방구석에 만들어둔 짚이불에 눕혔다. 편하게 누울 기분은 아니었지만, 깜빡 졸아서 쓰러지기라도 하면 가엾은 엄마한테 부딪혀서 더 아프게 할 수도 있었다.

그런데 잠시 후 사나운 욕설이 복도에서 들리자 다시 한 번 눈을 떠야 했다. 어느새 눈이 감겨버렸던 모양이었다. 따가운 햇살이 머릿속으로 뚫고 들어오는 것 같아서 침대 쪽으로 시선을 돌렸다. 거티가 의자에서 졸고 있었다.

천천히 일어나 앉으면서 침대에 누워 있는 엄마를 쳐다보았다. 그 소란에도 끄덕 없이 곤하게 잠들어 계셨다. 하지만 그것이 더 걱정스러웠다.

*저렇게 깊이 잠드는 게 괜찮은 걸까? 혹여 나쁜 징조인 건 아닐까?*

두 번째 들리는 욕설에 또다시 문으로 시선이 돌아갔다.

*환자가 누워 있는 방문 앞에서 이게 무슨 소란이야?*

일리아나는 기막혀하며 담요를 밀치고 뻣뻣하게 굳은 몸을 일으켰다. 허리 쪽에 찌르는 듯한 통증이 느껴지자 잠깐 움찔하고는 조심스럽게 기지개를 켜서 몸을 풀어주었다. 그리고 따끔하게 야단쳐야겠다고 마음먹으며 문으로 걸어갔다.

하지만 복도로 나가서 눈앞의 풍경을 보는 순간, 혼내주려고 준비했던 말들을 싹 잊어버렸다. 남자들이 떼거리로 몰려 있었기 때문이다. 성벽과 해자에서 일하던 남자들이 모조리 이 좁은 복도에 몰려든 것 같았다. 그들은 부지런히, 아주 소란스럽게 작업을 하는 중이었다.

일리아나는 어이없이 그 모습을 쳐다보다가 복도 끝 쪽에 있는 남편을 알아보고는, 입술을 꾹 다물고 분연히 그에게 걸어갔다.


던컨은 위층 난간의 말뚝을 뽑다 말고 누가 어깨를 툭 건드리는 것 같아서 돌아보았다. 아내를 보자마자 그의 얼굴에 미소가 떠올랐다. 하지만 그 표정을 확인하면서 미소가 사라졌다. 아내가 미소를 짓고 있긴 한데 생전 처음 보는 쌀쌀맞은 미소였다.

"지금 뭐하시는 거예요?"

쌀쌀맞은 미소와는 대조적으로 상냥한 목소리였다. 던컨이 잠깐 아내를 살펴보고 나서 대답했다.

"위층을 확장하려고."

"위층을 확장해요?"

"그래, 그게…… 아이가 생기면 방이 두세 개 더 필요할 것 같아서."

그녀의 눈썹이 올라갔다.

"방 두세 개?"

그는 어색하게 몸을 움직였다.

"방이 넉넉하게 있으면 장모님도 마음 편하게 계실 수 있잖아. 방이 많아서 나쁠 건 없어."

"그건 그렇죠."

그녀의 표정이 수긍하는 것으로 바뀌는가 싶더니 다시 찡그러졌다.

"하지만 지금 엄마가 어떤 상태인지 몰라요? 힘들고 아프게 바로 이 옆에 누워 계시다고요. 푹 쉬어야 하는데 당신이 이런 소동을 피우면 쉴 수가 없잖아요!"

복도가 조용해지고 남자들의 시선이 던컨과 일리아나에게 쏠렸다. 하지만 던컨은 그걸 아는지 모르는지, 아내만 쳐다보았다. 흥분으로 오르락내리락하는 아내의 가슴, 발갛게 달아오른 뺨, 그 눈 속의 불길이 황홀하게 아름다웠다.

오 신이시여!

어제 오후에도 바로 이런 정열적인 모습이었다. 그때는 물론 화가 나서 그런 게 아니라 욕망 때문이었지만. 그후에는 또 얼마나 부드러워졌던가. 꿈꾸는 듯한 표정으로 그의 옆에 찰싹 달라붙었다. 그때를 생각하는 것만으로도 몸이 반응을 나타내자, 그는 그녀의 손을 와락 움켜쥐고는 복도 끝으로 향했다.

"왜 이래요?"

그녀가 손을 뿌리치려 흔들면서 소리쳤다.

"지금 흥분한 것 같아서 다른 데로 데려가려고. 당신이 비명을 지르면 아프신 장모님이 깰 거 아니야. 그러니까 조용히 얘기하자고."

그가 계속 걸으면서 남자들에게 명령했다.

"뭘 봐, 일들 해!"

"내가 왜 비명을 질러요?"

그녀가 남편의 뒤통수를 노려보며 물어보는 동안, 남자들이 다시 일을 시작하면서 쿵쿵쿵 망치소리와 쓱싹쓱싹 톱질하는 소리가 복도에 울려 퍼졌다. 손을 홱 뿌리치고 그녀가 노려보자, 그가 돌아섰다.

"아까 한 말 못 들었어요? 너무 시끄러워서 엄마가 깨게 생겼다고요. 엄마는 푹 쉬셔야 해요."

"알아. 당신 말이 맞아. 장모님은 쉬어야 돼. 그러니까 쉬게 해 드리자고. 이봐, 최대한 소리나지 않게 일해. 고함 같은 거 치지 말고, 알았지?"

그가 명령을 내리고 다시 그녀의 손을 잡아끌었다. 계단 중간까지 내려가자 일리아나가 손을 빼내며 멈춰섰다.

"던컨! 복도에서 저렇게 두들겨대는데 엄마가 어떻게 쉬겠어요. 분명히……."

"괜찮아요, 마님."

에바의 목소리가 계단 아래쪽에서 들렸다. 그 여자가 그들을 올려다보며 서 있었다.

"거티가 약을 드렸으니까, 전쟁이 일어나도 안 깨실 거예요."

"거봐, 됐지?"

던컨이 씩 웃었다.

"가자고, 우리 둘이 얘기하게."

그녀를 다시 놓치지 않으려고 그가 번쩍 안아서 계단을 뛰어내려갔다.

일리아나는 너무 어이가 없어서 성밖으로 나갈 때까지도 반응을 보이지 못했다.

"서방님."

그가 마구간으로 향하자 드디어 입을 열었다.

"서방님!"

"왜?"

"뭐하시려고요?"

"말했잖아, 다른 사람 없는 데서 얘기하자고. 이런, 빌어먹을!"

그가 갑자기 긴장하더니 일리아나를 거칠게 다시 한 번 들쳐 안고는 마지막 남은 몇 걸음을 재촉해서 마구간으로 달렸다.

남편이 왜 저러나 싶어서 그녀가 주위를 둘러보았다. 보이는 거라곤 그들에게 뛰어오는 앵거스 경뿐이었다. 그후에 그들이 마구간 안으로 들어갔다.

"무슨······."

그녀가 말을 이을 새도 없이 그가 마구간지기에게 소리쳤다.

말을 준비하라는 말이 떨어지기 무섭게 그들 앞에 말 한 마리가 나타났다. 던컨은 그녀를 아주 잠깐 내려놓고 말에 올라탄 다음, 안장도 없이, 그녀를 자신의 앞으로 올려 앉혔다. 그녀를 앉히자마자 마구간 밖으로 쏜살같이 달려나갔다.

"던컨!"

앵거스 경의 옆을 지나칠 때 그를 부르는 소리가 들렸다. 일리아나는 시아버지의 부릅뜬 눈을 보았지만, 금세 그 모습은 던컨의 어깨 너머로 사라졌다. 빠르게 달리는 말에서 떨어지지 않으려고 그녀는 필사적으로 남편의 어깨를 붙잡았다.

"아버님이 화나신 것 같아요."

금세 숲 속으로 접어들었다.

"누구? 아버지?"

"네."

"그거야······ 아마 그렇겠지."

그는 아무런 설명도 해 주지 않았다. 그녀가 다시 물었다.

"어디 가는 거예요?"

"내가 아는 데가 있어. 거기라면 당신이 아무리 소리쳐도 안 들릴 거야."

일리아나는 짜증스럽게 눈을 굴렸다.

"그럴 필요 없어요. 이제 소리치지 않을게요."

"아닐 걸."

그가 씩 웃고는 그녀의 코에 쪽 입을 맞췄다.

"두고 보지."

일리아나는 당혹스레 눈살을 찌푸렸다.

"뭘 두고 봐요?"

"소리치는지 안 치는지."

도무지 알 수 없는 대답이었다.

# 13

꽤 한참을 달리고 나서야 던컨이 속도를 늦추기 시작했다. 그녀는 빠른 속도에도 불구하고 깜박 잠이 들었던 모양인지, 깨어나 보니 공터였다. 말이 멈춰서고 그녀는 졸린 눈으로 주위를 둘러보았다. 던컨이 말에서 내려섰다. 그녀가 우아하지 못하게 하품을 하며 주위의 아름다움을 감상하고 있는데, 그가 그녀의 허리를 잡고 말에서 들어올려 그녀의 얼굴을 그의 얼굴 앞까지 끌어 내렸다.

일리아나는 하품하다 벌어져 있는 입을 다물려고 했지만, 민첩하질 못했다. 남편의 입이 단박에 달려들었다. 혀로 그녀의 입술을 핥으며 속으로 파고들었다.

언제 피곤했던가 싶게, 일리아나도 재빨리 그 혀의 움직임에 동참했다. 그가 입술을 떼어냈을 때는 아쉬운 신음까지 흘렀다.

"아버지가 왜 화났는 줄 알아? 당신을 왜 데려가는지 알았거든."

일리아나가 어리둥절하게 눈을 치켜 떴다.

"날 왜 데려왔는데요?"

"비명 지르게 하려고. 환희의 비명 말이야."

그녀는 눈을 깜박이다가, 서서히 피곤하고 몽롱한 정신 속에서 그 의미가 파악되었다. 그의 손이 허리에서 가슴 쪽으로 슬금슬금 기어 올라왔다.

"뜨겁게 한판 하자고."

그가 동그란 젖가슴을 감싸쥐고 이미 옷감 밑에서 오똑하게 솟아 있는 젖꼭지를 손가락으로 매만졌다.

그 손을 내려다보며 일리아나가 꿀꺽 침을 삼켰다.

"여기서요? 숲 속에서요?"

"그래, 여기서."

"하지만 누가 오기라도 하면."

"아무도 안 와."

그녀가 고개를 들어올리는 순간 그의 입술이 다시 키스해 왔다. 잠시 후 남편이 입술을 풀어주면서 뺨을 따라 귀로 입술을 옮겨갔다.

"이 세상 아무 것도 날 막을 게 없어."

갑자기 그의 몸이 굳어졌고, 그녀의 몸도 따라서 긴장했다. 그가 허겁지겁 그녀의 여성이 있는 곳으로 손을 내려 더듬었다.

늘 변함 없이 그의 손이 닿을 때마다 가로막았던 두꺼운 가죽과 자물통의 단단함이 다행스럽게도 느껴지지 않았다. 던컨은 긴장을 풀며 피식 웃었다.

"그래, 아무 것도 없어."

일리아나는 대꾸할 사이도 없었다. 그가 키스를 퍼부어 아찔하게 만들었기 때문이다. 마침내 그의 입술이 떨어져나가 머릿속이 조금 맑아지는가 싶었을 때, 조금 전에 있던 장소가 아니라 공터에 몇 발짝 이동해 왔다는 걸 알았다. 던컨이 공터 가장자리의 나무에 그녀를 기대게 했다. 등에 딱딱한 나무 껍질이 느껴졌다. 이상하게도 선선한 바람이 사방에서 그녀의 몸으로 불어오는 것 같았다.

남편의 머리가 목에서 가슴으로 움직이는 걸 내려다보는 순간, 왜 그렇게 시원하게 느껴졌는지 깨달았다. 놀랍게도 옷은 찢겨져서 배까지 훤히 드러난 상태였고, 젖가슴에는 소름이 돋아 있었다. 그뿐만이 아니라, 왼쪽 다리도 맨살을 고스란히 드러낸 채 그의 손에 붙잡혀서 남편의 허리춤에 걸려 있었다.

자신의 방종한 모양새에 그녀는 경악하며 입을 벌렸다. 하지만 튀어나오는 소리는 쾌락에 젖은 숨소리였다. 던컨의 뜨거운 입술이 젖꼭지를 찾아서 와락 덮치자 부르르 몸이 떨렸다.

그녀는 두 손으로 남편의 머리를 붙잡고 혀로 입술을 핥으며, 자신의 젖가슴을 빨아대는 그를 느꼈다. 짜릿하게 에로틱한 광경이었다.

그의 손 하나가 그들의 몸 사이로 비집고 들어오자, 그의 머리카락을 움켜잡고 고개를 젖혔다. 그의 손이 여성적인 속살을 헤치고 쾌락의 근원을 찾아냈다. 거친 신음이 흘러나왔다.

"아!"

어제 느꼈던 그 감각들이 몸 속에서 부풀어오르자, 그녀가 애원하듯이 숨을 들이켰다.

던컨이 그녀의 다른 다리마저 부여잡아서 자신의 허리에 둘렀다. 치마가 그녀의 허리에 돌돌 말렸다. 그는 그녀의 등을 나무로 밀어붙이며 걸리적거리는 플래이드를 걷어냈다. 그런 다음 그녀의 몸 속으로 돌진했다.

그를 받아들이면서 일리아나는 부들부들 신음했다. 그가 빠져나가자 온몸이 전율로 떨려왔다. 그녀의 엉덩이를 부여잡고 그가 키스를 퍼부으며 쉴새없이 하체를 흔들었다.

일리아나의 등에 나무 껍질이 느껴졌다. 한쪽 가슴에는 그의 리넨 셔츠가, 다른 쪽 가슴에는 그가 어깨에 걸치고 있는 더 거친 느낌의 플래이드가 느껴졌다. 하지만 그 느낌보다 몸 속에 들어 있는 그의 느낌이 가장 컸다. 그는 그녀를 기절 직전까지 몰아갔다가 마침내 그곳에서 치열하게 기다리고 있던 환희를 선사했다.

"여기 오길 잘했어요."

그녀가 귀에다 대고 숨을 몰아쉬며 속삭였다. 던컨이 그녀의 다리를 땅으로 내려놓으며, 해방을 맛본 후에 기대고 있던 그녀의 어깨에서 얼굴을 들었다.

아내의 만족스런 표정을 보니 틀림없이 칭찬을 들은 거라고 생각했다. 그는 만족스럽게 미소지었다. 하지만 곧바로 그녀의 말이 이어졌다.

"안 그랬으면 당신 비명소리에 성이 무너졌을 거예요."

아내가 짐짓 놀려대자 던컨이 피식 웃었다. 그녀의 몸 속에 들어 있는 자신을 느끼면서 정말로 비명을 지르긴 했다. 추운 겨울밤의 늑대처럼 울부짖었다. 수 킬로미터 전방의 먹잇감들이 모조리 달아났을지도 모른다.

"당신이 비명을 질렀어야 했는데."

그녀의 팔을 위아래로 문지르며 그가 중얼거렸다.

"그건 숙녀답지 못한 짓이에요."

그 새침한 대답에 던컨이 크게 웃으면서 그녀를 번쩍 안아 풀밭에 눕혔다.

"그럼 이제부터 숙녀답지 못한 당신을 봐야겠어."

자신도 그녀의 옆에 드러누워서 활짝 벌어진 옷 사이로 살결을 어루만졌다.

"옷이 찢어졌어요."

비난이라기보다는 그냥 사실을 말하는 것이었다.

"좀 급했어. 당신도 신경 안 썼잖아."

"그땐 찢어진 줄도 몰랐어요."

즉시 그의 눈동자가 즐거움으로 반짝거렸다.

"그 정도로! 내가 당신 혼을 쏙 빼 놨어?"

"그렇답니다, 서방님."

약간 추켜세워야겠다는 생각으로 그녀가 점잖게 인정했다.

"그래도 비명은 안 질렀잖아."

그의 손이 그녀의 배와 더 아래쪽으로 움직여갔다.

"여기서 나가기 전에 비명소릴 들어야겠어. 자지러지게 소리치게 될 걸. 이건 엄숙한 맹세야."

그 맹세가 마음에 들었다. 그녀가 환하게 웃으며 그의 머리를 끌어내려 키스했다.


"일리아나?"

나른하게 밀려드는 졸음을 흔들어 깨우며 일리나아가 의자에서 몸을 추스렸다. 엄마가 깨어나신 걸 보자 즉시 눈동자가 또렷해졌다. 던바 성에 도착한지 일주일만에 엄마가 정신을 차리셨다. 그동안―던컨이 마구간으로 끌고 갔을 때만 빼고―일리나아는 이 방을 떠나지 않았다. 이 방에서 식사하고 잠도 자고, 깨어 있는 시간에는 걱정스럽게 엄마의 옆을 배회하며 보냈다.

"엄마?"

엄마의 온전한 손을 잡으며 침대 가까이 다가앉았다. 겉으로 보기에는 처음 도착할 당시보다 별달리 나아진 것 같지 않았다. 멍자국들이 이제 겨우 옅어지기 시작했고 눈은 간신히 뜰 수 있을 정도였다.

"보이세요?"

레이디 와일드우드가 고개를 흔들려다가 고통러움에 움찔하며 그만두었다.

"아니, 하지만 네 아빠가 주셨던 향수 냄새가 나."

"기분은 어떠세요?"

"어때 보여?"

일리나아가 머뭇머뭇 대답하지 못하자, 그녀가 얼굴을 찡그렸다.

"보이는 거하고 똑같은 기분이야."

일리나아는 엄마의 손을 꼭 잡으며 나서 얼굴에 걸린 머리카락 한 올을 걷어냈다.

"거티가 아래층에서 꿀술을 준비하고 있어요. 거기다 잠자는 약을 넣을 거래요. 푹 쉬고 나면 금방 나으실 거예요."

그녀에게 붙잡힌 손이 불안정하게 흔들렸다.

"자기 싫어. 벌써 며칠이나 잤을 텐데."

"일주일이에요."

일리아나가 조용히 수긍했다.

"그래, 그 정도면 오래 잤어."

"그래도 좀더 쉬셔야 해요."

"자든 안 자든, 상처가 나으려면 시간이 걸려야 돼."

"아프지만 않아도."

"아니."

레이디 와일드우드가 가로막았다.

"몸뚱이의 고통쯤이야 네 아버지가 돌아가신 고통에 비하면 아무 것도 아니야. 게다가 네 아빠가 죽은 후로 난 쭉 잠들어 있었던 것 같아. 이젠 정신 차리고 현실을 바라봐야 돼."

"이미 그러셨잖아요. 절 결혼시키고, 그린웰트에게 도망쳐 나오셨잖아요."

"네가 안전해진 걸 알고 나서 바로 도망쳤어."

그녀가 일리아나 쪽으로 고개를 돌려 부풀어오른 눈 사이로 딸을 보려고 애쓰는 듯했다.

"넌 괜찮니? 다 괜찮은 거야?"

"네."

엄마의 걱정을 덜어드리려고 얼른 대답했다.

"남편은 잘해 주니?"

그 대답에 대해서는 조금 망설여졌다. 던컨이 잘해 준다고 대답하면 조금 과장일 것 같았다. 그렇다고 못되게 구는 것도 아니었다. 그들의 관계를 어떻게 설명해야 할지 정확히 알 수 없었다.

결혼생활을 진짜로 시작할 때까지는 계속 싸우기만 한 것 같고, 요즘은 상당히 상황이 바뀌긴 했지만 제대로 되어가고 있는 건지 판단이 서지 않았다.

연인으로서 남편은 정열적이면서도 부드러웠다. 하지만 대화를 많이 나눠본 적이 없었다. 엄마가 오신 후로 남편 얼굴을 본 것도 그녀가 시끄러워서 호통을 치러 나갔던 그때뿐이었다. 공터에서 있었던 일도 의미를 부여할 만한 대화였다고 생각할 수는 없었다.

그후로는 남편을 보지 못했다. 그를 만났던 그날, 그녀가 깨어났을 때는 이 방의 구석에 있는 짚이불에 누워 있었다. 에바에게 들은 바로는, 던컨이 그녀를 성으로 데려와서 거기에 눕히고 이불을 덮어준 다음에 공사 현장으로 나갔다고 했다.

일리아나는 이제 아무리 시끄러워도 신경 쓰지 않았다. 지난 며칠간 곤히 잠잘 수 없었지만 다시 불평하러 나간 적은 없었다.

우선은 엄마가 약에 취해서 아무리 소란해도 깨지 않는다는 걸 알았고, 둘째로, 좀 우스운 핑계인 것 같긴 하지만, 남편을 다시 보는 것이 좀 어색하게 느껴졌기 때문이다.

숲 속에서의 그 일을 생각할 때마다 얼굴이 화끈거렸다. 남편이 했던 행동, 그리고 자신이 했던 행동들이 너무나 부끄러웠다. 남편은 숙녀답지 못한 아내를 보고 싶다고 했는데, 그가 바라던 대로 뜻을 이뤘다. 그 숲에서 그녀가 했던 행동은 짐승과 다를 게 없었다. 비명처럼 울리던 자신의 신음소리가 아직도 귀에 쟁쟁했다. 눈을 감으면 차갑고 축축한 풀이 등에 느껴지고 땀으로 젖은 몸에 스치는 싸늘한 바람이 느껴졌다. 남편의 입술이 달뜬 살갗으로 옮겨 다니던 그 느낌도.

"얘야?"

일리아나는 화들짝 정신을 차리며 죄스럽게 엄마를 쳐다보았다.

"나쁘진 않아요. 아니, 다 좋아요, 엄마."

레이디 와일드우드는 확실히 믿는 표정은 아니었지만 그대로 넘어갔다.

일리아나가 대화를 다른 데로 돌리려고 엄마에 대해서 물어보았다.

"그 작자가 자주 손찌검했어요?"

"말을 안 들었을 때만."

감정이 실리지 않은 대답이었지만, 그 말을 한 다음에 엄마가 흡족하게 미소지었다.

"난 그 자식을 볼 때마다 반항했단다."

일리아나는 엄마의 고백에 어떤 반응을 해야할지 몰라서 멍하니 쳐다보았다. 한편으로는 그렇게 무모한 짓을 한 엄마에게 호통을 치고 싶었다. 하지만 다른 한편으로는 축하를 해 드리고 싶었다. 다른 건 몰라도 그린웰트가 한가지만은 확실히 배웠을 것이다. 레이디 와일드우드와 그 딸이 채찍질 한번에 도살장으로 무작정 끌려가는 양이 아니라는 걸 말이다.

일리아나는 아무 말 없이 그저 이해하는 마음으로 엄마의 손을 꼭 쥐었다. 그때 침실 문이 열리면서 거티가 안으로 들어왔다.

일리아나의 고개가 문으로 향하는 걸 보고는, 하인이 침대로 달려왔다.

"깨어나셨군요."

"응."

"걱정 마세요, 금세 좋아지실 거예요. 꿀술에 약을 좀 탔으니까……."

"싫어. 잠은 충분히 잤어. 이젠 안 잘 거야."

"그래봤자 아프기만 하실 걸요."

"참으면 돼."

할멈이 주인을 잠깐 노려보다가 포기하고는 약을 내려놓았다.

"목마르지 않으세요?"

"아, 그래, 물 좀 줘."

할멈은 침대 옆에 조심조심 앉아서 레이디 와일드우드가 물을 마실 수 있도록 도와주었다. 찢어진 입술에 물이 닿자 레이디 와일드우드의 얼굴이 고통스럽게 일그러졌다.

"푹 쉬셔야 돼요."

"잠만 자면 먹질 못하잖아. 그럼 건강해질 수도 없어."

"배고프세요?"

일리아나가 조금 안심을 하며 미소지었다. 배고픈 것을 느낄 정도라면 보이는 것보다 훨씬 괜찮을 것이다. 좋은 신호였다.

"응."

"그럼 드실 걸 준비할게요."

그녀가 서둘러 문으로 향했다.

"금방 올게요."

던컨은 하던 일을 멈추고 이마의 땀을 닦으며, 자신에게 제한구역이 되어버린 그 방문을 무의식적으로 바라보았다. 틀림없는 자신의 방이지만 지금은 일리아나의 어머니가 차지하고 있었다. 침대를 내준게 싫어서는 아니었다. 자신보다 장모님에게 더 편안한 침대가 필요했다. 하지만 장모가 원망스럽기는 했다, 아내를 빼앗아갔으니까.

빌어먹을, 간신히 아내의 관심을 얻었는가 싶었는데, 다시 빼앗겨야 하다니.

숲에서 사랑을 나눈 후로 아내를 보지 못했다. 줄기차게 시도는 해보았다. 살짝 꾀어낼 수 있을까 해서 방문을 노크해 보기도 했다. 하지만 두 번 문이 열렸을 때마다 꼬부랑 할멈이 나타났고, 일리아나가 밤새 어머니를 간호하다가 지금 쉬고 있다는 말을 들었을 뿐이었다. 무시당한 기분도 들고 슬슬 걱정이 되기 시작했다. 분명히 아내가 그를 피하는 것 같긴 한데, 이유를 알 수가 없었다. 솔직히 숲에서의 그일이 그들의 관계에 새로운 계기가 되었을 거라고 생각했었다. 그에게는 상상을 뛰어넘을 정도로 즐거운 시간이었고, 그녀가 그 이상은 아니더라도 자기만큼은 즐겼을 거라고 자부했었다.

불공평한 일이긴 하지만, 남자는 마지막 단 한번의 정열을 위해서 욕망을 자제해야 하는 반면에 여자는 몇 번이고 만족을 찾을 수 있는 법이다. 이미 오래 전에 터득한 사실이었고, 그 날도 그랬다.

아내는 적어도 여섯 번 정도 절정에 올라 몸을 비틀며 비명을 질렀지만, 자신은 딱 세 번 만족하는데 그쳐야 했다. 그렇다고 불평하는 건 아니었다. 세 번이었어도 무릎의 힘이 다 빠져서 일어서기 힘들 정도였으니까.

다시 그 후들거리는 느낌을 맛보고 싶었다. 그런데 아내가 조금도 협조를 해 주지 않고 있었다.

잠시 후, 인상을 찌푸리며 노려보고 있던 그 방문이 갑자기 열리더니, 그의 머릿속에 있던 그 인물이 걸어나와 계단으로 종종걸음쳤다. 던컨은 멍하니 사라져 가는 뒷모습을 쳐다보다가 쥐고 있던 나무토막을 내팽개치고 그 뒤를 좇아가기 시작했다.

엘긴은 부엌에 없었다. 일리아나는 부엌 한가운데에 서서 빈 테이블과 화로를 쳐다보았다. 평소 같으면 저녁식사를 준비하느라 바쁠 시간인데 이상한 일이었다. 부엌이 텅 비는 경우는 매우 드물었다. 적어도 한 사람쯤은 남아서 야채를 다듬거나 다른 할 일을 하는 게 보통인데, 지금은 그렇지가 않았다.

일리아나는 엘긴을 찾아보거나 다른 사람더러 찾아오라고 해야겠다는 생각을 하며 문으로 돌아서려는데, 문이 훌쩍 열리고 던컨이 성큼 들어섰다. 일리아나는 눈이 휘둥그래져서 그 자리에 얼어붙었다. 남편이 일하다 온 것은 분명했다. 평소에 입던 셔츠는 온데간데없고, 여러 가지 얼룩과 땀이 맺혀 있는 벗은 상체 밑으로 허리에 플래이드만 감겨 있었다.

그 모습 때문에 숲 속의 기억이 생생해지자, 그녀의 뺨이 뜨거워졌다. 던컨은 목적이 분명한 걸음걸이로 거리를 좁혀오면서, 그녀를 따라 여기까지 왔으며 장모의 상태를 물어보려는 게 아니라는 뜻을 분명하게 전달했다. 일리아나 역시 던컨을 마주보는 순간 머릿속이 텅 비면서 남편을 빨리 맞이하려고 한 걸음 앞으로 나갔다.

그는 그녀에게 숨이 넘어갈 정도로 정열적인 키스를 퍼부었다. 그는 입술을 풀어 주고는 뺨에도 목에도 키스를 퍼부었다. 그녀의 입에서 신음이 새어나왔다가 곧바로 놀라는 소리로 바뀌었다. 그러다 갑자기 허둥지둥 그의 품에서 빠져나가려고 몸부림치기 시작했다.

그녀의 갑작스런 반항이 던컨까지 제정신으로 돌려놓았다.

아이고, 맙소사, 지금 있는 데가 부엌인데, 누구라도 들어올 수 있는 바로 여기서 그녀를 안으려 했다. 그는 재빨리 아내를 안아들고 향신료와 음식 재료들이 쌓인 창고로 달려갔다. 문 앞에 아내를 내려놓고 그녀의 허리춤에 있는 열쇠꾸러미를 집어들었다.

"뭐 하려고요?"

열심히 열쇠들을 뒤지고 있을 때 아내가 물었다.

"조용히 해. 걱정할 거 없어."

문득 이상하게 생긴 열쇠 하나가 보이자 어리둥절하게 눈살을 찌푸렸다. 하지만 이내 어깨를 으쓱하고는 원하는 열쇠를 찾을 때까지 계속 넘겼다. 드디어 찾아내자, 잽싸게 창고 문을 연 다음 아내의 손목을 붙잡고 안으로 뛰어들었다.

일리아나는 향신료의 향기를 맡으면서 그 작은 공간으로 끌려 들어갔다. 마요라나, 육두구, 저장된 야채 등의 냄새가 뒤섞여 풍겨왔다. 던컨이 문을 닫자 즉시 어둠에 쌓여버렸다.

"무슨?"

그녀가 입을 열었지만, 그녀의 몸은 이미 남편의 품에 안겨 격렬한 키스를 받고 있었다. 울퉁불퉁하게 닿는 것으로 보아 감자 푸대인 듯한 곳에 등이 닿았다.

던컨은 마치 진수성찬이 한 그릇에 몽땅 담아서 차려진 걸 보고 달려드는 거지같았다. 그것도 며칠쯤 굶어서 걸신들린 거지처럼. 그의 입술과 손이 한꺼번에 그녀의 구석구석을 음미하려는 듯 바쁘게 움직였다. 입술이 그녀의 입에서 뺨으로, 귀로, 목으로 뛰어다녔고, 그의 한 손은 바쁘게 드레스의 앞자락을 잡아당겼다가 더듬어대다가 또 잡아당겼고, 다른 손은 치마 밑으로 들어가서 들쳐 올리고는 다리 하나로 그녀의 가랑이를 벌렸다.

"던컨."

일리아나의 입술은 또 금세 그의 입술에 뒤덮였다. 혀가 들어오지 못하도록 입을 꾹 다물려고 했지만, 그의 손이 아랫부분을 감싸는 바람에 놀라는 순간 그의 혀가 쏙 들어왔다. 혀와 혀가 뒤엉키게 되자 불편함 따위는 잊어버렸다. 그가 마침내 그녀의 옷을 벗기는데 성공한 결과로 한쪽 젖가슴이 드러났다.

일리아나는 그의 키스에 신음하며 가슴을 더 내밀었고 당장에 던컨이 발딱 일어선 젖꼭지를 두 손가락으로 비벼댔다. 그리곤 다른 손으로 그녀의 아랫부분을 애무했다. 그녀가 그의 어깨를 경련하듯이 움켜진 채로 숨을 몰아쉬는 사이, 그의 입술이 밑으로 미끄러져 내려가 젖꼭지를 빨았다.

불행히도 그녀의 가쁜 호흡이 부엌에 내려왔던 목적을 깨닫게 해주었다. 그다지 기분 좋은 형태로 깨달은 것은 아니었다. 바로 던컨의 냄새 때문이었다. 던컨에게 악취가 묻어 있었다. 또!

조금 전의 흥분이 바람에 실려 가는 연기처럼 사라져 버렸고 일리아나는 최대한 몸을 똑바로 세워서 그의 가슴을 밀어내기 시작했다.

던컨이 눈살을 찌푸리며 그녀의 손을 치워내고 계속해서 젖가슴을 빨았다. 그렇게 하면서도 그 부분이 물렁해지는 것을 알아차려야 했다. 좀더 열심히 깨물면서 자극을 주었지만 아내의 손이 다시 어깨를 밀어냈다.

"뭐야?"

그가 서서 문틈으로 들어오는 희미한 빛으로 아내의 얼굴을 살폈다. 하지만 표정이 제대로 보이지 않았다.

"왜 그래. 불안해할 거 없다니까. 여기 있으면 아무도 모를 거야."

"그렇겠죠."

일리아나는 다시 껴안으려는 그의 팔에 저항했다.

"그것 때문이 아니라……."

문제점을 곧이곧대로 말하면 남편이 화를 낼 수도 있기 때문에 잠시 허둥대다가 진실을 말해도 해될 것이 없는 단 한가지 이유를 찾아냈다.

"엄마가 배고프시대요. 죽이라도 갖다 드려야 줘."

"그럼 빠른 걸로 하면 되잖아, 그치?"

그는 유혹적으로 속삭이며 그녀의 치맛자락을 붙잡아 다리 위로 올렸다. 그 사이에 그의 손가락이 스치자 종아리가 바르르 떨렸다.

일리아나는 뱃속에 모여드는 뜨끈한 기운에 놀라며 숨을 삼켰다. 그리고는 그 숨과 함께 안으로 들어오는 냄새에 크게 신음했다. 또한 부엌에서 하는 것도 절대 싫었다. 저녁식사 냄새가 떠돌아다니는 데다 누구라도 금방 들어올 수 있는 곳이니까 말이다. 하지만 이 닫힌 공간에서는 그의 냄새가 주위에 있는 향신료의 냄새를 압도하는 듯했다. 그녀의 코로 들어오는 냄새는 완전히⋯⋯.

"말똥이군요."

그녀의 허벅지를 붙잡은 채로 던컨의 움직임이 멎었다.

"뭐?"

"당신, 마구간에서 일하다 왔어요?"

그녀가 조심스럽게 물었다.

"맞아."

어떻게 알았냐는 듯이 그가 놀라워했다.

"아침에 마구간에서 일했어. 한 마리가 새끼를 낳는데 진통이 심해서 도와줘야 했거든."

일리아나는 크게 신음하지 않을 수 없었다. 그 도움을 주려고 어떤 일을 했을지 능히 짐작하고도 남았다.

마구간 짚더미에 앉아서 짐승의 몸 속에 손을 집어넣어 새끼의 다리를 잡았을 테고, 그 불쌍한 새끼를 어미 뱃속에서 잡아 빼는 동안 피와 똥을 뒤집어썼을 것이었다. 그런 다음에 걸레 조각으로 대충 몸을 닦아내고는 목욕을 해야 된다는 생각은 눈곱만큼도 안하고 위층으로 망치질을 하러 돌아왔을 것이다.

사실, 일주일 전 그녀가 거름더미에 빠졌던 날 이후로 남편이 목욕해야겠다는 생각을 한번이라도 한 적이 있을지 의심스러웠다.

매일매일 그는 새 방을 만들겠다는 일념 하에 일했다. 땀과 먼지와 흙으로 범벅이 되었어도 씻어야겠다는 생각조차 안 했을 것이다. 그러니 마구간 냄새가 난다 한들 이상할 게 전혀 없었다. 솔직히 말하자면 마구간보다 더 지독한 냄새였다.

"어떻게 알았어?"

남편의 그 질문에 한숨이 터져 나왔다.

"냄새가 나서요."

그의 몸이 완벽하게 굳어졌다.

남편이 화났다는 걸 감지하면서 그녀가 오른쪽으로 슬금슬금 움직여 문을 찾았다. 문을 열자 한줄기 빛이 스며들었다. 남편의 격분한 표정에 덜컥 겁이 났다. 일리아나는 이런 경우에는 용감한 척하는 것보다 후퇴하는 것이 상책이라고 결심했다. 그래서 황급하게 부엌으로 빠져나가는데, 갑자기 엘긴이 눈앞에 나타났다.

"미안해요."

부딪힐 뻔한 걸 간신히 모면하고 그녀가 얼른 엘긴 옆으로 지나가려 했다.

"부인!"

남편이 뒤따라 나오는 것을 굳이 돌아보지 않아도 알 수 있었다. 뒤좇아오는 발소리가 들렸다. 일리아나는 조금 더 속력을 내서 문을 향해 달렸다. 운 나쁘게도, 시아버지가 그곳에 있었는데 그걸 모르고 서둘다가 정면으로 부딪혀서 둘 다 바닥에 나동그라질 뻔했다.

앵거스 경이 얼른 며느리를 붙잡아주었고, 일리아나는 슬쩍 그 얼굴을 쳐다보며 얼굴을 붉혔다.

"어머나, 아버님. 방금 어머니가 깨어나셔서 배가 고프시다기에."

뒤로 물러서며 허둥지둥 말했다.

"죽이라도 갖다드리려고."

"그런데 발정난 황소 같은 내 아들놈이 또 덤벼들었군."

앵거스가 그녀의 말을 대신 끝내주면서 옷매무새를 고쳐주려고 손을 뻗었다.

홀끔 아래를 내려다보니, 앞자락이 풀어져서 한쪽 가슴의 절반 정도가 고스란히 드러나 있었다. 그녀가 새빨갛게 얼굴을 붉히며 얼른 자신의 손으로 옷을 고쳐 입었다.

"위층에 올라가거라. 내가 죽을 올려보내마. 내 아들놈도 내가 처리하마."

다행스럽게 고개를 끄덕이고는 일리아나가 밖으로 빠져나갔다. 던컨은 아버지의 얘기가 시작되는 중간에도 그녀의 이름을 소리치고 있었다.

# 14

"이 정도면 충분히 숨어 있지 않았니?"

엄마와 체스를 두고 있던 일리아나가 조심스럽게 시선을 들었다.

"무슨 말씀이세요?"

"잘 알 텐데."

엄마의 예리한 시선이 불편해지자 얼른 밑으로 시선을 내렸다.

"숨어 있는 게 아니에요."

"맞을 걸."

"아니라니까요. 엄마 차례예요. 어서 하세요."

"그럼 자식된 도리를 다하려고 일주일 동안 밤낮으로 여기 있었다
는 거니?"

"물론이죠."

레이디 와일드우드가 고개를 흔들며 체스 말을 옮겼다.

"했어."

일리아나는 눈을 깜박거렸다. 말 하나만 움직였을 뿐인데 불가능하

다 싶게 체스판의 전세가 돌변해 있었다. 그녀는 무겁게 뒤로 몸을 기대며 엄마를 쳐다보았다.

"엄마 건강이 안 좋았잖아요."

"그렇긴 했지."

"같이 있어드리면 좋아하실 줄 알았어요."

엄마가 그저 쳐다보기만 하자 어색하게 시선을 피했다.

"남편하고 뭐가 틀어졌니?"

일리아나는 한숨을 내쉬었다.

"아니에요, 괜찮아요. 그렇다고 행복해서 죽을 지경이라고 말할 순 없잖아요. 우린 이제 갓 결혼해서 서로를 알아 가는 중인 걸요."

"그런데 이 정도로 같이 보내는 시간이 없어서야 서로를 알기가 아주 힘들겠구나."

딸이 고집스럽게 체스판만 쳐다보자, 레이디 와일드우드는 체스판을 들어 옆으로 치워버렸다.

"뭐하시는 거예요?"

어머니가 담요를 걷어내고 침대 밑으로 발을 내리자, 그녀가 서둘러 막으려 했다.

"일어나시면 안 돼요. 엄마는 아직 정상이 아니라고요."

"계속 누워 있기만 해서 어디 튼튼해지겠니? 게다가 이젠 사위를 만나볼 때가 된 것 같다."

"만나고 싶으시면 제가 에바더러 불러오라고 할게요. 어쨌든 엄마는 일어나지 마세요."


"에바?"

"마님!"

홀에 내려온 마님을 쳐다보며 하녀의 눈이 커졌다.

"드디어 나오셨군요."

일리아나의 인상이 구겨졌다.

"그래. 엄마가 아래층에서 같이 저녁 드시겠대. 목욕 준비도 부탁해."

왁자지껄한 웃음소리가 들려오자, 그녀의 시선이 테이블로 옮겨갔다. 앵거스 경과 다른 남자들이 빼곡히 앉아 있었다. 던컨은 보이질 않았고 여자들도 없었지만, 사람들이 테이블마다 꽉 들어차 있어 몇 명은 서 있기까지 했다.

던바 성에서 이렇게 많은 남자를 보기는 처음이었다. 새 방을 지으려고 몰려왔을 때도 이 정도로 많지는 않았다.

"무슨 일이야?"

"레이디 셰나이드의 약혼자가 오셨어요."

"셔웰 경이?"

하녀가 고개를 끄덕였다. 2주일 전쯤인가, 일리아나의 엄마가 도착한 바로 다음 날 셰나이드는 결혼하지 않으려고 성을 빠져나갔다. 그래서 남자들이 수색조를 짜서 찾아다녔는데 세인트 시미안스 수녀원에 있다는 소식을 듣고 돌아왔다.

그 소식을 들었을 때 일리아나는 '아, 난 왜 그렇게 좋은 생각을 미처 못했을까?' 생각하며 시누이의 영악함에 감탄했었다. 일리아나는 웃고 있는 남자들을 쳐다보다가, 문득 앵거스 경이 고급스런 더블릿 차림으로 앉아 있는 걸 발견하고는 눈이 커졌다.

"어머!"

"셔웰 경 옷이에요."

에바가 얼른 눈치를 채고 알려주었다.

"셔웰 경이 던바의 플래이드를 입고 싶다고 해서 앵거스 경이 바꾸셨어요."

"셔웰 경이 왜 플래이드를 입고 싶었을까?"

"던바족에게 같은 편이라는 걸 보여주고 싶었겠죠. 그럼 던바 땅에서 안전하게 다닐 수 있을 테니까요."

"정말 그런가?"

그녀가 더 물어보려다가, 엘긴이 부엌에서 나오는 게 보이자 아래층에 내려왔던 목적이 생각났다.

"레이디 와일드우드가 오늘 저녁식사 시간에 여기로 내려오시겠대요."

반대하는 듯한 에바의 표정을 쳐다보며 고개를 끄덕였다.

"알아. 나도 쉬어야 한다고 말씀드렸어. 하지만 계속 고집을 부리시니 어떡하겠어. 이제 목욕 준비도 해 드려야 돼."

"그건 제가 준비할게요."

에바가 대답했다.

일리아나는 다시 위층으로 올라가려고 돌아섰다. 처음에는 방에서 나오기가 불안했지만 복도가 텅빈 걸 보고 용기를 내서 에바를 찾으러 내려왔다.

지난 이틀 동안은 복도가 조용했다. 방 세 개를 다 만들었기 때문이다. 위층의 방은 이제 여섯 개로 늘어났고 복도도 원래보다 두 배로 넓어졌으며 새 난간도 생겼다. 새로 만든 방을 보고 싶긴 했지만 그러다가 던컨과 부딪힐 가능성이 있었으므로, 그녀는 엄마의 목욕을 도와드리기 위해서 방으로 돌아왔다.


"이런 요리사를 두다니 얼마나 좋을까? 장 클라우드도 이만큼 맛있게 만들긴 힘들었을 거야."

레이디 와일드우드는 엘긴이 들을 수 있도록 일부러 크게 말을 했다. 예상대로 자부심에 어깨가 으쓱 올라간 엘긴이 테이블에 있는 모든 사람들에게 환한 미소를 보냈다.

엘긴이 최고의 솜씨를 발휘한 요리 덕분에 식사시간이 기분 좋게 흘러갔다. 앵거스 경은 셔웰 경의 멋진 더블릿과 바지 차림으로 저녁 내내 일리아나의 엄마가 불편한 건 없는지, 기분은 어떤지를 살피고 있었다. 가끔은 나이에 걸맞지 않게 아양을 떨기까지 했다. 놀랄 일도 아니었다. 손과 팔, 얼굴과 목 군데군데에 흐릿한 멍자국들이 남아 있었지만, 엄마는 매력적인 여자였다.

앵거스 경의 행동으로 엄마가 얼굴을 붉히며 미소짓는 걸 보았을 때, 그녀는 자리에서 벌떡 일어나 시아버지의 주름진 볼에 감사의 뽀뽀라도 해 주고 싶은 심정이었다. 겁이 날 정도로 창백했던 엄마의 얼굴에 혈색이 돌아왔다는 게 진심으로 다행스러웠다.

일리아나는 느긋하게 긴장을 풀고 남편과 시아버지와 엄마의 대화에 귀기울였다. 그 두 사람이 엄마의 오른쪽에 앉은 건 일리아나의 의도적인 자리배치였다.

일리아나와 엄마가 같이 아래층에 내려왔을 때, 이미 모든 사람들이 테이블에 앉아 있었다. 던컨은 아버지와 사촌 알리스테어 사이에 앉아서 아버지 쪽으로 고개를 돌린 상태였다. 알리스테어만이 그들의 도착을 알아보고는 사람들을 옆으로 밀어서 자신과 던컨 사이에 공간을 만들어 주었다.

창고에서 그 사건이 있은 후로 남편을 보지 못했기 때문에 그녀는 아직 그를 마주보기가 어색했다. 그래서 얼른 자신이 먼저 알리스테어 옆자리를 차지하고 엄마가 어쩔 수 없이 던컨 옆자리에 앉도록 했다.

남편과 다른 사람들의 대화를 들으면서, 그녀는 다시 한 번 냄새나는 곰 정도로 생각했던 남자에게 또 다른 면을 발견했다. 엄마에게 하는 던컨의 말이나 행동이 하나같이 점잖고 예의바랐다. 거의 기사도 정신을 발휘하고 있다고 해도 맞을 것이었다.

게다가 그녀와 얘기할 때보다 더 개방적인 태도로 대화를 나눴다. 던바 성을 어떻게 바꿀 계획이며 이미 어떤 일들을 마무리지었으며, 위층의 방은 공사뿐만 아니라 하나만 빼고 실내장식까지 다 끝났다고 했다.

그후에 즉시 성벽으로 인력을 몰아서 그 작업도 거의 끝나가는 중이라고 했다. 일리아나는 성 안에 전보다 많은 남자들이 우글거리는 이유를 알게 되었다. 용병으로 나갔던 남자들이 일을 끝내고 돌아온 모양이었다. 남편이 왜 그렇게 던바 성을 확장하고 싶어했는지 이해할 만했다.

"일리아나, 오늘 네 방을 돌려줄게."

엄마의 한마디에 그녀의 몸이 바짝 긴장했다. 동시에 복잡한 생각들이 머릿속으로 뒤엉켰다.

"네, 뭐라고 하셨어요?"

그녀가 하녀에게 손짓하는 엄마의 팔을 필사적으로 붙잡으며 다시 물었다.

레이디 와일드우드는 일리아나의 이상한 반응에 놀라면서도 고개를 끄덕였다.

"사위가 수고해서 방을 만들어줬으니, 그 방을 고맙게 사용해야 할 거 아니니?"

"하지만……."

엄마가 그녀의 말을 가로막으며 부드럽게 뺨을 어루만졌다.

"걱정 마. 좋은 남자인 것 같더라. 다 잘 될 거야."

엄마는 딸의 뺨에 키스를 하고 나서 하녀를 돌아보았다.

"이제 누워야겠어, 거티."

"네, 마님."

일리아나는 멍하니 자리에 앉아 있었다. 할멈이 어머니를 도와 일으키자, 바로 옆의 남편이 눈에 들어왔다. 던컨이 그녀를 마주보았다. 그 눈의 표정이나 얼굴의 미소로 보아, 엄마가 한 말을 들은 것이 확실했다.

그녀가 벌떡 일어났다.

"제가 도와드릴게요."

불안감을 애써 숨기면서 엄마의 팔을 잡아 부축하며 홀을 떠났다.


던컨은 침실문 밖에 멈춰 서서 크게 한번 심호흡을 했다. 인정하기 힘든 사실이긴 했지만, 긴장이 됐다. 아내를 안아본지가 너무 오래되었다. 게다가 창고에서 아내가 보여준 반응도 마음에 걸렸다.

하지만 그는 그런 생각들을 어깨를 으쓱하는 것으로 떨쳐내고 당당하게 문을 열었다.

방안이 어두웠다. 그러나 아주 작게 벽난로에 남아 있는 불빛으로 침대에 누워 있는 아내의 형태를 분간할 수 있었다. 그는 여전히 긴장을 떨치지 못하고 문을 쓰윽 닫은 다음 침대 쪽으로 걸어갔다.

일리아나는 이미 잠들어 있었다. 아니면 잠든 척하고 있었다. 달리 무엇을 기대해야 했을까? 며칠 동안 피해 다니기만 했던 아내가 두 팔 벌려 환영해 줄 리 없지 않은가.

그러길 바랐다면 너무 커다란 희망이었다. 한숨을 내쉬며 플래이드를 벗고 셔츠까지 올려서 두 옷가지를 동시에 바닥으로 떨어뜨렸다. 그런 다음 이불을 들어올렸다. 하지만 침대에 오르려다가 아내의 상태를 알아차리고는 그 자리에서 굳어버렸다. 아내가 속옷을 입고 있었다. 그 전에 자주 보았던 잠옷, 남편으로서의 권리를 거부했을 때 입었던 그 잠옷이었다. 게다가 정조대의 윤곽이 불룩하게 튀어나와 있었다.

"그걸 도로 입었군."

일리아나가 그의 딱딱한 어조에 자는 척하던 태도를 포기하고 슬프게 쳐다보았다.

"죄송해요, 하지만……."

"죄송해? 아니, 미안할 거 없어."

던컨은 아내를 짜증스럽게 노려보고 나서 상관없다는 듯이 이불을 툭 내려놓았다.

"당신은 차가운 여자야. 즐길 줄도 모르고 어떻게든 피하려고만 하는 여자야."

"아니에요!"

일리아나가 얼른 부인하면서 멀어지려는 그의 손을 붙잡았다.

"나도 좋아요. 정말이에요."

남편이 흥 코웃음쳤다.

"정말이라니까요. 하지만 당신한테 냄새가 날 때는 즐길 수가 없어요. 자꾸 신경이 다른 데로 쏠린다고요. 목욕만 하면……."

그녀의 목소리가 작아졌다.

"그래, 목욕만 하면 좋다 이거겠지? 목욕만 하면, 관심을 베풀어주시겠다? 다시 한 번 말하는데, 부인, 나한테 복종하는 건 당신 의무야. 당신은 남편으로서의 내 권리를 거부하고 있어, 그러니까 나도 당신을 거부할 권리가 있어."

일리아나가 입도 뻥긋 못하고 조용해지자, 그가 거칠게 웃었다.

"그래봤자 무슨 상관이야? 당신이 신경이나 쓰겠어? 당연히 안 쓰시겠지. 신경 쓰는 여자였으면 애초에 날 거부하지도 않았을 테니까."

일리아나가 말없이 쳐다보기만 하자 그는 패씸하다는 표정으로 획 돌아섰다.

"이젠 걱정 마. 고약한 냄새로 당신 이불을 더럽히지 않을 테니까. 날 환영해 주는 침대로 가면 그뿐이야."

일리아나는 그의 뒤로 닫히는 문을 멍하니 쳐다보았다. 남편의 말이 머릿속에 윙윙 울렸다. '날 환영해주는 침대로.' 다른 여자한테 가려는 걸까? 부부로서 같이 즐겼던 그 정열을 다른 여자와 나누겠다고?

그녀의 눈이 가늘어지면서 화가 치밀었다. 이를 앙다물고 이불을 걷어내며 일어섰다. 하지만 금세 멈춰버렸다.

그를 받아들이지 않은 건 그녀 자신이었다. 남편이 다른 데서 방황하는 걸 막고 싶다면, 지금 이대로 남편을 받아들여야 할 것이다. 하지만 그 고약한 냄새를 참아낼 수 있을까?

앞으로 그와 함께 지낼 세월이 눈앞에 떠올랐다.

던컨이 하루 종일 땀흘리며 일하고 나서 방에 들어올 것이다. 플래이드와 셔츠를 벗어내고 나면 땀에 젖은 몸이 불빛에 번들거릴 것이다. 그의 넓은 가슴과 강한 다리로 불길의 그림자들이 춤을 출 테고 그는 그녀에게 다가와서 품에 안을 것이다. 그럼…… 그의 냄새를 맡아야 할 것이다.

끙 신음하며 일리아나는 힘없이 침대로 되돌아 들어갔다. 남편이 다른 여자랑 껴안고 키스하는 모습을 상상하면 정말이지 우울한 기분이었지만, 말똥 냄새가 나는 남자를 억지로 환영하는 것처럼 침대에 맞아들이는 것도 그보다 나을 게 없었다.

"켈리, 당신은 여전히 빵빵하군. 이리 와."

던컨의 눈앞에 거대한 젖가슴이 흔들거렸다. 깊이 패인 목선 위로 젖가슴이 불룩하게 솟아 있었다. 저러다 금방 쏟아지겠다 싶어서 옷을 올려주려고 손을 뻗었다. 하지만 어질어질 몸이 흔들리더니 옷을 올려주기는커녕 빵빵한 가슴 하나를 움켜쥐고서야 간신히 균형을 잡았다.

*취했군.*

조금 놀랍기는 했지만 취했다 한들 무슨 상관이랴. 그는 다른 손으로 거의 비어버린 잔을 입으로 올려 남은 술을 들이켰다.

"그만 하세요, 취했어요."

켈리가 던컨이 앉은 침대 옆 작은 테이블에 술잔을 내려놓았다. 그가 인상을 쓰자, 그녀는 살짝 웃으면서 그의 손을 붙잡아 자신의 다른 쪽 가슴에 가져갔다.

"나쁜 분이세요, 이렇게 오랜만에 오시다뇨. 켈리가 나리를 얼마나 보고 싶어했는데."

"그래, 그래, 좀 바빴어."

술에 취한 던컨의 머리가 앞쪽으로 늘어지면서 커다란 젖무덤 사이에 처박혔다.

"잉글랜드 여자 때문에요?"

여자가 샐쭉하게 입을 내밀었지만, 던컨이 고개 들어서 봐주지 않자 자기 손으로 그의 고개를 젖혔다. 금방이라도 잠들어버릴 것처럼 그의 눈이 감겨 있었다.

"완전 취하셨군요."

그는 눈을 뜨면서 씩 웃었다. 한 손을 옆으로 미끄러뜨려서 그녀의 엉덩이를 꼬집었다.

"그래, 취했다. 하지만 작업을 못할 정도는 아니야."

"그럼요, 나리 실력이야 제가 잘 알죠."

그녀가 고개를 끄덕이더니 살짝 그를 밀어서 침대로 넘어뜨렸다. 그리곤 앞자락을 쭉 잡아당겨 젖가슴을 몽땅 드러냈다. 남자의 눈에 욕망이 일어나는 걸 보면서 여자의 미소가 더 깊어졌다.

"근데 잉글랜드 여자가 망쳐놓지나 않았는지 모르겠어요. 어디 볼까요?"

그녀가 플래이드 자락을 허벅지로 걷어올리며 침대의 남자 위로 기어올랐다.

던컨이 웃기지 말라고 말하려는데 여자가 입이 벌어진 틈을 타서 그 속으로 가슴을 쑥 밀어 넣었다. 그는 무의식적으로 빨아댔다. 하지만 동시에 시큼한 땀냄새가 코를 공격해 왔다. 무의식적으로 눈살이 찌푸려졌다. 그가 플래이드를 벗기려 하는 여자의 팔을 붙잡아 불쾌하게 밀어냈다.


일리아나는 다시 한 번 돌아누워 어두운 방을 노려보았다. 던컨이 지금 어딘가에서 다른 여자와 일을 치르고 있을지도 모르는 이 마당에 잠을 이룬다는 것은 절대적으로 불가능했다. 그 생각이 뇌리에서 떠나질 않았다.

발정난 돼지 같은 놈!

목욕하라는 게 뭐 그리 무리한 요구라고 펄펄 뛴단 말인가? 그냥 한번 물로 닦아내기만 하면 정조대를 기꺼이 풀어줄 수 있는데.

조그맣게 욕을 중얼거리며 문이 보이지 않는 쪽으로 돌아누웠다. 그 순간, 찰칵 문 열리는 소리가 들렸다. 조용히 문이 닫히면서 바스락바스락 소리가 가까워졌다. 그녀의 마음에 분노의 불길이 타올랐다. 다른 곳에서 놀다 오셨다 이거지? 그런 짓을 하고 감히 이 침대에서 잘 생각을 해? 어림없는 소리!

일리아나는 매서운 말을 입에 가득 담고 홱 돌아누웠다. 하지만 퍼부어 주려던 말들이 놀란 비명소리로 바뀌었다. 맙소사, 침대 위로 보이는 어두운 형체가 단검을 치켜들고 있었다. 그녀가 기겁을 한 거야 두말할 필요도 없지만, 상대 쪽에서도 그녀가 깨어 있다는 사실에 똑같이 기겁하는 것 같았다. 천만다행이었다. 그 자가 잠깐 멈칫하는 사이에 정신을 차리고 재빨리 반대쪽으로 몸을 굴릴 수 있었다.

그 동작에 상대방도 정신을 수습하고 앞으로 다시 덤벼들면서 검을 내리 꽂았다. 옆구리가 뜨거워지는 느낌이었다. 잠시 후, 일리아나가 바닥으로 쿵 굴러 떨어졌다. 다시 비명을 지르며 침대에서 멀리 도망치려 했지만 이불에 다리가 엉켜버렸다. 미친 듯이 이불을 걷어차면서 목이 터져라 비명을 질렀다.

쿵 문소리가 났을 때에야 입을 꾹 다물었고, 잠시 후 아무 기척이 없었을 때에야 조심조심 침대 위를 둘러보았다. 방이 비어 있었다. 그녀가 떨리는 가슴을 쓸어 내리며 축 늘어졌다.

"일리아나!"

복도에서 공포에 젖은 엄마 목소리가 들려오자, 일리아나는 다리에 감긴 이불을 밀어내려 노력했다. 잠시 후에 촛불이 나타나고, 엄마와 에바, 거티와 앵거스 경이 방으로 달려 들어왔다. 그들은 비어 있는 듯한 방을 당황스레 둘러보다가 침대 건너편에서 그녀를 찾아냈다. 엄마가 하녀에게 양초를 건네고 달려왔다.

"무슨 일이야, 왜 그래?"

레이디 와일드우드는 경황없이 뛰어오느라 속옷밖에 걸치지 않았다는 걸 잊어버린 듯했다.

하지만 남자인 앵거스 경이 그 모습을 놓칠 리 없었다. 그의 시선이 니이든 여지에게 아교처럼 달라붙었다. 그녀가 딸을 걱정스럽게 일으켜 세워주는 동안에도.

"나쁜 꿈이라도 꿨니? 침대에서 떨어졌어?"

앵거스는 어렵사리 나이든 여자의 빈약한 옷차림에서 눈을 떼어 며느리를 쳐다보았다. 즉시 그녀의 하얀 옷에 빨간 얼룩이 번지는 것을 알아차렸다.

"피가 나잖아!"

더 자세히 볼 것도 없이 얼른 방을 가로질러왔다.

일리아나가 흘깃 옆구리를 쳐다보았다. 침대에서 구를 때 뜨끈한 느낌이 나더니 옆구리를 베인 모양이었다. 잠옷 한군데가 찢어지고 그 부근에 피가 번지고 있었다.

"심하진 않아요"

일리아나가 중얼거렸다. 하지만 앵거스는 찢어진 부분을 벌려서 상처를 직접 살펴보고 나서인상을 찌푸리며 일어섰다.

"어떻게 된 거냐?"

"누가 방에 들어왔어요. 전 던컨인 줄 알고 돌아봤는데, 던컨이 아니라……."

"누구였어?"

레이디 와일드우드의 눈이 휘둥그래졌다.

"모르겠어요. 너무 순식간에 일어난 일이라. 방도 어두웠고요. 남자이긴 했는데 얼굴은 못 봤어요. 단검만 봤어요."

부르르 몸서리치며 그녀가 아픈 옆구리를 손으로 눌렀다.

"검이 내려오는 걸 보고 옆으로 구르면서 비명을 질렀던 거예요."

"잘했다, 그렇지 않았으면 이렇게 살아 있지 못했을 거야."

앵거스가 험악하게 중얼거리고는 이미 몇몇 사람들이 모여들어 있는 문 쪽을 보았다. 그 속에 아들의 모습이 없자 일리아나를 다시 보았다.

"내 아들은 어디 있냐?"

그녀는 잠깐 망설이다가 까치발을 하고 그의 귀에 속삭였다.

레이디 와일드우드가 알고 싶어 미치겠다는 듯이 눈썹을 들어올렸다. 앵거스 경의 얼굴은 금세 벼락이라도 내릴 것처럼 일그러졌다.

앵거스가 돌아서서 쿵쿵거리며 방을 나섰다. 거티와 에바를 지나치면서 어깨 너머로 손짓을 했다.

"상처를 돌봐 드려!"

남자들이 알리스테어를 찾아냈다.

"내가 던컨 놈을 잡아올 때까지 넌 여기다 경호원을 세워 놔."

방을 나서는 그의 모습에서 권위적인 카리스마가 넘쳤다. 잠잘 때 입는 셔츠만 달랑 입었다는 사실을 거의 간과할 수 있을 정도로. 감사하게도 무릎까지 내려오는 길다란 셔츠였다.


"왜요?"

던컨이 손을 밀어내자 켈리가 놀란 눈으로 쳐다보았다.

던컨은 잠시 머뭇거렸다. 갑자기 왜 여자의 행동을 가로막았는지, 이유를 말하기가 껄끄러웠기 때문이다.

"난 이제 유부남이야."

침대 끄트머리에 일어나 앉으며 그 말만 했다.

"여기 들어올 땐 유부남 아니었나요?"

여자가 퉁명스럽게 대꾸를 하자, 던컨의 표정이 굳었다. 그후에 여자가 옆에 앉아서 플래이드 사이로 손을 집어넣자 이번에는 몸이 굳었다.

"어머, 젖은 옷처럼 축 늘어졌잖아!"

그녀가 발딱 일어섰다.

"걱정 마세요. 제가 문제없이 해결해 드릴게요."

그리곤 그의 앞에 무릎을 꿇고 플래이드를 젖힌 다음 자신의 입 속으로 그의 물건을 넣었다. 던컨은 그 대담한 행동에 놀라서 펄쩍 뛰었다가 열심히 노력하고 있는 여자의 정수리를 마냥 쳐다보았다. 그녀의 머리가 불처럼 빨갰다.

아니, 얼마나 자주 감았을까? 그는 기름기가 자르르하여 색까지 파랗게 변한 그 머리채를 보며 생각했다.

그에 비하면 일리아나의 머리는 광대 나는 나무처럼 빈짝거렸고 레몬과 꿀 냄새가 났다. 숲 속에서 그 점에 대해서 물어 보았다.

*어떻게 머리에서 이렇게 좋은 냄새가 나지?*

그 냄새가 좋았다. 그 안에 머리를 파묻고 풀밭 위에서 사랑하는 동안 내내 그 향기를 마셨다. 맙소사, 그 생각을 하자 금세 아랫부분이 단단해졌다.

켈리는 자신의 입 속에 있는 물건이 커지자 흡족하게 신음했다. 그 소리가 던컨의 뇌리에 떠올랐던 일리아나의 모습을 산산조각 냈다.

눈을 뜨고 그녀를 내려다보던 던컨은 흠칫했다. 그 여자의 머리통에서 뭔가 움직이는 걸 본 것 같았다. 혹시 이가 아니야? 자신이 왜 이렇게 기겁을 하는지 알 수 없으면서도 하여튼 진저리가 쳐졌다.

머리에서 이를 보는 게 그리 드문 일도 아닌데, 하지만 일리아나한테 그런 게 한 마리도 없을 거라는 점은 그녀의 지참금 전체를 두고 내기를 걸어도 좋았다.

"또 시들해졌네!"

여자가 불만스럽게 투덜거렸다. 던컨은 여자의 머리를 밀치고 벌떡 일어났다. 그리고 입을 꾹 다문 채 지체 없이 그 오두막을 나왔다.

성으로 돌아오던 중간에 아버지와 마주쳤다. 길에 멈춰 서서 던컨이 아버지의 험악한 표정을 보며 물었다.

"웬일이세요?"

"다 싸돌아다녔냐? 이제 아내한테 돌아갈 거냐? 부인이 있다는 걸 기억이나 하는 것이냐? 우라질 놈의 자식."

던컨은 아버지가 지나치게 화를 내는 것 같아서 조금 놀랐다. 하지만 기분만 더 고약해졌을 뿐이었다. 아내한테 거부당했던 바로 그 이유로 자신을 두 팔 벌려 환영하는 여자 품에서 걸어나왔다는 사실 때문에 기분이 아주 더러웠던 것이다.

"왜 이러세요? 그 여자를 쉬게 해 주라고 하신 게 아버지잖아요."

그 말이 입을 떠났다 싶은 순간 아버지의 주먹이 그의 턱을 후려갈 겼다. 밤새도록 마셔댔던 위스키 때문에 그렇지 않아도 다리의 힘이 풀렸는데, 그 주먹이 오는 것을 보지도 못한 던컨은 낫에 베이는 벼처럼 단번에 나가떨어졌다.

　천천히 일어나 앉으며 그는 고개를 흔들고 한 손으로 턱을 문질렀다. 그리곤 조심스럽게 아버지를 보았다.

　"대체 왜 이러세요?"

　"넌 맞아도 싸다, 이 덩치만 큰 얼간아!"

　앵거스가 고래고래 소리를 쳤다.

　"네 놈이 싸돌아다니는 동안, 네 놈 방에 자객이 들었어. 네가 있어야 할 그 방에, 그리고 그 불쌍하고 아무 힘도 없는 네 아내를 찔렀단 말이다!"

　"뭐요?"

　"귓구멍이 있으면 들었을 거 아니냐. 어떤 놈이 네놈 방에 숨어 들어와서 네 놈이 없는 사이에 그 애를 찔렀어. 그 애는……."

　앵거스는 더 이상 말할 이유가. 없어졌다. 던컨이 듣지 않았기 때문이다. 그는 성 쪽으로 냅다 달리기 시작했다.

린제이 샌즈
The Key

# 15

"상처 좀 보자."

레이디 와일드우드가 말했다.

"에바, 깨끗한 잠옷 가져와. 거티."

"제가 약을 가져올게요."

할멈이 서둘러 방을 빠져나갔다.

"옷 벗어라, 애야."

레이디 와일드우드는 일리아나가 부르르 몸서리치는 걸 보면서 격정 가득한 얼굴로 속삭였다. 충격이 어느 정도 가라앉은 지금, 그녀는 딸이 이렇게 침착하게 오랫동안 참아주었다는 것이 놀랍고도 고마울 뿐이었다.

무의식적으로 일리아나는 옷을 위로 잡아당겼다. 엄마의 얼굴에 충격이 나타나는 걸 보았을 때에야 정조대가 있다는 걸 깨달았다. 크게 신음이 터져 나왔다.

"뭘 하고 있는 거니, 지금?"

맥없이 어깨를 늘어뜨리며 일리아나는 잠옷을 밑으로 다시 끌어내리고 침대에 앉았다.

"아시잖아요."

"그래, 알긴 알아."

레이디 와일드우드가 천천히 고개를 끄덕였다. 자신도 그린웰트의 접근을 막으려고 똑같은 것을 사용했고, 그래서 수도 없이 매를 맞아야 했다.

침대에 내려앉으면서 그녀가 딸의 한 손을 지긋이 잡았다.

"네 결혼생활이 매끄럽지 않은 줄은 짐작했어, 그래도 때가 되면 좋아질 거라고. 그런데 이렇게 심각한 줄은 몰랐다. 남편이 매질을 하더냐?"

"아니에요! 그런 게 아니에요!"

일리아나가 놀라며 소리쳤다.

"던컨은 여자한테 주먹질한 남자를 패 주기까지 한 사람이에요. 절대 나한테 폭력 같은 건 휘두르지 않아요."

"그럼 정신적인 폭력을 쓰는 게로구나."

어머니가 슬프게 중얼거렸다.

"아니에요. 아무리 화가 나도 잔인한 말 같은 거 안 해요. 아주 이성적인 사람인 걸요."

레이디 와일드우드의 얼굴에 어리둥절한 표정이 나타났다.

"그럼 멍청하더냐? 한심해서 못 봐주겠어?"

"엄마! 엄마가 직접 보고서도 그런 소릴 하세요? 그 사람은 아주 똑똑해요. 얼마나 지적이고 야망도 크고 열심히 일하는 사람인데."

"그럼 대체 왜 정조대를 찬 거야?"

엄마가 답답하다는 듯 가로채자, 더 이상 할 말이 없어졌다. 대답할 방법이 난감하기만 했다.

"항상 그걸 쓴 건 아니에요."

에바가 옆에서 거들었지만, 어머니는 더 알 수 없다는 표정이었다.

"항상 그런 게 아니라면, 그럼 첫날밤은 치른 거겠지?"

딸의 얼굴이 붉어지는 것으로 충분한 대답이 되었다. 레이디 와일드우드의 눈매가 날카로워졌다.

"잠자리에서 거칠게 굴더냐?"

더 빨갛게 얼굴을 붉히며 일리아나가 고개를 흔들었다.

"그럼 대체 이유가 뭐야?"

거짓말을 할까도 생각해 봤지만 불쑥 대답이 튀어나왔다.

"너무 냄새가 나요."

어머니는 멍하니 눈을 깜박 깜박거리다가 서서히 믿을 수 없다는 표정으로 변해갔다.

"정말이에요, 엄마. 엄만 눈치 못 채셨어요? 저녁 먹을 때 바로 옆에 앉으셨잖아요. 그 사람은 일 년에 딱 두 번만 목욕을 해요."

엄마의 황당한 표정을 보며 그녀의 말끝이 흐려졌다. 그녀는 애원하는 시선으로 에바에게 도움을 청했다.

에바가 일리아나를 지지해 주려고 얼른 나섰다.

"털끝 하나 틀림없는 사실이랍니다, 큰마님. 처음 여기 왔을 때 성 전체에 악취가 진동을 했어요. 일 년 동안 골풀은 갈아본 적이 없고, 마님께서 첫날 의자에 앉으셨다가 옷을 두 벌이나 버리셨어요. 홀 바닥의 때를 닦아내는 것만 해도 네 명이 꼬박 삼 일을 매달렸다니까요."

그녀가 살짝 일리아나 쪽으로 시선을 옮기며 마저 말을 끝냈다.

"레이디 일리아나께서 여기서 해 내신 일은 정말 기적이에요. 하지만 큰마님께서는 여기 오실 때부터 깨끗한 걸 보셨으니까 아마 짐작도 못하실 거예요."

"알겠다."

어머니가 근엄하게 입을 열었다.

"네 결혼생활에서 문제되는 게 그것뿐이니?"

일리아나가 고개를 끄덕였다.

"알았다."

다시 그 말을 반복하고 일어섰을 때 거티가 방으로 들어왔다.

"옆으로 돌아눕거라."

그녀의 명령에 이어서 거티가 가방 속을 뒤졌다.

일리아나는 엄마가 이 일을 어떻게 생각하는지 더 알고 싶었지만, 말없이 침대 위로 발을 올렸다. 상처가 보일 수 있도록 문의 반대방향으로 돌아누워서 두 팔을 들어올렸다. 할멈이 움찔움찔 경련이 일어날 정도로 상처를 소독하기 시작했다.

던컨은 계단 위를 질주해 달려갔다. 걱정이 되는 것만큼 죄책감도 컸다. 자신이 그 방에서 나오지 않았더라면 이런 일이 생기지도 않았을 것이다.

방밖에서 그를 비난하는 듯이 매섭게 쳐다보는 사람들을 밀쳐내고 안으로 뛰어들어갔다. 문지방을 넘어서자마자 그의 발걸음이 멈췄다.

장모님과 에바가 침대 옆에 모여 있는 것을 어렴풋이 알수 있었다. 아내의 상처를 보살피고 있는 늙은 할멈도 잠깐 스치듯 보았을 뿐이다. 던컨의 관심은 침대에 연약한 모습으로 누워 있는 여자에게 모조리 쏠려 있었다.

제일 먼저 아직 아내가 살아 있다는 데 마음이 놓였다. 잠깐 눈을 감고 조용히 감사의 기도문을 외웠다. 아내가 살아 있다. 아내가 무슨 짓을 해서 화를 돋구더라도, 다시는 의무를 게을리하지 않으리라. 아내의 안전을 꼭 지켜주리라.

뒤에 있는 사람들의 속닥거림이 그의 생각을 현실로 돌려놓았다. 던컨은 자신의 뒤로 활짝 열려 있는 문을 닫아버리고 침대 쪽으로 걸어갔다. 아내를 내려다보는 순간 괜히 보았다는 후회가 밀려들었다. 그 여자는 빌어먹을 정조대만 걸치고 있었다. 그 반나의 모습만으로도 피가 후끈 달아오르고 당장 욕구불만이 생겨났다.

자신의 자제력이 형편없이 부족하다는 사실에 당황하며 던컨이 얼른 바닥으로 시선을 내렸다. 그런데 자신의 발치에서 찢기고 피묻은 잠옷을 바라보는 순간 또 다른 감정으로 피가 부글거렸다.

그가 잠옷을 집어들고 조심스럽게 살펴보았다. 구멍의 크기와 천에 묻은 피의 양을 가늠해 보았다. 거티를 지나서 상처도 관찰했다. 눈으로 직접 보고 나니 그나마 안심이 되었다. 피가 계속 흐르긴 했지만 생명이 위태로울 정도는 아닌 듯 싶었다.

하지만 그건 그의 부글거리는 성미를 가라앉히지 못했다. 그녀의 아름답고 흠잡을 데 없는 피부에 이제 흠이 나 버렸다. 바로 자신의 실수 때문에. 그녀의 몸에 난 상처는 자신이 남편으로서 부족하다는 증거나 다름없었다.

"어떻게 된 일이오?"

그가 물었고 그녀는 설명했다.

그녀의 설명이 끝나자 방안이 조용해졌다. 그 다음에 던컨은 발길을 확 돌려 밖으로 걸어났다. 방문이 채 닫히기도 전에 커다랗게 명령을 내리고 경호 임무를 배치하는 목소리가 시작되었다. 그리곤 그가 다시 한 번 아래층으로 쿵쿵거리며 내려갔다.

아내가 아파하던 모습을 못 본 척하려고 필사적으로 노력하면서.

"일리아나를 죽이려던 게 아니었을 거야."

아버지가 말문을 열었다.

던컨은 아내가 죽을 뻔했다는 충격에 빠져 서둘러 맥주 한잔을 입으로 들어올렸다. 자신의 손이 떨리는 걸 보고 눈살이 찌푸려졌다. 이 사건으로 인해서 자신이 너무 심각하게 동요하고 있는 게 놀라울 뿐이었다.

"그래요."

던컨이 술을 한껏 들이키고 나서야 아버지를 마주보았다.

"장모님을 노리고, 결혼을 취소하지 못하게 하려고 그린웰트가 자객을 보냈을 거예요."

앵거스가 천천히 고개를 끄덕였다.

"그렇게 밖에 설명할 도리가 없지. 레이디 와일드우드가 여기 왔을 때부터 너희 침실을 썼던 걸 아는 사람은 다 아니까. 하지만 오늘 방이 바뀐 건 미처 몰랐을 거야. 나도 몰랐거든."

던컨도 똑같은 생각을 하고 있었다. 장모님의 방이 바뀐 걸 아는 인물은 자신과 일리아나 그리고 장모님뿐이었다. 그러니까 그 암살 시도는 장모님을 해치려 했던 게 틀림없었다.

"그럼 그린웰트의 하수인 하나가 성문의 경비를 뚫고 잠입했을까요?"

"그렇다고 봐야지. 수백 명이 매일 드나드니까 우리 애들이 하나하나 확인하진 않았을 거야."

"성문에 인원을 두 배로 늘려 드나드는 사람을 모두 검사해야겠어요. 성 안과 안마당도 수색하고, 숲 속과 던바의 영지를 죄다 찾아볼 거예요. 놈이 아직 여기 있으면 꼭 붙잡을 수 있어요."

"흐음. 그 겁쟁이 자식, 지금쯤 사라졌을 걸. 하지만 나중에 후회하는 것보다는 안전한 게 낫지."

그들이 잠시 입을 다물고 있는데 레이디 와일드우드가 방으로 들어왔다.

"치료가 끝났어요. 일리아나는 지금 쉬고 있어요."

던컨은 장모의 시선을 불편하게 피하며 자리에서 일어났다.

"전 나가서 지시를 내려야겠어요."

조그맣게 중얼거리면서 장모의 옆을 지나쳐 걸어갔다. 얼른 나가고 싶은 마음에 장모가 슬쩍 그에게 몸을 기울여 킁킁 냄새맡는 것을 알아차리지 못했다.

하지만 앵거스는 눈치를 챘다. 여자의 얼굴이 일그러지는 것도 보았다. 그는 무슨 일일까 하는 호기심에 눈썹을 치켜올렸다. 그녀가 테이블로 걸어와서 그의 옆에 앉았다.

그녀는 상대방이 질문하는 듯 계속 쳐다보는 시선을 모른 척하다가 한참 만에야 망설이며 입을 열었다.

"매우 안타까운 일이지만, 우리 아이들의 결혼생활이 그리 순탄치 않은 듯해요. 아무래도 우리 어른들이 도와줘야 할 것 같아요."

한 시간 후에 자리에서 일어날 때는 그녀의 얼굴에 미소가 되돌아와 있었다.

"그럴 듯한 계획이에요. 우리 아이들의 문제를 해결해 줄 수 있을 것 같군요."

"그렇소이다."

앵거스가 일어서서 그녀의 손을 붙잡고 용감하게 입을 맞췄다.

그녀가 살짝 얼굴을 붉히고 있을 때 던컨이 성 안으로 되돌아왔다. 무슨 일인가 싶어서 그가 눈썹을 들어올리자 레이디 와일드우드는 더 빨갛게 얼굴을 물들이며 얼른 실례를 구하고 그 자리에서 달아났다.

앵거스는 눈을 번득이며 그 뒷모습을 쳐다보았다. 그리고 나서 부엌 쪽을 향해서 엘긴을 소리쳐 불렀다.

"엘긴!"

"이렇게 야심한 시간에 여기 있을 리 없잖아요. 벌써 집에 갔을 거예요."

"아, 그런가? 그럼 내가 직접 나서야겠구만."

"뭘요?"

"목욕."

"뭐요?"

아버지가 여자 옷을 입겠다고 선언했더라도 이보다 더 충격적이지는 않았을 것이다.

"하지만 아직 6월 말이에요."

앵거스는 어깨를 으쓱하며 부엌으로 향했다.

"그게 무슨 대수냐? 이젠 여자들이 있어. 매력적인 여자들 말이다."

어깨 너머로 그가 느물거린다 싶을 정도의 미소를 보였다.

"레이디 와일드우드 말이다. 참 아름답지 않니? 노력할 가치가 있어. 조금 짬을 내서 목욕하는 수고를 하는 것쯤이야, 거기서 얻을 수 있는 결과에 비하면 별 것도 아니지. 암, 그렇고말고. 여자들은 냄새나는 남자를 싫어한단다, 아들아. 아무리 멋있는 옷을 입어도 냄새가 나면 그걸로 끝이야. 자기들도 그만큼 아주 고약한 냄새가 나지 않는다면 말이다."

던컨은 찌푸린 얼굴로 아버지를 쳐다보면서 그 말뜻을 이해하려 노력했다. 아버지는 일 년에 두 번 이상 목욕한 적이 없었다. 그런데 자발적으로 나서서 목욕을 하겠다고 하다니, 도저히 납득할 수 없는 일이었다. 그나마 이해할 만했던 말은 아버지의 마지막 말이었고, 그래서 더 인상이 일그러졌다.

"일리아나한테는 들꽃 냄새가 나요."

아버지가 벌써 부엌 문 앞에 서 있는 걸 보고 던컨이 그리로 걸어가며 중얼거렸다. 그리고는 잠시 입을 달싹거리다가 마지못해 인정을 하며 말했다.

"하지만 나한테는 지독한 냄새가 난다고 생각하는 모양이에요."

"아, 그렇구나."

진작에 알고 있었으면서 앵거스는 진지하게 고개를 주억거렸다.

"그래서 아내가 날 피해요. 내 냄새가 싫대요."

"아하."

앵거스가 아들에게 몸을 기울여서 쿵쿵 냄새를 맡았다. 그리곤 잔뜩 코를 찡그리며 몸을 세웠다.

"너도 목욕을 해야겠다."

"아직 6월인데요."

"그래서 뭐가 어떻다는 거야?"

"그래서, 난 일 년에 두 번 목욕한다고요. 1월과 7월에. 그 여자 때문에 내가 왜 습관을 바꿔요? 아버지도 두 번 목욕하잖아요."

"던컨, 뭐든지 내가 하는 대로만 따라하면서 살 거냐? 난 목욕했다고 반가워 해 줄 아내가 없잖아."

"난 있죠."

"그럼 불평하지 마. 내가 맡아봐도 솔직히 너한테 냄새가 많이 나긴 하더라. 그러니 네 아내인들 좋다고 하겠냐. 하여튼 난 지금 목욕할 거다."

그가 부엌으로 씩씩하게 들어가서, 불가에서 잠자고 있는 하인 두 명을 흔들어 깨웠다.

던컨이 얼른 뒤좇아오며 소리쳤다.

"그 여잔 내 아내예요! 당연히 아내로서 의무를……."

"의무? 하, 이런 망할 놈을 봤나!"

앵거스가 두 번째 하인을 깨우다 말고 몸을 쭉 폈다. 흔들어대도 깨지 않던 녀석들이 그의 고함 소리에 화들짝 놀라서 벌떡 일어났다.

"에?"

던컨도 놀란 눈으로 아버지를 쳐다보았다.

"이건 의무 어쩌구 할 문제가 아니야. 문제는 네 놈의 빌어먹을 고집이다."

아들의 입이 벌어져 있는 걸 보면서 앵거스가 단호하게 고개를 끄덕였다.

"일단 결혼했으니까 뭐든지 다 받아줘야 한다고 생각하는 모양인데, 이 녀석아, 내가 중요한 거 하나 알려주마. 성당에서 성직자들이 여자의 의무에 대해 마음대로 떠들어댈 수는 있어. 하지만 결혼도 안 한 놈들이 여자에 대해서 알긴 뭘 알겠냐? 여자는 성직자들이 뭣도 모르고 말하는 그런 단순한 동물이 아니야. 사실은, 저렇게 복잡할 수 있나 싶을 정도로 복잡해. 네 놈의 인생을 천국으로도 영겁의 지옥으로도 만들어버릴 수 있어. 네 놈이 지옥에서 허우적대고 싶다면 지금처럼 네 마음대로 해라. 하지만 여자가 좀더 자발적으로 안기길 바란다면, 빌어먹을 목욕을 하란 말이다!"

그는 몇 번 심호흡을 하면서 성질을 가라앉힌 다음에 아들의 어깨를 붙잡았다.

"그래도 못 알아듣겠다면 내가 한마디만 더 해 주마. 네 엄마는 이 땅에 걸어 다니는 여자 중에서 제일 완벽한 여자였어. 하지만 말똥 냄새, 땀 냄새, 쓰레기 냄새를 묻히고 다가갔다가는 두말할 필요도 없이 당장 내 엉덩이를 걷어차서 침대 밖으로 날려보냈을 거다."

던컨이 믿을 수 없어하며 눈을 커다랗게 뜨자, 앵거스는 가감 없는 진실이라는 듯 열심히 고개를 끄덕였다.

"네 엄마가 얼마나 까다로웠는 줄 아냐? 집안이 깨끗하게 반질반질해야 직성이 풀렸어. 네 아내처럼 말이다. 침대도 깨끗해야 하고, 그 속에 들어오는 남자도 깨끗해야 했어. 그래서 일주일에 한 번씩 날 목욕시켰다. 그것도 최소한이야."

"설마요, 아버지는 일 년에 두 번."

"그래, 지금은 일 년에 두 번 해. 내가 내 냄새 때문에 못살 지경이 될 때까지는 안 했어."

그가 슬프게 고개를 흔들며 고백했다.

"난 목욕하는 게 싫다. 전에는 괜찮았지만, 지금은 아니야. 목욕할 때마다 뮤리엘이 생각나거든. 우리는 주로 같이 목욕을 했어. 물장난도 치고 서로 비누칠도 해 주면서……."

그의 눈동자가 흐릿해지면서 멀리 다른 곳으로 헤매 다녔다. 사랑하는 뮤리엘이 살아 있었을 때를 회상하는 듯했다. 잠시 그렇게 추억에 잠겨 있던 그의 눈동자가 다시 또렷해지면서 한숨을 내쉬었다.

"네 엄마도 없이 혼자 목욕하려니까 가슴이 찢어지더구나. 다른 것도 다 마찬가지였어."

"하지만 이제 던바에서 일 년에 두 번 이상 목욕하는 사람은 없어요."

"던컨, 목욕하고 나서 구린내 나는 플래이드를 다시 입으려면 아주 찝찝한 기분이 들어. 그래도 누구 하나 불평하지 않은 건, 네가 던바를 위해 노력하고 있다는 걸 알기 때문이다. 그래서 네가 그만한 돈을 모을 때까지는 그런 거 포기해야 한다고 생각한 거야."

"하지만 이제 그 정도 돈을 다 모았는데도 남자들은 안 하잖아요."

"네가 안 하니까 그렇지. 널 따라하는 거야, 임마."

짜증스럽게 그가 고개를 흔들었다.

"너도 생각을 해 봐라. 네 아내한테서 꽃향기가 난다고 했지? 꽃향기라면 냄새가 좋다는 뜻 아니겠냐. 그런데 아내한테 너랑 똑같은 냄새가 난다면 어떻겠냐?"

던컨은 이미 그 대답을 알고 있었기 때문에 인상을 찌푸리기만 했다. 아내한테 똥 냄새가 나던 그날은 정말 별로였다. 오늘밤 켈리한테서 지저분한 냄새를 맡았을 때는 더 속이 메슥거렸다.

"이제 알겠냐?"

앵거스가 아들의 표정으로 대답을 읽어냈다.

"그럼 일리아나가 왜 너한테 지금처럼 구는지 이해할 수 있겠구나."

던컨은 맘속으로 이해하면서도 여전히 불평을 늘어놓았다.

"하지만 그 여자는 죄다 바꾸려 들어요, 아버지. 아내가 온 후로는 전하고 똑같은 게 하나도 없어요. 성은 깨끗하고, 여자들도 깨끗하고 새 플래이드를 입었고, 음식에는 향신료가 들어가고, 내 방에는 옷 궤짝이 가득이에요."

"그래. 아내가 생겼으니까 생활이 달라졌겠지. 하지만 그건 그 아이한테도 마찬가지야. 이게 결혼이라는 거다. 다른 점을 받아들이면서 최선을 다해야 하는 거야."

"글쎄요."

던컨이 기운 없이 중얼거렸다.

"미적지근하게 생각하고 자시고 할 거 없어. 내가 보기에, 일리아나는 이 집을 좀더 살만하게 만들어 주려고 있는 힘을 다 하고 있는 듯하니까. 그런데 말해 봐라, 넌 그 애를 위해서 뭘 해 주었냐?"

"그건 자기 입맛에 맞추려고 그런 거죠, 나 좋으라고 한 게 아니잖아요."

던컨은 아직 인정할 준비가 되지 않았다.

"그래? 어디 보자, 그 애가 엘긴한테 자기 식사만 맛있게 만들라고 하고 다른 사람들한테는 찌꺼기를 내주라고 했냐? 그런 것 같진 않구나. 그 애가 자기 방만 청소하고 다른 방은 어떻게 되든 내버려두었더냐? 그것도 아닌 것 같아. 내 방은 지금 새 골풀을 깔아서 아주 깨끗해졌어. 네 아내가 시킨 일이다. 셰나이드 방도 청소를 했지. 아직 그 아이와 그애 엄마가 사용하는 방은 청소를 못했지만 말이다. 내가 보기엔 자기 일신의 편안함을 나중으로 미뤄둔 것 같단 말이다."

던컨은 아무 말도 하지 못했다. 아무래도 이제 제대로 생각을 해야 할 때가 된 듯했다.


일리아나는 불쾌하게 방을 둘러보았다. 이틀 동안 병상에 누워서 남편의 지저분한 태피스트리와 더러운 골풀을 노려보며 지냈더니, 쓰린 상처에 소금을 끼얹는 것처럼 그녀의 말초신경들까지 짜증이 났다.

그녀가 잘못 생각했던 탓이다. 사실 이틀씩이나 누워 있을 필요는 없었는데 쉬어야 한다는 엄마의 말을 그대로 받아들인 게 잘못이었다. 좀더 솔직히 인정하자면, 그녀는 여기서 숨어 있었다. 그리 어려운 일도 아니었다. 던컨은 다시 셰나이드의 빈방에서 밤을 보냈고 엄마도 좀처럼 옆에서 같이 시간을 보내주지 않았다.

그러고 보면 모두들 그녀를 혼자 남겨둔 것 같았다. 그래서 그녀는 다른 데 신경을 분산시킬 수도 없이 오로지 혼자 생각에 빠져 지내야 했다. 에바의 말에 의하면, 엄마가 던컨과 앵거스에게 융숭한 대접을 받든지 아니면 일리아나의 어린 시절 얘기로 두 남자를 융숭하게 대접해 주면서 시간을 보낸다고 했다.

대체 뭐가 그리들 재미있을까?

자객이 들어온 지 삼 일째 되는 날 아침, 그녀는 이만하면 충분히 누워 있었다고 결단을 내렸다. 할 일이 너무나 많았다. 그녀에게는 말은 바 책임이 있었고, 그 중에서 제일 급한 일이 이 방 청소였다. 홀을 청소할 때처럼 대대적인 작업이 되지 않기를 바랄 뿐이었다.

일리아나는 골풀을 살짝 들어올려서 그 밑의 작은 공간을 쳐다보았다. 만족스럽게 고개를 끄덕였다. 먼지가 많이 쌓여 있긴 했지만 홀에서처럼 딱딱하게 들러붙은 얼룩 자국 같은 건 거의 없었다.

"걸레질은 안 해도 되겠어요."

하녀가 다행스러워하며 중얼거리자 일리아나가 시선을 들어 살짝 미소지었다.

"그래. 골풀을 치우고 쓸기만 하면 되겠어."

그 하녀는 지난 2주일 간 위층 아래층을 뛰어다니며 필요한 것들을 갖다 나르느라 분주했었다. 처음에는 엄마 때문이었고 그후에는 일리아나 때문이었다. 그녀는 하녀에게 고마우면서도 미안해졌다.

"새 골풀은 아버님이 준비해 주신다고 했으니까, 넌 여자들 몇 명 데리고 가서 히스를 따와. 여기 치우는 건 내가 알아서 할게."

에바가 미덥지 않은 표정으로 쳐다보았다. 그런 표정을 짓는 것도 무리가 아니었다. 최근 2주일 동안 일리아나가 제대로 일한 적이 없었으니까.

"맘 편하게 갓다와. 가끔 신선한 공기도 마셔줘야 하잖아."

"정말이세요?"

주인 마님이 확실하게 고개를 끄덕여 보이자, 하녀는 그제야 환하게 웃으면서 밖으로 달려나갔다.

일리아나는 다시 방을 둘러보았다. 앞으로 해야 할 많은 일들을 생각하니 한숨이 터져 나왔다. 하지만 후회하지는 않았다. 하인들도 똑같은 사람으로서 배려해 주어야 하는 법이었다.

"표정이 왜 그렇게 심각해?"

엄마가 방으로 들어오며 물어보자 일리아나는 애써 미소지었다.

"잘 주무셨어요? 오늘 기분은 어떠세요?"

"아주 좋아."

엄마가 일리아나의 뺨에 키스를 하고 흘깃 방을 살펴보았다.

"방금 에바를 만났는데, 히스 따러 나간다더구나."

"네. 제가 보냈어요."

"나도 거티한테 같이 다녀오라고 했어. 그런데 하녀들도 없이 이 방을 어떻게 청소할 셈이니?"

"궤짝 옮기는 건 남자들 몇 명에게 부탁하고, 골풀 치우는 건 제가 해야죠."

"옆구리는 좀 어떠니?"

"거티가 연고를 발라줬어요. 무리하지만 않으면……."

"무리할 일은 없을 거요. 그 일을 하지 못할 테니까."

느닷없는 남편의 목소리에 일리아나가 문으로 돌아섰다. 그리곤 못마땅하게 쳐다보았다.

"바닥 쓰는 건 별로 힘들지도 않아요. 당연히……."

"그럼 남자들이 후딱 해치울 수 있겠군. 내가 몇 명 보내줄게."

일리아나는 자신의 귀를 의심하며 눈을 깜박였다. 다른 사람도 아닌 던컨 던바가—청소한 게 눈에 띌 때마다 불평을 늘어놓던 그 남자가 그깟 방 청소를 하라고 그 귀중한 사람들을 보내준다는 건가?

일리아나가 대꾸를 못하고 있자 레이디 와일드우드가 입을 열었다.

"마음 써 주는 건 고맙지만, 성벽에서 할 일도 많을 텐데 그런 데까지 신경 쓸 필요가 있을까? 차라리 내 경호를 맡은 사람들에게……."

"지금은 한 사람뿐이에요. 하나는 아침 먹으라고 부엌에 보냈거든요."

"그럼, 남은 한 사람으로……."

"그 녀석은 장모님을 지켜야 합니다. 그게 자기 할 일이에요. 제가 성벽에서 일하는 녀석 둘을 보내겠습니다."

이럴 수가! 일리아나는 믿어지지 않았다. 혹시 열병이 난 게 아닐까? 틀림없이 상처가 곪아서 열병이 나버린 모양이있다. 그렇지 않고서야 이런 환각이 보일 리 없었다.

레이디 와일드우드는 벙어리가 되어버린 딸을 이상하게 바라보다가 그녀 대신에 고맙다고 인사를 했다.

"그렇게 신경을 써 준다면야 내 딸아이 할 일이 한결 줄어들겠죠."

일리아나가 아무 말도 하지 않는 것이 실망스러운 듯 던컨은 터벅터벅 걸어가 그 방에서 단 하나 있는 자신의 옷 궤짝을 집어들었다. 그걸 들고 문으로 향하며 중얼거렸다.

"이건 내 방으로 치울게, 나머지는 다른 녀석들이 치울 거야."

"던컨?"

문 앞에 멈춰 서서 그가 돌아섰다.

일리아나는 무슨 말을 해야할지 알 수 없었다. 이 남자가 아직 목욕을 하지 않았으니, 혹시라도 옆에 있어주길 바라는 것처럼 보이고 싶지는 않았다. 결국 그녀의 망설임이 너무 오래 이어지고 말았다.

그는 입을 꾹 다물고 짜증스럽게 궤짝을 들쳐 올렸다.

"할 말이 없나 본데, 그럼 난 내 할 일이나……."

남편의 어깨 너머에서 언뜻 이상한 움직임이 보이는 듯하더니, 남편의 말이 갑자기 끊어지고 다음 순간 그가 앞으로 고꾸라졌다. 동시에 그의 손에서 궤짝이 미끄러져 바닥에 떨어지면서 안에 든 물건들이 흩어졌다. 그 중 병 하나가 벽에 부딪혀 산산조각 났다. 그 즉시 방 안에 독한 위스키 냄새가 진동을 했다.

던컨이 텅 비어버린 궤짝 위에 쓰러졌다. 일리아나와 엄마가 얼른 달려가서 그의 양쪽에 무릎을 꿇었다. 머리에서 피가 나고 있었다. 두 모녀가 문 쪽으로 시선을 돌리는 순간, 횃불 하나가 방으로 날아들더니 문이 쾅 닫혔다.

두 사람은 한순간 미동도 하지 못했다. 방안으로 확 번지는 불길을 충격적으로 노려보았다. 그들이 있는 곳까지 불길이 빠르게 번지고 있었다.

"던컨?"

남편의 팔을 붙잡아서 몸을 움직이려 했지만, 커다란 덩치는 꿈쩍도 하지 않았다. 엄마까지 합세를 했다. 그를 똑바로 눕히고 남편의 창백한 얼굴이 드러나자 덜컥 겁이 났다.

"살아 있어, 일단 여기서 나가야 돼."

엄마의 침착한 목소리가 그녀의 마비상태를 깨뜨렸고, 일리아나는 낼름낼름 다가드는 불길을 쳐다보았다. 더 얘기할 필요도 없이 둘 다 벌떡 일어나 던컨의 커다란 손을 양쪽에서 붙잡고 골풀 위로 질질 끌었다. 공포에 젖은 마음이 힘을 더해 주는 것 같았다.

문 앞에서 일리아나는 나무 표면을 힘껏 밀었다. 열리지 않자 던컨의 손을 풀어놓고 두 손으로 다시 밀었다. 그래도 문은 여전히 요지부동이었다.

"왜 그래?"

엄마가 당장 그녀 옆으로 달려왔다.

"열리질 않아요."

레이디 와일드우드가 문을 밀어보았지만 딸의 말이 맞다는 걸 알고 얼굴이 창백해졌다.

"밖에서 잠궜어."

레이디 와일드우드는 쿵쿵쿵 문을 두드리며 자신의 경호원을 소리쳐 불렀다. 하지만 일리아나가 엄마의 어깨를 붙잡아 중지시켰다.

"밖에 경호원이 있었으면 이 방에 불이 나지도 않았을 거예요."

"다른 데 간 건 아니겠지?"

"그렇겠죠.

일리아나의 대꾸에 엄마의 눈이 휘둥그래졌다. 그 의미를 알아차린 것이다. 경호원은 죽었든지 아니면 의식을 잃은 상태일 것이다.

일리아나는 엄마의 창백한 얼굴에서 방을 집어삼키고 있는 불길 쪽으로 시선을 돌렸다. 천장으로 연기가 피어올랐고 이미 그녀의 옷궤짝도 모조리 불타고 있었다. 얼마 안 가서 던컨의 발까지 닿을 것이다. 열기도 참을 수 없이 뜨거웠다. 일리아나는 아직 불길이 닿지 않은 작은 공간을 찾아보았다.

레이디 와일드우드가 다시 문을 두드리며 살려달라고 소리치다가, 일리아나가 침대 옆으로 움직이는 걸 보고는 화를 냈다.

"뭐하는 거야? 사람을 불러야 하잖아."

"성은 완전히 비어 있어요, 엄마. 여자들은 골풀 구하러 나갔고 남자들은 마당에서 훈련 중이에요. 소리질러봤자 들을 사람이 없어요."

이미 두려움으로 하얗게 질린 엄마의 얼굴이 더 새하얗게 변했다. 일리아나는 침대 리넨을 홱 걷어내서 아까 세수했던 물 속에 담가 흠뻑 젖은 천으로 불길을 후려치기 시작했다. 지금은 던컨에게 불이 닿지 않도록 하는 게 중요했다. 축 늘어진 그의 몸으로 불길이 너무 가까이 밀려들고 있었다.

레이디 와일드우드도 얼른 침대 바닥의 리넨들을 끌어 모았다. 대야에 조금 남아 있는 물에 천을 적신 다음 딸의 옆으로 다가갔다. 하지만 일리아나는 고개와 한 손을 동시에 흔들었다.

"창 밖으로 소리 질러보세요. 누구든 들을 수 있게 크게 지르세요." 콜록콜록 기침하며 그녀가 지시했다.

젖은 천으로 몸을 감싼 채 레이디 와일드우드는 창으로 달려가서 아래쪽에 있는 남자들에게 소리를 질렀다.

"사람들이 오고 있어."

잠시 후에 그녀가 숨을 헐떡이며 일리아나의 옆으로 돌아와서 젖은 천으로 불끄는 일을 도왔다.

일리아나는 그 일에만 온 정신이 쏠려서 엄마의 말에 대답할 힘이 남아 있지 않았다.

온몸이 불타는 것처럼 화끈거렸다. 검은 연기가 숨을 앗아가서 제대로 손이 움직이질 않았다. 쉴새없이 나오는 기침 때문에 매캐한 연기가 폐 속까지 파고 들어갔다. 이렇게 무섭게 몰아치는 불길은 처음이었다. 마치 불이 살아 움직이는 것 같았다. 한 곳을 때려서 진정시켰는가 싶으면 바로 다시 살아나 이글거리면서 그녀의 앞으로 몰려들었다.

인간의 힘으로는 이길 수 없는 싸움이었다. 지금 당장 도와줄 사람이 나타나지 않는다면 오래 버티지 못할 것이다. 일리아나는 이미 남편 바로 앞까지 물러나 있었다. 불길의 속도를 늦추려고 안간힘을 써보았지만 뜻대로 되지 않았다. 또 한 발짝 물러나다가 남편의 다리에 걸려 넘어질 뻔했다.

"던—컨."

일리아나가 심하게 기침하면서 남편의 이름을 불렀다. 미약한 목소리였지만 엄마가 의미를 이해한 것 같았다. 다른 쪽에서 불길을 잡으려던 노력을 포기하고, 레이디 와일드우드가 던컨의 다리를 옆으로 잡아당기기 시작했다.

간신히 몇 센티미터 정도 옮겼을 때 복도에서 다급한 고함소리와 발소리가 들려왔다. 바로 이어서 우지끈 문이 열리고 시원한 공기가 방 안으로 밀려들었다. 그 순간 일리아나의 앞에 있던 불길이 격한 소리를 내며 화르르 치솟았다.

그녀는 비명을 지르며 뒤로 비틀거리다가 남편의 다리에 걸려 바닥으로 쓰러졌다. 치맛자락에 불이 옮겨 붙었다. 엄마의 비명소리가 들리고, 그 다음에 묵직한 무언가가 그녀의 위로 떨어지면서 숨이 탁 막히는가 싶더니 그녀의 머리가 쿵 소리를 내며 바닥에 부딪혔다.

# 16

"일리아나! 정신 차려! 눈 좀 떠 봐!"

그 소리에 일리아나가 파르르 떨며 눈을 떴다. 가느다랗게 불빛이 느껴지는 순간 머릿속에 찌르는 듯한 고통이 밀려들었다.

"다행이야!"

갑자기 앵거스와 엄마의 얼굴이 눈앞에 나타났다. 그들의 얼굴에 근심이 가득 담겨 있었다.

"괜찮니, 아가야? 정신이 들어?"

일리아나가 시아버지의 말에 눈을 깜박였다. 처음에는 이 상황이 이해되지 않았지만, 몸 안팎의 고통을 알아차리면서 화재 사건을 기억해 냈다.

"던컨은요?"

자신의 목소리가 개구리 울음소리 같았다. 목도 심하게 아팠다.

"괜찮아."

레이디 와일드우드가 안도의 눈물을 글썽이며 딸의 어깨를 꼭 껴

안아 주었다.

"너도 괜찮을 거야, 이젠."

"그래."

앵거스도 안도감을 드러냈다.

"천만 다행이었어. 내가 왔을 때 방이 활활 타고 있더구나."

일리아나는 얼굴을 찡그리며 눈을 감았다.

"그렇게 빨리 번지는 불은 생전 처음 봤어요."

"그래, 위제베타 때문이야. 화염성이 아주 강하거든."

"위제베타요?"

"던컨의 궤짝에서 굴러 떨어진 그 병 말이야."

엄마가 설명했다.

"그게 위제베타 위스키였어. 그래서 불이 무섭게 번졌던 거래. 병이 깨지면서 사방으로 술이 튀었잖아."

"아, 네."

"쯧쯧, 그건 던컨의 출생 기념주였단다."

일리아나가 눈을 뜨고 시아버지를 쳐다보았다.

"출생 기념주라뇨?"

"내 할아버지 때부터 생긴 전통인데, 족장의 후계자가 태어나면 그날 위제베타 한 병을 만들어. 족장 자리를 물려받을 때까지 그걸 고이 간직했다가, 아버지가 죽으면 그 술로 아버지를 기리면서 족장 자리에 오르는 거지."

일리아나는 이미 스코틀랜드 사람들이, 다른 스코틀랜드 사람은 아니더라도 최소한 이 던바족만큼은 어떻게든 술 마실 핑계를 찾아내는 사람들이라는 걸 짐작하고 있었다. 하지만 태어났을 때부터 아껴둔 술이 없어졌으니 던컨이 매우 속상해 했을 것 같았다.

"던컨이 화내던가요?"

"아직 모른단다. 깨어나질 않았거든."

일리아나가 화들짝 놀라자 시아버지가 안심하라는 듯이 팔을 두드렸다.

"걱정 마라. 머리를 얻어맞았을 뿐이야. 금방 정신이 돌아올 게다. 너보다는 훨씬 괜찮아."

일리아나가 멍하니 눈을 깜박였다.

"무슨 말씀이세요? 전 머리를 부딪힌 것 말고 다친 데 없어요. 벌써 정신이 들었는 걸요."

"그렇긴 한데, 다른 상처는 없지만…… 아주 몰골이 가관이란다."

엄마가 앵거스 경을 매섭게 쏘아보았고, 그것 때문에 일리아나는 더 불안해졌다.

"네 머리 말이야."

레이디 와일드우드가 마지못해 설명해 주었다.

"좀 녹았어."

"녹아요?"

일리나아의 눈이 동그래졌다.

"그래, 눈썹이랑 속눈썹도"

앵거스가 설명을 덧붙이고 나서 흠흠 목기침을 했다.

"그래도 내가 보기엔 예쁘단다. 머리야 다시 자라면 그만인 걸."

"어딨어, 내 여자 어딨어?"

복도에서 들리는 고함소리에 모두들 멈칫했다. 문이 발칵 열리고 레이디 와일드우드와 앵거스가 얼른 돌아보았다.

던컨의 목소리를 듣는 순간, 일리아나는 다행스럽기도 하고 두렵기도 했다. 목소리가 쩌렁쩌렁한 것으로 보아 무사한 것 같아서 다행이었고, 앵거스 경의 말이 사실이라면 지금의 몰골이 형편없을 테니 이런 모습을 보이고 싶지 않았다.

머리가 녹아버리고 속눈썹과 눈썹까지 불에 그을렸다고? 맙소사, 어떤 모습일지 상상하고 싶지도 않았다.

턱에 닿아 있는 이불을 잡아서 머리 위로 얼른 뒤집어썼다. 방으로 들어오는 발소리가 들리자 질끈 눈을 감아버렸다.

아버지가 옆으로 비켜서자 머리까지 이불이 덮여져 있는 형체가 눈에 들어왔다. 던컨은 심장이 딱 멎어버리는 느낌이었다.

방금 전 의식을 되찾았을 때, 그는 자신이 아버지의 침대에 누워 있으며 치통이 생길 정도로 지독하게 머리가 지끈거리는 걸 알았다. 알리스테어와 에바가 그의 양쪽에 서 있었다. 던컨이 정신을 차리자 사촌이 다행스러워하면서 앵거스에게 알리겠다고 했지만, 그 전에 던컨은 사촌을 붙잡아 세우고 사건의 전말을 물어보았다.

사촌이 얘기해 준 내용은 충격 그 자체였다. 방문 앞에 서 있었던 것은 기억이 났다. 하지만 그게 전부였다. 누군가 그의 머리를 심하게 내리쳤고 위제베타 병을 일부러 깨지게 해서 그 방 안에 횃불을 집어 던지고 문을 잠갔다고 했다.

그의 장모와 아내를 한 방에 몰아넣고 불에 태워 죽이려 했다는 것이다. 일리아나가 이불을 적셔서 불길이 번지는 걸 최대한 지연시켰고 그 사이에 장모님이 창 밖으로 소리쳐서 사람들을 불렀다는 내용을 들을 때는 아내의 영리함이 몹시 자랑스러웠다.

하지만 사람들이 방에 들어갔을 때 아내가 불길에 휩싸여 있었다는 걸 듣고 나서는 더 이상 침대에 누워 있을 수 없었다. 아무 것도 그를 막지 못했다. 머리를 두들겨대는 통증도, 일어났을 때 엄습하는 어지럼증도, 복도로 걸어갈 때 끔찍하게 눈앞이 흐려지는 것도 다 중요하지 않았다.

얼굴에 이불이 덮인 아내를 보았을 때에야 그의 발길이 멎었다. 아내가 죽어버린 것이다. 그는 미칠 것만 같았다. 아내가 죽었다고 해서 이 정도로 충격 받을 이유가 없는데. 그녀는 좋은 아내가 아니었다. 그의 권리를 거부했고 남편의 명령과 정반대로 행동했다.

그런데도 그의 머릿속에 는 아내의 모습이 꼭 들어찼다. 그녀가 던바 성에 도착했던 날이 수정처럼 명료하게 떠올랐다. 결혼식 다음 날 아침에 그의 권리를 거부하면서 보였던 가짜 허풍도, 레이디 맥이네스와 얘기하면서 지성과 유머를 발휘했던 모습도, 그녀에게서 나던 향긋한 향기도, 그녀를 품에 안았을 때 욕망에 떨어대던 느낌도 기억이 났다.

귓가에서는 그녀의 정열적인 신음소리와 숨가쁜 웃음소리가 들려왔다. 그녀와 사랑을 나눴던 그때. 사랑? 그래, 사랑, 그건 분명히 사랑이었다.

힘겹게 침을 삼키며 마지막 발걸음을 옮겨 침대로 다가가서 천천히 이불을 끌어내렸다. 자신이 무얼 보게 될지 알 수 없었다.

숯처럼 타버린 육체, 아마 그런 걸 예상했을 것이다. 시체의 썩은 냄새도…….

당연히 아내가 질끈 눈을 감고 코를 벌렁거리며 누워 있는 모습은 예상하지 못했다.

"살았잖아!"

일리아나가 화들짝 눈을 떴다. 그럼 남편은 그녀가 죽었다고 생각했던 걸까?

남편의 목소리가 길 잃은 작은 소년이 놀라는 듯한 소리였다고 생각하며 그 얼굴로 시선을 돌렸다. 안도감, 기쁨, 그 다음에는 당혹감이 남편의 얼굴에 스쳤다가 마침내 황당한 찌푸림이 자리를 잡았다.

"어떻게 된 거야? 이게 웬 우스운 꼴이야."

던컨이 눈을 가늘게 뜨고 고개를 갸우뚱거렸다. 한때 사랑스럽게 흘러내렸던 머리가 지금은 오그라들고 어느 부분은 녹아버리기까지 했다. 베개 위에 타다 남은 덩어리들이 붙어 있었다. 불이 붙었던 모양이다. 하지만 그것말고도 왜 이렇게 아내가 이상한 몰골로 보이는지 딱 짚어낼 수가 없었다.

"눈썹이랑 속눈썹이 없잖아!"

일리아나는 끙끙 신음하며 이불을 다시 머리 위로 뒤집어썼다.

남편에게 호통치는 시아버지의 목소리가 들렸다.

"대체 무슨 짓이야, 이 놈아? 말조심 해! 얘가 기분 나쁠 거 아니냐."

잠깐 조용해지는가 싶더니 다시 시아버지의 목소리가 이어졌다.

"나가자. 아직 일어나면 안 돼. 쓰러지기 전에 얼른 가서 누워라."

문으로 걸어가는 소리가 들렸다.

"머리는 어떠냐?"

"아파요."

던컨이 중얼거리며 나가자, 그녀는 빼꼼히 내다보고 싶은 충동에 휩싸였다.

"그렇겠지. 위제베타를 마시면 조금 괜찮아질 거야."

던컨의 반응은 투덜거림이었다.

문 닫히는 소리가 들린 후에야 그녀가 다행스럽게 한숨을 쉬며 이불을 내렸다. 문득 머리에 손길이 느껴졌다. 엄마가 무척이나 안타까운 표정으로 망가진 머리를 쓰다듬고 있었다.

"그렇게 심해요?"

레이디 와일드우드가 힘없이 미소지었다.

"솔직히, 심하단다."

"눈썹은요?"

"금방 자랄 거야. 불에 데지 않은 것만도 얼마나 다행이니. 네 옷에 불이 붙었었어. 앵거스경이 몸으로 덮쳐서 끄지 않았더라면…… 휴우, 머리가 빨리 돌아가는 양반이어서 다행이었단다."

"그렇군요. 살아 있는 것만도 다행이에요."

그녀는 피곤하게 눈을 감았다가 다시 번쩍 떴다.

"경호원은 어떻게 됐어요?"

"죽었더구나."

일리아나의 얼굴이 새하얗게 질렸다.

"그보다 더 심각한 건, 그린웰트의 하수인이 아직 저 밖에 있다는 거야. 앵거스 경이 성 안팎을 다 수색했는데도 찾지를 못했어. 누군지 몰라도 아주 영악한 놈인 것 같아."

"못 찾으셨어요?"

앵거스가 아들을 응시하며 우울하게 고개를 끄덕였다.

"성을 샅샅이 뒤졌는데도 있어야 할 사람이 아닌 다른 놈은 당최 찾을 수가 없었어."

"빌어먹을."

"영악한 놈이야, 그건 확실해."

"치떨리게 영악하죠. 이번엔 거의 성공할 뻔했잖아요."

"그래. 일리아나와 사돈어른이 침착하게 대처하지 않았으면 아마 죽었을 거야."

앵거스가 부르르 몸서리를 쳤다. 하지만 던컨은 씁쓸한 생각에 빠져 있느라 그걸 알아차리지 못했다.

"벌써 두 번째예요. 내가 또 아내를 지켜주지 못했어요. 다시는 이런 일이 생기면 안 돼요. 그놈의 자식을 찾아낼 때까지 찰싹 달라붙어 있어야겠어요."

그리곤 자리에서 벌떡 일어났다.

"하지만 그놈이 노리는 건 사돈 어른이잖냐."

"그래도 일리아나가 자꾸 그 일에 말려들잖아요. 그런 방면으로 재주가 있는 모양이에요. 그러니까 내가 아내를 지켜야겠어요. 장모님은 아버지가 맡으세요."

"내가?"

"그럼 누가 하겠어요? 일리아나는 내 아내니까 내가 지켜야 하지만, 장모님은 여기 족장인 아버지가 맡는 게 당연하죠."

그가 씩 웃었다.

"잘 지켜주세요. 장모님이 다치기라도 하면 일리아나가 쉽게 용서하지 않을 거예요."

던컨이 멍해 있는 아버지를 남겨두고 계단으로 향했다.

"내가?"

앵거스가 다시 중얼거렸다.

그때 알리스테어가 방으로 들어섰다.

"숲 속에는 내일 들어가서 찾을 거랍니다. 저한테 더 시키실 일 있으세요?"

"그래, 아무나 한 녀석 보내다오. 레이디 와일드우드의 방을 지켜야."

그의 말이 끊겼다. 갑자기 그녀의 향기가 떠올랐다. 딸을 걱정하며 슬픔에 젖어 있는 그녀를 달래주려고 껴안았을 때 아주 달콤한 향기가 났었다. 물론 그 당시에 일리아나가 숯검댕으로 뒤덮인 채 넝마 같은 옷을 입고 누워 있는 게 걱정스럽긴 했지만, 품에 안은 여자의 달디단 향기와 그 말랑말랑한 느낌을 알아채지 못할 정도는 아니었다.

"오늘밤에 경비를 세우시게요?"

앵거스가 말을 끝맺지 않자 알리스테어가 다시 확인했다.

이제 앵거스는 고개를 흔들면서 씩씩하게 일어섰다.

"아니, 아니. 내가 직접 해야겠어. 오늘밤에는 더 할 일 없으니까, 너도 가서 자거라."

알리스테어는 인사를 하고 돌아섰다.

앵거스는 위스키 잔을 들어서 크게 한 모금 들이킨 다음 옆으로 밀어내고 방을 나섰다. 그는 입고 있는 잉글랜드식 코트를 바로잡으면서 계단을 올라갔다. 그녀에게 어떻게 말할 것인지 열심히 생각했다.

그래, 경호할 사람이 필요한데 던바 성에 오신 손님이니 만큼 족장인 자신이 경호를 맡겠다고 말하는 거다. 하녀를 내보내고 자신이 직접 그 방의 하인 이불에서 자겠다고 고집을 피워야겠다. 잠자리가 편할 리는 없지만, 그렇게 하는 게 그녀의 안전을 확실히 지킬 수 있는 방법이었다. 게다가 누가 알겠는가? 레이디 와일드우드가 어쩌면 더 편안한 잠자리를 제안할지도 모르는 일이었다.

엄마가 방을 나서자마자 문이 다시 열리는 것 같더니, 이번에는 던컨이 안으로 들어왔다. 일리아나는 남편이 왜 또 왔을까 불안해하며 그를 쳐다보았다.

"당신 머리."

일리아나는 민망하게 짧은 머리를 매만졌다. 엄마가 타다 남은 부분을 잘라버려서, 이제는 심하게 곱슬거리는 머리가 턱 부근에 간신히 닿아 있었다.

"너무 짧죠?"

"그렇군."

던컨이 간단하게 대답하고 계속 쳐다보았다.

일리아나는 손을 무릎으로 내리고 말없이 손을 내려다보았다. 화재 사건의 여파 때문인지도 모른다, 아니면 두 번이나 죽을 뻔했던 경험과 엄마에 대한 걱정 때문일지 모른다. 갑자기 눈물이 앞을 가렸다. 눈꼬리에 눈물이 모이더니 주르륵 뺨을 타고 흘러내렸다.

아내의 얼굴로 미끄러지는 물방울을 발견하자 던컨이 얼른 앞으로 다가왔다. 잠깐 망설이다가 조심조심 침대 옆에 앉아서 무릎에 놓인 그녀의 손을 감싸쥐었다.

일리아나는 눈물을 참으려 눈을 깜박 깜박거리면서 자신의 손을 덮고 있는 커다랗고 깨끗한 손을 보았다. 하지만 울음이 더 심해졌을 뿐이었다.

"목욕했군요."

흐느끼면서 그녀가 말했다.

던컨이 놀라면서 자신의 모습을 쳐다보았다. 어떻게 된 일인지 알 것 같았다.

"내가 기절해 있을 때 닦아줬나 봐."

그 말이 끝나기도 전에 아내가 갑자기 그의 머리를 부여잡더니 자신에게로 고개를 돌려서 아래쪽으로 잡아당겼다. 던컨은 뒤통수를 세게 얻어맞은 것처럼 얼떨떨했다. 그녀의 정열적인 입술이 자신의 입술 위에서 뜨겁게 움직였다. 그러나 그는 움직일 수가 없었다.

그녀의 혀가 입 속으로 들어왔을 때는 숨도 쉬지 못했다. 사실은 움직이기가 겁이 났다. 이 짜릿하고 달콤한 순간이 깨져 버릴까봐 두려 웠다.

상대방이 아무 반응을 보이지 않자, 일리아나는 슬프게 입술을 떼어내고 그의 가슴에 이마를 기댄 채 조용히 흐느꼈다. 무엇 하나 제대로 하는 일이 없는 것 같았다.

그녀의 결혼생활은 이제 희망이 없었다. 다 그녀의 잘못이었다. 그녀가 이성적으로 굴지 못했기 때문이다. 다른 남자들도 목욕을 자주 하지 않을 텐데 왜 이 남자한테만 목욕하라고 강요했을까. 던컨이 나름대로 열심히 구애를 했는데도 자신이 받아들이질 못했다.

다른 사람들도 마찬가지였다. 그녀는 언제나 이방인 같은 느낌이었다. 세나이드의 말이 맞았다. 어렸을 때부터 친구 하나 없이 고독하게 지내야 했다. 궁궐에서도 아이들과 어울리지 못했다. 다른 아이들이 옷에 흙을 묻히면서 뛰어다니며 웃어대는 동안, 자신은 그 옆에 서서 쳐다보기만 했다. 어른이 된 지금도 그런 삶을 되풀이하고 있는 것 같았다.

남편이 고약한 냄새를 전혀 개의치 않는 여자와, 스스로도 고약한 냄새가 날 게 틀림없는 여자와 노닥거리는 것을 옆에 서서 지켜보기만 해야 했다.

왜 난 다른 사람들과 비슷해질 수 없는 걸까?

"난 당신이 남들하고 비슷해지는 거 싫어."

일리아나는 놀라서 눈을 깜박였다. 자신도 모르게 생각을 밖으로 말해 버렸다는 걸 그후에야 깨달았다. 부르르 몸을 떨면서 눈에 눈물이 가득 고인 채 남편을 바라보았다. 남편이 한 말을 잘못 들었던 것이리라.

"난 당신한테 나는 냄새가 좋아. 성이 깨끗해도 음식이 더 맛있어져도 괜찮아. 당신 머리가 이렇게 짧게 곱슬거려도 좋아. 당신은 이대로 괜찮아. 우리 결혼이 엉망이 된 거라면, 내 책임이 더 커."

일리아나는 꿈을 꾸고 있는 게 틀림없다고 생각했다. 지금 일어나고 있는 일을 그렇게 밖에 설명할 수 없었다.

"꿈이 아니야."

그녀가 또 크게 말해 버린 모양이었다. 던컨이 그녀의 생각을 바로 잡아 주고 나서, 일어나더니 플래이드를 벗어냈다. 빠르게 셔츠까지 벗었다. 그후에 말없이 그녀를 마주보다가, 그녀가 가슴에 움켜쥐고 있는 리넨을 붙잡았다.

"꿈이라면, 깨고 싶지 않은 꿈이야."

부드럽게 그 이불을 밀어냈다.

리넨이 스르르 미끄러지면서 일리아나의 몸이 드러났다. 그녀가 흘 긋 내려다보며 정조대 하나만 걸치고 있다는 걸 깨달았다. 입고 있던 옷이 걸칠 만한 물건이었다. 그래서 목욕을 한 후에 다시 주워 입었 다. 하지만 지금 이 순간에는 그것마저 다 타버렸으면 좋았을 걸이라 는 생각이 들었다.

던컨이 그걸 보고 멈칫했지만, 실망이나 분노의 감정을 느끼기도 전에 일리아나가 얼른 침대 옆의 테이블에서 열쇠꾸러미를 집어들었 다. 그리고는 얼마 전에 던컨이 이상하게 생겼다고 생각했던 그 열쇠 를 골라냈다.

그녀가 자물통을 열려고 했지만, 던컨이 그 손을 가로막고 열쇠를 빼앗았다. 자신이 직접 열쇠를 돌릴 것이다. 이 장면을 얼마나 오랫동 안 상상해왔던가.

한 손에 열쇠꾸러미를 쥐고 다른 손으로는 그녀를 침대에 앉혔다. 그녀가 일어나 앉으면서 당황스럽게 쳐다보았다.

"하기 싫어요?"

하지만 그 벌어진 입으로 던컨의 입술이 덮쳐왔다. 아까와 달리 이 번에는 일리아나가 그대로 앉아서 숨을 몰아쉬었다. 혀가 입안으로 밀려들어오자 그녀는 신음하며 그의 목을 바짝 끌어안았다. 그녀를 다 먹어치우려는 사람처럼 그의 입술은 뜨겁고 정열적이었다.

입술이 뺨으로 옮겨갔을 때는 실망스런 신음이 터질 지경이었다.

하지만 곧바로 던컨이 그녀의 귓불을 깨물면서 뜨거운 숨결을 불어넣었다. 일리아나는 부들부들 떨면서 본능적으로 그의 가슴에 젖가슴을 들이댔다. 그곳에 있는 가슴털들이 젖꼭지를 간지럽히자 그곳이 나에게도 관심을 보여달라는 듯 조약돌처럼 단단해졌다.

그 아우성을 정말로 들은 것처럼 던컨이 목으로 쇄골뼈로 입술을 미끄러뜨리더니 더 밑으로 내려가서 젖꼭지 하나를 찾아냈다.

일리아나는 황홀해하는 자신의 신음소리를 들었다. 당황하며 숨을 참으려 했지만 남편도 조용한 상태가 아니라는 걸 알았다. 그도 젖꼭지를 빨아들이면서 쾌락의 신음과 감탄사를 연발하고 있었다.

그녀가 그의 머리를 살짝 뒤로 잡아당겼다. 남편이 젖꼭지를 놓아주고 그녀를 마주보았다. 일리아나는 마음속의 숨가쁜 정열을 가득 담아서 그에게 키스했다.

그들의 키스는 거칠고도 탐욕스러웠다. 둘 다 심하게 숨을 몰아쉬면서 입술을 떼어내자마자 그가 다시 젖가슴으로 옮겨가서 그 부드러운 살갗을 깨물고 애무했다. 일리아나는 필사적으로 그를 더 가까이 끌어당겼다. 그가 그녀의 어깨를 밀어 침대로 쓰러뜨렸다.

그러자 그녀가 침대 옆에 다리를 대롱거리고 누워 있는 자세 그대로, 그의 입술이 배로 움직여갔다. 손으로 엉덩이를 감싸서 움직이지 못하게 해 놓고, 정조대의 윗부분을 따라 그녀의 살갗을 핥아갔다. 그녀의 몸이 걷잡을 수 없이 부들거리기 시작했다.

그는 계속해서 정조대 주위와 배와 허리의 민감한 곡선과 허벅지로 입술을 옮겨다녔다. 일리아나가 이대로 미쳐버릴 것 같다고 생각할 정도로 몰아갔다. 그녀가 격하게 몸을 뒤틀어대고 나서야 그가 마침내 열쇠를 집어들어 자물통을 풀어냈다.

일리아나가 속박에서 풀려난 자유를 만끽하며 숨을 들이쉬었을 때 그의 머리가 다시 한 번 다리 사이로 다가왔다. 그의 입술이 그녀의 가장 민감한 중심부를 찾아냈다. 일리아나가 화들짝 놀라며 그를 밀어내려 했다. 하지만 그의 애무는 계속되었다. 온몸의 근육이 오그라드는 것 같았다. 그 애무가 끝났을 때 그녀는 산발적으로 경련하며 침대에 축 늘어졌다. 다시는 움직일 수 없을 것 같았다.

하지만 그건 틀린 생각이었다. 던컨이 다시 애무를 시작하여 그녀의 생각이 틀렸음을 알려주었다.

다음 날 아침 햇살이 창문 사이로 스며들 때 일리아나는 잠에서 깨어났다. 그녀는 미소지으며 몸을 쭉 뻗고 나서 옆으로 돌아누웠다. 실망스럽게도 침대 옆이 비어 있었다. 던컨이 벌써 방을 나간 것이다.

일리아나가 침대에서 일어나 앉으며 눈살을 찌푸렸다. 이곳은 세나이드의 방이었다. 전날 화재가 난 후에 사람들이 이리 데려다놓았다. 잠시 후, 그녀는 방뿐만이 아니라 옷가지도 모조리 타버렸다는 게 기억나자 기막힌 한숨이 터져 나왔다. 때마침 에바가 한 무더기의 옷을 끌어안고 방으로 들어왔다.

"서방님께서 이걸 보내셨어요."

하녀가 흥분하면서 침대에 드레스들을 내려놓고 하나씩 들어올려 펼쳐 보였다.

"모두 정말 예쁘죠?"

일리아나가 맥없이 옷 하나를 매만지며 중얼거렸다.

"그래. 예뻐."

하녀가 이상하다는 표정을 지었다.

"이렇게 신경 써 주시는데 기쁘지 않으세요?"

"그래, 신경을 쓰긴 했지. 그 옷 주인이 불쾌해 하지나 않았으면 좋겠어."

생각보다 날카롭게 대꾸가 튀어나왔다.

"아하. 이게 나리의 애인 옷인 줄 아셨어요?"

하녀가 정확하게 이유를 짐작하며 고개를 흔들었다.

"무슨 그런 말씀을. 나리가 그렇게 무딘 분인 줄 아세요? 이건 나리 어머니의 옷이에요. 만져보면 알잖아요. 이렇게 좋은 옷을 아무나 입을 수 있겠어요?"

"그 사람 어머니?"

일리아나는 그제야 옷감이 고급스러우면서도 디자인이 다소 구식이라는 걸 알아차렸다.

"그렇다니까요. 그뿐만이 아니에요. 오전 내내 큰마님과 얘길 하시더니, 알리스테어한테 옷감 장사를 불러오라고 하셨는 걸요."

일리아나의 짧은 눈썹이 싹 올라갔다.

"정말이야?"

"그럼요."

일리아나는 금세 침대 밖으로 나와서 옷들을 뒤적였다. 하지만 잠시 후에 실망하며 옷을 내려놓았다.

"속옷밖에 없잖아. 이런 걸 입고 어떻게 아래층에 내려가겠어?"

"아참, 제가 깜빡 했어요."

하녀가 문 옆에 있는 궤짝으로 걸어가더니 그 안을 뒤적이고 나서 깔끔하게 접힌 천 조각을 들고 일어났다.

"나리께서 이걸 드리라고 하셨어요."

그녀가 주인의 옆으로 돌아왔다.

"결혼선물로 준비한 건데 줄 시간이 없으셨대요."

마지막 말을 하면서 하녀가 은근슬쩍 그녀의 시선을 피했다. 일리아나는 피식 미소지었다. 그녀가 진짜 아내로 행동하지 않았기 때문에 이 선물을 지금까지 안 주었다는 게 아마 맞을 것이었다. 하지만 어젯밤에 상황이 변한 것 같았다. 그들의 결혼생활이 새롭게 시작되었다.

어쩌면 이제 모든 일이 잘 풀릴지도 모른다. 틀림없이 그렇게 되게 하겠다고 그녀는 결심했다. 어젯밤에 두 사람이 모두 특별한 경험을 했으니까.

일리아나는 갑자기 눈살을 찌푸리며 곰곰이 생각에 잠겼다. 그녀가 남편에게 마음을 열어 보였고 던컨이 부드러움과 정열을 다해서, 처음에 할 때나 숲 속에서 했을 때와 사뭇 다르게 사랑해 주었던 것은 사실이었다. 어제 던컨은 참으로 부드러웠다. 처음이나 두 번째 할 때도 거칠었던 건 아니지만, 이번에는 무언가 다른 느낌이 있었다. 전에 그들을 활활 불타게 했던 정열보다 더 많은 것들이 있었다. 남편은 거의 경의를 표하는 것 같기까지 했다.

거기에 틀림없이 의미가 있었을 거야, 그렇지 않을까? 그녀는 불안하게 입술을 깨물었다.

생각해 보면, 상황이 달라졌다고 생각할 만한 말을 남편에게 들은 바가 전혀 없었다. 그 사람이 한 말은, 정확히 말해서 그녀가 변하지 않길 바란다는 거였고, 자신이 기꺼이 변하겠다고 말한 건 아니었다. 던컨은 아무런 약속도 하지 않았다. 더 자주 목욕하겠다거나…… 또 뭐가 있을까? 하여튼 무언가 중요한 게 빠져 있었다.

"펼쳐서 보세요."

에바가 일리아나를 재촉했다.

일리아나는 괜시리 우울해지는 기분을 밀어내며 그 천을 펼쳐보았다. 놀랍게도 그건 플래이드였다.

"입는 방법은 제가 배워왔어요. 나리가 직접 보여주셨어요. 정말 생각이 깊으신 분이죠?"

"그런가 봐."

일리아나가 억지로 미소지으며 일어섰다.

우울해하지 말자. 남편이 약속을 한 것도 없고 소리내서 맹세한 것도 없지만, 이 플래이드를 주지 않았는가. 여기에 필시 의미가 담겨있을 거야. 이게 말로 할 수 없는 걸 말하는 던컨의 방식일 것이다.

일리아나가 속옷 하나와 남편이 선물한 플래이드를 걸치고 아래층에 내려온 시간은 점심식사 시간이었다. 모두들 식탁에 앉은 것 같았는데 던컨과 알리스테어가 보이지 않았다. 일리아나는 엄마의 옆자리에 앉아서 주위를 둘러보았다.

"이젠 좀 괜찮아졌니?"

일리아나가 고개를 끄덕였다.

"제 남편은 어디 있어요?"

"옷감 장사를 만나고 있단다."

"왜요?"

엄마가 은근하게 미소지었다.

"사고 싶은 게 있나 봐."

"뭘요?"

"옷감이겠지."

그녀가 더 질문하기도 전에, 던컨이 방으로 들어섰다. 그 사람이 문으로 들어서는 즉시 그의 존재를 느낄 수 있었다. 대기 중의 공기 자체가 달라지는 것 같았다. 그녀는 오히려 자기 혼자만 던컨이 들어온 걸 알아차리고 다른 사람들이 눈치채지 못하는 게 이상할 정도였다.

던컨이 그녀의 시선을 마주보며 씩 웃었다. 그제야 일리아나는 자신이 환하게 미소짓고 있다는 걸 깨달았다. 얼굴을 붉히며 얼른 나무 접시로 시선을 내렸다. 갑자기 무척이나 부끄러운 기분이었다.

하지만 그녀의 수줍음도 잠깐이 되었다. 그 뒤로 문이 활짝 열리면서 알리스테어가 기절한 남자를 어깨에 들쳐 메고 들어왔던 것이다. 상처 입은 잉글랜드 남자였다.

# 17

던컨이 기절한 사내를 보며 인상을 찌푸렸다.

"누구?"

채 묻기도 전에 사촌이 먼저 대답을 했다.

"롤프 경이 보낸 연락책이야."

던컨이 실망스레 투덜거렸다. 그린웰트의 하수인이라면 좋았을 걸.

"어쩌다 다친 거야?"

"내 목숨을 구해 주려다가."

던컨의 몸이 굳어졌고, 알리스테어는 이미 옆으로 모여든 앵거스 경과 다른 사람들을 쳐다보며 심각하게 설명했다.

"옷감 장사를 데리러 갈 때 나무 뒤에 누가 숨어 있는 것 같더라고."

"왜 나한테 얘기 안 했어?"

"내가 확인을 해 봤는데 아무도 없었거든. 그래서 잘못 봤는 줄 알았어."

"그래도 다시 확인하러 갔잖아."

"그래. 계속 마음에 걸려서 말이야. 거기 정말로 누가 있었다면, 근처에 흔적이 남아 있을 거라고 생각했어."

"흔적이 있었나?"

앵거스가 앞으로 나서서 잉글랜드 남자의 머리를 들어 살펴보았다.

"네. 모닥불 피운 흔적이 있더라고요. 그래서 수색대를 부르려고 돌아오는데 뒤에서 누가 덮친 거예요. 정신을 차려보니까 이 남자가 내 손에 붕대를 감아주고 있었어요."

던컨은 사촌이 들어올린 손을 쳐다보았다. 검을 다루는 손에 플래이드 한 조각이 단단히 감겨 있었다.

"넘어지면서 부러졌나 봐."

던컨이 눈살을 찌푸렸다. 아내가 그의 팔을 다정하게 잡으며 미소 짓자, 던컨도 인상을 풀고 그 손을 매만졌다. 그리고 나서 알리스테어의 설명에 다시 귀를 기울였다.

"그 옆에 다른 놈이 하나 죽어 있었어. 이 친구는 자기가 롤프 경의 연락책이라고 하면서, 세나이드 소식을 갖고 돌아오는데 마침 그린웰트 부하가 날 죽이려는 걸 보고 녀석한테 덤벼들었대. 다행히 다른 녀석을 죽일 순 있었지만 자기도 다쳤다고 했어."

던컨과 앵거스가 잠시 시선을 교환하고 나서, 앵거스가 물었다.

"그럼 너는 둘이 싸우는 걸 전혀 못 봤나?"

"네."

"뒤에서 공격한 놈도 못 봤어?"

알리스테어가 어색하게 몸을 움직이며 자신이 붙잡고 있는 사내에게 시선을 옮겼다.

"못 봤어요."

"그럼 이 자가 한 말이 맞는지 틀리는지 모르잖아?"

앵거스는 무엇보다 그 점이 실망스러운 듯했다. 알리스테어도 같이 실망스러워하다가 갑자기 표정이 밝아졌다.

"아참, 저한테 편지를 보여줬어요."

"편지?"

"네. 거기에 피가 묻을까봐 저한테 주더라고요. 허리춤에 넣어놨어요."

앵거스가 편지를 찾으려고 다가서는 사이에 던컨이 물었다.

"그 자의 말은 어딨어?"

"내가 시체를 실어놨어."

"오는 동안 편지가 떨어졌나보다."

앵거스가 중얼거렸다.

"죽은 녀석의 말은 어디 있었냐?"

"모르겠어요. 글쎄요, 이 사람한테 물어보면 알지도 모르죠."

알리스테어가 기절한 남자를 흘긋 보았다.

"죽은 녀석도 데려왔다고 했지?"

"네. 말에다 걸쳐놨어요."

앵거스가 남자 하나에게 손짓을 하자, 그 사람이 즉시 홀밖으로 나갔다.

"상처를 치료해야 하잖아요."

모두 기절한 남자를 쳐다보고만 있는 걸 더 참지 못하고 일리아나가 끼어들었다. 앵거스와 던컨은 미쳤냐는 듯이 그녀를 쳐다보았다.

"잉글랜드 인의 상처를 치료해?"

"다쳤잖아요."

"이 자는 잉글랜드 인이야."

"그게 무슨 상관인데요?"

"스코틀랜드 인은 잉글랜드 인을 치료해 주지 않아. 상처를 내면 모를까."

던컨이 점잖게 설명했다.

일리아나는 입을 오므리며 그의 팔에서 손을 떼어냈다.

"그럼 잉글랜드 여자가 이 잉글랜드 인의 상처를 치료할게요."

이 사람들이 분명 농담을 하는 거라고 생각했지만, 지금은 더 듣고 있을 때가 아니었다.

"아니, 당신은 잉글랜드 인이 아니야."

던컨이 다시 그녀의 손을 붙잡았다.

"잉글랜드 인 맞아요."

그녀가 손을 잡아 빼며 반박했다.

"아니."

그녀의 손을 던컨이 다시 한 번 단단히 붙잡았다.

"당신은 내 아내야, 플래이드도 입었어. 그러니까 이제 스코틀랜드 인이야."

일리아나가 입을 떡 벌리자 그녀의 엄마가 말문을 열었다.

"그럼 잉글랜드 인도 스코틀랜드 인도 아니고, 플래이드도 입지 않은 내가 치료하면 되겠군요. 그 사람을 테이블에 데려다 놔요."

그녀가 위엄 있게 명령하며 앞으로 걸어갔다. 하지만 알리스테어는 앵거스가 고개를 까닥해서 허락을 내리고 난 후에야 지시에 따랐다.

일리아나가 남편을 노려보고 나서 엄마의 뒤를 좇아갔다.

던컨이 아버지를 쳐다보며 눈썹을 들어올렸다.

"내가 뭘 어쨌다고 저래요?"

앵거스는 아들의 등을 툭툭 두드려 여자들을 따라가라고 신호했다.

"저 애가 좀더 이해심 많은 남편을 바라는 모양이다."

던컨이 멍청하게 쳐다보자 아버지는 씩 웃었다.

"그것도 내가 깜박 잊고 못 가르쳤구나. 하지만 너무 걱정할 거 없다. 나이 들면 저절로 생길 테니까. 아니면 말고. 하여튼 그런 게 중요한 건 아니다만, 여자들은 그쪽을 더 좋아하는가 보다."

언뜻 보기에 엄마가 시아버지한테 못마땅한 시선을 보내는 것 같았다. 하지만 일리아나는 신경 쓸 겨를이 없었다. 앵거스의 심부름으로 나갔던 스코틀랜드 인이 야채더미처럼 다른 남자의 시체를 어깨에 메고 돌아와서, 앵거스의 발치에 툭 떨어뜨렸다.

시체의 머리가 단단한 돌바닥에 쿵 부딪히자, 일리아나의 몸이 움찔했다. 상처 입은 남자를 엄마와 거티에게 맡겨두고 죽은 남자쪽으로 다가갔다. 소름끼치는 풍경이었다. 백짓장처럼 얼굴이 하얗고 몸에 있던 피가 거의 다 코트에 묻은 것 같았다. 가슴과 복부에 커다란 상처가 나 있었고, 일그러진 얼굴로 보아 아주 고통스럽게 천천히 죽은 듯했다.

"얘야, 이 놈이 너를 공격했던 놈이냐?"

일리아나는 목구멍으로 간신히 침을 넘겼다.

"너무 어두워서 제대로 못 봤어요. 하지만…… 낯은 익은 것 같아요."

"네가 그린웰트 성에 잡혀 있었다고 했지?"

"네."

"그럼 거기서 이 자를 본 모양이다."

앵거스가 알리스테어에게 돌아섰다.

"다른 놈은 없었나?"

젊은 청년이 고개를 흔드는 순간, 테이블 쪽에서 잉글랜드 인의 정신이 돌아왔다고 알렸다. 일리아나는 남편과 시아버지를 따라 테이블로 다가갔다. 남자가 만류하는 거티의 손을 뿌리치고 일어나려 애쓰고 있었다.

"일어나라고 해. 물어볼 게 있어."

앵거스가 테이블 옆에 멈춰 서서 명령했다.

남자는 당장 일어나 앉아서 조심스럽게 사람들을 살펴보았다. 알리스테어가 다가서자 그제야 긴장을 풀었다.

잠시 긴장된 정적이 흐르고 나서 앵거스가 입을 열었다.

"내 조카 말로는, 자네가 생명을 구해 줬다더군."

남자의 시선이 알리스테어에게 날아갔다가 되돌아와서 고개를 끄덕였다.

"네."

"자초지종을 설명해 보게."

"이 성으로 오고 있는데 고함소리가 들렸어요. 그리로 뛰어가 봤더니 이 남자분이 쓰러져 있고 다른 남자가 머리를 베려하는 중이었습니다."

"자네가 그 자와 싸웠나?"

"네."

"천천히 죽었더구만."

나이든 남자가 중얼거리자 잉글랜드 인이 고개를 끄덕였다.

"죽으면서 자기가 그린웰트의 명을 받고 레이디 와일드우드를 죽이러 왔다고 했습니다."

일리아나는 본능적으로 엄마를 쳐다보았고, 엄마의 얼굴은 창백해졌다. 앵거스가 다시 물었다.

"같이 온 놈이 있다고 하던가?"

"그런 말은 못 들었습니다. 그린웰트는 레이디 와일드우드가 궁궐로 도망친 줄 알고 따라갔는데, 그게 아니라 스코틀랜드로 갔다는 소문을 듣고 그게 사실인지 알아보라고 보냈답니다. 여자를 찾으면 죽이라고 했답니다."

"흐음."

앵거스가 눈을 가늘게 뜨고 쳐다보았다.

"자넨 누군가?"

"이름은 휴라고 합니다. 롤프 경의 전갈을 가져왔습니다."

"무슨 전갈?"

그 자가 잠시 당황하는 표정을 지었다.

"아까 그분한테 드렸는데."

"내용을 알고 있나?"

앵거스가 가로막았다.

"네. <우리가 세인트 시미안스로 왔을 때 레이디 셰나이드가 거기 있질 않았다. 그래서 수소문을 해 봤더니 던바와 불화가 있는 콜퀴흔

이 붙잡아갔다고 한다. 우리가 먼저 따라갈 테니 던바에서도 원군을 보내달라. 콜퀴혼이 레이디를 능욕하여 자신의 씨를 뿌리고 그 아이까지 죽일 작정인 것 같다.> 이런 내용이었습니다."

던컨은 더 들을 필요도 없다는 듯이 당장 문으로 돌아섰다. 그리고는 돌로 만든 가면처럼 굳은 얼굴로 남자들에게 집합 명령을 내렸다.

"나도 같이 가!"

알리스테어가 그 뒤로 쫓아갔지만 던컨이 돌려보냈다.

"안 돼. 자넨 여기 남아."

"싫어!"

"검 쓰는 손을 다쳤잖아. 도움이 안 돼. 여기 남아."

그가 단호하게 지시했다.

알리스테어는 그래도 고집을 피우려 했지만 앵거스가 다가와서 그의 어깨를 붙잡았다.

"그 말이 맞다. 넌 여기 있거라."

그 청년의 표정이 일그러지더니 밖으로 뛰어나갔다. 앵거스가 한숨 쉬며 던컨에게 고갯짓을 했다.

"가자."

"아뇨, 이 싸움은 제가 맡겠습니다."

"셰나이드는 내 딸이야."

"제 동생이기도 하죠. 우리 둘 중 하나는 성에 남아 있어야 합니다."

"알리스테어가……."

"아버지와 저 중에서 한 명이 남아 성을 지켜야 합니다."

"하지만 지금은 셰나이드가 위험해. 게다가 여기 문제는 해결됐어. 자객이 죽었잖냐."

"그놈 말이 다 거짓말이면 어쩔 겁니까? 다른 놈이 또 있으면 어쩝니까? 만약 그렇다면 그때는 여자들을 지킬 사람이 없잖아요."

앵거스가 일리아나와 그 엄마의 걱정스런 얼굴을 살피고 나서, 마지못해 한숨을 내쉬었다.

"알았다. 부디 셰나이드를 무사히 데려오너라."

던컨을 선두로 해서 홀에 있는 남자들이 모두 밖으로 따라나섰다. 일리아나는 엄마를 슬쩍 쳐다본 후에 남편의 뒤를 좇아갔다. 작별인사도 없이 보내고 싶진 않았다. 던컨이 힘세고 강한 남자라는 건 알았다. 하지만 아버지한테 마지막 인사도 못하고 떠나보낸 것이 늘 마음에 걸렸는데, 지금 망설였다가 나중에 평생을 후회하며 살고 싶지 않았다.

일리아나가 문밖으로 나섰을 때쯤 남편은 벌써 마구간으로 반 이상 멀어지고 있었다. 그녀는 플래이드 자락을 위로 움켜쥐고 그를 좇아 달려갔다.

던컨이 축사로 들어섰을 때 아내의 목소리가 들렸다. 짜증스럽게 멈춰 서서 돌아섰다가 아내가 다급하게 뛰어오는 걸 보고 표정이 다소 풀어졌다. 그녀의 걱정 가득한 얼굴을 보니 마음이 따뜻해 졌다.

"무슨 일이오, 부인?"

그는 급한 마음을 숨기려 애쓰며 물었다. 셰나이드가 위험한 지금 한시라도 지체할 시간이 없었다.

일리아나가 몇 걸음 앞에서 가까이 있는 기둥을 붙잡고 멈춰 섰다.

"저…… 저……."

가쁜 숨을 몰아쉬다가 와락 그에게 달려들어서 꼭 끌어안았다.

던컨은 아내의 갑작스런 행동에 놀랐다. 옆에서 마구간지기 랍비가 헤죽거리는 게 보이자 썩 나가라고 명령했다. 그 남자가 나간 후에 부드럽게 아내의 등을 토닥여주었다.

"왜 여기까지 나왔어?"

일리아나는 눈을 감고 잠시 동안 남편을 꼭 껴안았다가 차츰 몸을 떼어냈다. 그리고 어색하게 자신의 발치를 내려다보았다.

"당신을 배웅하려고요. 행운을 빌어드리고 싶어서."

던컨이 그녀의 턱을 들어올려 표정을 살폈다.

"나의 까다로운 부인께서 냄새나고 커다란 얼간이 남편을 걱정한 다는 뜻인가?"

그렇게 말한 걸 언제 들었을까, 일리아나가 당황하며 얼굴을 붉혔 지만 정직하게 인정하기로 했다.

"지금은 냄새 안 나요. 그랬으면 좀 달랐을지 모르지만."

갑자기 그의 입술이 내려와 그녀의 말문을 막았다. 숨이 막힐 정도 로 달콤하고 부드러운 키스였다. 키스가 끝나자 그녀는 어질어질한 기분으로 그의 가슴에 머리를 기댔다.

"사랑해요."

그의 몸이 긴장하는 걸 느끼고서야 자신이 입밖으로 말해 버렸다 는 걸 알았다.

맙소사! 그 말이 어디서 튀어나왔을까? 그녀는 황망하게 그의 품에 서 빠져나와 밖으로 도망쳤다. 너무나 창피해서 남편을 쳐다볼 수 없 었다. 남편이 부르는 소리를 들었지만 속도를 늦추지 않았다.

하지만 그녀의 다리가 더 짧은데다가 플래이드 자락이 걸리적거리 는 바람에, 열 발짝쯤 마구간 밖으로 나왔을 때 남편에게 붙잡히고 말 았다. 남편의 손에 이끌려 빙글 돌아서면서 수치스런 신음을 참을 수 없었다.

그런데 던컨이 키스를 했다. 다른 사람들이 있는 앞에서 온몸이 떨 릴 만큼 정열적으로 키스를 했다. 마침내 던컨의 품에서 빠져나왔을 때, 그녀의 입술은 빨갛게 부풀었고 뺨이 화끈거리며 다리가 후들거 렸다.

던컨은 만족스럽게 그녀의 상태를 바라보고 나서 성 쪽으로 돌려 세우며 속삭였다.

"이 얘긴 돌아와서 합시다. 지금은 성으로 돌아가."

그리고는 그녀의 엉덩이를 살짝 때렸다. 일리아나는 빨개진 얼굴로 성을 향해 걸어가기 시작했다. 주위 사람들이 모두 히죽거리고 있었다. 마당에는 싸움터로 나가려 준비하는 남자들이 가득했고, 그들이 모두 적나라한 키스 장면을 목격했다.

그녀는 애써 고개를 쳐들고 성을 향하여 계속 걸었다.


일리아나는 정원에서 잡초를 뽑고 있는 잰나를 물끄러미 쳐다보았다. 그 여자는 잡초를 뽑으면서도 다른 데 정신이 팔려 있는 듯했다. 다른 여자들도 마찬가지였다. 모두들 눈앞의 일에 정신을 집중하지 못하고 있었다. 당연히 남자들 때문이었다. 던컨과 남자들이 떠난 지 아직 하루밖에 지나지 않았는데도 말이다.

사실, 일리아나 자신도 그 여자들과 비슷한 상태였다. 우울증에 시달리지 않는 사람은 유일하게 그녀의 엄마뿐인 것 같았다. 엄마와 에바 그리고 거티는 남자들이 떠난 후에 새로 만든 방 하나에 들어가서 하루 종일 나타나질 않았다. 그 안에서 무슨 일을 하고 있는지 모르지만, 저녁식사 시간이 다 되어서야 일이 끝난 모양이었다. 그리고 오늘은 일리아나를 위로하며 시간을 보냈다.

엄마는 던컨에게 아무 일 없을 거라고, 무사히 시누이를 데리고 돌아올 거라고 누누이 강조하며 그녀의 옆을 떠나지 않았다. 딸을 걱정해서 하는 말이라는 건 알지만, 한두 번 듣는 것도 아닌 그 말을 더 이상 견디기가 힘들어서 일리아나는 앵거스 경에게 엄마를 은근히 붙여둔 후에 최대한 멀리 떨어져 있는 중이었다.

일리아나가 잰나의 옆으로 걸어갔다. 햇살이 끊긴 듯한 느낌을 받고서야 그녀가 다가선 걸 알아차리고 잰나가 퍼뜩 시선을 들었다.

"마님! 언제 오셨어요?"

"지금."

"네."

그 여자가 한숨쉬며 정원 주위의 성벽을 쳐다보았다. 그 너머까지 꿰뚫어보고 싶은 것처럼.

"다들 괜찮겠지요?"

"물론이지."

일리아나는 자신의 걱정이 드러나지 않기를 바라며 그들을 애써 안심시켰다.

"오늘은 더 일하지 않아도 되니까, 집에 가서 쉬어."

잰나가 슬프게 고개를 저었다.

"그래봤자 마음만 더 불안해지는 걸요."

충분히 이해할 만한 대답이었다.

"난 정원에 잠깐 들른 것 뿐이야. 조금 있다가 앵거스 경과 엄마가 보러 가신 성벽에 가봐야 돼."

"성벽이요?"

"응. 엄마가 성벽을 보여달라고 앵거스 경에게 부탁하셨거든. 아마 앵거스 경의 기분을 바꿔주고 싶어서 그랬을 거야."

"그렇겠군요."

"사실은 그래서 나도 같이 가겠다고 했어. 잰나, 아무 때고 집에 가고 싶을 때 가. 오늘은 여기서 인사할게."

여자가 고개를 끄덕였고, 일리아나는 천천히 방향을 바꿔서 부엌으로 향했다.


"던컨이 아주 튼튼하게 만들어 났군요. 이렇게 든든한 아드님이 있어서 자랑스러우시겠어요."

레이디 와일드우드의 칭찬에 앵거스의 표정이 부드러워졌다.

"제 입으로 아들놈 칭찬하기는 뭐하지만, 그놈, 괜찮은 녀석이에요. 가끔 고집이 세고 화를 잘 내는 게 탈이긴 해도, 똑똑하고 마음씨도 착하답니다."

"그러니까 제 딸아이도 남편을 잘 만난 거죠."

그녀의 말이 끊겼다. 상대방이 듣고 있지 않다는 걸 알았기 때문이었다. 앵거스의 몸이 굳어지는가 싶더니 성벽 너머의 나무를 가늘게 노려보았다.

"왜 그러세요?"

그녀가 불안하게 물어보았다.

앵거스는 잠시 생각에 잠겼다가 고개를 흔들었다.

"뭔가가……."

그가 갑자기 성문 쪽으로 돌아서서 소리쳤다.

"성문 닫아! 도개교 올려! 당장! 어서! 어서!"

레이디 와일드우드가 성문 쪽을 쳐다보려다가 남자의 놀란 숨소리가 들리자 다시 돌아섰다. 그리고는 본능적으로 손을 뻗어서 쓰러지는 남자를 붙잡았다. 그의 무게를 고스란히 받아내면서, 등에 삐죽 튀어나와 있는 화살을 알아보고는 비명을 내질렀다. 두 번째 화살이 그들의 옆으로 휙 지나치자 본능적으로 앵거스를 안은 채 밑으로 털썩 주저앉았다.

"엄마!"

일리아나가 달려왔다. 그녀가 흉벽으로 걸음을 내딛는 순간 앵거스가 도개교를 올리라고 고함쳤다. 그리고 바로 시아버지가 화살에 맞고 쓰러졌다.

그녀는 성벽 너머를 흘깃 쳐다보았을 때에야 어떻게 된 일인지 알 수 있었다. 나무 숲에서부터 말을 탄 남자들이 돌진을 하고, 그 뒤로 궁사들이 따르고 있었다. 성이 공격을 받고 있는 것이다. 남자들의 옷차림으로 보아서 잉글랜드 인이 틀림 없었다.

도개교가 아직 그대로 있는 걸 보고 일리아나의 몸이 공포로 얼어붙었다. 잠시 후 다리가 천천히 올라가기 시작했다. 그래도 두려움은 가시지 않았다. 돌진하고 있는 공격자들 중에서 적어도 두 명 정도는 다리 위로 뛰어오를 수 있을 것이었다. 하지만 그들은 조심스러웠다. 다리에 뛰어오르는 대신에 속도를 늦춰서 말을 세우고 도개교가 움직이는 걸 지켜보았다. 맙소사, 그 중 하나가 그린웰트였다.

그녀는 휙 돌아서서 쭈그리고 있는 두 사람에게 달려갔다.

어머니가 걱정스런 얼굴로 앵거스를 살펴보고 있었다. 일리아나는 시아버지의 상처를 보는 순간 얼굴이 창백해졌다. 아직 피가 보이지는 않았지만, 돌바닥 옆으로 누운 시아버지의 이마에 땀방울이 맺혔고 표정도 고통스럽게 일그러져 있었다.

안마당을 흘깃 내려다보니 대혼란이 일어나고 있었다. 공격이 시작된 것을 알아차리자마자 저마다 사랑하는 사람들과 아이들이 성밖에 나가지 않았다는 걸 확인하기 위해 이리저리 뛰어다녔다. 천둥이 치는 것처럼 소란스러운 상황이었다. 어느 누구도 도와달라고 외치는 그녀의 목소리를 알아듣지 못했다.

그때 누군가 손을 붙잡는 느낌에 일리아나가 밑을 내려다보았다. 앵거스가 눈이 부신 것처럼 가늘게 눈을 떴다.

"움직이실 수 있겠어요?"

그가 힘겹게 고개를 끄덕였다.

"난 괜찮다. 별 거 아니야."

일리아나의 입술이 굳어졌다. 힘없이 가쁘게 숨을 몰아쉬는 것으로 보아, 그 말이 단지 남자의 자존심에 불과하다는 걸 알았다. 그녀가 내려가는 계단을 확인하려는데 또다시 화살 하나가 머리 위로 날아들어 얼른 고개를 숙였다. 앵거스를 밑으로 옮겨가서 상처를 살펴보아야 했다. 이 자리에서 당장 확인하고 싶었지만, 계속 화살세례가 퍼부어지는 지금 상태로는 오히려 화살에 맞을 가능성만 높아질 뿐이었다.

"걸어갈 수 없겠어."

엄마가 불안하게 속삭였다.

"걸을 수 있소"

앵거스가 일어나려는 것처럼 몸을 꿈틀거렸다.

일리아나가 즉시 그의 어깨를 잡아 중단시켰다.

"아버님이 아니라 우리 애길 한 거예요. 여기서 똑바로 서게 되면 화살에 맞을 위험이 있어요. 고개를 숙인다 하더라도 아버님 키가 크기 때문에 안전하질 않아요."

"그럼 어떡해?"

일리아나가 잠깐 망설이고 나서 자신이 입고 있던 플래이드를 벗기 시작했다.

"뭐 하는 거야?"

엄마가 놀라며 물었다.

"이걸로 아버님을 계단까지 끌고 가야겠어요."

"걸을 수 있다니까."

앵거스가 힘없이 중얼거렸다. 그녀는 개의치 않고 플래이드를 그 옆에 펼쳐놓았다.

"이리 굴러서 누우실 수 있겠어요?"

"날 환자처럼 끌고 가려는 거라면."

"얼간이 고집 피우지 마시고 이리 굴러오세요. 내 딸이 지금 벌건 대낮에 속옷 바람으로 다니게 생겼는데, 그 정도 협조는 해 줘야 하잖아요."

레이디 와일드우드의 호통 소리에 앵거스가 얼굴을 붉혔다. 여자들이 하늘같은 족장에게 명령을 내리다니 해가 서쪽에서 뜰 일이라고 불평하면서 플래이드 쪽으로 몸을 굴렸다. 일리아나는 시아버지가 불평을 하든 말든 들은 척도 않고 플래이드 위쪽에 쭈그려 앉았다. 엄마와 함께 각자 한 귀퉁이를 붙잡고 허리를 굽힌 채로 반쯤 일어섰다. 그런 다음 플래이드를 끌면서 앞으로 움직이기 시작했다.

# 18

앵거스는 안마당으로 이어진 계단에 도착할 때까지 계속 툴툴거렸다. 그곳에 닿자마자 자신의 힘으로 움직이겠다고 주장했고, 실제로 약간의 도움을 받아서 일어섰다. 일리아나와 엄마의 어깨에 양쪽 팔을 걸치고 반쯤은 걷듯이 반쯤은 운반되듯이 계단을 내려왔다. 하지만 거기까지가 그를 옮길 수 있는 최대한의 거리였다.

안으로 들어가서 상처를 봐야 한다고 아무리 설득해도 앵거스가 듣질 않았다. 자신의 성이 공격을 받고 있는 이 상황에서 절대 그럴 수 없다고 했다. 도저히 그 고집을 꺾을 수가 없었으므로 계단 아래쪽에 그를 내려 앉혔다. 앵거스는 그곳에서 남아 있는 몇몇 남자들에게 명령을 내렸고, 그동안에 일리아나와 엄마는 상처를 살펴보았다.

화살이 그의 등에서부터 오른쪽 어깨 쪽으로 파고 들어가 있었다. 쇄골뼈 바로 밑부분까지 4분의 3 정도의 살을 관통해 들어갔다. 두 여자가 결연하게 눈짓을 교환했다. 방법은 하나뿐이었다.

"힘센 남자가 있어야겠지?"

어머니가 물었다.

일리아나는 주위에서 도와줄 사람을 찾으려고 둘러보았다. 앵거스가 마침 지나가는 남자에게 알리스테어를 불러오라고 했지만 실망스러운 대답만 듣게 되었다. 공격이 시작되기 한 시간 전쯤에 말을 타고 나갔다는 것이었다. 그후에 그 남자는 성벽 너머에서 보내온 화살을 되갚아줄 셈으로 활을 들고 곧장 흉벽으로 뛰어올라갔다.

심각한 상황이었다. 이 성에는 방어할 만큼 강한 남자가 별로 남아 있지 않았다. 대부분이 나이가 많거나 너무 어려서 싸우기에는 역부족이었고 그나마도 전부 다 공격을 막아내기 위해 전력을 쏟고 있었기 때문에 족장의 상처 치료는 전적으로 여자들이 맡아야 했다.

"마님!"

에바가 엘긴과 잰나를 뒤에 달고 쫓아 나왔다.

"무사하시군요. 마님이 성벽에 올라가셨다는 얘길 듣고, 어머나!"

앵거스의 등에 꽂힌 화살을 보더니 그녀가 비명을 질렀다.

일단 큰마님과 마님이 다치지 않았다는 걸 확인하고 나서 정신없이 성 안으로 되돌아 들어갔다.

"붕대 가져올게요."

"전 깨끗한 물을 가져올게요."

엘긴도 얼른 돌아섰다.

"전 어떻게 할까요?"

잰나가 물었다.

"거티를 데려 와. 약을 가져오라고 해. 특히 수면제."

고개를 끄덕이고 그 여자가 서둘러 발길을 옮겼다. 앵거스가 의심스러운 눈초리로 며느리를 쳐다보았다.

"수면제를 뭐에 쓰려고?"

"화살 빼기 전에 드시게 하려고요."

"웃기지 마라!"

"하지만 화살을 빼려면 앞쪽으로 밀어내야 해요."

"난 네가 세상 구경을 하기 훨씬 전부터 전사였다. 그깟 일에 약까지 먹진 않아. 난 깨어 있을 거다. 우린 지금 습격을 당했어. 부하들한테 내가 필요해."

일리아나가 못마땅하게 노려보다가 무겁게 한숨을 내쉬고는 엄마에게 와서 잡아달라고 손짓했다. 자신은 시아버지의 뒤로 돌아가서 손으로 화살을 붙잡았다. 하지만 차마 시작을 못하고 시아버지의 창백한 얼굴을 쳐다보았다.

"준비 되셨어요?"

앵거스는 무릎을 움켜쥐고 고개를 끄덕이려 했다. 하지만 다음 순간에 기운 없이 고개를 흔들었다.

"먼저 위제베타를 마셔야겠어."

"제가 가져올게요."

레이디 와일드우드가 성 안으로 달려들어갔다.

앵거스는 또다시 이쪽저쪽으로 지나가는 부족원들에게 명령을 내리기 시작했다. 이제 곧 끔찍한 고통을 견뎌내야 할 텐데, 저렇게 초연할 수 있다는 게 일리아나로서는 감탄스러웠다. 오히려 이제 곧 해야 할 일을 생각하면 그녀의 오금이 저려왔다.

잠시 후 어머니가 계단으로 날 듯이 내려왔고, 에바와 거티, 지오셜, 잰나, 엘긴이 우루루 몰려들었다.

레이디 와일드우드는 앵거스 앞에 멈춰 서서 가져온 술통을 건네주려다가 자신이 먼저 그 독한 액체를 몇 모금 들이켰다. 그녀가 콜록콜록 기침을 하자, 족장은 슬며시 미소지으면서 반쯤은 고통스레 인상을 찡그렸다.

일리아나는 그 상황을 대충만 알아차렸을 뿐, 거티에게 더 관심을 쏟았다. 할멈이 족장의 등에 삐죽 튀어나와 있는 화살을 살펴보았다.

"피가 나겠어요."

"피?"

일리아나가 조심스럽게 물었다.

"화살을 뽑고 나면 피가 날 거예요."

레이디 와일드우드는 앵거스에게 술병을 건네려다가 그 말에 멈칫하고 또 한 번 술을 들이켰다. 그 옆에서 지오셜과 에바가 가져온 리넨을 길고 가느다란 조각으로 찢기 시작했다.

"그럼 어떻게 해야 돼?"

엄마가 위스키를 마시고 또 기침을 하자 일리아나가 엄마의 등을 툭툭 두드리면서 물었다.

거티가 입술을 오므렸다.

"압박해야죠."

"압박?"

"피가 나오지 않게 눌러줘야 돼요."

레이디 와일드우드가 신음하며 다시 술통을 입에 들이댔다.

"엄마!"

이번에는 일리아나가 매섭게 쏘아붙였다. 앵거스는 묘한 표정으로 나이든 여자를 쳐다보았다.

"미안해."

그제야 엄마가 술통을 앵거스 경에게 내밀었다. 이미 술통의 반이 비어 있었다.

그는 상당량의 술을 한 번에 들이킨 다음에, 두 팔로 다리를 꽉 잡아 안았다.

"시작해라."

일리아나도 술 한 모금 마시고픈 마음이 간절했지만 꾹 참으며 엄마와 엘긴에게 손짓했다. 두 사람이 환자 옆으로 다가와서 움직이지 않도록 어깨를 꾹 눌렀다.

모든 준비가 끝나자 일리아나는 깊이 숨을 들이켰다. 축축하게 땀이 배는 손을 치마에 닦고, 다시 화살을 움켜잡았다. 속으로 하나 둘 셋을 세고 나서 있는 힘껏 밀어내기 시작했다. 앵거스의 몸이 딱딱해지면서 비명이 새어나왔다. 그녀의 입에서도 비명이 터질 뻔했다.

그녀의 동작이 멈췄을 때 그의 고통스런 신음도 멈췄다. 엄마의 얼굴이 눈물로 젖어 있었다. 그것으로 아직 끝난 게 아니었다. 화살이 아직 다른 쪽 살갗을 뚫고 빠져나오질 않았다. 일리아나도 눈물이 앞을 가리는 걸 느끼며 다시 자세를 잡아서 화살을 밀어냈다. 이번에는 젖 먹던 힘까지 다 실었다.

앵거스의 커다란 비명소리가 들리고, 마침내 화살이 살갗을 찢으면서 밖으로 튀어나왔다. 그의 비명이 흐릿한 욕설로 바뀌었다.

일리아나는 이제 그의 등에 삐져 나와 있는 화살대를 붙잡았다. 두 손이 심하게 떨렸고 눈물 때문에 앞이 보이질 않았다. 그 화살을 부러뜨려야 하는데 제대로 되질 않았다.

시아버지가 몸 속에서 뒤틀리는 화살대의 고통에 신음하는 동안 일리아나도 같이 흐느꼈다. 세 번째 시도를 하고 나서야 화살대가 뚝 부러졌다. 그녀는 손에 남은 화살의 끝부분을 내던지고 뺨으로 흐르는 눈물을 닦았다.

"젠장할, 울어야 할 사람은 나야."

앵거스가 부드럽게 질책했다.

"어서 해, 마저 끝내라."

그가 미소지으려 애쓰며 중얼거렸다.

어깨를 쭉 펴고 그녀는 앞쪽에 있는 화살촉을 잡아 단번에 잡아 뺐다. 그녀가 재빨리 물러나자 거티와 엘긴이 그 상처를 천으로 눌렀다. 꾹꾹 눌러서 지혈을 시키고 상처를 소독한 다음 연고를 발랐다.

거티가 능숙한 솜씨로 상처를 꿰매고 나서 붕대를 감았다. 붕대를 다 감고 나서 사람들이 뒤로 물러났다. 거티가 빠르게 치료했는데도 불구하고 앵거스는 많은 피를 흘렸다. 이제 입술까지 회색빛으로 변해 버린 듯했다.

"다 됐나?"

그가 물었다.

거티가 엄숙하게 고개를 끄덕였다.

"좋아. 그럼 우리 손님들을 처리해야겠어."

그가 계단에서 몸을 일으켰다. 휘청거리긴 했지만 어렵사리 다리에 힘을 실으며 일어나서 주위 사람들을 놀라게 했다. 앞으로 한 걸음을 내딛기까지 했다. 하지만 다음 순간에 도끼질 당한 나무처럼 푹 쓰러지고 말았다.

일리아나와 사람들이 놀라며 달려가서 고꾸라지는 몸을 붙잡았다. 그리고 기절한 족장을 바닥에 조심스럽게 눕혔다.

"족장님!"

마구간지기의 아들 윌리가 다급하게 족장을 부르며 그들이 있는 쪽으로 달려왔다. 하지만 족장님이 지금 아무 도움도 되지 못하리라는 걸 알게 되자 공포스럽게 눈을 치뜨며 몸서리쳤다.

"무슨 일이야?"

일리아나가 물었다.

아이는 멈칫하다가 어쩔 수 없다고 결정한 듯 그녀에게 보고했다.

"잉글랜드 놈들이 방죽길을 세우고 있어요. 그게 다 만들어지면 도개교를 부수거나 불을 지를 거예요."

일리아나는 초조하게 기절한 시아버지를 쳐다보았다.

"네가 가봐."

엄마가 중얼거렸다.

"방법을 찾아봐. 이젠 네가 여기 대장이야."

일리아나의 몸이 굳어졌다. 엄마의 말이 옳았다. 앵거스는 움직일 상태가 아니고 남편은 외지에 나가 있고, 알리스테어조차도 여기 없었다. 그러니 그녀가 책임을 맡아야 했다. 끔찍하게 두려웠다. 주위 사람들의 걱정스런 표정 때문에 더 겁이 났다.

하지만 달리 선택의 여지가 없었으므로 일리아나는 용기를 내었다.

"네 아버지는 어디 있어?"

"성벽에요."

"어서 가봐. 앵거스 경은 우리가 방으로 모셔갈게."

엄마가 말했다.

일리아나는 결연하게 고개를 끄덕이고 나서, 불과 30분 전에 앵거스 경을 부축해서 내려왔던 그 계단으로 방향을 돌렸다. 윌리가 뒤에서 미적거리자 엄한 표정으로 돌아보았다.

"얼른 따라오너라."

최대한의 위엄을 담아서 명령했다.

"우린 소풍가는 게 아니야."

아이가 놀란 표정으로 얼른 따라붙었다. 그러더니 이제 살았다는 표정까지 지어 보였다.

마구간지기의 옆에 도착해서 성벽 아래를 내려다보니, 시아버지가 의식을 되찾을 때까지 기다릴 만한 상황이 아니었다.

그린웰트가 아래 있었다. 갑옷을 차려 입고 말에 올라서, 해자 위로 방죽길을 세우는 남자들에게 명령하고 있었다.

"저걸 다 만들면, 즉시 성 안으로 쳐들어올 겁니다. 도개교와 성문에 불을 지를 거예요."

마구간지기가 설명했다.

"알았어."

일리아나는 해결책을 찾아서 머리를 굴렸다.

"저놈들이 방책을 세워놔서 아무리 화살을 쏴도 소용이 없어요."

마구간지기의 걱정스런 목소리를 들으면서 그녀가 안마당에 있는 커다란 돌들을 흘깃 쳐다보았다. 성벽 공사를 하고 남은 바위 크기의 돌들이었다. 남자들이 성을 떠나기 전에 성벽 공사를 끝낸 것이 다행이었다. 그렇지 않았다면 이미 구멍이 뚫리고도 남았을 것이다.

일리아나는 당면한 문제를 골똘히 생각했다. 그녀의 시선이 다시 바위로 향했다. 대부분이 너무 커서 옮기기 어려워 보였지만, 더 작은 바위들을 이용한다면 그녀가 생각해낸 아이디어에 충분히 사용할 수 있을 것 같았다.

"남자들을 모아서, 저 바위를 이리 가져와."

"바위를요?"

마구간지기가 의심스럽게 그녀의 손가락이 향해 있는 부분을 쳐다보았다.

"가장자리에 있는 작은 거."

"그걸 왜?"

"어서 가."

"하지만 저걸 옮기려면 여섯 명쯤 있어야 할 텐데요."

"그럼 여섯 명을 데려가."

그녀가 당장 대꾸했다.

"네 명 더 불러서 길다란 막대기를 두 개 가지고 부엌에 가라고 해. 거기 엘긴이 스튜를 끓이는 솥단지가 있을 테니까 그것도 이리 가져오라고 해."

"솥단지를요?"

그가 눈을 부릅떴다.

"자네, 귀가 먹었나?"

"아뇨, 하지만 그러려면 여기서 화살을 쏠 사람이 두 명밖에 안 남는데."

"화살은 쏠 필요 없어. 어차피 방책 너머까지 닿지도 않고, 다른 놈들도 사정거리 밖에 있잖아. 이제, 그만 물어보고 내 지시대로 해. 나한테 생각이 있어."

랍비가 더 반박하려 했지만 그녀의 완강한 표정을 보고 그만두었다. 포기하는 한숨을 내쉬며 남자들이 있는 곳으로 걸어갔다.

일리아나는 다시 성 밖으로 시선을 내려서 잉글랜드 인들이 하는 작업 상황을 지켜보았다. 초조하게 시간이 흐르고, 마침내 계단 쪽에서 악다구니가 들려왔다.

"조심하란 말이야! 엎을 뻔했잖아, 멍청한 놈들아!"

엘긴이 고래고래 고함을 쳐댔다.

"마님!"

마지막 계단을 올라서자마자 엘긴이 상기된 얼굴로 앞치마를 두 손으로 쥐어짜며 그녀에게 달려왔다.

　"이 얼간이들이 갑자기 부엌으로 달려 들어오더니 그 빌어먹을 장대를 내 솥단지 손잡이에 넣고 가져가지 뭡니까. 내가 무슨 짓이냐고 물으니까 마님이 여기 가져오라고 하셨다잖아요. 난 틀림없이 잘못 들은 거라고……."

　"맞아, 내가 시켰어."

　일리아나가 요리사의 어깨를 두드려서 달래준 다음, 김이 모락모락 나는 솥단지로 쩔쩔매고 있는 남자들에게 성벽과 최대한 가까운 곳에 내려놓으라고 지시했다. 곧이어 여섯 명의 남자들이 숨을 헐떡대면서 커다란 바위를 들고 올라왔다.

　"이걸 어디다 놓을까요?"

　마구간지기가 숨가쁘게 물었다.

　"성벽 위 한가운데다 놔."

　일리아나가 아직 부글거리는 솥단지 옆에 서 있던 네 명에게 돌아섰다.

　"그걸 바위 옆에 올려놔."

　그들은 꾸물거리지 않고 그녀의 지시를 따르기는 했다. 하지만 도대체 무슨 짓인지 알 수 없다는 시선을 교환하는 게 눈에 거슬렸다. 그녀는 어리석은 여자가 아니었고, 미치지도 않았다. 이 사람들이 아직도 그녀의 계획을 파악하지 못한 모양이었다.

　"마님."

　엘긴이 그녀를 쳐다보고 또 성벽 가장자리에 위태롭게 흔들리는 솥단지를 번갈아 쳐다보았다. 거의 울음을 터트리기 직전의 얼굴이었다. 일리아나는 부드러운 미소를 지으며 다시 그의 어깨를 두드렸다.

　"걱정 말아요. 다 잘될 거야."

　"하지만 내 스튜……."

　일리아나의 입술이 일자로 가늘어졌다.

"우리 성문 밖에 손님들이 오셨는데, 대접하지도 않고 돌려보낼 셈이야?"

그의 눈이 휘둥그래졌지만, 다른 사람들은 이제야 그녀의 의도를 이해한 듯이 하나둘씩 웃음을 보이기 시작했다. 일리아나가 랍비를 쳐다보았다.

"우선 그 바위를 방책과 방죽길 위에 떨어뜨려. 그 다음에 셋까지 세고 나서 솥단지를 기울여."

"내 스튜……."

엘긴이 미친 듯이 앞치마를 비틀어대며 흐느꼈다.

"좋은 데 쓰는 거니까 너무 슬퍼하지 말아요, 엘긴."

"맞아, 맞아."

마구간지기가 요리사에게 씩 웃어 보이며, 다른 남자 두 명과 같이 바위 떨어뜨릴 준비를 했다.

"잉글랜드 개놈의 자식들한테 잊지 못할 식사를 먹여주자."

그가 솥단지 옆에 있는 남자들을 흘깃 보았다.

"명심해, 셋 셀 때."

일리아나는 한 걸음 옆으로 비켜서서 성벽 밑을 내려다보았다. 다음 순간, 바위가 쏜살같이 밑으로 곤두박질쳤다. 아래쪽에 있던 사람들은 미처 피할 겨를도 없었다. 어마어마한 소리를 일으키며 바위가 방책에 부딪혔고, 운 나쁘게 그 사이에 있던 자들의 비명소리는 더 크게 울려 퍼졌다. 그리고 곧 구조물 전체가 부르르 흔들리더니 폭삭 주저앉았다. 경황이 없는 그 침입자들 위로 스튜가 쏟아졌다.

"내 솥단지!"

남자들이 뜨거운 솥을 미처 붙잡지 못하고 떨어뜨리자 엘긴이 울부짖었다. 하지만 그의 목소리는 다른 남자들의 환호성에 묻혀버렸다. 무거운 솥이 방죽길에 부딪히면서, 방죽길과 그 밑에 있던 남자들이 함께 해자 속으로 와르르 빨려 들어간 것이다.

아래의 처참한 광경을 쳐다보며 일리아나는 말이 나오지 않았다.

죽거나 죽어가는 남자들이 쓰러진 체스 말처럼 흩어졌고 그들의 신음 소리가 성벽 위까지 날아들었다. 나무 사이에서 매복하고 있던 남자들이 동료를 구하려고 달려나왔지만, 성벽 위의 던바족들이 즉시 그들에게 화살을 쏘아댔다.

그녀는 끔찍한 심정으로 돌아서서 계단으로 걸어갔다. 엄마가 마침 성벽으로 올라오는 중이었다. 레이디 와일드우드는 딸의 창백한 얼굴을 살펴보더니 자신이 가져온 술통을 내밀었다.

"좀 마셔."

일리아나가 싫다고 할까봐 자신이 직접 입으로 술통을 대주었다. 독한 액체가 목으로 넘어가면서 뱃속까지 뜨끈한 기운이 번지자, 일리아나가 푸푸 기침하며 고개를 돌렸다.

레이디 와일드우드가 다정하게 그녀의 등을 두드려주었다.

"이제 혈색이 좀 돌아왔구나."

발작 같던 기침이 차츰 진정되자 일리아나는 쓴 침을 삼키며 인상을 찌푸렸다.

"이런 걸 대체 왜 마시죠? 불같아요."

"글쎄 말이다."

엄마가 피식 웃으며 지신도 술통을 들어서 한 모금을 꿀꺽 삼키고 만족스럽게 고개를 흔들었다.

"그런데 어쩌냐? 난 이제 그 맛을 알아버린 것 같아."

일리아나가 험악하게 술통을 빼앗았다.

"아버님은 어때요?"

"아직 기절 상태야. 거티가 지키고 있어. 일리아나, 아주 영리한 계획을 세웠구나. 이젠 남자들도 다 널 존경할 거야."

일리아나는 손을 흔들었다. 방금 자신이 지시했던 일에 대해서 털끝만치도 얘기하고 싶지 않았다. 존경이든 칭찬이든. 그때 갑자기 뒤쪽에서 고통스런 비명이 들려왔다. 홱 돌아보니 마구간지기가 팔을 움켜쥐고 쓰러져 있었다. 어깨에 화살을 맞은 것이다.

"사람들을 데려올게."

엄마가 허둥지둥 계단을 내려갔다.

입을 꾹 다물고 일리아나는 그 남자의 옆으로 다가갔다. 다행히도 이번 화살은 똑바르게 관통했다. 화살을 밀어넣을 필요 없이 부러뜨리기만 하면 될 것이었다. 아까 화살이 잘 부러지지 않아서 고생했던 걸 기억하며 일리아나가 맞은편에 다가와 있는 엘긴을 쳐다보았다.

"힘세죠, 엘긴?"

"네?"

그 남자가 당황스레 시선을 들자 그녀는 고개를 흔들었다.

"됐어요. 나보다야 낫겠죠. 랍비를 일으켜 앉혀요."

"혼자 일어날 수 있어요."

마구간지기가 중얼거리면서 힘겹게 일어나 앉았다. 일리아나는 눈을 굴리면서 기막혀했다. 아무래도 남자들은 상식보다 자존심이 우선인가 보다. 그의 어깨 옆쪽을 두 손으로 누르며 엘긴에게 눈짓을 보냈다.

"화살 끝을 부러뜨려요."

엘긴과 마구간지기가 동시에 움찔하자, 크게 한숨이 나왔다.

"화살을 빼려면 우선 이 끝을 잘라내야 돼요. 이대로 빼면 상처가 더 커진다고요."

랍비가 욕을 중얼거리기 시작했고 엘긴이 얼른 화살대로 손을 뻗었다. 그들의 욕설이 절정에 도달했을 때 화살이 뚝 분질러졌다. 그후에 욕하는 소리가 잠잠해졌다.

마구간지기의 일그러진 얼굴을 가엾게 쳐다보고 나서 일리아나는 그 옆에 앉아서 계단 쪽을 바라보았다. 엄마를 선두로 해서 지오셜, 잰나, 거티가 연고와 붕대를 들고 달려왔다.

남자에게 안심하라는 미소를 보낸 다음, 재빨리 화살을 뽑아내고 잰나가 내민 붕대를 받아들었다. 붕대로 상처를 눌러서 지혈하고 있을 때 또 다른 외침 소리가 들렸다. 남자 하나가 쓰러졌고, 세 번째 남자는 가슴에 화살을 맞은 채 뒤로 비틀거렸다.

일리아나가 벌떡 일어나서 그 남자를 잡으려고 달려갔다. 하지만 너무 늦어버렸다. 비틀대던 남자가 성벽에서 한참 아래 있는 안마당으로 떨어졌다. 일리아나는 랍비를 거티의 손에 맡기고 두 번째 남자에게 달려갔다. 다행히도 아직 살아 있었다.

엘긴이 부상당한 남자 옆으로 다가오자 그녀가 인상을 찌푸리며 마구간지기 쪽을 보았다. 그가 상처에 붕대를 감은 채 일어서서 다시 성벽으로 걸어가고 있었다.

"안 돼, 랍비! 누워 있어야 돼."

"누워 있으면 놈들을 쫓아낼 수 없잖아요. 나중에 죽게 될 거면 쉬어봤자 무슨 소용이에요?"

남자가 단호하게 자신의 자리로 돌아갔다.

일리아나는 땅이 꺼지도록 한숨을 쉬었다. 포위 공격이 오래 지속될 텐데. 그들의 힘으로 저지할 수 있기만 바랄 뿐이었다.

# 19

"일리아나?"

그녀는 기대고 있던 성벽에서 천천히 머리를 들었다. 눈이 뻑뻑해서 잘 떠지지 않았다.

레이디 와일드우드의 시선이 딸의 슬픈 표정에서 엘긴과 랍비에게로 옮겨갔다. 두 남자는 그녀의 양쪽에서 위스키를 마시며 앉아 있었다. 이미 텅빈 술통들이 주위에 어지럽게 널려 있었다.

"앵거스 경이 깨어났어."

랍비와 엘긴이 당장 몸을 일으켰다.

"깨어나셨어요?"

요리사의 눈이 갑자기 밝아지는 것 같았다.

"그럼 식사하셔야겠군요. 제가 먹을 걸 준비할게요."

휘청휘청 그가 부엌으로 향했다.

레이디 와일드우드는 아무 반응도 없는 일리아나에게 눈살을 찌푸리며 한 손을 내밀었다.

"가자. 앵거스 경이 너한테 할 말이 있는 것 같아. 오래 깨어 있지 못할 거야. 랍비, 자네도 따라오게."

마구간지기가 당장 일어나서 그들의 뒤를 따랐다.

방으로 들어갔을 때, 앵거스 경이 깨어 있긴 했지만 지독히도 창백하고 기운 없는 모습이었다. 일리아나의 침울한 표정을 알아보더니 그가 일어나 앉으려고 안간힘을 썼다.

"어떻게 됐냐? 성벽이 무너졌냐?"

"아뇨, 다 괜찮아요."

레이디 와일드우드가 다시 누우라고 재촉하며 달랬다.

"괜찮다뿐이겠어요. 그 이상이에요, 족장님."

랍비가 냉큼 달려와서 그동안에 있었던 일들을 설명했다. 마님이 바위로 방책을 부수고 그 위로 펄펄 끓는 스튜를 뿌려주었다며 신나게 알려주었다.

앵거스는 일리아나의 얼굴을 세심하게 살펴보면서, 설명이 끝난 후에 물었다.

"그 다음에는 어떻게 됐냐?"

랍비가 불편하게 시선을 피했다. 나쁜 소식을 들려주고 싶지 않았기 때문이다. 그를 탓할 수도 없는 일이었다. 어차피 모든 책임은 그녀에게 있었다.

일리아나가 어깨를 펴며 침상으로 다가갔다.

"저쪽에서 사격을 퍼부었어요. 우리 쪽 네 명이 죽고 세 명이 다쳤어요. 그래서 제가 성벽에서 물러나라고 했어요."

"성벽에 아무도 없다고?"

앵거스가 소름끼치는 표정을 짓자 그녀가 재빨리 고개를 흔들며 말을 이었다.

"아뇨, 제가 남아서 저쪽 동태를 지켜봤어요."

시아버지는 성벽에서 후퇴시켰다는 말을 들었을 때 공포스런 표정이었지만, 일리아나가 혼자 남아서 망을 봤다는 말에는 훨씬 더 끔찍한 표정을 지었다.

"남자들은 사상자를 옮기느라 바빴거든요."

시아버지의 성난 시선이 랍비에게 향하자 얼른 덧붙였다. 그건 랍비의 잘못이 아니었다. 다들 안 된다고 말렸는데 그녀가 고집을 피운 것이다. 더구나 자신이 지금 이 성의 책임자라는 사실을 십분 이용하기까지 했다.

"게다가 그후에 저쪽이 하려는 짓을 보고 다시 불러 들였는 걸요."

"봤어? 봤다고? 화살이 빗발치는 성벽 너머로 고개를 내미는 그런 멍청한 짓까지 했단 말이냐?"

"누군가 해야 하는 일이잖아요. 아버님 같으면 안전한 곳에서 서서 다른 사람에게 목숨을 걸라고 명령하시겠어요? 절대 그러지 않으셨을 걸요."

앵거스의 욕설이 줄줄이 이어졌다. 그 소리가 잠시 끊어진 틈을 타서 일리아나가 서둘러 말을 이었다.

"저쪽에서 쉴새없이 화살을 쏘아댔어요. 시체를 다 치우고 방책도 다시 만들고, 방죽길 무너진 부분을 다시 만들고 있었어요."

"맞아요."

이제 랍비가 열을 올렸다.

"그래서 마님이 바위를 두 개 더 가져오라고 하셨죠. 이번에는 더 커다란 걸로요. 올리는 게 엄청 힘들긴 했지만, 어떻게든 성벽에 올려서 사정없이 방죽길에 내리꽂았어요. 당연히 놈들도 아주 많이 죽여버렸죠. 마님이 남은 하나는 경고 표시로 올려놓기만 하라고 하셨어요. 그 뒤로부터 놈들이 조용한 상태예요."

앵거스는 일리아나의 비참해하는 표정을 흘깃 보고 나서 랍비를 돌아보았다.

"성벽에 가서 계속 감시해라. 내가 회복될 때까지 여기 책임자는 레이디 일리아나다. 그러니까 그때까지 무슨 일이든 일리아나에게 보고하거라."

"전 전쟁터에서 지휘해 본 적이 없어요, 아버님. 경험이 전혀 없다고요."

그녀가 말하는 사이에, 랍비가 방을 나서고 곧이어 엘긴이 죽 한 그릇을 들고 들어왔다.

"경험보다 더 중요한 건 똑똑한 머리다, 너한텐 그게 있어."

"아뇨, 그린웰트를 물리칠 만큼 똑똑하진 못해요. 세 번이나 도망치려 했는데 세 번 다 실패했는 걸요. 아버님을 실망시켜 드리고 싶지 않아요."

"실망시키지 않을 거다."

앵거스가 침착하게 응수했다.

"그럼요."

엘긴이 옆으로 다가오면서 맞장구쳤다.

"마님이 얼마나 영리하신데요. 바위와 스튜로 세우신 그 계획은 정말 대단했어요. 저의 솥단지가 없어진 게 아쉽긴 하지만. 사실, 그 부분은 더 나은 계획을 세우셨으면 좋았을 걸, 솥단지가 없으니 어디다 요리 해야 할지."

"엘긴!"

앵거스가 목소리에 약간의 힘을 담아 소리쳤다.

"나가."

요리사가 머뭇거리다가 일리아나에게 죽을 건네고 밖으로 나갔다. 앵거스는 여자 하인들에게도 눈살을 찌푸려서 내보냈다. 이제 앵거스와 엄마, 일리아나만이 방에 남았다.

"혹시 죽은 잉글랜드 인들 때문에 죄책감을 느끼는 거냐?"

문이 닫히자마자 앵거스의 말이 시작되었다.

일리아나는 말없이 고개를 숙였다.

"그래, ……그래. 네가 직접 칼로 찔러서 죽인 것처럼 느껴지기도 할 게다."

그녀가 움찔하자 엄숙하게 고개를 끄덕였다.

"하지만 넌 이 성 안에 있는 사람들을 구하기 위해서 다시 그 일을 해야만 했어. 너무 마음 쓰지 말거라. 공격한 건 그쪽이야. 넌 싸우든지, 항복해서 도살장에 끌려가는 양처럼 밖으로 나가든지 둘 중 하나를 선택해야 돼. 인간적으로 죄책감을 느끼는 건 좋다. 하지만 거기 휘둘리지는 마라. 네가 한 일은 잘한 일이야. 넌 자랑스러운 던바의 한사람이다."

"아버님, 그린웰트 부하들만 죽은 게 아니에요. 우리도 네 명이나 죽었어요."

그녀가 비참하게 지적했다.

"그 네명은 사랑하는 사람들을 지키려고 목숨을 바친 거야. 이 성에는 2백 명의 여자와 아이들이 있어. 그들을 안전하게 지키기 위해서라면 누구라도 목숨을 내던질 거다."

"그 중에서 두 명은 이제 갓 어린 티를 벗은 아이들이었어요!"

일리아나가 울부짖었다.

"어린애들한테도 명예가 있다. 너의 양심을 달래려고 그들의 명예를 빼앗지 말아라."

일리아나의 몸이 굳어졌고, 앵거스는 힘없는 손으로 그녀의 손을 잡았다.

"네가 이해하기 힘들지 모르지만, 이렇게 될 수밖에 없는 거란다. 우리 던바족 누구든 널 위해서 생명을 바칠 수 있어. 난 너의 족장이기 때문이고, 우리 부족원들은, 네가 내 아들과 결혼한 날 생명을 다해서 널 지키겠다고 맹세했기 때문이다. 네가 오늘 한 일도 그것과 다르지 않아. 네가 다른 사람이 위험해질까봐 직접 목을 내밀어서 성벽 위를 내다보았던 것처럼 말이다."

그가 눈을 번득이며 덧붙였다.

"남자에게 사랑하는 사람을 위해 죽는 것보다 더 명예로운 일은 없는 거야. 네가 아직 어린애라고 말했던 그 두 명도 마찬가지다. 그들도 남자야. 명예를 지켰어. 그러니 죄책감을 떨쳐버려라. 그들은 오늘의 이 용감한 행동으로 부족원들의 기억에 남게 될 거다."

일리아나는 마음의 짐이 조금 가벼워지는 걸 느끼며 고개를 끄덕였다.

"그래, 그렇게 생각하려무나."

앵거스가 애써 미소짓고는 힘없이 침대로 머리를 기댔다. 잠깐 눈을 감았다가 다시 떴다.

"우린 지금 어려운 상황에 처해 있어."

"네."

일리아나가 조용히 동의했다.

"그린웰트의 하수인이 혼자 왔다고 한 게 거짓말이었을 거예요. 아니면 그린웰트가 마음을 바꿔서 이쪽으로 오는 걸 그 자가 몰랐던 거겠죠."

"거짓말이었을 가능성이 커. 던컨이 없을 때 쳐들어오다니, 빌어먹게 운 좋은 놈이다, 그린웰트라는 놈."

"그 편지가 던컨을 꾀어내려는 계략이었을까요?"

"모르겠다. 알리스테어도 편지를 못 봤다잖니. 편지 같이 생긴 두루마리만 봤을 뿐인데 여기 왔을 땐 없었잖아."

"그 잉글랜드 인이 여기 오는 길에 슬쩍 빼냈을 수도 있어요. 둘이 같은 말을 타고 왔잖아요."

"그 연락책은 지금 어디 있냐?"

일리아나의 눈이 커졌다.

"그 사람에 대해선 까맣게 잊고 있었어요."

"나도 그래. 여길 나가는 즉시 확인해 봐라, 그리고 어떻게 됐는지 나한테도 연락해 줘. 그 자에게 감시를 붙이는 게 낫겠어."

앵거스가 걱정스러워하는 며느리의 손을 두드렸다.

"지금이 어려운 시기이긴 하다만, 이것도 지나고 나면 다 한때다. 놈들을 성 밖에 묶어두기만 하면 다 괜찮아질 거야. 던컨이 돌아오는 즉시 박살내버릴 테니까."

"언제쯤 돌아올 수 있을까요?"

레이디 와일드우드가 처음으로 입을 열었다.

앵거스는 두 사람이 불안해질 정도로 대답을 망설였다.

"콜퀴혼에 도착하려면 나흘이 걸립니다."

"나흘이나?"

엄마가 솔직하게 기막힌 심정을 토로했다.

"가는데 나흘, 오는데 나흘, 거기서 싸움이 얼마나 길어질지도 모르고."

일리아나도 한탄을 했다.

"벌써 부상자가 많은데 우리가……."

시아버지가 피곤해하는 걸 알아차린 그녀는 말을 중단했다. 지금 자신의 두려움까지 늘어놓아서 시아버지 마음을 무겁게 할 필요는 없었다. 그래서 억지 미소를 지어 그를 안심시켰다.

"그때까지 막을 수 있을 거예요."

"용감한 아이로구나. 마음에 든다."

앵거스가 중얼거리고는 눈을 감았다.

일리아나가 말없이 쳐다보고 있을 때 엄마가 속삭였다.

"이제 쉬게 해 드려."

"네."

엄마의 눈 밑에도 거뭇거뭇한 그림자가 나타나 있었다.

"엄마도 좀 쉬세요. 하루 종일 환자들 보느라 바쁘셨잖아요."

"내가 여기 오지 말 걸 그랬어."

일리아나가 연락책을 확인하러 나가려다가 멈춰 섰다.

"그런 말씀 마세요. 이건 엄마 잘못이 아니에요."

"아니, 내 탓이야. 나만 아니었으면 그린웰트가 여기까지 올 일도 없었을 거야."

"그린웰트는 이기적이고 탐욕스런 자예요. 비난하려면 그놈을 비난해야지, 엄마 자신을 탓하진 마세요."

"2주일이나 그놈을 어떻게 막아내겠니? 우리한테는 싸울 남자들이 없어."

"그래도 해 낼 수 있어요."

엄마의 얼굴에 절망이 스쳤다.

"내가 여기 오지 말았어야 했어. 그 자가 따라올 거라고 짐작했으면서……. 나 때문에 너와 여기 사람들 모두가 위험해졌어. 그놈 뜻에 따라줬더라면 너만은 내버려두었을 텐데."

일리아나는 등줄기로 전율이 흐르는 걸 느끼며 공포스레 눈을 치켜떴다.

"진실을 봐야 돼, 일리아나. 그놈이 원하는 건 나야. 내가 나갈게."

엄마가 애원했다.

"그런 말씀 마세요. 절대 안 돼요. 우리가 해결 방법을 찾을 거예요."

"성 안에 있는 던바 사람들이 다 죽게 될 텐데 말이냐?"

"그런 일은 없어요."

일리아나가 단호하게 말했다.

"이제 좀 쉬세요, 엄마. 기력을 회복해야 다른 사람도 도와줄 수 있잖아요."

레이디 와일드우드가 슬프게 고개를 흔들며 방을 떠났다.

"네 엄마를 지켜봐야겠다."

앵거스의 목소리가 들려왔다.

"그렇게 시달렸으면서도 아직 그놈이 어떤 놈인지 모르는 것 같구나."

"아버님은 그 자를 어떤 놈으로 생각하세요?"

"탐욕스러워. 대단히 욕심이 많은 놈이다. 네 엄마가 항복하더라도 여기서 그만두지 않을 거야."

일리아나의 어깨가 축 늘어졌다.

"제 생각이 틀리길 바랐는데."

"네 엄마에게 사람을 붙여놓도록 해라."

"하지만 다들 바쁜데."

"여자들을 붙이면 되잖니. 그 일부터 처리하고, 그 다음에 연락책을 확인해 봐라."

"네."

일리아나가 고개를 끄덕이고 방을 나섰다. 거티와 에바, 지오셜과 잰나가 복도에 서서 누가 족장님을 보살필 것인지 얘기하고 있었다. 레이디 와일드우드가 향한 곳을 물어보니 방으로 들어가셨다는 대답이었다.

"그럼 두 명은 족장님 옆에 남고, 다른 두 사람은 엄마 옆에 붙어 있어 줘. 놓치지 말고 항상 두 명이 붙어 있어야 돼. 혼자 내버려두면 성에서 빠져나가 어리석은 짓을 저지를 지도 몰라. 지금 우릴 위해 당신이 나가셔야 한다고 생각하고 계셔."

여자들이 놀라는 표정을 지었다. 할멈만 짐작했다는 듯이 고개를 끄덕거렸다.

"그러니까 혼자 두지 말고 잠이 드신 것 같더라도 꼭 붙어 있어. 몸을 묶어서라도 나가지 못하게 해."

그녀는 여자들의 확실한 대답을 듣고 나서, 연락책이 어느 방에 있는지 물어보았다. 새로 만든 방 하나에 있다고 해서 직접 확인하러 갔다. 방이 비어 있는데 그리 놀랍지는 않았다. 다만 그 자가 대체 누구이며 지금 어디에 있을까 하는 생각 때문에 머리가 복잡해졌다.

앵거스 경에게 그 소식을 알리러 갔지만 잠들어 있어 거티에게 내용을 말해 주고 나서, 자신은 다시 성벽으로 올라갔다.

계단을 올라가고 있을 때 성벽 바깥쪽에서 쿵쿵 우지끈하는 소리들이 들려왔다. 걱정이 돼서 얼른 랍비의 옆으로 달려갔다.

"무슨 일이야? 놈들이 무슨 짓 하는 거야?"

"뭘 만들려는지 나무를 자르고 있어요."

그 대답을 하는 동안에도 우지끈 소리가 울려 퍼졌다.

"뭘 만들려는 걸까?"

"저놈들 생각을 누가 알겠습니까? 제가 보기엔 투석기 같은데. 하여튼 마님은 좀 쉬세요. 저 놈들이 만드는 게 투석기라면, 내일 정신을 바짝 차려야 돼요."

투석기? 그럼 내일부터 성벽 위로 돌세례가 퍼부어진단 말인가?

"다른 기미가 보이면 나한테 연락해."

일리아나는 한숨을 내쉬며 그 자리를 떠났다.


처음에는 자신이 무엇 때문에 잠에서 깨어났는지 알 수 없었다. 어리둥절하게 눈을 떠보니 벌써 새벽이 된 모양이었다. 오렌지색과 노란색이 하늘을 가로지르는 게…… 그런데 그 색들이 너무 빠르게 움직이고 있었다. 그것은 새벽빛이 아니었다. 그녀가 공포스럽게 그 사실을 알아차렸다.

"불이야!"

경고의 고함소리가 들리는 순간, 그녀는 자신의 앞에 서 있는 형체를 보았다. 흐릿한 불빛 사이로—잠깐 동안—전에 그녀를 죽이려 했던 남자가 다시 공격해 온 줄 알았다. 하지만 그 뒤로 이어지는 건 엘긴의 목소리였다.

"랍비가 마님을 모셔 오래요! 잉글랜드 놈들이 불을 던지고 있어요! 빨리요!"

다행히 옷을 다 입고 잠들었기 때문에 그녀는 당장 일어나서 문으로 달려갔다. 문을 열고 뛰쳐나가다가 갑자기 홱 돌아섰다.

"플래이드!"

엘긴의 통통한 얼굴이 멍해졌다.

"네?"

"날 찌른 남자 있잖아. 그 남자가 플래이드를 입고 있었어, 방금 생각났어."

엘긴이 당황하며 눈썹을 올렸다.

"족장님이 죽은 놈 물건을 다 뒤져봤는데 플래이드는 없었어요. 동전 몇 개뿐이던 걸요."

일리아나가 눈살을 찌푸렸다. 하지만 또 하나의 불덩이가 날아들었는지 안마당에서 비명소리가 울려 퍼졌다. 더 생각할 겨를이 없었다.

"빌어먹을!"

서둘러 방에서 뛰쳐나갔다.

"왜 그래? 무슨 일이야?"

레이디 와일드우드도 복도로 달려나왔다. 에바와 잰나가 그 뒤로 따라나섰고, 거티와 지오셜도 앵거스의 방문에서 뛰어나왔다.

불덩이가 쏟아진다는 내용을 간단히 소리치면서 일리아나가 엘긴과 같이 밖으로 달려나갔다. 모여 있는 사람들을 밀치고 들어가 보니, 안마당에 불탄 부스러기들이 널려 있고 성 안의 오두막 곳곳에 불길이 붙어 있었다.

여자와 아이들이 이쪽저쪽으로 내달리며 아무거나 닥치는 대로 손에 들고 불을 끄려 애쓰는 중이었다.

"맙소사."

뒤에서 엄마의 목소리가 들렸다. 다른 여자들도 다 도착해서 어이없는 표정으로 쳐다보고 있었다. 그녀가 다들 안에 들어가라고 명령하려는데 갑자기 요리사가 손가락을 들어올렸다.

"마구간!"

방향을 돌리기도 전에 짐승들의 울음소리가 겁에 질려 있다는 걸알 수 있었다. 그녀는 그 안에 있는 짐승들을 구하려고 마구간으로 향했다. 남자들이 거의 타고 나갔기 때문에 열 마리 정도 남아 있었지만, 대부분 새끼를 밴 암말이나 어린 새끼들이었다.

아직 마구간에 닿지도 못했는데 그 다음 불덩어리가 성벽 위로 날아들었다. 그녀가 멈칫 조심하라고 소리치면서, 그 불덩이가 어느 쪽으로 가는지 지켜보았다.

처음에는 커다란 불덩어리 한 개인 줄 알았는데 차츰 여러 개에 불

을 붙여서 하나로 쏘아 올린 것이라는 걸 알아차렸다. 그것들이 뿔뿔
이 나뉘면서 후두두둑 사방으로 떨어져 내렸다.

사람들의 비명소리 때문에 일리아나가 아무리 소리를 쳐도 들리지
않았다. 여자와 아이들이 불비를 피하려고 흩어지면서 한 목소리로
비명을 질러댔다.

일리아나도 불 조각 하나를 피하려고 옆으로 겅충 뛰었는데 다른
조각에 어깨를 얻어맞고 말았다. 그녀가 비틀비틀 하다가 간신히 균
형을 잡고 팔뚝을 쓸어보면서 옷에 불이 붙지 않았다는 걸 확인했다.
뒤따라오던 엘긴도 다행히 무사했다.

"말들을 빼 내!"

그녀가 날카롭게 명령하고 나서, 파편에 맞아 쓰러진 사람에게 달
려갔다. 그 여자를 일으켜 세우려는데 느닷없이 엄마가 옆으로 달려
왔다.

"안으로 데려가세요. 거기 계세요."

그 두 사람을 성 쪽으로 밀어내고, 마당에서 허둥대는 사람들에게
소리를 쳤다.

"모두 성에 들어가요!"

"가지 않을 거예요. 자기 집이 타고 있는 걸요."

잰나가 어느새 옆에 나타나서 말했다.

"자기들이 죽으면 집도 소용없잖아."

일리아나가 버럭 외쳤다.

"여기는 제가 맡을 테니까, 마님은 성벽에 올라가서 방법을 찾아보
세요."

"이 상황에서 무슨 방법이 있어?"

일리아나는 미쳤냐는 듯 그녀를 쳐다보았다.

"레이디 아그네스도 이런 상황에 처한 적이 있었어요."

"레이디 아그네스."

그 이름에 한숨이 절로 터져 나왔다. 처음 여기 왔을 때 지오셜이

얼마나 그 이름을 자주 들먹였던가. 블랙 아그네스가 남편이 없는 6개월 동안 잉글랜드 인에 맞서서 성을 지켜냈다고 했다.

"그분이 어떻게 했는데?"

"한번 불덩어리가 날아올 때마다 저주와 욕설을 퍼부으면서 놈들 정신을 분산시켰어요. 그 사이에 여자들이 불을 껐구요."

"욕을 해?"

그녀는 어안이 벙벙해졌다.

"그렇다니까요, 마님."

"알았어."

더 망설일 것 없이 얼른 성벽으로 달려 올라갔다.

"마님!"

그녀를 보자마자 랍비가 안도하며 소리쳤다. 일리아나가 이 난장판을 감당할 수 없을 것 같은 무력감에 빠진 상태가 아니라면 기쁘기도 했을 테지만, 그녀의 능력이 부족하다는 걸 알아차리는 사람은 그녀 혼자뿐인 듯했다.

일리아나는 딱딱한 미소를 보내며 상황을 살펴보았다. 모두가 화살을 쏘아대느라 정신이 없었다. 랍비도 다시 화살을 쏘면서 성벽에 다가섰다. 흉벽 사이의 공간으로 아래쪽을 내려다보니, 해자 위로 만들어놓은 방죽길에 투석기가 세워져 있었다. 성 안으로 최대한 불덩이를 날려보낼 수 있게 아주 가까이 붙여 놓았다. 그리고 지금 또 하나의 불덩어리를 준비하고 있었다.

일리아나는 그들이 준비하는 상황을 살펴보고 안마당으로 뛰어다니는 여자들을 보았다. 다시 고개를 돌려 그린웰트의 이름을 소리쳐 불렀다.

투석기 주위의 사람들 틈에서 한 사람이 빠져나와 방책 뒤에서 내다보았다.

"이게 누구야? 내 딸이라는 한심한 년 목소리인가?"

그가 외쳤다.

"난 인간만도 못한 놈의 딸이 아니야! 당신 같은 겁쟁이 딸도 아니야."

"겁쟁이?"

"그래! 겁쟁이니까 여자를 죽도록 때려서 결혼을 강요했겠지! 또 겁쟁이니까, 이렇게 몰래 숨어 들어온 거 아냐!"

"잘못 알아도 한참 잘못 알았군. 네 남편이 다른 데로 간 건 내 책임 아니야."

그 말에 일리아나의 시선이 가늘어졌다. 하지만 더 생각하기도 전에 그가 고함쳤다.

"여자를 나한테 넘겨라!"

"레이디 던바가 널 상대해 주겠다. 돼지 같은 놈아!"

"여자를 내보내! 그 여자는 법적으로 내 아내야. 넌 막을 권리가 없어!"

"내 엄마야. 너 같은 놈한테 절대 못 내줘. 게다가 이젠 네 놈 아내가 아니다. 벌써 결혼이 취소됐을 거다."

그린웰트가 격분하면서 옆에 있는 남자에게 고함을 치자 화살 하나가 그녀에게 쌩 날아왔다. 일리아나는 본능적으로 옆으로 피했다. 화살이 쉭 소리를 내며 지나가자 심장이 쿵쾅거렸다.

"이 나쁜 새끼야!"

갑자기 분해하는 엄마의 목소리가 들려왔다. 일리아나가 소리나는 쪽으로 고개를 돌리자 어느새 엄마가 성벽에 올라와서 아래쪽을 향해 고함을 치고 있었다. 그녀는 엄마가 올라오는 소리를 듣지 못했을 뿐 아니라 그렇게 말하는 것도 들어본 적이 없었다.

"여자 하나 끌어내리려고 이딴 짓까지 하냐! 더러운 놈! 치사한 놈! 넌 창피한 줄도 모르냐?"

"아, 고집쟁이 앙알거리는 아내가 나오셨구만."

"그 따위로 부르지 마! 난 너 같이 비열한 놈의 아내가 아니야!"

일리아나가 그런 식으로 조롱했다가 화살을 불러들였기 때문에,

이번에도 다르지 않을 것 같았다. 그래서 일리아나는 기겁을 하며 엄마를 옆으로 잡아당기는 찰나에 두 번째 화살이 그들 옆으로 휙 지나갔다.

"엄마, 저놈한테 욕하는 건 제 담당이에요."

레이디 와일드우드가 숨가쁘게 웃으며 얼굴의 머리를 쓸어 넘겼다.

"저 짐승한테 퍼부어 주고 나니까 엄청 기분 좋다."

일리아나는 터지려는 한숨을 참으며 성벽으로 돌아서서 기회를 틈 타 살짝 내려다보았다. 그린웰트가 횃불 든 남자에게 손짓하고 있었다. 그녀가 지켜보는 동안 그 병사가 파편에 불을 붙였다. 그녀는 얼른 안마당으로 돌아서서 여자들에게 조심하라고 소리쳤다.

그들이 재빨리 불덩이를 피하려고 사방으로 흩어지자 화염에 쌓여 있는 마구간이 눈에 보였다.

"말들을 빼냈어요?"

"부엌 뒤쪽에 데려다 놨어. 거기 있으면 괜찮을 거야."

"부엌 뒤쪽? 거기서 정원을 망가뜨리면 어떡해요!"

그 말이 입에서 떠나는 순간 투석기 풀리는 소리가 들렸다. 엄마를 부여잡고 바깥쪽 성벽으로 몸을 날렸다. 눈 깜짝할 사이에 또 하나의 불덩어리가 머리 위로 지나갔다.

위험이 사라지자마자 일리아나가 안마당을 내려다보았다. 다행히 다친 사람이 없다는 걸 확인하고 나서 다시 자리에 돌아와 성벽 바깥을 살펴보았다. 이미 또 하나의 불덩어리가 투석기에 반쯤 실리고 있었다.

"던바가 잿더미로 변할 때까지 계속 할 거야, 저놈들."

엄마가 험악하게 예견하며 일리아나의 어깨 너머로 고개를 내밀었다. 끓어오르는 분노를 억누를 수가 없었다.

"그럼 투석기를 부셔야겠어요."

일리아나가 즉시 결정을 내렸다. 그리고 화살이 닿지 않는 뒤쪽으로 움직여갔다.

"어떻게 할 건데?"

엄마가 의심스럽게 물었다.

"엄마 혼자 두지 말라고 내가 단단히 일러두었는데 어떻게 여기까지 혼자 오셨어요?"

"다들 바빠. 그건 그렇고, 투석기를 어떻게 박살낼 건데?"

일리아나는 다시 안마당을 내려다보았다. 마구간이 이제 거의 다 타버려서 잿더미로 내려앉았다. 낡은 건물이었던 모양이다.

그렇지 않고서야 어쩜 저렇게 빨리 탈 수 있을까?

하지만 위스키를 적셨을 때만큼은 아니었다. 침실에 불이 붙었던 그때만큼 빠르진 않았다.

"랍비."

그녀가 불연 듯 몸을 곧추세웠다.

"네, 마님."

"위제베타를 가져와."

랍비의 눈썹이 올라갔지만 그녀의 옆으로 걸어가더니, 지금까지 그녀가 있는지도 몰랐던 술통 하나를 들어 보였다.

"밤에 이걸 마시면 덜 춥거든요."

애써 핑계를 댔다.

일리아나는 그걸 받아서 냄새를 맡아본 다음 랍비를 쳐다보았다.

"족장님한테 이게 많이 있을까?"

"글쎄요, 어느 정도를 많다고 생각하시느냐에 따라 다르겠죠."

일리아나는 다시 투석기를 내려다보고 나서 대답했다.

"긁어모을 수 있는 만큼 많이. 전부 다."

"전부요?"

남자가 눈을 부릅뜨더니, 곧이어 안타까워하며 어깨를 늘어뜨렸다.

"혹시 이것도 무슨 계획과 관련이 된 건가요? 설마…… 아니겠지요?"

"기운 내게나."

레이디 와일드우드가 쾌활하게 말했다.

"지난번 계획도 멋지게 성공했잖아."

"네, 그렇죠. 하지만 그건 고작해야 우리 저녁 먹을 게 없어졌을 뿐이었어요. 그런데 지금은 위제베타를 가져오라시잖아요. 도대체 어디에 어떻게 쓰실려고 하는지……."

20

"내 말 이해하겠어요?"

랍비가 침울하게 고개를 끄덕였다.

"네. 하지만 효과가 없으면 위스키만 낭비하는 거예요."

"효과가 있기를 기도해야죠."

일리아나가 무뚝뚝하게 대꾸하며 앞에 줄지어선 사람들을 쳐다보았다. 여섯 명의 여자와 여섯 명의 남자였다. 여자들은 불 끄기도 바빠 죽겠는데 끌려온 것이 분하다는 표정이었다. 하지만 그녀가 불덩어리세례를 끝장내기 위해서라고 설명해 주자 조금 진정을 하고 돕기로 했다.

그후부터 일리아나가 가져오라고 했던 리넨을 조각조각 찢어서 화살 끝에 둥글게 감싼 다음 반쯤 남은 위스키 통에 적시기 시작했다.

여자들은 손에 햇불을 밝히고 술에 적신 화살통 옆에 기다리고 섰다. 남자들은 랍비가 찾아온 여덟 개의 위스키 통 옆에 섰다.

"좋아. 다들 명심해요. 최대한 멀리 던져야 돼."

그녀가 다시 한 번 주입시킨 다음, 성벽에 기대서 그린웰트 부하들의 행동을 살폈다. 놈들이 불덩어리에 불을 붙이려 하자 사람들에게 준비하라고 지시했다. 마당에 있는 사람들에게도 조심하라고 외쳤다.

불덩어리가 날아들자 흉벽에 있던 사람들이 벽 가까이 몸을 붙였다가 서둘러 제 자리로 돌아갔다. 남자들이 술통으로 달렸다. 네 사람씩 두 개의 조를 이루어서 각각 술통 하나씩을 들고 동시에 집어던졌다. 그리고 재빨리 두 번째 술통을 집으러 돌아갔다. 여덟 번째 술통까지 남자들이 다 던졌을 때, 여자들은 각자 위스키에 적신 화살을 움켜잡고 남자들 옆으로 움직였다.

일리아나는 자신의 지시대로 정확히 수행되는 걸 확인하고, 성벽으로 가서 아래쪽 잉글랜드 인들을 살펴보았다. 그들이 갑작스런 사건의 변화에 당황하는 듯했다.

스코틀랜드에서도 독하기로 유명한 술이 아래로 쏟아지면서 반쯤 만들어진 방죽길에 부딪히기도 하고 사방으로 뿌려지면서 투석기와 그 옆의 많은 남자들을 적셨다. 잉글랜드 인들이 그 액체의 정체를 짐작하지 못하는 게 분명해 보였다. 그녀도 우연한 기회에 알게 된 일이니, 그들이 어떻게 알 수 있겠는가. 위제베타는 불의 특성과 아주 잘 어우러지는 물건이었다.

다시 자신의 부족원들을 돌아보니, 남자들이 각자의 자리로 돌아가서 여자들이 건네주는 화살로 공격을 준비하고 있었다. 화살을 다 분배하고 나자 여자들은 한 손에 쥐고 있던 횃불로 위스키에 젖은 화살촉에 불을 붙였다. 남자들이 목표물을 겨냥해서 활시위를 당겼다.

일리아나는 다시 아래를 내려다보았다. 겨냥한 곳을 향해서 화살들이 정확하게 날아갔다. 네 명은 투석기를 조준했고 다른 두 명은 방죽길을, 다른 두 명은 방패처럼 만들어진 방책을 겨냥했다. 화살이 명중했다. 제일 먼저 방죽길에 화살이 닿는 순간, 엄청난 굉음과 함께 불꽃이 터졌다. 전에 방 안에서 보았던 그대로, 그 불길이 꼬리에 꼬리를 물고 무섭게 번져갔다.

다른 화살들도 거의 동시에 목표물에 도달했다. 투석기와 방책에서 동시에 불꽃이 튀면서 사방 어디에나 불길이 폭발하는 듯했다.

가장 중요하게 목표로 잡았던 투석기 역시 화려하게 타오르고 있었다. 일리아나가 한숨을 내쉬며, 부족 사람들의 환호성을 뒤로 하고 힘없이 계단으로 돌아섰다.

"저들을 잘 지켜봐, 랍비. 또 무슨 짓을 하거든 날 불러. 나머지는 아래 내려가서 불 끄는 걸 돕도록 해."

뒤돌아보지도 않고 명령했다. 스코틀랜드 인들 모두 그녀의 축 쳐진 어깨를 쳐다보며 잠잠해졌다. 그리고 잠시 걱정스럽게 바라보다가 그녀의 명령에 따라 각자 움직이기 시작했다.

그녀가 앵거스의 방에 들어섰을 때, 엄마와 잰나가 이미 와서 그를 침대에 붙잡아두려고 안간힘을 쓰는 중이었다.

"안 돼요. 일어나면 안 된다고요."

그녀의 엄마가 열심히 만류를 했고 잰나도 족장님의 다치지 않은 어깨를 힘껏 누르면서 다시 눕히려 했다.

"그래요, 상처가 심하시단 말이에요, 족장님."

"이 정도는 별 것도 아니야."

일리아나의 엄마에게 전혀 먹혀들지 않을 듯 하자 그가 잰나를 노려보았다.

"이거 놔라. 난 너의 족장이야!"

사뭇 위엄 있는 고함소리에 하녀가 멈칫했지만 다시 고개를 흔들었다.

"안 돼요. 회복되실 때까지는 레이디 일리아나의 명령을 따르라고 하셨잖아요. 족장님은 아직 회복이 안 되셨어요."

그가 버럭 고함을 치려다가 일리아나를 알아보았다.

"애야! 네가 왔구나. 이 괴물들 좀 떼 줘."

시아버지의 애원하는 표정을 보면서 일리아나가 살짝 미소지으며 침상으로 다가갔다. 그의 뺨이 빨갛게 달아올라 있었다.

"몸은 괜찮으세요?"

"당연하지."

시아버지의 이마를 만져보니, 열이 나지는 않았다. 화를 내느라고
혈색이 살아난 모양이었다.

"다행이에요."

그녀가 족장님을 놓아드리라고 손짓하자, 잰나가 당장 침대에서 물
러났다. 하지만 엄마는 계속 머뭇거렸다.

"아직 일어나시게 하면 안 돼. 쉬어야 한단 말야."

"우리가 쉬게 해 드리면 되잖아요. 힘든 일이야 못하겠지만, 이제
일어나서 지시 정도는 내리실 수 있을 거예요."

엄마는 그 말에 긴장을 풀었고 오히려 앵거스의 몸이 굳었다.

"난 여기 족장이야. 할 수 있고 없고는 내가 결정해."

그가 다리를 침대 옆으로 내리고 벌떡 일어섰다. 하지만 이내 얼굴
이 창백해지며 비틀거렸다.

일리아나가 얼른 붙잡았다.

앵거스는 며느리의 손을 고맙게 잡으면서 침대 옆에 다시 내려앉
았다.

"아무래도 좀…… 힘들겠구나."

짜증스럽다는 듯 인상을 찌푸리면서 똑같이 짜증난 시선으로 일리
아나를 노려보았다.

"네가 위제베타를 다 모아갔다고 들었다. 그 계획이 효과가 있었
냐?"

"방죽길과 투석기에 불이 붙었어요. 지금은 랍비가 지켜보고 있어
요. 별다른 움직임이 있으면 저에게 연락하라고 말해 뒀어요."

"잘했군. 연락책은?"

"아까 잠들어 계셔서 말씀 못 드렸는데, 그 자가 사라졌어요."

"사라져요?"

잰나가 놀라며 되물었다.

"그래. 성문이 닫히기 전에 빠져 나갔나봐."

"아니에요."

그녀가 단호하게 고개를 흔들었다.

"우리가 여기 족장님을 모셔온 후에도 방에 있던 걸요. 제 눈으로 직접 봤어요."

"어제 저녁에 내가 가봤을 때는 없었어."

앵거스가 당장 명령을 내렸다.

"다시 확인해 봐. 놈이 없으면, 남자들더러 수색하라고 해."

일리아나가 문으로 돌아섰다. 잰나도 따라나서려다가 멈칫하며 레이디 와일드우드를 쳐다보았다.

앵거스가 손을 흔들었다.

"같이 가. 이 레이디는 내가 지켜볼 테니까."

그 말에 일리아나 엄마의 얼굴이 얼핏 찌푸려졌지만 다시 상냥하게 미소지었다.

"그래, 족장님이 무리하지 않게 내가 확실히 지킬게."

나이든 두 남녀 사이에 기 싸움이 시작된 모양이라고 생각하며, 일리아나는 방을 나서 연락책이 머물던 방으로 걸어갔다.

잉글랜드 인이 거기 있을 거라고는 기대하지 않았다. 그래서 방에 들어갔다가 그 자가 곤히 잠든 것처럼 누워 있는 것을 보고 깜짝 놀라며 멈춰 섰다.

"보세요, 있잖아요. 마님이 그때는 경황이 없어서 다른 방에 들어가셨던가 봐요."

"아니야, 분명히 이 방이었어."

그녀는 이 남자가 빠져나갔다 돌아온 흔적이 있을 것 같아서 방을 둘러보았다. 하지만 아무 것도 없었다. 다시 그 남자의 얼굴을 쳐다보고 나서 고개를 내저으며 밖으로 빠져나왔다.

"화장실에 갔었나보죠."

"그래, 그럴지도 몰라, 하지만……."

"하지만 뭐요?"

"마음에 걸리는 게 몇 가지 있어. 별 거 아닐 수도 있지만."

"말씀해 보세요."

"아침에 공격이 시작됐을 때 말야, 엘긴이 날 데리러 왔거든."

"그런데요?"

"그런데…… 내가 칼에 찔렸던 날 기억나?"

여자가 몸서리를 쳤다.

"그때 정말 큰일날 뻔하셨다면서요."

"엘긴이 내 방에 들어왔을 때, 순간적으로 그 남자가 다시 온 줄 알았어."

여자의 눈이 휘둥그래졌다.

"얼마나 놀라셨을까?"

"그래, 하지만 덕분에 그 남자가 플래이드를 입고 있었던 게 생각났어."

여자가 고개를 갸우뚱했다.

"엘긴 말씀이세요?"

"그래, 엘긴도 입긴 했어. 하지만 내 말은, 날 공격했던 남자도 플래이드를 입고 있었다는 거야."

"그럼 훔쳐서 입었든지……."

일리아나가 고개를 흔들었다.

"죽은 잉글랜드 인의 소지품에는 플래이드가 없었어. 게다가 그린 웰트가 했던 말도 계속 마음에 걸려."

"무슨 말인데요?"

"던컨이 다른 데로 간 건 자기 책임이 아니라고 했어. 던컨이 떠난 걸 어떻게 알았을까?"

"우리 남자들이 출발할 때 벌써 여기 와 있었던 걸까요?"

"그럴 수도 있겠지. 하지만 그 자는 던컨이 어떻게 생겼는지 몰라.

던바 남자들을 봤더라도 앞장선 사람이 앵거스 경인지 내 남편인지 어떻게 알겠어? 그때 이 근처에 있었다면 성이 무방비 상태라는 걸 알았을 텐데, 왜 곧바로 공격하지 않았겠어?"

잰나도 곰곰이 생각했다.

"그럼 이 방에 있는 남자가 그린웰트에게 연락하려고 슬쩍 빠져나간 걸까요? 하지만 왜 그러겠어요? 그 사람은 롤프경 밑에서 일하는……."

"그 말이 거짓일 수도 있어."

하인이 놀란 숨을 삼켰다.

"던컨이 없으면 그린웰트한테 얼마나 유리해지겠어, 그렇지 않아?"

"맞아요, 편지를 본 사람도 없었어요."

"그래. 죽은 남자가 롤프 경의 연락책이고, 살아 있는 자가 그린웰트의 하수인일 수도 있는 거야. 편지가 없어진 것도 그 내용을 우리한테 알리고 싶지 않았기 때문일지 몰라."

"세상에."

잰나가 소름끼쳐하는 표정을 지었다가 그 다음에 눈살을 찌푸렸다.

"하지만 그놈들이 계속 이 근처에 있었다면 우리한테 잡히지 않은 게 이상하잖아요. 족장님이 두 번이나 숲을 수색하셨고 처음엔 직접 지휘하셨던 걸요. 게다가 그 남자가 어떻게 밖에 나가서 정보를 흘릴 수 있었겠어요? 성문이 굳게 닫혀 있는데요."

이 부분에서 일리아나는 고개를 갸우뚱할 수밖에 없었다.

"그건 나도 모르겠어. 아직 모든 게 딱 들어맞질 않아."

그때 갑자기 그들이 서 있는 문 안쪽에서 부스럭 소리가 들렸다. 그녀는 하인에게 눈짓을 보내고 나서 재빨리 안으로 들어갔다. 몇 걸음 옮기기도 전에 침대가 비어 있을 뿐 아니라 방 안에 아무도 없다는 걸 깨달았다. 그걸 알아차리는 순간 그들의 뒤로 문이 쾅 닫혔다.

얼른 돌아서니, 잉글랜드 인이 칼을 들고 문 뒤쪽에서 나타났다.

그녀가 턱을 올리며 차갑게 노려보았다.

"상처가 다 나은 모양이군요."

"조금 찔린 정도였어. 나한테 묻은 피는 롤프 경 부하한테서 난 거였거든, 내가 그놈을 죽일 때."

잰나가 놀란 숨을 삼켰지만, 일리아나는 어깨만 살짝 내려뜨렸다.

"당신이 그린웰트의 하수인이군요."

"맞았어. 벌써 짐작하고 있었잖아?"

"그럼 레이디 셰나이드한테 별 일 없는 건가요?"

"물론이지. 롤프 경이 보낸 편지엔 시간이 좀 늦어질 테니까 걱정하지 말라고만 돼 있었어. 그런 일에 편지까지 보내다니 참 사려 깊은 사람이야, 그렇지?"

일리아나는 그의 빈정거림을 들은 척하지 않았다.

"그래서, 이제부턴 어떻게 할 계획인가요? 정체가 탄로난 이상 살아서 나가기 힘들 텐데요."

"힘들 거 없어. 당신과 그 옆의 여자만 죽이면 비밀이 새 나갈 리 없거든."

잰나가 공포스레 숨을 들이켰지만, 일리아나는 침착한 표정을 유지했다.

"앵거스 경이 이미 당신을 의심하고 있어요. 우리가 이 방으로 확인하러 온 것도 알죠. 우리가 없어지면 당신도 무사하지 못할 거예요."

"다행히도 그건 내 계획이 아니야."

일리아나의 눈이 가늘어졌다.

"그럼 당신 계획은 정확히 뭔가요?"

"레이디 와일드우드를 주인 나리에게 데려가는 거."

"그린웰트에게 엄마를 데려가겠다? 어떻게 그 계획이 성공할 수 있을까요? 성문은 닫혔고 도개교도 올라가 있고, 무장한 남자들이 지키고 있죠."

"달리 나갈 방법이 있어."

"그런 방법은 없어요."

"잘못 아셨구만. 내가 다 확인해 봤어. 비밀 통로가 있거든. 그런데 밖에서 들어올 순 있어도 안에서 닫혀 있는 게 문제란 말야. 그래서 내가 안에 들어와야 했던 거야. 내가 열어 줘야 하니까."

일리아나가 잰나에게 묻는 시선을 던졌다. 하지만 그녀도 모르는 게 확실했다. 어리둥절한 눈으로 일리아나를 마주보고 있었다.

"원래는 레이디 와일드우드를 데리고 나가려 했어. 그 여자만 잡고 있으면 당신한테 항복 받아내는 것 정도야 식은 죽먹기잖아."

"하지만 이제 그 계획대로 되질 않겠군요. 내가 그렇게 놔두지 않을 테니까요."

"그래, 계획이 조금 틀어지긴 했어. 하지만 당신을 이용하면 어차피 결과는 같아. 물론 그 옆의 여자까지 데려갈 필요는 없으니까 일단 처리를 해 줘야겠지."

두 여자의 얼굴이 창백해졌다. 남자가 칼을 들어 잰나에게 다가서자 일리아나가 그 앞을 가로막았다.

"감히 그런 짓을 한다면, 내가 성 전체에 들리도록 비명을 지를 거예요. 그럼 당신이 얼마나 멀리 갈 수 있을까요?"

그는 재미있다는 듯 히죽거렸다.

"그래봤자 여긴 여자와 늙은이 정도밖에 없어. 나한테 상대가 안돼."

"그렇다면 잰나를 죽일 필요도 없잖아요. 힘없는 여자 둘이서 어떻게 대항할 수 있겠어요? 게다가 시체가 발견되면 사람들이 상황을 짐작할 거예요. 내가 성 안에 없다는 게 드러나면 족장님이 어디로 사라졌을지 짐작할 수 있을 테고 그럼 비밀통로를 막아버릴 거예요."

그가 멈칫하더니 어깨를 으쓱하고 칼을 내렸다.

"문제될 거 없어."

그러더니 재빨리 잰나를 움켜잡아서 자기 옆으로 끌어당긴 다음 일리아나를 노려보았다.

"불탄 방으로 가자고. 당신이 앞장서. 빠르고 아주 조용하게. 소리 치거나 달아나려 한다면, 이 여자 목숨은 없어. 알아 들어?"

일리아나는 겁에 질린 여자에게 안심하라는 미소를 보내려 노력하 며 고개를 끄덕였다. 남자가 문으로 손짓을 했고 그녀가 순순히 방문 을 열었다.

복도로 걸어가는 동안 누군가와 마주칠 수 있기를 간절히 기도했 다. 위층에 올라오는 사람이 있다면 도망칠 기회를 잡을 수 있을지도 모른다. 하지만 기대하는 상황은 발생하지 않은 채 그들은 불탄 방에 도착했다.

예전에 그녀가 침실로 쓰던 방이 이제는 까만 그을음으로 범벅이 되어 있었다. 그녀의 옷 궤짝들이 방 한쪽 구석에 재로 남아 있었고, 방의 다른 쪽은 텅 비었지만 하나같이 숯검댕을 뒤집어썼다. 침대가 있었던 자리와 그 옆에 테이블 다리가 있었던 공간만이 허옇게 도드 라졌다.

잉글랜드 남자가 잰나를 그녀의 앞으로 밀치며 문을 닫았다.

"저쪽이야. 벽난로 옆."

칼이 가리키는 방향을 따라서 두 여자가 얌전하게 벽으로 걸어갔 다. 남자가 칼을 그들에게 겨누고서 다른 한 손으로 더듬더듬 벽을 만 져갔다. 그제야 일리아나는 벽에 까만 부분과 덜까만 부분이 있다는 걸 알아차렸다. 그린웰트의 하수인이 전에 와서 찾아보았을 때 쓸어 냈던 모양이었다. 그럼 그때 왜 탈출하지 않았을지가 궁금해졌다.

"벽난로 왼쪽이랬는데. 돌 하나를 밀면 된다고 했는데."

"누가 그랬어요?"

남자가 엉겁결에 대답하려다가 날카롭게 그녀를 돌아보았다.

"영리하군. 하지만 내가 말해 줄 리 없잖아?"

그가 계속해서 벽을 더듬거렸다. 일리아나는 잰나를 흘깃 보았다. 어떻게든 도망칠 기회를 잡아보고 싶었지만, 그 여자는 동그란 눈으 로 인질범을 쳐다보고만 있었다.

일리아나가 잰나의 시선을 붙잡기도 전에 남자의 탄성소리가 들렸다. 남자가 돌 하나를 누르자 무겁게 돌 긁히는 소리가 나면서 뒤로 움직이기 시작했다.

잠시 후에 벽이 따라 움직이면서 검은 구멍 같은 것이 드러났다. 그 남자가 짜증스럽게 어둠을 노려보았다. 무슨 생각을 하고 있는지 알만했다. 횃불을 미처 챙기지 못한 것이다.

그 자가 방심한 사이에, 일리아나가 앞으로 뛰어나가서 어둠 속으로 그를 밀어뜨렸다. 그리곤 빙글 돌아서 잰나를 문 쪽으로 밀어냈다.

"도망쳐!"

그녀의 고함소리에 잰나가 얼른 정신을 차리고 뛰어나갔고, 그녀도 그 뒤로 내달렸다. 방문을 열고 나서는 순간 엄마와 앵거스의 몸에 부딪혀 넘어질 뻔했다. 시아버지가 갑옷을 입고 있는 것으로 보아 성벽으로 가려던 참인 듯했다. 허약한 상태에서 강하게 부딪혔는데도 앵거스는 쓰러지지 않고 자세를 잡았다.

이제 일리아나는 안전해졌다고 생각하며 긴장을 풀어내려 했다. 하지만 바로 다음 순간, 머리 뒤쪽에서 짧은 머리카락을 움켜잡는 손이 느껴졌다. 그 손이 악독하게 머리를 홱 잡아당기면서 그녀의 목에 차가운 칼날이 닿았다.

한순간 정적이 감돌았다. 일리아나의 귓가에 인질범의 거친 숨소리가 들렸다. 그녀 자신도 숨을 몰아쉬고 있었지만 호흡을 가라앉히려 안간힘 썼다. 숨을 들이쉴 때마다 날카로운 칼날이 목으로 파고 들어왔기 때문이다. 제일 먼저 정신을 차린 사람은 앵거스였다.

"여자를 놔줘."

앵거스가 위압적으로 명령하며 한 걸음 앞으로 내딛었다.

그린웰트의 하수인이 당장 일리아나를 끌고 한 걸음 뒤로 물러났다. 칼날이 더 목으로 다가드는 느낌에 그녀의 몸이 바들거렸다.

앵거스가 멈춰 섰다.

"넌 도망칠 데가 없어. 그 애를 얌전히 풀어주면 고통 없이 죽여주겠다."

일리아나는 안타깝게 눈을 감았다. 인질범이 비밀 통로를 모르는 상태라면야 앵거스의 제안에 마음이 흔들릴 수도 있겠지만, 상황은 그렇지가 않았다. 그 자가 자발적으로 죽겠다고 나설 리 없었다.

메마른 웃음을 웃어대며 방으로 다시 그녀를 끌고 들어가는 것도 놀랍지 않았다. 그는 주춤주춤 비밀통로 쪽으로 뒷걸음쳤다. 앵거스가 비슷한 걸음걸이로 따라왔고, 잠시 후에야 비밀통로를 알아보았다.

"안 돼!"

검은 통로를 알아보자마자 엄마가 방으로 뛰어들며 소리쳤다.

"날 데려가. 그린웰트가 원하는 건 나잖아. 날 데려가거라."

인질범이 약간 망설이는 듯했다.

"안 돼, 잰나, 엄마를 모시고 나가!"

일리아나가 다른 여자에게 소리쳤다.

"팔다리를 묶어도 좋으니까 절대 풀어주지마."

잰나의 눈이 휘둥그래졌다가 이내 결연하게 고개를 끄덕였다. 비록 두 여자가 비슷한 체격이긴 해도 고된 일에 익숙한 스코틀랜드 여자가 힘에서 밀리지 않으리라는 건 당연했다. 그래서 몸부림치는 레이디를 끌고 나가는데 아무런 문제도 없었다.

일단 그들이 방을 나가자 앵거스가 문을 닫았다.

"그 애를 풀어주고 남자답게 싸우자."

그가 험악하게 자신의 검을 빼 들었다.

"지금은 그럴 시간 없어, 늙은이."

인질범이 통로 쪽으로 뒷걸음치며 말했다.

"그 자리에 꼼짝하지 마, 안 그러면 여자가 죽어."

앵거스가 이러지도 저러지도 못하는 심정으로 일리아나를 쳐다보았다.

"걱정 말거라, 애야. 우리가 곧 구해 주마."

일리아나는 간신히 고개만 한번 끄덕일 수 있었다. 어두운 통로로 끌려 들어가는 즉시 돌문이 닫혔다.

차갑고 으스스한 정적이 주위를 에워쌌다. 일리아나는 어둠에 눈이 익숙해질 때까지 그대로 서서 기다렸다. 인질범도 마찬가지였다. 하지만 빛이 전혀 없는 상태에서는 적응하고 자시고 할 게 없다는 걸 몇 분 후에야 깨달았다. 맹인처럼 더듬거리며 앞으로 전진하든지 뒤로 돌아나가든지 해야 할 판이었다.

인질범이 욕을 중얼거리면서 그녀의 목을 풀어내고 대신에 팔을 붙잡았다. 돌과 금속이 서로 부딪혀 긁히는 소리가 났다. 남자가 검을 이용해서 통로의 넓이를 가늠해 보고 앞에 장애물이 있는지를 알아보는 모양이었다. 걸리적거리는 게 없다는 걸 확인하자 그가 일리아나를 잡아끌면서 앞으로 움직이기 시작했다.


랍비가 방으로 뛰어들었고 잰나가 바로 뒤를 따랐다. 앵거스 족장이 험악한 표정으로 벽난로 옆의 벽을 노려보고 있었다.

"부르셨습니까, 족장님?"

조금 숨을 고르고 난 후에도 족장이 아는 체를 하지 않자 그가 물었다.

족장이 홱 돌아섰다. 생각에 잠겨서 그들이 들어오는 소리를 듣지 못한 듯했다.

"놈들은 뭘 하고 있나?"

"다른 투석기를 만드는 중입니다. 나무를 자르고 뭔가를 두들겨대고 있습니다."

앵거스가 벽으로 돌아섰다.

"그럼 놈이 아직 터널을 나가지 못한 거야."

랍비가 당황하며 눈을 껌벅였다.

"터널이라뇨?"

"비밀 통로 말이다. 여기가 바로 그 입구야."

족장이 다른 곳과 똑같아 보이는 벽의 한 부분을 가리켰다.

"놈이 여기로 내 며느리를 데려갔어. 그린웰트에게 가는 중일 거야. 통로를 막아야겠다. 잉글랜드 놈들은 에바와 지오셜더러 지켜보라고 해. 남자들을 다 모아서 안마당에 있는 바위들을 이리 가져와."

"바위들을요?"

"그래. 이 입구와 내 방에 있는 입구를 막을 거다. 놈들이 숨어 들어오는 걸 막아야 돼."

랍비가 문으로 향하는 사이에 잰나가 물었다.

"마님은 어떡해요, 족장님? 놈이 마님을 내세워서 항복하라고 할텐데요."

"최대한 시간을 끌어봐야지."

"시간 끌기가 힘들어지면요?"

랍비가 문 앞에 서서 물었다.

"그럼 기도해야지. 어서 가봐."

마구간지기가 서둘러 밖으로 나갔다.


인질범의 욕설이 들리는가 싶더니, 일리아나가 남자의 등에 부딪혔다. 이 지옥 같은 통로를 벌써 몇 시간이나 걸어온 것처럼 느껴졌다. 빛도 없는 어둠 속에서 남자가 끌어당기는 대로 비틀거리며 따라가야 했다.

줄기차게 탈출 방법을 찾아보려 노력했지만 아직까지 마땅한 계책이 떠오르질 않아 답답하기만 했다. 바닥도 미끄럽기만 할 뿐 남자의 머리를 후려칠 만한 돌멩이가 하나 느껴지지 않았다. 또한 남자가 그럴 만한 기회도 주지 않았다.

그녀는 남자의 등에서 몸을 떼어내며 통로 끝 부분에 거의 다 왔다는 걸 냄새로 알 수 있었다. 처음 터널에 들어섰을 때부터 퀴퀴한 곰팡내를 맡으며 걸어왔는데, 얼마 전부터 축축한 흙냄새가 느껴졌다. 조금 있으면 밖으로 나갈 거라고 생각하니, 안도감과 불안감이 뒤섞였다.

인질범이 무슨 이유 때문인지 검을 밑으로 내려놓고 벽을 더듬거렸다. 일리아나가 그 틈을 이용하기도 전에, 갑자기 어둠의 일부가 걷히면서 눈부신 빛이 쏟아져 들어왔다. 너무 오랫동안 어둠에 익숙해진 터라, 그 빛이 두 개의 화살처럼 일리아나의 눈을 찔렀다.

눈뿐만이 아니라 머리까지 아파서 신음이 나오려 했다. 갑자기 그녀의 팔을 잡은 손에 힘이 가해지면서 그녀의 몸이 밖으로 끌려나갔다. 너무 갑작스럽게 잡아당겨진데다 발 밑의 땅이 울퉁불퉁해서 일리아나는 비명을 지르며 넘어지고 말았다. 쓰러지는 충격을 줄이려고 본능적으로 두 손을 내뻗었다.

손바닥이 따끔해지는 감각을 느끼면서 미친 듯이 눈을 깜박여 빛에 적응하려 했다. 그들은 지금 앞쪽으로 밝은 빛이 보이는 작은 동굴 속에 있었다.

어디선가 욕설이 들려서 고개를 돌려보니, 그 잉글랜드 남자가 통로의 문을 붙잡은 채로 몇 발짝 떨어진 곳에 있는 돌 하나를 집으려 애쓰는 중이었다. 하지만 손이 닿질 않자 다시 욕을 중얼거리며 그녀를 노려보았다.

"저 돌 가져와."

일리아나가 머뭇머뭇 일어섰다가, 갑자기 휙 돌아서서 동굴 너머의 햇살을 향해 달리기 시작했다.

남자가 그녀의 이름을 소리쳐 불렀다. 그 소리가 벽에 부딪혀서 귀가 먹먹해질 정도로 크게 울렸다. 그녀는 동굴 밖으로 뛰쳐나가서 무작정 공터를 가로질러 달렸다. 어느 쪽으로 가야 할지 알 수 없었다. 사실은 지금 와 있는 곳이 어디인지도 알 수 없었다. 하지만 붙잡히지 않으려면 도망쳐야 했다.

달리면서 한 가지 계획이 생각났다. 맥이네스 성에 가서 도움을 청하는 것이다. 길을 찾을 수 있을 것이다. 잠깐 멈춰 서서 던바의 탑들을 찾아 방향을 알아보기만 하면 된다. 그린웰트 무리들에게 안전할 정도로 멀리 떨어졌다고 생각되면 그때 알아보아야겠다.

심장이 터질 듯이 쿵쾅거렸다. 하지만 인질범의 고함소리에 대답하는 것처럼 앞에서 다른 소리들이 들려오자, 적진으로 달리고 있다는 걸 깨달았다. 심장이 가슴 밖으로 튀어나올 것 같았다.

당장 방향을 바꿔서 왼쪽으로 돌진하는 순간, 남자 하나가 나무 뒤에서 불쑥 튀어나왔다. 필사적으로 속력을 냈지만 허사였다. 나무 사이로 뛰어들려는 찰나에 뒤에서 발로 공격이 들어오더니 그녀의 발을 걸어 엎어뜨렸다.

그녀는 당장 일어나려 했다. 무릎을 꿇고 일어나려 버둥거리는데 그 자가 다시 옷을 붙잡고 늘어졌다. 남자를 발로 걷어차려고 정면으로 돌아누웠다. 그런데 그것이 실수였다. 그녀의 플래이드를 붙잡고 있는 사람은 알리스테어였던 것이다. 그녀가 무의식적으로 멈칫했다. 한 순간의 망설임이었지만 그 시간조차도 너무 길게 느껴졌다. 남자가 그녀의 옷을 풀어내고 대신에 발목을 움켜잡았다. 더 이상 그를 발로 차거나 도망칠 수가 없었다.

# 21

"날 보고도 놀라지 않는 것 같군요."

알리스테어가 미소지으며 일어나서 손을 내밀어 그녀를 일으켜 세웠다.

"별로 놀라지 않았거든요."

그의 미소가 다소 흔들렸지만, 그 이유를 물어볼 겨를이 없었다. 곧바로 그린웰트가 공터로 달려 들어왔다. 맨질맨질한 대머리와 혈색 좋은 얼굴을 햇빛에 반짝거리면서, 기분 좋게 뛰어왔다. 하지만 일리아나라는 걸 알아보더니 금세 표정이 분노로 바뀌었다.

때마침 그녀의 인질범이 동굴 밖으로 나오는 바람에 주인의 분노를 고스란히 받게 되었다. 그린웰트가 남자의 목을 꽉 잡아 숨통을 누르면서 거칠게 흔들었다.

"이게 뭐야? 내가 언제 딸년 잡아 오랬어! 나이든 년을 데려 오랬잖아!"

남자의 입이 몇 번 열렸다 닫혔지만 결국 아무 소리도 나오지 않왔다.

"엄마한테 접근할 수가 없었거든요. 이걸 어쩌나? 딸년으로 만족하셔야겠어요."

일리아나가 짐짓 상냥하게 말했다.

그 말이 그린웰트의 성질을 돋굴 거라고 예상했다. 그런 목적으로 말했던 것이었다. 하지만 막상 그린웰트가 갑자기 부하를 풀어놓고 자신의 앞으로 빠르게 걸어왔을 때는 몸이 움츠러들었다. 본능적으로 한 걸음 물러났어도, 그 자의 주먹을 피할 정도로 빠르지 못했다. 그녀가 한 대 얻어맞으며 땅바닥으로 쓰러졌다.

"건방진 것! 어디서 건방을 떨어! 날 만만한 놈으로 착각하지 마."

입으로 손을 올리자 피가 묻어났다. 그녀는 천천히 일어났다. 아무렇지도 않은 것처럼 어깨를 으쓱하면서 그를 마주보았다.

"당신은 던바 성도 내 엄마도 못 건드려요. 당신이야말로 그런 착각하지 말아요."

그린웰트가 다시 주먹을 휘두르려고 힘을 모았고 일리아나는 피하려고 준비했다. 하지만 알리스테어가 그녀를 자기 옆으로 홱 잡아끌었다.

"그만둬요. 이 여자는 내가 맡기로 했잖아요. 당신은 레이디 와일드우드한테나 마음대로 해요."

그린웰트가 방해하는 스코틀랜드 인을 노려보더니, 불쾌하게 방향을 바꿔서 그 주먹을 자기 부하에게 날려보냈다. 턱에 주먹을 얻어맞은 남자가 땅으로 나동그라졌다. 그린웰트가 부하의 멱살을 다시 잡아 일으켰다.

"어제 통로를 열기로 했잖아."

"노력했어요."

또 주먹이 들이닥치기 전에 남자가 얼른 대답했다.

"정말이에요, 나리. 이 녀석이 제대로 말해 주지 않았다고요."

그가 비난하듯이 알리스테어를 손가락질했다.

"벽난로 왼쪽에서 제일 검은 돌이라고 했잖아."

던컨의 사촌이 경멸하듯 중얼거렸다.

"다 까맸어. 다 똑같이 까맸다고."

그린웰트가 설명해 보라는 듯이 노려보자, 알리스테어는 살짝 눈살을 찌푸리고 생각에 잠겼다가 천천히 고개를 끄덕였다.

"불이 나서 그렇게 된 모양이군요. 불이 난 후에는 방을 못 봤거든요."

그린웰트가 툴툴거리며 부하를 풀어 주고 주먹을 허리춤에 올렸다.

"이 자 말로는, 통로가 애매한 샛길 없이 직선으로 뻗어 있다던데, 정말로 그렇더냐?"

"네. 그래서 다행이었어요. 급하게 서두르느라고 횃불을 챙기지 못했거든요. 너무 어두워서 더듬거리면서 지나왔어요.

"그럼 횃불을 준비해야겠군."

그린웰트가 눈살을 찌푸리고 나서 부하들에게 돌아섰다.

"너희들 반은 통로 안으로 들어가. 나머지는 안에 있는 놈들이 의심하지 않게 계속 투석기를 만들어."

일리아나는 자신의 인질범을 흘깃 쳐다보았다. 그들이 출발하는 걸 본 사람이 있어서 통로가 지금쯤 막혔을 거라는 말을 해야 할 텐데. 그 남자는 그런 소식을 알리고 싶지 않은지 돌처럼 입을 꾹 다물고 창백한 얼굴로 서 있기만 했다. 그러다 오히려 그린웰트의 주먹을 흘 끔거리면서 한 걸음 뒤로 물러나기까지 했다.

그녀가 알리스테어를 쳐다보았다. 그는 그린웰트의 계획에 찬성하는 것처럼 고개를 끄덕이고 있었다.

"빨리 움직여야 돼요. 여자가 사라진 걸 금세 알아차릴 거예요."

"그래. 여자를 내 막사로 데려가서 눈에 띄지 않게 봐 둬. 나는 횃불을 준비해야겠어."

그린웰트가 공터를 떠나자 일리아나는 조금 긴장을 풀었다. 알리스테어가 자기 부족을 배신했다고 해도 최소한 그녀를 때리지는 않을 것 같았다. 그녀가 그린웰트에게 맞을 뻔했을 때 나서준 것으로 봐서, 그 남자에게 일말의 인간성이 남아 있을지도 모르는 일이었다. 그렇다면 다시 부족의 편에 서라고 설득할 수 있지 않을까?

"갑시다."

알리스테어가 그녀의 팔을 붙잡고 나무들이 우거진 숲 속으로 데려갔다. 커다란 나무 근처에 세 개의 텐트가 임시 캠프로 만들어져 있었다. 알리스테어가 그 중에서 제일 큰 텐트 안으로 들어갔다.

그녀를 텐트 구석의 짚이불 쪽으로 밀어놓고, 자신은 반대편의 작은 테이블로 걸어가서 찌그러진 머그잔을 집어들었다. 그 옆에 뚜껑 없이 열려 있는 술통 속에 머그잔을 넣었다가 맥주를 채워서 입으로 옮기고, 술잔 너머로 그녀를 빤히 쳐다보면서 술을 마셨다.

일리아나는 헝클어진 잠자리를 역겹게 쳐다보고 나서, 서 있는 게 낫겠다고 판단했다. 남자를 마주 쳐다보면서 다음에 생길 일을 조심스럽게 기다렸다.

처음에는 아무 일도 없었다. 알리스테어는 흔들거리는 테이블에 기대어 계속 그녀를 지켜보면서 술을 마셨다. 얼마나 시간이 흘렀을까 그가 갑자기 말문을 열었다.

"놀랍지 않았다는 건 무슨 뜻이오?"

지극히 태연한 어조였지만, 그래서 더 그녀의 대답이 중요하다는 걸 알려주었다.

"말 그대로예요. 놀랍지 않았어요."

그의 입술이 굳어지더니 짜증스럽게 몸을 세웠다.

"왜?"

"전에 내 방에 들어와서 칼로 찌른 게 당신이잖아요. 난 벌써 알고 있었어요."

그의 얼굴이 창백해졌다.

일리아나는 실망스런 한숨을 눌러 참아야 했다. 자신의 생각이 틀렸기를 내내 바라고 있었다. 설마 하는 심정이었다. 하지만 엘긴이 깨우던 날 아침부터 플래이드가 자꾸 마음에 걸렸고, 공터에서 알리스테어를 알아보았을 때 이 남자가 모든 사건에 연루되어 있을까봐 걱정스러웠다. 믿고 싶지 않았다. 알리스테어는 던컨의 사촌이었다. 셰나이드에게 애정을 품고 있다는 것도 알고 있는데. 그런데 왜 자기 부족 사람들을 배신했을까? 왜?

"알았을 리가 없어."

알리스테어의 표정이 두려움에서 의심으로 바뀌었다.

"그 남자가 나라는 걸 알았으면 진작 던컨에게 알렸을 테고, 그럼 던컨이 날 이대로 놔뒀을 리가 없거든."

"처음엔 몰랐죠. 날 찌른 남자가 플래이드를 입고 있었던 게 생각나기 전까지는요."

그녀의 목소리에 분노가 서렸다.

"자, 이젠 당신이 말해 봐요. 어째서 그린웰트와 손잡고 나의 엄마를 죽이려 했나요? 엄마가 당신한테 뭘 잘못했나요?"

남자가 손을 내저었다.

"내 목표는 그 여자가 아니었어. 던컨이었어."

일리아나가 멍하니 쳐다보았다.

"하지만 날 찔렀잖아요."

"던컨을 죽일 계획이었어."

"하지만 어떻게 알았죠, 거기에는 엄마가……."

"당신 엄마가 거기 없다는 걸 어떻게 알았냐고? 난 저녁 먹을 때 당신 옆에 앉아 있었어. 당신 왼쪽에, 그 옆에 당신 엄마가 앉아 있었고. 그래서 둘이 하는 얘기를 다 들었지. 당신 엄마가 그날 밤 방을 비워주겠다고 하는 말도 들었어. 정말 완벽하잖아. 그날 밤 방으로 쳐들어가면 다들 레이디 와일드우드를 노렸다고 생각할 거 아니야."

일리아나가 계속 쳐다보기만 하자 그는 한심한 듯이 고개를 흔들었다.

"아직도 이해를 못하겠나? 잉글랜드 인 중에서 그나마 똑똑한 축에

끼는 줄 알았는데 실망이야. 생각을 해 봐. 던컨이 죽게 되면 누가 제일 의심을 받겠나? 던컨을 왜 죽였다고 생각하겠어?"

"후계자 자리를 빼앗으려고."

이제야 모든 대답들이 제자리로 맞아 들어갔다.

"바로 그거야? 완전히 아둔하진 않군."

그가 짐짓 박수치는 시늉을 했다.

"하지만 당신은 던컨의 사촌이잖아요. 피를 나눈 친척이잖아요."

"그래. 던컨의 아버지와 내 아버지가 형제지간인 건 맞아. 하지만 내 아버지가 동생이었어. 그 사실 하나만으로 난 후계자 자리에서 밀려날 수밖에 없었지. 던컨이 살아 있는 한은."

"앵거스 경은 당신을 자식처럼 키웠어요."

"자기 자식들이 먹다 남은 찌꺼기만 던져줬어."

알리스테어가 차갑게 가로챘다.

"거지한테 자선하는 거랑 똑같아. 게다가 우리가 거지라는 걸 늘 일깨워 줬어."

"그랬을 리 없어요, 던컨도 앵거스 경도."

"그래, 그런 식으로 말한 적은 없었어. 하지만 다른 식으로 알려 주더군. 알프리드와 내가 어디서 지냈는 줄 알아? 앵거스의 자식들은 성 안에 방을 하나씩 갖고 있었는데 우린 어땠는 줄 알아?"

"몰라요."

"지오셜의 오두막에서 지냈어. 지오셜이 우리 이모니까 이모랑 같이 살라고 하더군. 아, 그래, 위대하신 족장과 그 자식들 옆에서 먹게 해 주긴 했어. 하지만 같은 지붕 밑에서 재워줄 정도는 아니었던 거야."

일리아나는 당황스레 고개를 흔들었다. 자신이 알고 있는 앵거스 던바는 그런 분이 아니었다.

"내 말을 믿지 못하겠나? 그럼 던컨이 여기 오면 직접 물어 봐."

"여기 오다뇨?"

일리아나의 눈이 휘둥그래졌다.

"진작부터 말했잖아. 당신을 죽이려던 게 아니라고. 나한테나 그린 웰트한테나 당신은 목표가 아니야. 우리가 죽이려는 상대는 당신 어머니와 던컨이야. 당신이 재수 없게 그 사이에 끼어든 거야. 게다가 너무 많이 알아버렸어."

그 말이 무슨 뜻일지 생각하고 싶지 않아서 일리아나는 못 들은 척하고 다음 말을 이었다.

"던컨은 여기 안 올 거예요."

"아니야, 와. 콜퀴혼에 가보면 편지 내용이 가짜라는 걸 알게 될 테고, 괜히 콜퀴혼을 공격했다가 죽을 이유가 없으니까 곧장 돌아올 거야. 돌아와서 당신이 붙잡힌 걸 알면 찾으러 오겠지."

"아닐 걸요."

일리아나가 고개를 저었다.

"내가 그 녀석을 모르겠나, 녀석은 꼭 올 거야."

"그날 저녁에 우리가 얘기하는 걸 들었으면 결혼생활이 순탄치 않은 것도 알았을 텐데요. 던컨이 그날 방에 없었던 것도 애인한테."

"아, 켈리 말이야? 그 여자야 나도 잘 알지."

남편과 노닥거렸던 그 얼굴 없는 여자 이름이 켈리인 모양이었다.

"그 여자도 던바가 나한테 던져준 찌꺼기 중의 하나였거든. 나중에 켈리가 말해 주더군. 그날 던컨이 자기한테 왔었는데 당신이 그를 망쳐놓은 것 같다고, 열심히 봉사해 줬는데도 올라타질 않았다고. 던컨이 변했다고 말이야."

일리아나는 이 소식을 좋다고 해야 할지 나쁘다고 해야 할지 알 수 없었다. 던컨이 바람 피우지 않았다는 사실에 대해서는 날 듯이 기뻤다. 하지만 이젠 이 남자에게 던컨이 오지 않을 거라고 설득하기가 더 힘들어졌다. 그녀 자신도 던컨이 올 거라는 쪽으로 기울어졌기 때문에 더 두려웠다.

던컨은 자기 부족원들에게 매우 책임감이 강한 사람이었다. 더구나 아내가 여기 붙잡혀 있다는 걸 알게 되면 오지 않고 못 배길 것이었다. 하지만 사촌이 배신자라는 걸 전혀 모르는 상태에서 오게 될 테니까, 결국 그녀도 던컨도 둘 다 죽게 될 가능성이 높았다.

"던컨만 죽으면 내가 족장이야."

흡족해하는 그 목소리에 소름이 끼쳤다.

"앵거스 경을 잊으셨군요."

"앵거스는 늙었어. 후계자로 나를 지목하고 나면, 늙은 목숨 하나쯤 은근슬쩍 없애는 건 어렵지 않아."

"셰나이드는 어쩔 건가요?"

그의 입술에 느릿한 미소가 번졌다.

"아, 귀여운 셰나이드 말이야? 당연히 내 아내로 삼아야지. 나의 셰나이드, 그런 여자는 만나본 적이 없어. 강하고 빠르고 영리하지."

"사랑하는 오빠가 당신 손에 죽은 걸 알면 용서하지 않을 거예요. 절대로!"

"알 리가 없어. 이 일을 아는 사람은 당신과 던컨 뿐이고 두 사람 다 살아서 얘기할 수 없을 테니까. 슬픔을 위로해 주는 척하면서 최대한 빨리 결혼하면 돼."

일리아나가 코웃음을 쳐서 남자의 성난 눈초리를 끌어들였다.

"셔웰을 잊었나요? 던컨이 죽으면 셰나이드가 던바의 후계자가 되고, 그녀가 셔웰과 결혼하면 그 사람이 여기 족장이 될 거예요."

"두 사람은 결혼 못 해. 그린웰트가 처리해 주기로 했어."

일리아나의 등으로 소름이 쫙 돋았다.

"그린웰트와 무엇으로 협상한 거죠?"

"뭐였을까?"

"엄마?"

"맞았어. 그 여자도 나의 찬란한 미래를 살아서는 보지 못할 거야. 안타까운 일이지만 그렇게 돼야 돼."

"그렇게 돼야 된다구요?"

일리아나가 기절할 듯이 되뇌었다.

"당신 미쳤어요? 그 계획대로 되진 않을 걸요. 앵거스가 아들을 죽인 살인자를 후계자로 삼을 리 없어요."

"알 리가 없으니까."

"그래요, 세나이드도 모를 거고, 앵거스도 모를 거고, 던컨도 너무 늦어버릴 때까지 모를 거라 이거죠? 하지만 내가, 이 멍청한 잉글랜드 여자가 짐작할 수 있다면, 다른 사람들도 충분히 짐작할 수 있다는 걸 아셔야죠."

알리스테어의 몸이 굳어졌다.

"당신은 단서를 많이 남겼어요. 그걸 다 추리해 보면 금방 드러나요."

"단서 같은 거 없어."

"과연 그럴까요? 편지가 없어졌다는 것만 해도 충분한 단서가 되죠. 그린웰트가 성을 포위하기 바로 전날 던컨이 성을 떠났다는 게 너무 이상하지 않아요? 잉글랜드 군대가 던바에 접근하는 걸 우리가 전혀 몰랐다는 것도 이상한 일이죠. 스코틀랜드에서는 족장들이 모르는 게 전혀 없다더군요. 그런데 그린웰트는 어떻게 아무한테도 들키지 않고 스코틀랜드 땅을 거쳐서 던바 땅까지 들어올 수 있었을까요? 당연히 누군가 도와주지 않았으면 불가능했을 거예요."

알리스테어가 긴장을 풀면서 미소지었다.

"그린웰트가 얼마나 영악한 놈인지 모르나본데, 여기 오는 도중에 왕의 연락책을 만났을 때 그 자가 갖고 있는 편지에 자기 아내와 관련된 내용이 있을 거라고 짐작했거든."

"엄마는 그런 놈의 아내가 아니에요!"

일리아나가 버럭 소리쳤다.

"아직은 맞을 걸."

"금방 취소될 거예요."

"하여튼, 이용할 만한 소식이 있을지도 모른다고 생각해서 그린웰트는 가짜 이름을 대고 그 자를 자기 캠프에 불러들였어. 그때 던바로 가는 걸 알아내고 자기가 호위해 주겠다고 나섰지. 그 심부름꾼이야 여럿이 같이 움직이는 게 더 안전하다고 생각해서 동의했겠지만, 사실은 그린웰트를 안전하게 해 준 거였어."

일리아나가 이유를 모르겠다는 표정이자 그가 친절하게 설명했다.

"그 자는 왕의 깃발을 들고 있었어. 우리 스코틀랜드 인들이 오래전에 깨달은 게 하나 있는데, 왕의 부하를 잘못 건드리면 오히려 우리가 화를 당한다는 거야. 그린웰트가 왕의 깃발을 들고 움직이니까 누구 하나 무슨 일로 왔느냐고 묻지 않았어. 롤프 경의 일과 관련 있나보다 짐작은 했겠지만."

"하지만 던바에 도착한 후에는 그 자가 필요 없어졌겠군요."

"맞았어. 내가 그린웰트를 도와줄 수 있었거든."

"던컨이 떠난 그날이었나요?"

"그래. 옷감 장사를 데리러 갈 때 뭔가 이상하다는 걸 알았어. 그렇게 많은 남자들이 흔적을 안 남길 리 없잖아."

"그래서 그들을 찾으러 갔군요."

그가 고개를 끄덕였다.

"죽을 가능성도 있었을 텐데요."

"가능성이 있긴 했지만 그리 크진 않았어. 그린웰트도 나만큼 도움이 필요했거든."

그는 술통으로 되돌아가서 다시 술잔을 담갔다.

"하지만 당신은 여전히 의심에서 벗어날 수 없어요."

일리아나가 침착하게 그를 쳐다보았다.

"또 뭐가?"

"셰나이드가 세인트 시미안스에 간 걸 그린웰트가 어떻게 알았겠어요? 그린웰트는 내 남편한테 여동생이 있다는 것도 몰랐을 거예요. 콜퀴혼과 던바가 앙숙이라는 것도 알았을 리가 없죠."

"던바와 콜퀴혼이 으르렁대는 건 스코틀랜드 사람 전부가 알아. 세인트 시미안스에 대해선 롤프 경의 진짜 연락책한테 알아낼 수 있었어. 셰나이드는 셔웰을 피해서 여러 번 도망쳤어. 한 번도 아니고 여러 번."

이 부분에서 그가 자랑스럽다는 듯이 미소지었다.

"그래서 그들은 사방으로 셰나이드를 찾아다녀야 했고, 시간이 자꾸 늦어지니까 앵거스가 걱정할까봐 편지를 써 보낸 거야. 흥, 그 정도로는 날 의심할 이유가 없어."

일리아나는 조용하게 그를 쳐다보다가 물었다.

"공격이 시작되던 날 아침에 왜 성을 빠져나갔나요?"

"안에 있을 수 없었으니까."

"왜요?"

"안에 있으면 억지로라도 그린웰트를 상대해야 하잖아. 그리고 내가 있을 때 잉글랜드 인에게 성이 넘어가면 누가 날 족장으로 받아들이겠나?"

그녀가 흥 코웃음을 쳤다.

"어쨌든 나로선 그게 최선이었어."

"그럼 그린웰트가 왜 던컨이 떠난 그날 공격을 시작하지 않았죠?"

"며칠 동안 힘들게 행군해서 그날 아침에 도착했던 거야. 그러니 좀 쉬어야지. 나도 준비할 게 있었어."

"그게 뭐였나요?"

"송진을 처리해야 했거든."

성 안의 송진에 불이 붙지 않는다면서 앵거스가 화를 냈던 일이 기억났다. 그것도 다 알리스테어, 이 자의 짓이었다.

문득 알리스테어가 재미있다는 듯이 피식 웃었다.

"왜 웃어요?"

"당신이 송진 대신으로 쓴 게 뭐였을까? 남자들 말로는 뜨거우면서도 좋은 맛이 났다던데."

"엘긴이 만든 스튜였어요. 나중에 그 칭찬 전해 줄게요. 그럼 솥단지 잃어버린 걸 용서해 줄 지도 모르죠."

"전할 시간이 없을 걸."

"글쎄요. 두고 보기로 하죠."

그녀가 태평스런 반응을 보이자, 알리스테어가 불쾌하게 굳은 표정으로 그녀에게 다가섰다.

그녀는 재빨리 다른 곳으로 그의 정신을 분산시키려 했다.

"그린웰트가 부하들이 힘들어 할까봐 공격을 미뤘다고요? 그건 좀 믿어지질 않는군요. 그 자가 다른 사람 걱정하는 꼴은 본 적이 없거든요."

알리스테어가 조금 망설이는 듯하다가 어깨를 으쓱했다.

"자기가 피곤해서 그랬겠지. 던컨이 혹시 되돌아올 가능성도 있으니까 다음 날까지 기다린 거야."

"던컨이 생각보다 일찍 돌아오면 어떡하나요?"

"앞으로 몇 시간 안에 돌아오지만 않으면 문제될 게 없어. 그린웰트가 통로로 들어가는 즉시 끝날 테니까."

"아, 그 통로!"

그녀가 갑자기 미소를 짓자, 알리스테어의 얼굴이 찡그려졌다.

"뭐가 그렇게 재밌어?"

"별 거 아니에요. 그저 당신이 죽는 걸 보게 됐다는 것 정도죠."

앨리스테어의 몸이 뻣뻣해졌다.

"그게 비밀 통로 아닌가요? 가까운 가족들만 아는 곳이죠, 아마?"

그녀가 부드럽게 물었고 그의 표정이 변하는 걸 보면서 미소지었다. 잰나는 그 터널에 대해서 알지 못했다. 다른 사람들도 누구 하나 비밀 통로 얘기를 하지 않았다. 그러니까 가까운 가족들만 알고 있었을 것이라 짐작했고, 상대의 표정에서 그걸 확인할 수 있었다.

"터널을 걸어오면서 그런 생각이 들었어요. 그래서 당신을 봤을 때도 놀라지 않았던 거죠. 던컨은 지금 여기에 없고, 세나이드와 당신 여동생도 없고, 앵거스는 성 안에서 공격을 막으려 애쓰는 중이고, 그러니까 남은 사람은 단 한 명."

"그래, 너밖에 안 남아."

갑자기 쩌렁쩌렁한 목소리가 들려오자, 둘 다 텐트 입구 쪽으로 돌아섰다. 알리스테어만큼이나 일리아나도 기겁을 했다. 던컨이 두 남자와 함께 거기 서 있었다. 한 명은 이안 맥이네스였고, 다른 남자는 잉글랜드 인의 옷차림을 한 처음 보는 사람이었다.

"내가 나타나서 놀랐나?"

유령이라도 보는 것처럼 놀란 사촌에게 던컨이 물었다.

앨리스테어의 표정이 딱딱하게 굳었다.

"그린웰트의 부하들은?"

"싸워보지도 않고 포기했어. 던바의 전사들 뿐 아니라 맥이네스와 왕의 군대도 같이 왔거든."

"왕의 군대?"

"그래, 잉글랜드 왕은 허수아비 멍청이가 아니었어. 레이디 와일드 우드의 편지를 받았을 때부터 그린웰트에게 감시를 붙여놨다가, 그린웰트가 북쪽으로 출발했다는 소식을 듣고 바로 군대를 보낸 거야. 그들이 던바 땅에 들어섰을 때 우리도 마침 돌아오던 중이었어."

"어떻게 그렇게 빨리……."

"너한테는 안 된 일이지만, 북쪽으로 가다가 캄벨 가와 마주쳤어. 나의 망나니 여동생과 셔웰과 롤프 경을 만나서 재미난 얘길 나누고 돌아오는 길이라더군. 그러니까 당연히 그 편지가 진짜일 리 없지. 그러다 갑자기 던바 성이 무방비상태라는 것을 깨달았고, 그래서 당장 돌아오는 길에 맥이네스 가에 지원요청을 했고 왕의 군대도 만났어. 이제 그린웰트 부하들은 다 항복했어. 그린웰트만 찾으면 돼."

"그 자는 성으로 이어진 비밀통로에 있을 거예요."

일리아나가 불쑥 말하고 나서, 남편의 걱정스런 표정을 보고 얼른 덧붙였다.

"안에 들어가진 못할 거예요. 내가 그 통로로 붙잡혀 들어갈 때 아버님이 거기 계셨거든요. 지금쯤 통로를 막아놨을 게 틀림없어요."

던컨이 다소 안심하면서 뒤쪽의 두 남자를 쳐다보았다.

"이안, 우리 군사들을 공터 쪽으로 데려가. 지금 말한 통로가 거기 동굴 속에 있어. 그놈들도 별로 저항하지 못하겠지만, 문제가 생기면 나한테 연락해."

남자들이 고개를 끄덕이고 텐트에서 나갔다. 세 명만 텐트 안에 남게 되자, 힘없는 목소리로 던컨이 중얼거렸다.

"내 핏줄이 날 배신할 줄이야."

알리스테어가 일리아나 쪽을 흘깃 보았다. 인질로 붙잡을 만큼 가깝지 않은 걸 보고, 체념하는 한숨을 내쉬었다. 그리고 술잔을 내려놓은 다음 침착하게 검을 빼 들었다.

"무기 내려놔."

던컨이 윽박질렀다.

"싫어."

알리스테어가 거의 슬퍼하는 것처럼 검을 쳐들었다.

"싸워봤자 소용없다는 거 알잖아, 알리. 지금까지 네가 날 이긴 적은 한번도 없었어. 그만둬."

"안 싸우면 어떡할 거야? 날 추방할 건가? 내 부족이 있는 곳에서, 내가 유일하게 집이라고 알고 있는 곳에서, 내가 사랑하는 여자가 있는 곳에서 날 멀리 쫓아낼 건가?"

그의 목소리가 갈라지면서 얼굴에 분노가 일어났다.

"그렇게는 안 돼."

그가 검을 들어 사촌에게 덤벼들었다.

일리아나가 비명을 지르며 뒤로 물러났고, 알리스테어의 검이 허공에서 던컨의 검과 마주쳤다. 그녀는 두 손을 움켜쥐고 초조하게 지켜보았다. 남자들이 검을 맞댄 채 서로를 노려보고 있었다.

"널 죽이긴 싫어, 알리. 넌 내 핏줄이야."

알리스테어가 조그맣게 웃었다.

"핏줄 따위도 내 야망을 막지 못했어. 내가 네 아내를 찌른 날밤도, 내가 널 기절시키고 불타는 방 안에 가둬버렸을 때도."

던컨이 그 말의 뜻을 생각하는 동안 알리스테어가 뒤로 물러나 다시 검을 휘둘렀다. 던컨은 놀라며 간신히 그 공격을 막아냈다.

알리스테어가 숨가쁘게 웃으며 맞닿은 검 너머로 그를 노려보았다.

"네 아내를 차지하는 것도 막지 못할 걸. 내가 셰나이드를 사랑하긴 하지만, 네 아내도 꽤 맛있어 보이거든. 죽이기 전에 먹어볼 생각이었어."

다시 뒤로 물러나며 씩 웃었다.

"아직 기회가 남아 있어."

일리아나는 남편의 얼굴에 일어나는 변화를 보았고 사촌이 더 이상 오래가지 못할 거라는 걸 알았다. 그녀가 그의 영혼을 위해 빠르게 기도했고, 그 사이에 알리스테어가 검을 들어 던컨에게 달려들었다. 이번에 던컨은 검으로 막지 않았다. 대신에 상대가 거의 덮쳐올 때까지 꼼짝 않고 서 있다가 그 순간에 옆으로 비켜서 그의 심장을 향해 곧장 칼을 찔렀다.

알리스테어는 찔리는 순간 작은 신음을 내며 사촌의 얼굴을 쳐다보았다. 무슨 말인가 하려는 것처럼 입을 벌렸다가 털썩 무릎을 꿇었다. 잠깐 몸이 흔들리더니 그가 땅으로 쓰러졌고, 그의 검도 옆에 떨어졌다.

일리아나는 죽은 남자에게서 남편에게로 시선을 돌렸다. 남편의 얼굴이 고통으로 가득한 걸 보면서, 한때 죽은 남자를 사랑했던 사람들의 얼굴이 주마등처럼 뇌리에 스쳐갔다. 앵거스, 셰나이드, 알프리드……

"다른 사람들에게 뭐라고 말할 거예요?"

"아무 말 안 할 거야."

던컨이 중얼거렸다.

"이 일을 알아봤자 슬픔만 더하겠지. 그러니 그냥 싸우다 죽었다고 할 거야."

일리아나가 슬프게 고개를 끄덕인 다음 텐트 밖으로 나가서 신선한 공기를 들이쉬었다.

던컨을 흘깃 돌아보자, 그는 사촌의 얼굴을 마지막으로 다시 한 번 쳐다본 다음 텐트 구석에 있던 담요로 그 몸을 덮어주고 있었다. 그리고 아내를 따라 텐트 밖으로 나왔다.

# 22

"아이고, 마님! 무사하셨군요!"

일리아나가 문을 열고 홀 안으로 들어섰을 때, 에바와 거티, 잰나와 엘긴이 그녀의 주위로 몰려들었다.

"어떻게 빠져 나오셨어요?"

그녀는 힘없이 미소지었다.

"던컨이 돌아왔어. 맥이네스와 왕의 군대도 같이. 그린웰트 군대는 항복했어."

"그린웰트도요?"

거티가 불안하게 물었다.

일리아나는 그 남자의 마지막 모습을 기억하며 얼굴을 찌푸렸다. 그는 지금 공터에 죽은 채 누워 있었다.

그녀가 던컨과 함께 동굴 앞에 모여 있는 아군에게 다가간 순간, 그린웰트는 군사들을 끌고 공터로 빠져나오고 있었다. 통로가 단단히 막혀 있다는 사실에 그렇지 않아도 화가 나 있는 상태에서 공터에 나와 보니 자신이 포위 당해 있다는 걸 알게 되자, 그는 분노로 이성을 잃었다. 짐승처럼 괴성을 지르면서 칼을 들고 앞으로 내달렸다. 그의 부하들은 뒤따르지 않았다. 무기를 떨어뜨리고 서서 자기네 대장이 거대한 군대와 맞서 싸우려 하는 것을 맥없이 지켜보았다. 그는 순식간에 죽음을 맞이했다.

"결혼을 취소할 필요도 없어졌어. 엄마는 다시 미망인이 됐어."

일리아나가 늙은 할멈에게 말한 후에, 문득 눈살을 찌푸리며 홀을 둘러보았다. 그 소식에 가장 기뻐해야 할 사람이 보이지 않는다는 걸 알아차렸다.

"엄마는 어디 계셔?"

"아, 그게……."

에바와 잰나가 화들짝 놀라면서 죄스러운 시선을 교환했다.

"왜 그래? 무슨 일이야?"

쭈뼛거리는 두 여자 대신 거티가 실실거리며 대답했다.

"끈으로 묶어서 방에 가둬놨어요."

"뭐?"

일리아나가 기막혀 하는데도 그 하녀는 씩 웃기만 했다.

"자꾸 마님을 구하러 가겠다고 억지 부리시잖아요. 게다가 끈으로 묶어서라도 꼭 붙잡아두라는 마님의 명령도 있었고요."

"오, 맙소사."

일리아나가 서둘러 계단으로 달려갔다.

방문 앞에 도착했을 때쯤 일리아나는 거칠게 숨을 몰아쉬고 있었다. 그녀는 문을 열고 경악을 금치 못했다. 엄마가 손발이 묶여 의자에 앉아 있는 게 아니라 침대에 누워 있었기 때문이었다. 그것도 앵거스 경과 누워 있는 것을 보니 비명을 지를 수밖에 없었다. 엄마는 던바 경의 품에 안겨서 애정 어린 키스를 받아들이고 있었다.

일리아나가 입을 떡 벌리고 찰싹 달라붙어 있는 남녀를 멍하니 쳐다보았다. 던컨이 곧바로 그녀의 뒤를 따라왔다. 그녀의 옆에 멈춰 서서 슬쩍 방안을 쳐다보더니 던컨의 입도 떡 벌어졌다.

"아버지!"

"엄마!"

두 사람이 동시에 소리쳤다.

나이든 남녀가 비명을 지르며 허둥지둥 침대에서 일어났다.

"오해하지 마. 그런 게 아니야."

레이디 와일드우드가 헝클어진 머리를 정돈하고 구겨진 옷을 쓸어 내리면서 이상한 목소리로 중얼거렸다.

"내가 여기 묶여 있었는데, 그때……"

여자가 간절한 시선을 보내자 앵거스가 말을 받았다.

"그때 내가 이 방을 지나가다가 무슨 소리가 들리길래 들어와 봤더니, 레이디가 묶여 있지 뭐냐."

"그래. 그래서 앵거스 경이 날 풀어주셨어."

"그렇게 된 거야."

그들이 둘 다 고개를 끄덕였다. 마치 사탕을 훔치려다 붙잡힌 어린 애들처럼.

다음 순간, 갑자기 던컨이 푸하하 웃음을 터트렸다. 방 안에 있던 다른 사람들이 어리둥절하게 쳐다보자 그는 절레절레 고개를 저었다.

"발정난 놈이 이번엔 누군지 모르겠구만."

레이디 와일드우드가 얼굴을 붉혔고 앵거스는 자주색이 되었다. 아버지가 아들의 말을 받아치려고 숨을 끌어들였지만, 그보다 먼저 일리아나가 나서서 남편을 꾸짖었다.

"던컨! 어떻게 그런 말을 할 수 있어요? 엄마는 그런, 그런 헤픈 여자가 아니에요. 두 분이 결백하다고 말하면 결백한 거예요."

"아, 그렇겠지."

던컨이 동의를 하면서도 여전히 히죽거렸다.

"아버지가 당신 엄마를 풀어주느라 바쁜 것 같긴 했어. 그 일에 손을 사용하지 않고 혀를 사용한 게 좀 이상하긴 하지만 말야. 손을 썼으면 더 쉬웠을 텐데, 왜 그랬을까?"

일리아나는 기겁을 했고, 그는 자신의 재치가 꽤 만족스러운 듯 너털웃음을 터트렸다.

"그만해!"

앵거스가 고함쳤다.

"입 닥치지 않으면 볼기짝을 때려줄 테다."

짧은 침묵이 흐르는 사이에 모두가 불편하게 서 있었다. 그렇다고 자리를 떠나고 싶어하는 것 같지도 않았다. 이윽고 일리아나가 엄마의 곁으로 가서 무뚝뚝하게 입을 열었다.

"옷이 많이 구겨졌어요. 식사하기 전에 갈아 입으셔야겠어요"

레이디 와일드우드가 자신의 모양을 내려다보고는 한숨쉬며 고개를 끄덕였다. 옷이 구겨진 것뿐만이 아니라 지저분하기까지 했다. 지난 이틀 동안 너무 정신이 없어서 목욕하거나 옷을 갈아입을 만한 여유가 없었던 것이다.

일리아나는 애써 기분 좋은 척 던바의 두 남자에게 미소지으면서 조심조심 움직여 엄마와 앵거스 경 사이에 섰다.

"신사분들은 나가서 목욕물을 갖다달라고 부탁해 주시겠어요? 엄마와 저는 좀 씻어야겠어요."

앵거스가 나가기 싫어하는 표정이었지만, 레이디 와일드우드의 표정을 보더니 체념하면서 문으로 돌아섰다.

"나가자. 여자들끼리 있게."

두 남자 뒤로 문이 닫히고 나서 엄마가 중얼거렸다.

"많이 화났니?"

일리아나의 시선이 엄마에게 돌아갔다.

"화났냐고요?"

분명한 대답 대신 애매하게 돌려 물었다. 지금 자신의 감정이 어떤 건지 확실히 알 수 없었다. 마음 한 구석은 아빠 때문에 가슴이 아팠고 배신감마저 느껴졌다. 그리고 다른 한편으로는 매우 충격적이었고, 또 다른 한편으로는……. 글쎄, 그 외에는 복잡하고 혼란스러운 기분이었다.

"아뇨, 화 안 났어요."

그녀는 옷 궤짝들이 있는 곳으로 걸어가서 그중 가장 가까운 곳에 있는 궤짝을 뒤지기 시작했다. 문득 엄마의 손이 그녀의 손을 붙잡아 돌려세웠다.

"얘야, 난 네 아빠를 사랑했단다, 아주 많이."

일리아나는 얼굴을 들지 못하고 말없이 고개만 끄덕였다.

"네 아빠가 죽은 후로 한시도 잊은 적이 없어. 많이 아프고 힘들었어."

그녀는 한숨을 쉬며 딸의 손을 풀어놓고 옆에 앉았다.

"그린웰트에게 모진 꼴을 당하면서 네 아빠가 이 세상에 없다는 걸 얼마나 절감했는지 몰라. 그래도 내가 버틸 수 있었던 건 너 때문이었어. 네가 안전해 지고 네가 행복하게 사는 걸 내 눈으로 보고 싶었어. 그 전까지는 나 자신의 인생에 대해선 생각할 수도 없을 것 같았어."

"아, 엄마."

일리아나가 엄마의 몸을 꼭 끌어안았다.

"널 사랑한다, 일리아나. 널 사랑하는 만큼 네 아빠도 사랑했어. 하지만 이제 그 사람은 곁에 없어. 다시는 아빠한테 느꼈던 감정을 똑같이 느끼지 못할 거야."

일리아나가 안았던 팔을 풀며 엄마를 쳐다보았다.

"하지만 앵거스 경과……."

"앵거스 경한테 끌린 건 사실이야. 생긴 것도 괜찮고 성품도 강하고, 조금 거친 면이 있긴 하지만, 내가 부드럽게 조절해 줄 수 있을 것 같아."

일리아나가 어리둥절하게 쳐다보았다.

"하지만 조금 전에는……."

엄마가 웃으면서 손을 내저었다.

"그래, 다시 네 아빠를 사랑한 것처럼 다른 사람을 사랑하진 못할 거야. 네 아빠는 나의 첫사랑이고, 나에게 늘 변함없이 존경과 관심을 보여주었고, 강하면서도 부드러운 사람이었어. 그래서 한동안은 네 아빠가 내 마음까지 다 가지고 저 세상으로 가버렸다고 생각했단다. 하지만 그렇지가 않더구나. 그 사람은 죽었지만 난 아직 살아 있어. 여전히 마음속에 감정이 남아 있는 걸 느껴. 앵거스 경이 그걸 깨닫게 해 줬어."

일리아나가 자신의 손을 물끄러미 내려다보고 나서 시선을 들었다.

"그분을 사랑하세요?"

엄마의 시선이 생각에 잠겼다.

"잘 모르겠어. 아직 확실한 건 아니야. 하지만 내 감정이 어떤지 한 번 알아보고 싶어."

일리아나가 천천히 긴장을 풀면서 엄마를 껴안았다.

"사랑해요, 엄마."

아버지가 하늘 나라로 떠나신 지금, 그녀에게는 엄마가 힘들고 고통스럽지 않아야 한다는 게 더 중요했다.

문에서 노크소리가 들려왔다.

"들어와요!"

엄마와 딸이 포옹을 풀면서 동시에 대답하자, 문이 열리면서 거티가 하인들을 여럿 데리고 안으로 들어왔다. 처음 두 명은 끙끙대며 무거운 욕조를 옮겼고, 그 뒤로 다른 사람들이 뜨겁게 끓는 물과 차가운 물이 담긴 물통들을 날랐다. 일리아나가 엄마의 손을 살짝 쥐고 나서 문으로 향했다.

"목욕하세요. 이따 저녁식사 때 봬요."

"마님의 목욕물도 준비해 됐어요."

거티의 말에 일리아나가 천천히 돌아보았다.

"어디다?"

"복도 끝에 있는 새 방이에요."

"아."

그녀가 미소지었다.

"아버님이 그런 데까지 신경 써 주시다니."

그리곤 놀리듯이 엄마를 쳐다보았다.

"정말 세심한 분이죠? 엄마가 생각하는 것만큼 거칠지 않으신 것 같아요."

엄마의 발그레한 볼과 흐릿한 미소를 뒤로 남기고 그녀가 복도로 걸어나왔다. 그런데 문 밖에는 앵거스 경이 안절부절못하는 모습으로 서 있었다.

"아버님."

앵거스가 어색하게 목기침을 했다.

"잠깐 얘기 좀 하자. 네 엄마에 대해서……."

일리아나는 초조하게 흔들리는 시아버지의 손을 붙잡았다.

"그러실 필요 없어요. 엄마와 얘길 해 봤는데……. 저는 엄마가 행복하기만 하다면 다 좋아요."

그의 긴장이 조금 풀리는 듯했지만 여전히 조심스러운 표정이었다.

"그럼 내가 시아버지 겸 새 아버지가 돼도 괜찮겠냐?"

일리아나가 그 말의 의미를 파악하는 동안 눈을 깜박깜박 거리고 있다가 엄마가 있는 방문으로 날카롭게 시선을 돌렸다.

"아니, 아직 청혼한 건 아니야."

다시 시아버지의 목소리가 그녀의 시선을 붙잡았다.

"청혼하려면 시간이 좀 걸리지 않을까 싶다. 그러니까 너 혼자만 알고 있어주기 바란다. 다만 나는 우리가 결혼하게 될 때 네가 상심하지 않을지 알고 싶었을 뿐이야."

"전 괜찮아요. 중요한 건 엄마 마음인데, 엄마가 싫다고 하시면……."

시아버지가 얼른 손을 흔들어 가로막았다.

"좋다고 할거다. 아직 날 사랑하는 건 아니다만, 앞으로 그렇게 될 거야. 일단 마음만 결정되면 결혼하는 거야. 당연한 거 아니겠냐?"

앵거스가 자신 있게 말하고는 그녀의 어깨를 두드린 후 복도로 걸어갔다. 일리아나는 시아버지의 자신만만한 뒷모습에 피식 미소짓고, 고개를 흔들면서 새 방이 있는 곳으로 향했다. 아직까지 새로 만든 방을 보지 못했기 때문에 빨리 보고 싶었다. 그걸 만드느라 며칠 동안 집안이 시끄러웠는데, 그만한 가치가 있기를 바랄 뿐이었다.

방 앞에 도착해서 문을 열었을 때 그녀의 충격은 엄청났다. 시아버지 품에 안긴 엄마를 보았을 때와 거의 맞먹을 정도였다. 그 방은 와일드우드에 있는 그녀의 방을 그대로 옮겨온 것 같았다.

천천히 문을 닫으면서 그녀의 시선이 침대로 움직였다. 던컨의 방에서 가져온 침대였다. 그것이 와일드우드의 방과 똑같지 않은 유일한 물건이었다. 불이 났을 때 묻었던 숯검댕들도 다 청소한 상태였다.

침대의 나무틀이 창으로 들어오는 햇살에 반짝거렸다. 전에 지저분하게 늘어져 있었던 커튼이 사라지고 그녀가 어릴 적에 쓰던 침대의 커튼과 비슷한 천으로 바뀌어 있었다.

그녀는 기적을 대하는 심정으로 나머지 가구도 둘러보았다. 침대 양쪽에 예쁜 사이드 테이블과 벽난로 앞에 두 개의 의자가 있었다. 그것도 하나 다른 점이었다. 와일드우드의 방에는 의자가 하나밖에 없었다.

어디선가 물 튀기는 소리가 들려와서 목욕하러 여기 왔다는 사실을 일깨워 주었다. 일리아나의 이맛살이 당혹스레 찌푸려졌다. 욕조가 보이지 않았다.

다시 물 튀기는 소리가 들리자 방향을 확인하면서 둘러보았다. 그제야 침대 옆에 또 다른 문이 있다는 것을 알아차렸고, 그녀의 눈이 다시 한 번 커다래졌다.

하인들이 아직 욕조에 물을 채우고 있는 모양이라고 생각하며 천천히 그 문을 열었다. 생각했던 대로 안쪽에 욕조가 있기는 했다. 일리아나가 본 중에서 가장 커다란 욕조였다. 하지만 물 튀기는 소리는 하인이 물을 붓는 소리가 아니라, 남편이 그 안에서 몸을 씻으며 내는 소리였다.

"등 좀 닦아주시오, 부인."

일리아나가 화들짝 놀랐다. 던컨이 고개를 돌리지도 않고 어떻게 알았을까?

"내가 온 줄 어떻게 알았어요?"

던컨이 천천히 그녀가 있는 곳으로 시선을 돌렸다.

"당신이 근처에 있으면 금방 알 수 있어. 내가 장님이라도 알 수 있을 거야. 당신에게선 들꽃 향기가 나거든."

일리아나는 그의 넓은 가슴으로 시선을 미끄러뜨리며 침을 삼켰다. 하지만 제일 궁금한 것부터 물어보고 싶었다.

"어떻게 이 방을……"

던컨이 욕조에 등을 기대면서 미소지었다.

"전에 쓰던 방이랑 비슷한 방이 생기면 당신이 좋아할 것 같아서. 장모님과 에바가 도와줬어."

"그럴 필요까지는 없었는데요."

"알아. 당신은 변화를 겁내는 사람이 아니야. 전에 한말 나의 실수야. 그런 두려움이 있더라도 남들보다 많지는 않아. 나보다도."

그가 물을 내려다보고 피식 웃으며 고백했다.

"솔직히 말하면, 나는 결혼해서 아내가 생긴다는 게 어떤 의미인지 잘 몰랐어. 입이 하나 더 느는 것뿐이라고 생각했어. 아참, 매일 밤 껴안을 여자가 생긴다는 건 물론 알고 있었지."

일리아나가 눈썹을 들어올렸다.

"내가 가끔 이렇게 무뎌. 머리가 둔한 건 아닌데, 다른 큰 일에만 신경 쓰다가 부드러워져야 할 때가 있다는 걸 잊어버리거든. 그런 게 아마 남자들의 문제점일 거야. 어쩌면 그래서 신이 여자를 만들어 주셨는지 몰라. 남자를 더 부드럽게 만들어 주라고."

그가 답답하다는 듯 한숨쉬면서 고개를 흔들었다.

"왜 이렇게 말이 안 나오지? 미리 다 생각해 뒀는데."

"잘하고 있는 걸요."

일리아나가 한 걸음 방으로 들어섰다.

"행동과 표정으로 하고 싶은 말을 다 보여줬어요."

그가 고개를 갸우뚱했다.

"내가 하고 싶어하는 말이 뭔데?"

일리아나는 자신을 위해서 남편이 만들어 준 방을 쳐다보고 나서 욕조 쪽으로 시선을 돌렸다.

"날 아끼기 때문에 행복하게 해 주고 싶다는 것 아닌가요?"

"아껴?"

그는 당치 않다는 듯 말했다.

"아니야. 내가 느끼는 감정은 그런 게 아니야. 당신이 얼마나 내 명령을 어기고 반대한 적이 많았어? 내 권위를 무시했다고. 그런데 지켜 줄 사람도 없는 이 성에 그린웰트가 들이닥친 걸 알았을 때 내 평생 그렇게 무서웠던 적이 없었어. 그리고 랍비가 당신이 한 일들을 설명해 줬을 때 그때만큼 누군가가 자랑스러웠던 적도 없었어. 당신하고 관련된 일은 모두 내 피를 불타게 해. 내 정열을 깨워내. 당신하고 있으면 정말 살아 있다는 기분이 들어."

"서방님."

일리아나가 자신도 모르게 욕조로 한 걸음 다가가자, 던컨이 갑자기 욕조와 주위 바닥으로 물을 흘리면서 일어나 그녀를 막으려는 것처럼 손을 올렸다.

"안 돼. 먼저 당신한테 말할 게 있어."

그의 진지한 목소리에 그녀가 마지못해서 걸음을 멈췄다.

"사랑해. 당신이 불에 타서 죽었다고 생각했을 때 그걸 알았어. 당신 없이 나 혼자 살아야 한다고 생각했을 때 미칠 것만 같았어. 사랑해, 일리아나. 당신이 사랑한다고 말해 줬을 때 얼마나 좋았는지 몰라! 나도 그때 말했어야 했는데, 나중에 돌아와서 특별하게 고백하고 싶어서 말하지 않았던 거야. 미안해. 그 말을 하기도 전에 당신이 죽음 직전까지 갈 줄은 정말 몰랐어. 하지만 이제 말할게. 사랑해, 일리아나 던바. 평생 내 옆에 있어 줘."

남편의 감동적인 고백이 다 끝나는 순간, 일리아나가 당장 욕조로 달려가서 그의 품에 몸을 던졌다.

던컨이 그녀를 안아주면서 평소의 정열이 담긴 아주 다른 부드러움으로 키스했다. 그녀가 천천히 눈을 뜨며 미소지었다.

"서방님?"

"응?"

"지금 목욕하는 거 맞죠?"

그의 가슴에 묻은 물방울을 손가락으로 똑 떨어뜨리며 속삭였다.

"당신이 깨끗한 남자를 좋아한다는데 이 정도야 감수해야지. 고집을 버리고 나니까 생각했던 것만큼 싫지도 않아."

일리아나가 의심스런 표정을 지었다.

"목욕하는 게 좋다는 건가요?"

"음…… 조건만 맞으면."

"조건이요?"

던컨이 그녀를 약간 떼어내고 옷을 벗기기 시작했다.

"당신이 같이 목욕하는 조건."

일리아나가 쿡쿡 웃으면서 그의 몸을 어루만졌다.

"등 닦아줄 사람이 필요하시군요."

"맞았어. 당신 몸으로 앞쪽도 닦아주면 더할 나위 없겠지."

"어머나."

그들이 진짜 첫날밤을 보냈던 순간이 기억나자 그녀의 목소리가 허스키 하게 가라앉았다. 던컨이 마지막 끈을 풀었을 때 흐릿한 노크 소리가 침실에서 들려왔다.

"신경 쓰지 마."

그가 단호하게 말하면서 그녀의 옷을 바닥으로 떨어뜨렸다.

"중요한 일이면 어떡해요?"

노크소리가 다시 들렸다.

"우리가 목욕 중이라는 걸 알텐데, 뭔가 중요한 일이 있으니까 찾아왔을 거 아니에요."

던컨이 속옷까지 벗겨내려던 손을 멈추고 한숨쉬며 욕조 밖으로 걸어갔다. 물을 뚝뚝 흘리면서 두 방 사이의 문으로 걸어가 소리쳤다.

"무슨 일이야?"

"레이디 셰나이드가 도착하셨어요. 다른 분들하고 같이요."

에바의 목소리가 문 반대쪽에서 웅얼거렸다. 일리아나가 남편의 뒤로 다가갔다.

"잘됐군."

던컨이 일리아나를 껴안으면서 하녀에게 명령했다.

"알았으니까 가봐!"

"그런데 아가씨가 방문을 잠그고 나오지 않으세요."

던컨이 못 말리겠다는 듯이 눈을 굴렸다.

"아버지한테 알아서 하시라고 해."

"그럴려고 했는데, 족장님도 다른 일 때문에 바쁘셔서……."

"무슨 일?"

잠깐 조용해졌다가, 남들이 들을까봐 걱정스런 것처럼 에바가 작은 소리로 대답했다.

"지금, 그게…… 레이디 와일드우드를 도와주고 계시거든요."

"어머니를?"

일리아나가 놀라며 입을 열었다.

"하지만 엄마는 지금……."

"목욕하고 계시지?"

던컨이 피식 웃으며 속삭였다.

"어떻게 알았어요?"

"아버지가 그랬거든. 전에 엄마가 목욕할 때 '도와주는' 게 재밌었다고."

던컨의 웃음이 더 환하게 변했다.

"나도 그 말에 동감이야."

"나리?"

불안해하는 에바의 목소리가 들렸다.

"제 말 듣고 계세요?"

"그래! 하여튼 난 지금 바쁘니까, 우리 잉글랜드 손님들한테 차분하게 기다리시라고 해!"

던컨이 마지막으로 대꾸한 다음에 일리아나를 번쩍 안아서 욕조로 데려갔다.

"나도 아버지를 본받아서 아내의 목욕을 도와줘야겠어."

"하지만 엄마와 아버님은……."

"다 큰 어른들이야. 우리가 간섭할 필요도 없고, 그런다고 고마워하지도 않을 거야."

일리아나는 그 대답이 썩 마음에 들지는 않았지만 그냥 내버려두기로 했다.

"그럼 셰나이드는 어떻게 해요?"

"그 녀석도 다 자랐어. 자기가 알아서 할거야."

"하지만 방문 잠그고 틀어 박혔다잖아요."

"그건 셔웰이 해결할 문제야. 결혼하고 싶으면 노력을 해야 돼."

던컨이 킥킥 웃었다.

"왜요?"

"셔웰이 불쌍해. 셰나이드를 다루는 게 만만치 않을 테니까. 아내를 길들이는 게 얼마나 어려운지 나도 잘 알거든."

"아내를 길들여요?"

그녀가 매섭게 노려보았을 때, 그가 욕조 앞에 내려주었다.

"그래. 아내한테 가르쳐야 할 게 너무 많더군."

그 다음에는 그녀의 속옷을 단번에 벗겨냈다.

"아, 그러세요? 대체, 뭘 가르쳐야 하는데요?"

그녀가 험악하게 물었다.

"여러 가지."

던컨이 그녀를 안아서 욕조 안에 집어넣고 자신도 들어왔다.

"예를 들자면, '언제 조용해져야 할까?' 같은 거."

일리아나가 눈을 깜박이는 사이에 그의 입술이 다가왔다. 던컨이 입술을 감미롭게 애무하고 나서 떨어져 나갔을 때, 그녀의 입꼬리에 작은 미소가 서려 있었다.

"언제 비명을 질러야 할까 같은 것도요?"

"맞았어."

만족스럽게 고개를 끄덕이며 그가 비누를 물에 담가서 거품을 내기 시작했다.

"빨리 배우는군. 조만간 완전히 배우게 될 거야."

"너무 빠르지 않았으면 좋겠어요."

던컨이 가슴에 비누칠을 해 주기 시작하자 그녀의 입에서 한숨이 새어나왔다.

그는 그녀의 코끝에 키스하고 입으로 내려가며 속삭였다.

"이제부터 영원히 잊지 못할 강의를 해 줄게."

"마음에 드는군요, 서방님."

비누칠한 손이 그녀의 엉덩이로 돌아가서 바짝 잡아당겼다.

그의 남성이 배에 닿는 걸 느끼며 그녀가 숨을 들이켰다.

"그래요, 아주 마음에 들어요."

<끝>